삼삼
래료

구만 지음 　　　　권미정 옮김

杉杉来了

fábŭla
파불라

차례

Part 1

그 일은 쉐산산이 닷새 연속 특근을 끝낸 후에 일어났다.

국경절인데도 월말 결산 때문에 재무과 직원들은 한 명도 빠짐없이 특근을 해야 했다. 입사한 지 얼마 안 된 새내기 직원 산산은 산더미 같은 보고서를 처리하느라 정신이 하나도 없었다. 드디어 3일 밤, 과장은 월말 결산 종료를 선포했다. 산산은 전세방으로 돌아오자마자 바로 침대 위로 몸을 던져 쿨쿨 잠이 들었다.

잠결에 핸드폰이 울리는 것 같았다. 산산은 눈도 못 뜬 채 침대에서 핸드폰을 겨우 더듬어 찾았다. 느낌으로 통화 버튼을 누르고 잠에서 덜 깬 목소리로 말했다.

"여보세요."

"여보세요. 쉐산산 씨입니까?"

"네."

"여기는 ○○병원입니다. 죄송합니다만 ○○병원 산부인과로 즉시 와주시기 바랍니다."

"아…… 네."

상대방은 아직도 종알종알 뭐라고 말하고 있었다. 상대방이 전화를 끊자 방이 조용해졌다. 산산은 이불 속으로 기어들어가 다시 잠을 청했다.

얼마 안 있어 침대에서 발딱 일어났다.

'방금 뭐라고 그랬지? 병원?'

!!!!!!

'고향에 계신 할아버지께 또 무슨 일이 생긴 건 아니겠지?'

산산은 신발을 대충 구겨 신고 총알처럼 집을 나서 택시를 잡아탔다. 그런데 기사에게 ○○병원으로 빨리 가 달라고 재촉했을 때 문득 정신이 들었다.

'뭔가 안 맞아. 나는 이미 고향을 떠나 S시에 와서 일하고 있는데 할아버지가 왜 S시에 있는 병원에 계시지? 게다가 방금 통화에서 뭐라고 했더라…… 산부인과?'

그 다음에 일어난 일은 산산 같은 평범한 사람에게는 그야말로 드라마에서나 있을 법한 이야기였다.

시작은 이랬다. 산산은 병원 입구에 도착해 택시에서 내렸다. 오십위안의 택시비를 아까워하고 있는데 선글라스를 낀 건장한 남자 두 명이 다가왔다. 보아하니 진작부터 병원 입구에서 기다리고 있었던 모양이다. 게다가 그녀의 얼굴까지 알고 있는 것 같았다.

"따라오시죠."

산산은 조직 폭력배를 만난 것처럼 얼굴이 새파랗게 질렸다.

그 두 남자는 산부인과 수술실 앞으로 그녀를 데려갔다. 갑자기 얼굴이 온통 땀투성이가 된 남자가 돌진해오더니 산산의 손을 꽉 잡고 말했다.

"쉐산산 양, 제발 우리 와이프 좀 살려주세요."

산산은 영문을 몰라 고개를 절레절레 흔들었다.

"저, 그게……"

'도대체 어찌된 일인지 누가 얘기 좀 해줘. 그리고 이 남자, 내 손을 아예 부러뜨릴 작정이네.'

"옌칭, 그 손 놔줘."

짧지만 매우 힘 있는 명령이었다. 옌칭이라는 남자는 즉시 손을 놓았다.

산산은 자기도 모르게 소리가 난 곳을 보고서 동공이 커졌다. 한 남자가 옆모습을 보이며 앉아 있었는데 빛을 발하는 것 같은 그 모습이 단단히 그녀의 눈을 사로잡았다. 남자는 마치 막 파티에서 나온 사람 같았다. 매우 격식을 갖춘 검은색 양복을 입고 있었고 피곤한 얼굴이었다. 확실히 평범한 서민은 범접할 수 없는 위엄이 느껴졌다. 그는 양복 자락을 털며 일어서서 거만한 걸음걸이로 그녀에게 다가왔다.

"쉐산산 씨?"

산산은 어리벙벙하게 고개를 끄덕였다.

"RH-AB형이죠?"

영문도 모른 채 고개를 끄덕였다.

남자는 여전히 거만한 표정이었지만 눈에 한줄기 안도의 눈빛이 스쳤다.

"여동생이 당신처럼 희귀한 혈액형입니다. 여동생이 방금 수술실에 들어갔는데 병원에 혈액이 부족해요. 만일을 대비해 여기서 기다리면서 혈액이 필요할 때 도와주세요."

그러고 보니 그거였구나.

산산은 문득 깨달았다. 대학교 신체검사 때 그녀는 이미 자신의 혈액형이 매우 희귀하다는 것을 알았다. 그래서 매번 큰길을 건널 때마다 각별히 조심했다. 뜻밖의 큰 출혈로 죽을까봐 두려웠기 때문이다.

"네! 네! 그럼요. 기꺼이 도와드릴게요."

산산은 수술실 안에 있는 임산부에게 문득 동병상련의 느낌이 들어 조금도 주저하지 않고 대답했다.

"그런데……"

산산은 멋쩍은 듯 말했다.

"저…… 하나만 물어봐도 될까요?"

"물어보시죠."

부탁하는 처지이면서 남자는 뜻밖에도 고자세로 나왔다. 옆에 있는 사람들도 그의 그런 태도를 당연하게 여기는 것 같았고 산산조차 그런 착각이 들었다.

"저…… 그런데 당신들은 누구시죠?"

그리고, 그들은 산산의 연락처를 어떻게 알았지?

남자는 이상한 눈빛으로 산산을 잠깐 보고 나서 천천히 입을 열었다.

"저는 펑텅封騰이라고 합니다."

산산은 한참을 생각하다가 조심스럽게 말했다.

"그…… 제가 당신을 아나요?"

옆에 있던 옌칭이 땀을 닦고 나서 말했다.

"쉐 양, 당신은 펑텅風騰의 직원이 아닌가요? 신입사원 오리엔테이션 때 회사의 연혁에 대해 배우지 않았나요? 설마 회사 홈페이지도 한 번 안 들어가본 건 아니겠죠?"

산산의 입이 'O' 모양으로 벌어졌다가 다시 '아' 모양으로 벌어졌다. 그녀는 생각이 나는 듯했다.

'펑텅…… 펑텅…… 그럼 이 남자가 바로 우리 사, 사, 사장?'

산산은 수술실 앞에 얌전히 쭈그리고 앉아 임시 혈액은행이 되었다. 그 사이 사장의 지시로 혈액 검사를 했다. 몸이 건강한지 혈액에 문제가 없는지 확인하기 위해서였다.

산모는 아니나 다를까 한때 위급한 상황이었다. 산산이 순순히 300cc의 피를 수혈해주고 나서야 위험한 고비를 넘겼다. 산산은 옌칭에게 거듭 감사 인사를 받으며 병원을 나왔다. 그녀는 잠시 가다가 멈춰서 하늘의 달을 우러러보며 길게 탄식했다.

"흡혈귀 같은 부르주아 같으니, 인정머리가 없어 인정머리가."

산산은 뒤에서 검은색 리무진이 멈춰서는 것도 알아차리지 못한 채 절레절레 머리를 흔들고 있었다. 산산의 탄식을 듣고 뒷좌석의 남자가 씁쓸하게 웃었다. 그리고 막 열렸던 차창을 닫았다.

"출발."

"사장님, 방금 쉐 양을 바래다준다고 하지 않으셨습니까?"

"필요 없어."

남자는 표정 없이 말했다.

"인정머리 없는 부르주아라잖아."

11

Part 2

　산산은 어렸을 때부터 몸이 건강해서 300cc의 피를 뽑는 것쯤은 아무렇지도 않았다. 며칠 동안 신나게 놀다보니 휴일이 다 지났고 또 출근을 해야 했다.

　8일 아침, 출근하자마자 산산은 성질이 불같은 과장의 사무실로 불려가 한바탕 깨졌다. 그녀가 사인한 보고서의 숫자가 잘못되었기 때문이다. 펑텅은 대그룹으로 아래에 여러 개의 다른 계열사를 두고 있다. 각 회사마다 규모가 다르고 여러 명의 회계 담당자가 배치되어 있다. 산산은 신입사원으로서 사실 할 수 있는 게 전혀 없었다. 단지 옆에서 선배 직원이 보고서를 만드는 것을 보면서 배우는 게 전부였다. 그리고 선배 직원이 만든 보고서에 사인만 했을 뿐이었다. 그러한 상황을 과장도 다 알고 있었다. 그러나 그는 처음부터 산산이 마음에 들지 않아서 그녀를 희생양으로 삼아 분풀이를 한 것이었다.

　산산은 아무 잘못이 없다. 유일한 잘못이라면 실력도 없는 그녀가 들어가기가 하늘에 별 따기 같은, 지방대 출신은 꿈도 못 꾸는 굴지의 대기업에 입사한 것뿐이다. 그 바람에 과장이 뽑은 스펙 좋은 지원자를 인사과에서 탈락시켜버렸다. 강직한 노땅인 과장은 산산의 입사 배경이 의심스러웠다. 따라서 자연스레 그녀의 모든 것이 마음에 들지 않았다.

그녀가 평텅에 들어오다니! 산산 자신조차 이해가 가지 않았다. 그녀 역시 211 프로젝트(21세기에 100개의 중점 대학을 건설하겠다는 프로젝트─옮긴이)의 대학 졸업생이며 영어 6급과 컴퓨터 능력 2급도 모두 취득하긴 했다. 그러나 다른 동료들의 훌륭한 이력에 비하면 한참 떨어졌다. 애초에 아무 기대 없이 친구를 따라 온라인으로 이력서를 보냈을 뿐인데 이렇게 채용될 줄이야.

과장은 한마디로 정리했다.

"삼류 대학 삼류 실력. 인사과에서 어떻게 자네 같은 사람을 채용했나 몰라. 수습 기간을 어떻게 보낼지 잘 생각해."

산산은 침울한 마음으로 과장실에서 나왔다.

수습 기간이라…… 그래도 사장이 그날 적극적으로 무상 헌혈을 한 나를 기특하게 여겨서 수습 기간을 보낼 수 있게 해주지는 않을까? 혹시 그러면 최소한 앞으로도 임시 혈액은행이 될 수 있겠네.

한 사람 분 월급을 주면서 두 가지 용도로 부려먹다니 얼마나 수지맞는 일인가?

산산은 갑자기 한 가지 생각이 떠올랐다.

'내가 희귀 혈액형이라서 채용된 것은 아니겠지?'

당시 지원서에 혈액형을 명기하라는 필수 입력란이 있어서 이상하다고 느꼈던 것이 어렴풋이 기억났다.

산산이 과장에게 깨진 일은 동료들의 관심을 끌지 못했다. 그들은 대부분 자신의 업무로 바빴다. 안 그래도 우울한 산산은 더 우울해졌다.

산산과 동기인 신입직원 두 명은 사무실 안에서 이미 동문 선배를 찾아 순조롭게 사내 환경에 적응했다. 그러나 산산은 항상 뭔가 안 풀리는 문제가 있는 듯했다. 어려서부터 줄곧 인간관계가 좋았던 산산은 다소 풀이 죽었다. 자신이 정말로 형편없는 건 아닌지 회의가 들기 시작했다.

사실 그녀에게 문제가 있는 것은 결코 아니었다. 첫 번째 문제는 냉정하게 고효율을 강조하고 사무실 내의 불필요한 인간관계에 인색한 펑텅의 기업 문화였다. 두 번째 문제는 쉐산산의 스펙으로 이 회사에 들어올 수 있었던 것은 분명히 무슨 '백'이 있기 때문일 것이라는 동료들의 생각이었다. 그녀의 백이 누구인지 명확히 알기 전까지 모두 거리를 두고 그녀를 관망했다. 지나치게 냉대하지도 지나치게 가까이하지도 않았다. 그것은 인간관계가 복잡한 대기업 안에서의 생존 법칙 중 하나다.

산산은 평소 성실하고 입이 무거워서 그녀의 백이 누구인지는 사무실 직원들이 옆에서 아무리 캐내려 해도 알아내지 못했다.

그러나 그날 정오, 다들 오래전부터 추측해왔던 쉐산산의 백이 마침내 밝혀졌다.

사장실의 수석 비서 린다가 그녀의 고급스러운 자태와는 매칭이 안 되는 도시락을 들고 재무과 입구에 서 있었다.

"쉐산산 씨가 어느 분이죠?"

산산은 의혹의 눈길로 동료들을 본 후에 일어났다.

"제가 쉐산산입니다."

동료들의 쑥덕거리는 모습과 그들의 이상한 표정에서 산산은 그녀가 온 것이 절대 보통 일은 아니라고 추측했다. 저절로 불길한 예감이 들었다.

그럴 리가. 숫자 하나 틀린 일이 고위층 귀에까지 들어갔단 말이야? 비서는 점심도 못 먹고 도시락까지 들고서 사람을 잡으러 왔군. 설마 오늘 잘리는 건 아니겠지?

산산은 경직된 자세로 선 채 린다가 자신을 향해 걸어와 앞에 멈춰서는 것을 보고 있었다.

린다가 미소를 지으며 말했다.

"안녕하세요, 산산 씨. 린다라고 합니다. 이건 사장님이 보내신 점심이에요."

사장? 점심?

동료들의 입이 쩍 벌어졌다. 아니겠지. 쉐산산의 백이…… 설, 설마 사장?

물론 그때 그들이 산산을 봤다면 그녀의 입이 자신들보다 훨씬 더 크게 벌어져 있는 것을 발견했을 것이다.

린다는 옷소매를 날리며 도시락을 남겨 두고 갔다. 동료들도 무슨 생각에 잠긴 듯한 표정을 지으며 점심을 먹으러 갔다. 사무실에는 산산 혼자 남았다. 그녀는 부르주아가 베풀어주신 온정에 감격하며 도시락을 열었다.

비록 산산이 내심 바라던 해삼 상어 지느러미 조림은 없었지만 도시락은 매우 풍성했다. 좁쌀밥, 돼지간 볶음, 소고기 볶음, 데친 시금치, 미역무침, 목이버섯 스크램블 에그.

그 밖에 당근채 샐러드와 팥죽까지 있었다.

고기 요리 두 가지에 채소 요리 세 가지. 맛있는 냄새가 코를 찔렀다.

그런데 이건 다…… 보혈에 좋은 음식이잖아?

막 부르주아의 온정에 심취해 있던 산산은 문득 불길한 예감이 들었다.

사장 여동생에게 또 무슨 일이 생긴 건가? 잘 먹여서 계속 산산의 피를 뽑을 생각은 아니겠지?

Part 3

이틀째도 전날처럼 정시에 보혈에 좋은 도시락이 배달되었다. 산산은 전날 든 생각에 더 확신이 생겼다. 그런데 이번에 도시락을 들고 온 사람은 린다가 아니라 사장실의 또 다른 아름다운 아가씨였다. 그녀는 자칭 린다의 보조인 아메이라고 했다.

사흘째 도시락을 들고 온 아가씨는 아비라고 했다.

이렇게 매일 다른 아름다운 아가씨가 도시락을 들고 왔다.(심지어 두 번은 분위기 있는 엄청난 꽃미남이 도시락을 들고 와서 산산의 작은 심장을 콩닥콩닥 뛰게 했다.) 유일하게 같았던 것은 도시락의 돼지간이었다.

산산은 크게 소리 치고 싶었다.

'이십여 년간 모아온 제 피를 언제든지 바치겠습니다. 그러니 제발 돼지간은 먹지 않게 해 주세요……'

물론 그 말은 산산의 마음속에서만 맴돌 뿐이었다. 간이 배 밖으로 나오지 않은 이상 소리칠 수 없었다.

2주 연속 사장실에서 보낸 특별한 점심을 먹다보니 감각이 둔한 산산도 불안해지기 시작했다.

'도대체 피를 얼마나 뽑으려고 이렇게 많이 먹이는 거지?'

그녀는 거절할 생각을 안 해본 것은 아니었다. 그러나 그때마다 내일은 도시락을 안 보내겠지 하는 생각에 말을 하지 못했다. 그런데 이렇게 끈질기게 계속 보내올 줄 누가 알았겠는가.

3주째 되는 월요일, 산산은 비서를 붙들고 간절하게 말했다.

"회사에 감사드립니다. 사장님께 감사드립니다. 도시락을 배달해주시는 비서님께 감사드립니다. 도시락을 안 먹어도 회사를 위해 물불 가리지 않고 무엇이든 하겠습니다. 최소한 400cc의 제 피만큼 열정을 쏟겠습니다. 그러니까 제발 내일부터는 도시락을 보내지 말아주세요."(이 몇 마디 말은 그녀가 이틀간 원고를 써서 주말 내내 연습한 것으로 간략하면서도 핵심이 들어 있다고 생각했다.)

비서는 친절하게 웃으며 말했다.

"저는 사장님의 지시를 따를 뿐입니다. 산산 씨, 만약 다른 의견이 있으시면 사장님께 직접 말씀드리는 것이 좋겠습니다."

산산은 눈이 휘둥그레졌다. 한낱 재무과 직원이 어떻게 사장과 말을 섞는단 말인가. 게다가 회사는 얼마나 큰지, 그녀는 사장실이 어디에 있는지조차 몰랐다. 좋다. 설령 비서를 따라 사장을 찾아간다 한들, 하지만…… 하지만…… 산산은 정말로 엄두가 나지 않았다.

그래서 쉐산산은 어쩔 수 없이 계속 얼굴에 철판을 깔고 사무실 직원들의 부러움 섞인 불편한 시선 속에서 매일 돼지간을 먹을 수밖에 없었다. 그러다가 처참하게 상초열上焦热(목구멍이 붓고 입안이 헐며 눈이 충혈되는 등의 증상—옮긴이)이 생겨 여태껏 여드름 한번 나지 않았던 얼굴에도 여드름 하나가 영광스럽게 솟아올랐다. 그 여드름은 그녀의 이마 위를 불법으로 점거하고 위엄을 과시했다.

　물론 좋은 일도 있었다. 그 기간 산산은 사무실에서 봄날과 같은 온정을 느꼈다. 동료들은 역시 엘리트답다. 예전에 보였던 태도는 온 데간데없이 사라지고 은연중에 그녀를 대하는 태도에 변화가 생겼다. 얼마 전까지 산산은 일을 하다가 어려운 점이 있으면 자료를 잔뜩 받쳐 들고 사방팔방으로 물어보러 다녀야 했다. 그렇다 하더라도 항상 온전한 해결책을 얻을 수 있는 것은 아니었다. 모두 바쁜데 누가 신입한테 신경을 쓰겠는가. 그러나 지금은 상황이 달라졌다. 동료들이 적극적으로 나서서 업무에 어려움은 없는지 따위를 물어보기도 하고 때로는 겸사겸사해서 산산에게 따뜻한 차를 대접하기도 했다. 또 이따금 잡담을 할 때도 반드시 잊지 않고 그녀를 이야기의 중심에 끌어들였다.

　산산은 동료들의 태도가 왜 변했는지 모를 정도로 바보는 아니었다. 그녀는 순진해서 자신이 연줄로 입사했다고 오해받을까 봐 걱정이 되었다. 그래서 사장이 도시락을 보내오는 이유는 예전에 자신이 그의 부탁을 들어준 적이 있었기 때문이라고 황급히 해명했다. 구체적으로 무슨 부탁인지 동료들이 물어도 산산은 말하지 않았다. 왜냐하면 그녀는 그 일이 개인의 사생활과 관련된 일이라고 생각했기 때문이다. 동료들은 겉으로는 알았다는 표정을 지었지만 마음속으로는 반신반의했다. 한낱 평사원이 어떻게 사장의 부탁을 들어줄 수 있겠으며 정말로 그렇다 할지라도 이렇게 날마다 도시락을 보내서 고마움을 표시할 필요는 없지 않은가. 그들은 분명 다른 꿍꿍이가 있을 것이라고 생각했다. 산산은 다들 믿는 모습을 보고 오해가 해소되었다고 생각했다. 하지만 순진한 그녀는 자신의 해명으로 오해가 더욱

깊어진 것을 알지 못했다.

까다로운 노땅 과장도 친절하게 변했는데 그는 산산에게 아부하려는 것은 아니었다. 그 노땅은 그녀가 그처럼 강력한 백이 있으면서도 사람이 겸손하며 또 근면하고 성실하게 업무에 임하는 모습이 참으로 대견스러웠다. 그래서 보면 볼수록 산산이 마음에 들었다.

돼지간 도시락을 먹은 지 4주째, 그날 비서는 산산에게 도시락과 함께 초대장을 놓고 갔다. 대단히 화려한 초대장이었다. 그녀는 부자들은 과연 다르구나 감탄하면서 초대장을 열었다.

초대장에는 이렇게 쓰여 있었다.

금요일 저녁 8시에 우리 아기의 생후 1개월 축하 파티가 있을 예정입니다.
쉐산산 아가씨의 왕림을 기다리겠습니다.
옌칭·펑위에 올림
주소 : ○○홀

밑에는 또 검은색 펜으로 ○○홀의 주소가 추가로 적혀 있었다.
'쉐산산' 세 글자와 그 주소는 모두 펜으로 쓴 것인데 필체는 분명히 달랐다. 쉐산산 세 글자는 특히 빼어나게 잘 썼다. 산산은 자기와 같은 혈액형인 펑 아가씨가 쓴 것이라고 추측했다. 그러나 아래에 쓰여 있는 주소는 강하고 힘 있는 필체로 강경하고 거만한 느낌이 들었다. 그녀는 그 필체를 보자마자 예전에 병원에서 봤던 그 교만한 사장이 연상되었다.

하지만 사장이 이런 것까지 쓸 정도로 한가할 리가 있나…… 주소도 그렇다. 인터넷을 검색하면 바로 알 수 있는데 뭣 하러 쓸데없는 짓을 하겠는가.

그때 지나가던 동료 아지아가 힐긋 쳐다보고는 산산이 사장의 프라이빗 파티에 초대받은 것을 알고 은근히 놀라 무심결에 말했다.

"○○홀? 거긴 회원제라던데. 수상한데요."

산산은 5성급 호텔이 아니라서 격식을 갖춰 입을 필요는 없다고 다행스러워하고 있던 참이었다. 그런데 아지아의 말을 듣고 나서 눈앞이 캄캄해졌다. 주머니 속을 들여다보니 그녀의 눈물 젖은 지폐 몇 장이 날개가 생겨 날아가려고 하는 것 같았다.

산산은 저녁 내내 시내를 돌아다니다가 평상시에 입어도 무난한 미니 드레스와 한 번도 도전해보지 않았던 하이힐을 샀다. 둘 다 언제나 실패할 리 없는 검은색으로 선택했다. 그리고 또 선물로 여덟 마리가 한 세트인 새끼오리 장난감도 샀다. 그것들은 물에서 수영도 하고 노래도 부를 수 있는 새끼오리들로 몇백 위안이나 하는 유명 브랜드였다. 산산은 자신이 어렸을 때 그처럼 손으로 누르면 소리가 나는 오리를 매우 좋아했던 기억이 나서 어린아이도 당연히 좋아할 것이라고 생각했다. 그녀는 원래 은으로 만든 유아용 장신구를 사고 싶었다. 그러나 나중에 생각해보니 사장 집에 무엇인들 없을까 싶어 장난감을 사는 것이 비교적 실용적이라고 생각했다.

그러고 나서 산산은 곧 자신의 전 재산을 다 써버린 것을 알아차렸다. 게다가 은행에 1위안의 빚까지 졌다.

금요일 근무 시간이 끝난 후 산산은 연회 장소로 바로 가지 않고 사무실에서 7시까지 기다렸다. 그리고 화장실로 가서 미니 드레스와 하이힐을 갈아 신고 회사 건물을 나왔다. 다행히 건물 안에는 이미 사람이 별로 없었다. 아니면 그렇게 격식을 갖춰 입은 그녀는 분명히 쑥스러웠을 것이다.

마침 회사 건물 앞에서 택시를 기다리고 있는데 은회색의 BMW가 그녀 앞에 멈춰 섰다. 보조석의 차창이 열리자 상냥한 특별보좌관이 고개를 내밀었다.

"쉐 아가씨, 파티에 가시는 거죠? 우리 차를 타고 같이 가세요."

"네. 좋아요. 감사합니다."

산산은 감사해하며 머리를 숙였다. 주말 저녁은 택시를 잡기가 정말 힘들다.

그녀는 뒷좌석 문을 열었다.

그리고 산산은 후회했다.

'누가 좀 알려주지, 왜 사장님이 뒷좌석에 앉아 있는 거야!'

'보좌관님, 저한테 왜 이러세요!'

Part 4

"사, 사장님."

산산은 급히 인사를 건넸다.

사장은 호화로운 뒷좌석에 기대어 눈을 감은 채 쉬고 있었다. 그는 눈도 뜨지 않고 산산의 인사에 쌀쌀맞게 한마디 대답했다.

팡 특별보좌관이 고개를 돌려 웃으며 말했다.

"쉐 아가씨, 어서 타세요."

"아. 네."

산산은 조심스럽게 차 안으로 들어갔다. 그녀는 까무러칠 뻔했다. 차 안에는 하얀색 벨벳 카펫이 깔려 있었던 것이다.

'비가 오면 어떡하지? 밟자마자 더러워질 게 뻔한데. 다행히 오늘 새 신을 신고 왔으니 망정이지 맨날 신던 운동화를 신었다면…… 휴……'

산산이 이런저런 잡생각을 하는 와중에 차는 천천히 출발했다.

두 손은 무릎에 놓아두고 등은 쭉 펴고 두 눈은 앞을 똑바로 주시했다. 이처럼 산산은 초등학생처럼 바른 자세를 하고 창문에 꼭 붙어 앉아 있었다.

팡 보좌관은 그 모습이 우습기 짝이 없었다. 그는 산산이 불편해할까 염려되어 그녀가 들고 있는 선물 상자를 화제 삼아 말했다.

"쉐 아가씨가 준비한 선물인가 봐요?"

"네."

"재밌어 보이네요."

"그래요?"

산산은 자신이 준비한 선물이 뜻밖의 관심을 끌자 놀랍고도 기뻤다. 그러자 그녀는 문득 팡 보좌관과 동질감이 들어 자기도 모르게 몸을 앞쪽으로 기울이며 말했다.

"저도 이 오리들이 정말 귀여운 것 같아요. 노래도 부를 수 있고요. 게다가 오리마다 부르는 노래도 다 다른걸요."

산산은 자신의 선물을 자랑했고 팡 보좌관도 장단을 맞추며 감탄했다. 산산과 팡 보좌관이 즐겁게 이야기를 나누고 있을 때 갑자기 옆에서 줄곧 입을 열지 않던 펑 사장이 냉랭하게 한마디 끼어들었다.

"월급이 충분치 않은가 보군요."

고개를 돌리자 대화에서 소외된 펑 사장이 눈을 흘기며 그녀를 보고 있었다.

"아니에요…… 많아요. 어……."

산산은 뒤늦게 펑 사장의 눈길이 선물 상자 위를 향해 있는 것을 알아차렸다. 설마 그는 그녀의 선물이 너무 싸구려라 싫어하는 걸까?

선물 상자를 들고 있는 산산의 손이 저절로 뒤쪽으로 움츠러들었다. 마침내 그녀는 용기를 내어 말했다.

"사, 사장님, 이것들은 보기에는 그냥 보통 오리일뿐이지만, 사실은……."

'사실은 이 오리들은 노래도 부를 수 있고 수영도 할 수 있어요. 중요한 건 이 오리들이 유명 브랜드라는 거예요. 유명 브랜드! 아시겠어요? 정말 비싼 거예요! 오리 고기보다 비싸다고요!'

"사실은 뭐죠?"

펑 사장이 실눈을 뜨고 사나운 말투로 말했다. 그의 얼굴에는 '나한테 대드는 놈은 죽는다'라고 아주 또렷하게 쓰여 있었다.

그래서 산산은 침을 삼키며 말했다.

"사실은…… 그저 평범한 오리예요."

산산이 자격지심에 빠져 있는 와중에 차는 빠른 속도로 앞으로 나아가고 있었다. 곧 목적지에 도착할 때쯤 평텅은 전화 한 통을 받았다. 그는 전화를 끊고 나서 광 보좌관에게 분부했다.

"이따가 미스 쉐를 데리고 2층으로 올라가. 펑위에가 보고 싶어 해."

펑위에? 산산은 생각났다. 그녀는 바로 사장의 여동생이 아닌가. 펑 아가씨가 그녀를 보고 싶어 한다고?

참 다행이다. 산산은 그만한 나이가 되도록 혼자 연회에 참석하는 것이 처음이라 언제 선물을 전달해야 할지 몰라서 걱정하고 있었다. 게다가 평텅에게 무시를 당하고 나서 그녀는 자신의 선물에 대해서도 자신감을 잃어버렸다. 그래서 산산은 많은 사람 앞에서 망신을 당하지 않도록 2층에 올라간 김에 몰래 펑 아가씨에게 선물을 줘야겠다고 생각하고 있었다.

차가 멈추자 펑팅과 기사를 담당하고 있는 나이 많은 경호원이 먼저 건물로 들어갔다. 팡 보좌관은 쉐산산을 데리고 또 다른 방향에서 엘리베이터를 타고 2층의 스위트룸으로 올라갔다.

펑위에는 매우 가냘픈 미인이었다. 그녀는 스위트룸 응접실에서 몇 명의 여자와 앉아서 수다를 떨다가 산산을 보고 반갑게 맞이했다. 그리고 그녀의 손을 잡으며 말했다.

"당신이 바로 쉐 아가씨죠. 덕분에 저와 아기가 무사할 수 있었어요. 당신이 아니었다면 우리 둘 다 위험했을 거예요."

산산은 부끄러워서 얼굴이 빨개졌다. 그녀는 고개를 가로저으며 말했다.

"아니에요, 아니에요. 제가 뭘 했다고요."

펑위에는 미소 지으며 산산을 끌어 앉히고 다정하게 얘기를 나눴다. 그러다가 갑자기 무언가 생각난 듯 물었다.

"쉐 아가씨, 음식이 입맛에 맞던가요?"

산산은 깜짝 놀랐다.

"제가 주방에 얘기해서 오빠 도시락을 만들 때 함께 만들어서 보내라고 했어요. 설마 먹지 못했나요?"

"먹었어요. 먹었어요."

산산은 고개를 끄덕이며 문득 깨달았다. 알고 보니 도시락은 펑 아가씨가 보낸 것이었다. 그러면 그렇지. 그 거만한 사장이 어떻게 한낱 평사원에게 점심을 배달할 생각을 할 수 있겠어. 언제든 피가 필요하면 지난번처럼 전화 한 통으로 사람을 부르면 될 일이다.

"음식이 입맛에 맞던가요?"

평위에가 또 한 번 물었다.

"네. 네. 맞고말고요."

산산은 재빨리 고개를 끄덕였다.

'정말 맛있었어요. 돼지간만 빼고.'

"너무 귀찮게 해드려서 죄송합니다."

"아니에요."

평위에가 웃으면서 말했다.

"우리 오빠가 입이 너무 까다로워요. 그래서 점심은 매일 집에 있는 요리사가 만들어서 보내는데 만드는 김에 하나 더 만드는 것뿐이에요. 게다가 평텅의 직원들은 제가 가장 잘 알아요. 다들 우리 오빠처럼 열심히 일하죠. 점심은 빵으로 때우기 일쑤고요. 당신은 피를 그렇게나 많이 뽑았는데 어떻게 그래요."

이번에야말로 산산은 정말로 다소 감동했다. 이 아가씨는 마음 씀씀이가 정말로 살뜰하다.

평위에는 산산이 들고 있는 선물 상자를 보고 놀라며 말했다.

"이건 아기에게 주는 선물인가요?"

"네. 맞아요."

산산은 선물을 건네주었다.

"노래도 하고 수영도 하는 오리예요."

평위에는 정말 기뻐하는 것 같았다.

"사실 다들 돈을 줄까봐 걱정했거든요. 그럼 얼마나 의미 없어요. 모두 마음을 조금도 쓰려고 하지 않죠. 당신은 모르죠. 처음에 당신에게 어떻게 감사 표시를 해야 할지 몰라서 오빠에게 물었는데, 글쎄 수표를 주라고 하더라구요. 이게 사람을 모욕하는 게 아니고 뭐겠어요."

아?!

산산은 그대로 얼어붙었다. 마음속에 문득 하나의 생각밖에 떠오르지 않았다.

'펑 아가씨, 왜 사장님이 저를 모욕하게 놔두지 않으셨어요! 차라리 모욕당하고 싶어요.'

Part 5

수표와 돼지간…… 얼마나 선명한 대비이며, 얼마나 쉬운 선택인가. 산산은 잠깐 매우 상심했다.

아참! 돼지간. 그녀는 다시는 돼지간을 먹고 싶지 않았다. 계속해서 먹는다면 그녀는 「돼지간을 먹는 18가지 방법」이라는 논문도 쓸수 있을 것 같았다.

산산이 말했다.

"저, 매일 도시락을 보내시려면 정말 번거로우시겠어요. 앞으로는 안 보내셔도 돼요. 하하."

펑위에는 동의하며 고개를 끄덕였다.

"그러는 게 좋겠어요. 아무래도 당신은 사무실에서 일하는데 너무 튀면 좋지 않죠."

산산은 생각지도 못한 그녀의 대답에 마음속으로 안도의 한숨을 크게 내쉬었다. 계속해서 이야기를 나누고 있는데 침실에 있는 아기가 울기 시작했다. 연회도 곧 시작되려는 참이다. 산산이 그 틈에 작별 인사를 하고 나오자 웨이터가 그녀를 연회장으로 데리고 갔다.

산산은 원래 사람들이 술잔을 들고 돌아다니는 TV에서 보던 그런 파티일 거라고 생각했는데 모습을 보아하니 중국식 파티인 것 같았다.

연회에 오기 전에 그녀는 생각했다. 자신의 전 재산이 이미 마이너스임을 감안해 이번 연회에서 반드시 실컷 먹어 에너지를 충분히 비축한 다음 하루하루 나누어 써야겠다는 생각이다. 그 목표에 따라 산산은 두 가지 계획을 세웠다.

계획 1: 연회가 서양식일 경우, 접시를 들고 구석구석으로 도망치기
계획 2: 연회가 중국식일 경우, 반드시 가장 구석진 자리에 앉기

산산은 사방을 둘러보다가 최고로 구석진 좋은 위치를 잡아서 앉았다. 그녀는 그 테이블에 사람들이 가득 차지 않기를 기도하면서 흐뭇하게 연회가 시작되기를 기다렸다.

과연 테이블은 확실히 매우 구석진 곳이었다. 많은 사람이 지나갔지만 모두 그곳에 앉지 않았다. 산산은 속으로 매우 기뻤다. 사람이 적어야 많이 먹을 수 있기 때문이다. 그러나 그 즐거움도 슬픔으로 바뀌는 데는 그리 오래 걸리지 않았다.

연회는 곧 시작되려 하는데 다른 테이블은 자리가 모두 찼지만 산산이 있는 테이블은 여전히 그녀 한 사람뿐이었기 때문이다. 난감하게 되었다.

산산의 얼굴이 아무리 두껍다 해도 그녀 혼자서 한 테이블 전체를 차지할 정도로 뻔뻔하지는 않았다. 산산은 일어나 다른 자리로 가려고 했다. 그러나 지금 갑자기 어디에서 빈자리를 찾을 수 있단 말인가. 게다가 그녀는 아는 사람도 하나 없는데 무턱대고 자리에 끼어드는 것도 이상했다.

다른 사람들은 모두 자리에 앉았는데 산산만 우뚝하니 혼자 서 있었다. 그녀는 난감하고 쑥스러워서 쥐구멍이라도 들어가고 싶은 심정이었다. 갑자기 그때 강렬한 시선이 자신을 향하고 있는 것이 느껴졌다. 그 시선을 따라 돌아보니 사장이 잘 정돈된 곧은 눈썹을 찌푸린 채 자신을 노려보고 있었다.

망했다. 망했어. 사장은 그녀가 회사 망신을 시켰다고 생각할 것이 분명하다. 산산은 처량하게 쳐다보았다.

'사장님, 일부러 그런 건 아니에요. 너그러이 살펴 주세요.'

둘은 눈을 크게 뜨고 잠시 동안 서로를 바라보았다. 그런 후 펑팅이 곁눈질로 웨이터를 불러 낮은 목소리로 그에게 귓속말을 했다.

산산은 그 웨이터가 자신을 힐끗 쳐다보자 분명 자신과 관련된 일이라는 확신이 들었다. 그러자 그녀의 작은 심장이 두근두근 마구 뛰기 시작했다. 그녀를 내쫓으려는 건 아니겠지. 하지만 그래도 괜찮다. 소고기 국수를 먹으면 딱이니까.

배고프다고. 빨리!

아니나 다를까 웨이터는 미소를 지으며 산산을 향해 걸어왔다. 그는 그녀의 앞에 서더니 정중하게 안내하는 자세를 취하며 말했다.

"쉐 아가씨, 펑 사장님이 저쪽으로 오셔서 앉으시라고 하십니다."

어? 내쫓는 게 아니었어? 자기가 있는 곳으로 와서 앉으라고? 하

지만 그 자리는…… 맨 앞 한가운데…… 바로 전설 속의 귀빈석이
었다.

그녀는 또 한 번 난감해졌다.

물론 산산은 그렇게 많은 사람 앞에서 펑 사장의 요청이나 명령
을 거절할 용기가 없었다. 그래서 그녀는 죽기를 각오하고 웨이터를
따라 펑텅이 있는 곳으로 갔다. 그리고 그의 옆에 의자를 끌어와 앉
았다.

펑텅은 기품 있는 한 노인과 건축용지 따위의 이야기를 하느라 산
산은 아예 아랑곳하지 않았다. 그녀는 그들의 이야기가 끝날 때까지
얌전히 기다렸다가 조심스럽게 입을 열었다.

"사장님, 저는 여기에 앉으면 안 되는 거죠?"

펑 사장은 못마땅한 말투로 말했다.

"뭐가 안 된다는 거죠?"

"여기 있는 사람들은 모두 유명 인사들이잖아요. 저는, 어…… 임
시 유명 인사도 아니잖아요."

펑텅은 살짝 비웃으며 그녀를 뚫어져라 쳐다보고 있었다.

"여기 앉기 싫으면서 왜 방금 그런 눈빛으로 나를 바라봤습니까?"

"어떤 눈빛이요?"

산산은 깜짝 놀랐다.

"당신 눈빛이……."

펑텅은 침착함을 유지하며 말했다.

"'나 버려졌어요. 빨리 구해주세요'라고 말하고 있었어요."

'사장님이 잘못 보셨겠죠. 그건 분명히 월급을 깎지 말아 달라고

애원하는 눈빛이었다고요.'

그러나 펑텅의 확신에 찬 표정을 보자 산산도 자신이 방금 신호를 잘못 보낸 건 아닌지 의심이 들기 시작했다. 마음속으로는 분명 아니었지만 아마도 그녀의 눈빛이 그렇게 말했는지도 모른다. '나의 눈이 나의 마음을 배반하다'라는 가사도 있지 않은가.

그러나 아무튼, 보스, 당신의 눈빛은 꿰뚫어 보는 능력이 정말 대단하군요.

사장 옆에 앉으면 당연히 많이 먹을 기대를 하지 마라. 젓가락을 달달 떨지 않으면 다행이다. 원래 오늘 산산은 '고상하면서도 용맹스러운' 모습으로 먹을 작정이었다. 그러나 지금 '용맹함'은 보따리에 싸서 집으로 가져갈 수밖에 없다. 그녀는 자신이 숙녀인척 하던 시절에 손톱만큼 있었던 우아하게 먹는 모습을 기억하려고 노력했다.

그러나 대학 4년 동안 학생들이 모인 식당에서 앞다퉈 밥을 먹다 보니 우아함은 정말로 전생에서의 일이었다.

좋다. 한 젓가락 집고 미소 짓기.

다른 사람과 시선이 마주치면 미소 짓기.

웨이터가 돼지 족발을 들고 내와도, 좋다. 돼지 족발을 향해 미소 짓기.

어! 돼지 족발이 아니잖아. 아무튼 어떤 동물의 발을 향해 미소 짓기.

……얼굴이 다 굳어 버렸다.

가까스로 연회도 반이 지나가고 손님들은 속속 자리를 떠났다. 산산도 펑텅에게 작별 인사를 하고 돌아가려 하자 그가 말했다.

"당신은 좀 늦게 가요. 나와 함께 손님을 배웅합시다."

산산은 부들부들 떨며 사장에게 상기시켰다.

"사장님, 저도 손님이에요."

'저도 선물을 가지고 온……'

"먼저 갈 생각입니까?"

펑텅이 실눈을 뜨자 익숙한 압박감이 또다시 산산을 향해 엄습해왔다.

"사장이 안 가는데 직원이 가도 되나요?"

"당연히 안 되죠."

산산은 즉시 진지하게 말했다.

"제가 남아서 손님을 배웅할게요……. 배웅."

Part 6

산산은 배도 다 채우지 못하고 펑 사장 옆에 서서 손님을 배웅했다.

펑텅은 명문가 출신으로 어려서부터 이러한 광경에 익숙한 듯 우아하고 능수능란하게 손님을 배웅했다. 게다가 외모는 세련되고 준수했으며 그의 행동 하나하나를 보고 있자면 그야말로 예술 작품을 감상하는 것 같았다. 사장과 어깨를 나란히 하고 서 있자니 그에게서 근접할 수 없는 남성미가 느껴져 산산의 작은 심장이 참을 수 없이 콩닥콩닥 뛰었다. 물론 그녀는 뛰는 심장을 재빨리 무력으로 진압했다.

'사장님이 얼마나 무서운데 감히 콩닥콩닥하다니, 죽고 싶니!'

산산은 이런 광경을 처음 접하는 것이라 인사치레로 하는 말만 되풀이할 뿐 무슨 말을 해야 할지 전혀 몰랐다. 그녀는 대부분의 시간을 펑텅 옆에 서서 억지웃음을 지으며 마음 한편으로 외치고 있었다.

'와, 이 사람이 바로 시장이군. 과연 기업과 결탁했어! 오, 이 늙은이는 ○○○를 파는 주인장이네. 물건이 얼마나 비싼지, 이런 악덕

상인 같으니!'

산산은 사장이 도대체 왜 자신을 여기에 세워 두는지 이해가 되지 않았다. 사장 혼자서도 잘할 수 있는데 말이다.

펑텅이 귀부인 같은 차림새를 한 여인과 이야기하는 틈에 산산은 몰래 핸드폰을 보았다. 이미 12시가 넘은 것을 알고 그녀는 약간 우울해졌다. 그때 뒤에서 어떤 사람이 물었다.

"당신 뭐하고 있습니까?"

"시간을 보고 있어요. 12시 이후에 택시를 타면 비싸거든요."

산산은 무심결에 대답했다. 말을 하고 나서야 그 목소리의 주인공이 누구인지 생각이 나 뻣뻣하게 고개를 돌렸다.

"어, 사장님……."

산산은 천으로 자신의 얼굴을 가리고 울고 싶었다. 어떻게 말이 나와버렸지? 사장은 정말 간사하다. 그녀가 방심한 틈을 타서 공격하다니.

펑텅은 눈썹을 찌푸리며 그녀를 보았다.

"끝난 후에 바래다줄게요."

어! 산산은 놀라 계속해서 고개를 끄덕였다.

"감사합니다. 사장님!"

최소한 택시비 오십 위안을 아끼게 되었으니 정말로 전화위복이라할 수 있다. 그녀는 유달리 전심전력을 다해 손님을 배웅했다. 손님들이 거의 모두 돌아가자 펑텅도 펑위에 내외와 작별 인사를 하고 산산에게 말했다.

"이제 갑시다."

두 사람은 밖으로 나갔다.

산산은 기사가 밖에서 그녀를 기다리고 있을 거라고 생각하면서 빠른 걸음으로 펑텅을 따라갔다. 그런데 뜻밖에도 현관에는 차만 한 대 서 있을 뿐이었다. 웨이터는 펑텅을 보고 즉시 공손하게 차 문을 열었다.

"사장님, 타시죠."

산산은 펑텅이 반대편으로 가더니 운전석에 타는 것을 보았다. 그리고…….

그녀는 차 앞에 멍하니 서 있었다.

그녀의 기사는?

설마 사장이 말한 '바래다줄게요'가…… 그가 직접?

산산은 차 옆에 서서 마음의 몸부림을 치며 물었다.

"사장님, 바래다준다고 하셨는데 운전 할 사람은 어디 있나요?"

펑텅이 약간 짜증을 내며 말했다.

"나는 사람 아닙니까?"

산산은 정말로 고개를 끄덕이고 싶었다. 보스, 당신이 어떻게 사람인가요? 설령 사람이라고 해도 식인종이에요.

그녀가 꿈쩍도 않고 서 있자 펑텅은 더욱 짜증을 내며 말했다.

"안 타고 뭐 해요?"

산산은 더 이상 버티지 못하고 순순히 차에 탔다. 그 차는 올 때 타고 왔던 BMW가 아닌 또 다른 하얀색 스포츠카였다. 그녀는 차 이름이 무엇인지는 몰랐다.

'역시 부자는 차가 많구나.'

산산은 감탄을 금치 못했다.

연거푸 감사의 인사를 하고 자신의 주소를 보고한 뒤 그녀는 의자 등받이에 살짝 기대어 휴식을 취했다. 연회에서 술을 좀 마셔서 그런지 산산은 긴장이 풀어지며 하품을 했다. 그리고…… 잠이 들었다.

차라리 잠들었으면 그만인데 불행하게도 그녀는 완전히 깊은 잠에 빠지지 않았다. 스포츠카가 달리는 도중에 눈이 반쯤 떠졌는데 때마침 익숙한 간판이 순식간에 지나갔다. 산산은 잠결에 옆에 있는 사람이 누군지 완전히 잊어버린 채 소리쳤다.

"여기서 세워 주세요. 소고기 국수 먹으러 가야해요."

순간 산산은 자신이 타고 있는 것이 택시가 아니며 옆에 있는 기사가 펑 사장이라는 것이 생각났다. 차 안은 적막이 가득해졌다.

연회의 주인 면전에서 배불리 먹지 못했다고 말한 꼴이 되어 버렸다. 더군다나 그 주인은 그녀의 회사 사장이다. 산산은 울먹거리며 말했다.

"사장님. 저는 대식가여서…… 매일 야식을 먹어요. 방금 연회에서 정말 배불리 먹었어요. 정말이에요. 다만 소화가 너무 빨리 돼서……."

펑텅은 그녀를 보고 한동안 할 말을 잊었다. 그리고 차를 돌려 되돌아가 노란색 간판이 달려있는 작은 가게 입구에 차를 세웠다.

"이 집인가요?"

"네. 네."

산산은 연거푸 고개를 끄덕이며 빨리 사장에게서 벗어나고 싶은 생각뿐이었다.

"사장님, 그럼 전 이만 가보겠습니다. 안녕히 가세요. 바래다주셔서 감사합니다. 전 먹고 나서 택시를 타고 가면 돼요. 데려다주시지 않아도 됩니다."

산산은 한마디도 쉬지 않고 단숨에 말해버린 후 차에서 내려 차 문을 닫았다. 그 모든 과정이 막힘없이 이루어졌다. 그러고 나서 고개를 들었는데 펑 보스가 바로 앞에 서 있었다.

산산은 난감해졌다.

"사장님?"

그는 왜 내렸지?

"소고기 국수 먹는다고 했죠?"

"사장님도 드시려는 건 아니겠죠……."

"왜 안 되죠?"

펑텅은 화석처럼 굳어버린 자세로 서 있는 산산 옆을 지나가며 말했다.

"나도 소화가 다 됐어요."

"네?"

"내 소화력이 당신보다 못한 것 같나요?"

보스의 눈빛이 또다시 산산을 조여 오는 것 같아 그녀는 즉시 대답했다.

"아니에요. 아니에요. 사장님의 소화력은 세계 최고예요."

펑텅이 사레들린 기침을 쏟아냈다.

가게에 들어가서 보스가 앉으려고 하자 산산이 황급히 그를 저지했다.

"잠깐, 잠깐만요. 제가 의자를 닦아드릴게요."

그녀는 티슈를 뽑아 의자 위의 기름때를 깨끗이 닦았다. 사장 몸에 걸치고 있는 것은 대단히 고급스런 맞춤복이 아닌가.

펑텅이 자리에 앉아 막 탁자에 손을 올리려고 하자 산산이 또 소리쳤다.

"잠깐, 잠깐만요. 테이블 좀 닦을게요."

그녀는 새로운 티슈를 뽑아 테이블을 닦았다.

그 모습에 펑텅은 할 말을 잊었다.

"이제 됐어요. 앉으세요. 사장님."

산산은 땀을 닦고 나서 자기 자리는 아무렇게나 대충 닦은 뒤 앉았다. 국수 가게 주인아주머니가 두 사람에게 와서 인사하자 산산은 작은 걸로 국수 두 그릇을 주문했다. 그녀가 국수를 먹으러 가게에 자주 왔기 때문에 주인아주머니는 산산을 알아보고 말을 건넸다.

"오늘은 작은 걸로 먹으려고?"

산산은 어색하게 고개를 끄덕였다. 보스의 카리스마에 눌려 식욕이 떨어질 게 분명한데 큰 걸로 주문하는 건 낭비다.

국수는 만들기가 간단해서 두 그릇이 금방 나왔다. 산산이 나무젓가락을 뜯어서 먹으려고 하는데 펑텅이 눈살을 찌푸리며 국수 그릇을 쳐다보고 있었다.

'거봐요, 거봐. 못 먹겠죠? 누가 먹으라고 했나요.'

산산은 속으로 욕하면서 겉으로는 친절한 척 말했다.

"사장님, 왜 그러세요?"

펑텅은 고개를 들고 냉담하게 말했다.

"새로 하나 주문해요. 난 고수는 못 먹어요."

'그럼 왜 진작 아주머니에게 말하지 않으셨어요.'

산산은 조건 반사적으로 그를 저지하고 말했다.

"이건 안 드실 거예요? 그럼 얼마나 낭비예요. 고수만 골라내고 먹으면 되는데."

펑텅이 눈썹을 치켜 올리며 말했다.

"당신이 골라줄 건가요?"

산산은 한참 동안 말이 없다가 마침내 결심한 듯 고개를 끄덕였다.

"네. 제가 골라낼게요!"

하면 하는 거지. 세상이 아무리 커도 사장이 가장 위대하다. 그녀는 피까지 흘리며 희생했는데 이깟 고수를 골라내는 게 무슨 대수란 말인가.

산산은 새로운 나무젓가락으로 고개를 숙이고 조심조심 꼼꼼하게 하나도 남기지 않고 모든 고수를 골라냈다. 그리고 국수 그릇을 사장 앞으로 내밀었다.

"사장님, 이제 드셔도 돼요."

산산이 고개를 드는 순간 보스의 날카로운 눈빛과 마주치자 그녀의 작은 심장이 세차게 떨렸다. 이건 무슨 눈빛이지?……왜 그녀는 무서운 느낌이 드는 거지?

펑 보스는 국수 그릇을 한 번 노려보고는 고개를 끄덕이며 말했다.

"괜찮군요."

산산은 또다시 떨렸다. 분명 칭찬인 것 같은데 왜 그녀는 훨씬 무서운 느낌이 드는 걸까? 재수 없는 일이 생길 것 같은 예감이 든다.

산산은 전전긍긍하며 국수를 먹었다. 다 먹고 나서도 펑텅에게서 계산서를 뺏어오지 못하고 그가 계산하는 것을 보고만 있었다. 그런 다음 보스가 그녀를 집 아래층까지 데려다주었다.

어! 어떤 무서운 일도 일어나지 않았다. 방금은 그녀가 착각했던 것 같다.

사장에게 손을 흔들어 작별 인사를 하고 산산은 위층으로 뛰어 올라갔다. 2층 계단 입구에 난 창문에서 밖을 바라보니 펑텅의 하얀색 스포츠카가 어둠 속에서 유난히 눈에 띄었다. 차가 빠르게 커브를 틀자 시야에서 벗어났다.

산산은 문득 살짝 실망감이 들었다. 오늘 그리고 지금까지의 한 달은 말단 직원인 그녀에게는 정말로 꿈같은 날이었다. 앞으로 다시는 보스와 만날 일이 없겠지.

하지만 괜찮아!

산산은 주먹을 쥐고 금세 다시 용기를 냈다.

힘내! 쉐산산!

내일부터는 돼지간에서 해방이야!

Part 7

월요일, 산산은 생기발랄한 모습으로 회사에 출근해서 오전 내내 얼굴에 웃음을 띠었다. 그녀는 더할 나위 없이 행복했다.

동료들이 놀리며 말했다.

"산산 씨, 기분이 좋아 보여요. 무슨 좋은 일이라도 생겼나봐요?"

'이제 돼지간을 먹지 않게 되어서 기쁘다고 하면 너무 직설적이겠지?'

산산은 턱을 괴고 깊이 생각하다 매우 함축적인 한마디를 했다.

"좋은 일 맞아요. 결국에는 벌어지는 그런 좋은 일이요."

그것은 돼지간이다. 결국에는 다 먹어치우고야 마는!

오전 내내 행복하던 산산은 정오가 되자 책상을 정리한 뒤 동료들과 직원 식당에 가서 점심을 먹을 생각이었다.

'아아아! 갈비 정식아. 내가 널 얼마나 그리워했다고.'

정리를 다 끝내고 막 자리에서 일어서려는데 책상 위의 전화기가 울렸다. 그녀는 반사적으로 전화를 받았는데 뜻밖에도 22층의 아메이였다.

산산은 긴장된 목소리로 물었다.

"아메이 씨, 또 도시락을 가지고 내려오려는 건 아니겠죠?"

아메이가 말했다.

"오늘은 안 가요."

산산은 마음을 놓으며 흐뭇하게 말했다.

"다행이네요. 아메이 씨, 전 밥 먹으러 가요. 언제 시간 있으면 제가 한턱낼게요."

아메이가 도시락을 배달한 횟수가 가장 많았기 때문에 산산은 자연스레 그녀와 친한 사이가 되었다.

"좋아요. 이번 일요일에 우리 쇼핑하러 가요. 마침 옷을 사려고 했거든요."

식사와 쇼핑 이야기로 신이 난 아메이는 기분이 좋은 김에 한마디했다.

"산산 씨, 사장님이 저한테 도시락을 배달하지 말라고 하셨어요. 대신 당신보고 직접 올라와서 가져가라고 하시네요."

이 무슨 청천벽력 같은 소리란 말인가.

산산은 마른하늘에 날벼락을 맞은 것처럼 한참을 있다가 여전히 기적을 바라며 물었다.

"무엇을 가져가라는 거죠?"

"도시락이지 뭐겠어요?"

"아메이 씨…… 당신이 잘못 들었겠죠?"

"아니에요."

아메이는 매우 확실하게 대답했다.

산산은 심호흡을 했다.

'안 돼. 용기가 부족해.'

그녀는 다시 한 번 심호흡을 하고 용기를 내어 말했다.

"아메이 씨, 미안하지만 전화를 사장님께 연결해주실래요?"

"네. 잠시만 기다려요. 여쭤볼게요."

잠시 후 아메이가 말했다.

"전화 돌려줄게요."

그녀의 전화가 끊어지고 회사 전체가 공통으로 사용하는 통화 연결음으로 바뀌자 산산은 전화기를 꼭 움켜쥐었다. 이미 사장과 두 번의 만남이 있었다고는 하지만 회사에서는 처음이어서 여전히 매우 긴장되었다.

일 분여가 지나서야 상대방 쪽에서 전화를 받았다. 펑텅은 나지막한 목소리로 말했다.

"여보세요."

"사장님, 저, 저는 쉐산산입니다."

"네. 무슨 일입니까?"

산산은 전화의 반대편에서 희미하게 서류를 넘기는 소리를 듣고 그가 업무를 보고 있을 것이라고 추측해 급히 간략하게 말했다.

"사장님, 점심 말인데요, 그날 펑 아가씨가……."

"점심."

펑텅은 그녀의 말을 끊었다.

"미스 쉐. 내가 비서를 고용한 것은 당신에게 도시락을 배달하기 위해서가 아닙니다."

'아무렴, 그렇고말고요.'

산산은 감격했다.

'사장님, 드디어 이해하셨군요. 그러니 앞으로 다시는 도시락을 보내지 마세요.'

"그래서 말인데 오늘부터는 당신이 직접 올라와서 가져가요."

사장은 그녀의 대답을 기다리지 않고 매우 박력 있게 전화를 끊었다.

산산이 전화를 받고 있는 이쪽은 아래층에 있는 재무과다. 그녀는 전화기를 들고 조각상 코스프레마냥 그대로 굳어 있었다.

동료들은 그녀를 재촉했다.

"산산 씨, 우리랑 같이 밥 먹으러 가자고 했잖아요. 갈 거예요, 말 거예요?"

"먼저 가세요."

산산은 전화기를 내려놓고 고개를 돌려 동료들에게 종잡을 수 없는 미소를 지었다.

"같이 안 가요? 그럼 어디 가서 먹을 거예요?"

"22층이요."

산산은 멍해져서 다리를 휘청거리며 재무과를 나오고 남은 동료들은 어리둥절한 얼굴로 서로를 쳐다보았다. 그때 동료 중의 한 명이 질투 섞인 부러운 말투로 말했다.

"어쩐지 오전 내내 그렇게 기분이 좋아 보이더니, 사장님의 그거였군요."

엘리베이터를 타고 22층 버튼을 누르고 나서 산산은 스스로를 위로했다.

'괜찮아, 괜찮아. 아메이 씨한테 가서 도시락을 가져오는 것뿐인데 뭐. 펑 아가씨께서 주방에 얘기하는 걸 잊으신 게 분명해. 다시 알려주면 그만이야. 그런데 펑 아가씨와 어떻게 연락하지? 사장님을 통해서?'

22층에 도착해 엘리베이터에서 걸어 나오자 산산은 눈앞이 휜해졌다. 과연 보스의 근거지답게 실내 인테리어가 아래 세상과는 확연히 달랐다. 정말로 정말로, 대단히 대단히.

그녀는 잠시 형용할 말을 찾지 못했다. 한마디로 말하면 노동자들의 피와 땀으로 모은 재물이라고 할 수 있었다.

그런데 아메이는 어디 있지?

산산이 사방을 둘러보며 아메이를 찾고 있을 때 팡 보좌관이 미소를 지으며 그녀 쪽으로 걸어왔다.

"쉐 아가씨, 사장님께서 당신보고 직접 사무실로 들어오라고 하세요."

"네? 아메이 씨에게 가는 게 아니고요?"

"아메이는 아마 식사하러 나갔을 겁니다. 빨리 들어가시죠. 사장님이 기다리고 계십니다."

"그럴 리가요."

산산은 울상이 되었다. 사장은 업무로 매우 바쁜 사람인데 어찌 도시락을 배달하는 일에 관여하겠나.

그녀의 표정을 보고 팡 보좌관은 웃지 않을 수 없었다. 그는 즐거운 표정으로 식사를 하러 아래층으로 내려갔다. 산산은 사장실 문 앞에서 잠시 주저하다가 손을 들어 노크를 했다.

"들어와요."

무거운 나무문을 밀어서 연 다음 그녀는 습관적으로 고개를 먼저 내밀어 안을 들여다보았다. 사장의 아지트는 산산이 상상했던 것보다 훨씬 널찍하고 눈부시게 환했다. 진중하고 깔끔한 성격인 보스는 멀리 사무실의 끝에 위치한 널따란 책상에 앉아서 고개를 숙인 채 서류를 보고 있었다.

일을 하고 있는 펑텅은 윗사람으로서의 또 다른 위엄을 풍기고 있었다. 빛이 그의 뒤에 있는 통유리를 뚫고 들어와 그의 젊은 신체를 더욱 부각시켰다. 그 모습은 산산을 자기도 모르게 두려움에 떨게 했다.

펑텅의 눈은 여전히 서류를 보고 있었다.

"거기 서서 뭐합니까? 이리 와요."

"아. 네."

정신을 차린 산산은 자신이 방금 보스의 '아름다운 용모'에 매료되었음을 알아차리자 저절로 식은땀이 났다. 위험한 동물일수록 겉모습이 훌륭한 것은 무엇일까. 바로 사장이 가장 전형적인 예다.

몸을 돌려 문을 닫고 그녀는 펑텅이 앉아 있는 책상의 가장자리로 걸어갔다. 그는 서류를 훑어보고 있었다.

"잠깐 기다려요."

산산은 고개를 끄덕였다. 그녀는 감히 펑텅을 방해하지 못해 그가 서류를 다 볼 때까지 어색하게 옆에 서 있었다.

잠시 후 펑텅은 마지막 장에 사인을 하고 나서 서류철을 닫았다. 그리고 고개를 들어 산산을 슬쩍 보고는 턱을 들어 오른쪽에 있는 응접실 테이블을 가리켰다.

"점심은 저기에 있어요."

산산은 한눈에 보고 하마터면 턱이 빠질 뻔했다.

맙소사, 이 펑 아가씨는 어떻게 갈수록 심해지는 거야! 예전에 배달된 도시락은 일회용 도시락 통이었는데 오늘은 나무로 만든 원통 3단 찬합이다.

게다가 두 개씩이나!

펑 아가씨가 나를 식충이로 아나 봐.

산산은 경악해서 웅얼웅얼 말했다.

"두 개씩이나…… 사장님, 전 이렇게 많이 못 먹어요."

펑텅은 기침을 했다.

"하나는 내 거예요."

산산은 더욱 놀랐다. 놀랍게도 보스와 동급의 대우라니. 설마……사장의 도시락에도 돼지간이 있을까.

산산은 멋쩍게 말했다.

"사장님, 저, 저는 더 이상 못 먹겠어요. 지난번에 펑 아가씨가 다시는 도시락을 보내지 않겠다고 했어요. 아마도 펑 아가씨가 깜빡 잊고 요리사에게 얘기하지 않았나봐요. 게다가 지난번에 뽑은 피도 이미 보충되었고요. 보세요. 혈색이 얼마나 좋아 보이는지."

그녀의 얼굴은 거의 돼지간처럼 빨개질 정도였다.

펑텅의 눈에 한 가닥 미소가 스쳤다. 그러나 즉시 또 냉담한 표정을 하고 말했다.

"여동생이 하는 일은 난 상관 안 하니 당신이 직접 얘기해요."

"저, 그럼 사장님, 펑 아가씨의 연락처를 알려주시겠어요?"

"어제 유럽에 갔어요."

펑텅은 여유 있게 말했다.

"한 달 후쯤에 돌아올 겁니다."

산산은 눈이 휘둥그레졌다. 앞으로 한 달이나 더 먹어야 한단 말인가.

"미스 쉐. 사양할 필요 없어요."

펑텅은 담담하게 말했다.

"그게 아니라……."

산산은 울고 싶을 지경이었다.

펑텅은 매우 고민스러운 듯 그녀를 보고 말했다.

"미스 쉐. 하는 일 없이 놀고먹는 것 같아 미안해서 그럽니까?"

"네. 네. 정확한 판단이세요. 사실 정말로 미안해요."

산산은 계속해서 고개를 끄덕였다.

"고작 점심 먹는 것뿐인데요?"

펑텅은 대답을 망설였다. 산산은 그런 그를 불안하게 바라보면서 하마터면 '사장님, 용서해주세요'라고 말할 뻔했다.

"그럼 이렇게 합시다."

펑텅은 잠시 주저하다가 결정을 내리고 그의 예쁜 눈썹을 펴면서 말했다.

"당신이 일을 해서 밥값을 하면 되겠군요."

"무슨 일을요?"

"도시락 통을 가져와요."

펑텅이 명령했다.

산산은 도시락 통 두 개를 모두 들고 왔다.

"열어봐요."

산산은 그중 하나를 열었다.

펑텅은 메뉴를 한눈에 휘둘러보고 말했다.

"음, 이 요리 안에 있는 당근채를 골라내요. 여기 있는 피망도 골라내고요."

산산의 바보같은 표정을 보고 펑텅은 즐거운 듯 한마디 덧붙였다.

"꼼꼼하게, 그날 고수를 골라내던 것처럼."

Part 8

산산은 영예로운 야채 골라내기 기능공이 되었다.

'부귀에 미혹되지 않고 가난에 뜻을 변치 않으며 무력에 굴복하지 않는다'고 했다. 그러나, 그러나, 그러나 그녀는 아직 수습기간이 지나지 않았다.

산산은 수습기간이 지나 정식 직원이 될 때까지 반드시 자신의 지조를 잘 보여주리라 결심했다.

일단 지금은 역시 콩을 먼저 골라내야겠지.

여전히 22층의 사장 사무실이다. 산산은 응접실 소파에 앉아서 열심히 노란 콩을 골라내고 있다. 펑텅과 고위 간부 몇 명은 사장실에 붙어 있는 작은 회의실에서 회의를 하느라 아직 나오지 않고 있다.

사장실에 처음 온 지도 벌써 한 달이 다 되어가고 있었다. 산산은 펑 아가씨가 돌아와서 자신을 구해줄 것이라는 희망을 걸기 시작했다. 그러나 그저께 사장 말에 의하면 펑 아가씨는 또 캐나다로 갔다고 했다.

정말이지! 아이를 낳은 지도 얼마 안 되었는데 여기저기 돌아다니 다니 사장의 식구들은 하나같이 이상하다. 예를 들어 사장으로 말 하자면 그의 편식은 상식을 벗어난 수준이다. 더 무서운 것은 시간과 요리 방식 변화에 따라 입맛도 변했는데, 오늘 먹은 것을 내일은 먹 는다는 보장도, 또 삶았을 때 먹었으니 볶아도 먹을 것이란 보장을 할 수 없었으며……

산산이 막 속으로 욕을 하고 있을 때 회의실 문이 열렸다. 펑텅은 여러 간부 사이에 둘러싸여 걸어나왔다. 그녀는 그 사람들이 누구인 지는 몰랐지만 그들이 회사의 고위 간부라는 것은 분명하게 알았다. 그래서 자신이 앉아 있는 것은 아무래도 예의에 어긋나는 일이라 손 에 든 숟가락을 내려놓고 일어서 예의 바르게 그들을 향해서 미소 지었다.

그러자 그 간부들이 즉시 말했다.

"미스 쉐. 이러지 마요. 얼른 앉아요."

헐!

그들은 나의 성이 쉐인지 어떻게 알았지?

망했다. 내가 줏대 없이 사장의 야채 골라내기 기능공이 된 것을 회사의 모든 사람이 다 알아버린 것이 분명하다!

산산은 거기까지 생각이 미치자 맥이 풀렸다. 앞으로 회사에서 어 떻게 지내야 하지.

펑텅은 원래 몸을 옆으로 하고 다른 사람과 말을 하고 있었는데 산산 쪽에서 인기척이 나자 몸을 돌려 말했다.

"다 됐습니까?"

"아직, 아직요."

산산은 황급히 자리에 앉아서 노란 콩을 골라냈다.

'나중 일은 나중에 다시 생각하자. 지금은 사장님을 잘 모시는 것이 우선이야. 야채를 고르면 고르는 거지. 좋든 싫든 사장님이 드시는 거니까!'

산산은 숟가락으로 노란 콩을 골라내 자신의 도시락 통에 놓았다. 사장님께서 말씀하시길 음식을 버려서는 안 된다고 하셨기 때문이다. 그래서 사장님이 드시지 않는 것은 산산이 반드시 다 먹어야했다. 물론 지금 이 노란 콩들도 그녀의 배로 들어갈 것이다.

그녀는 거침없이 콩을 골라내고 있었으며 그 간부들이 얼마나 경악하며 보고 있는지 전혀 알지 못했다.

미스 쉐가 단번에 높은 지위에 오른 것은 진작 알았지만 어째서 사장의 총애를 얻었는지는 모른다. 사장은 점심시간을 이용해 그 잠깐의 휴식 시간조차도 그녀와 함께 있으려 하다니, 소문을 전혀 의식하지 않는 모양이다.

지금 보니 그녀와 사장의 관계는 과연 예사롭지 않다.

그녀는 놀랍게도 자신이 좋아하는 음식을 사장의 도시락에서 집어 와 자기 그릇에 놓고 있다!

간부들은 생각에 잠긴 듯한 표정을 지으며 돌아갔다. 펑텅은 손에 든 자료를 책상에 던져버리고 산산의 맞은편으로 걸어와 앉았다.

그녀는 일어서서 공손하게 도시락을 사장 앞에 놓았다.

"사장님, 다 했습니다."

"앉아요."

"네."

산산이 사장과 점심을 함께 먹은 지도 이미 한 달이 되었다. 물론 그것은 보스의 명령이었다. 산산은 보스가 다 드시고 난 후 그릇과 젓가락을 정리할 사람이 필요한 것이라 생각했다.

산산은 젓가락을 들고 천천히 먹기 시작했다. 산산은 원래 밥을 매우 빨리 먹는다. 그녀가 후룩후룩하며 매우 효율적으로 먹자 사장이 보고 대단히 불만스러운지 그녀에게 자기와 비슷한 속도로 먹을 것을 요구했다.

사장의 승부욕은 정말로 매우 강하다고 할 수 있다. 자신보다 빨리 먹는 것도 질투를 하다니 말이다.

그래서 산산은 할 수 없이 한입 먹을 때마다 사장이 먹는 속도를 볼 수밖에 없었다. 그녀가 자꾸 쳐다보자 펑텅이 젓가락을 내려놓고 말했다.

"좋아하는 반찬이 있으면 직접 집어가서 먹어요."

산산은 입안에 든 음식 때문에 말을 할 수가 없어 급히 손사래를 쳤다. 펑텅은 알았다는 듯 고개를 끄덕였다.

"당신 말은 집어가지 않겠다는……."

'네. 네. 사장님, 총명하십니다.'

"나더러 집어 달라는 말입니까?"

산산은 간신히 음식을 삼키고 말을 하려던 참이었는데 펑텅의 말을 듣자마자 사레가 걸렸다. 그녀는 기침을 하면서 눈빛으로 펑텅에게 하소연했다.

'사장님 밥 먹을 때 웃긴 얘기는 하지 말아주세요! 게다가 너무 썰렁해요.'

평텅은 산산이 사레 걸려 눈물까지 흘리는 것을 보고 우아하게 몸을 기울여 그녀가 숨을 고르도록 가볍게 등을 두드려 주었다. 산산은 남자의 진한 숨결이 느껴지자 갑자기 가슴이 빠르게 뛰어 재빨리 옆으로 피했다.

사장의 카리스마는 과연 무서웠다. 그와 거리가 조금만 가까워지자 그녀의 심장조차도 강렬하게 그를 거부했다.

평텅은 손을 제자리로 하고 그녀의 약간 붉어진 얼굴을 바라보면서 문득 엷은 미소를 띠었다. 그리고 모처럼 부드럽게 말했다.

"무엇이 먹고 싶은지 천천히 말해요. 이렇게 서두르지 말고."

산산은 더욱 심하게 기침이 나왔다. 가까스로 숨을 고르고 재빨리 자신에 대한 오해를 해명했다.

"사장님, 절대로 사장님 반찬을 먹으려던 게 아니에요. 전 노란 콩이면 충분해요!"

"먹어도 괜찮아요."

평 사장은 시원시원하게 말했다.

"네?"

"오늘은 소고기가 괜찮네요."

평텅은 개의치 않는 듯 한마디 덧붙였다.

그렇군! 보아하니 그는 오늘 소고기가 별로 안 당기는 모양이다. 산산은 자신의 작은 배를 쓰다듬으며 결정을 내렸다.

"그렇게 맛있다면 저도 맛 좀 볼게요!"

깨끗한 숟가락을 든 다음 산산은 조금도 두려움 없이 사장의 도시락에서 소고기를 집어왔다.

평텅이 미소 지으며 말했다.

"사양하지 말고 먹고 싶으면 전부 다 가져가요."

그 순간 숟가락이 공중에서 멈췄다. 산산은 고개를 들어 펑텅을 바라보았다. 그녀는 눈물이 고일 뻔 했다.

"사장님."

"네?"

"배불러 죽어도 산재가 인정 되나요?"

마침내 사장의 양심이 드러났다. 그는 정말로 소고기를 그녀에게 전부 주지는 않았다. 그래서 산산은 단지 몇 점밖에 먹지 못했다. 그러나 왠지 모르게 줄곧 이상한 느낌이 들었다. 식사가 끝나자 펑텅은 양치를 하러 화장실로 갔다. 산산은 이상한 느낌에 마음이 불안해서 재빨리 정리하고 몰래 사라지려고 했다. 그때 펑텅이 나와서 말했다.

"내일은 올 필요 없어요."

산산은 놀라서 걸음을 멈추었다. 그냥 이렇게 해방되는 건가? 어떠한 힘든 투쟁도 전혀 없이? 산산은 얼마나 실망했는지 모른다. 어쨌든 그녀는 배짱 있게 한 번은 거절해야 한다. 그러지 않고서야 어떻게 그녀의 지조를 보여주겠는가.

하지만 이왕 이렇게 된 것도 좋다. 그녀의 가엾은 위를 학대하지 않아도 되니까. 이렇게 생각하자 산산은 한편으로 기분이 좋아져서 자기도 모르게 얼굴에 웃음이 넘쳐흘렀다. 애석하게도 웃음도 잠시, 펑텅의 다음 말을 들었다.

"보름 후에 다시 와요."

"네?"

펑텅은 입꼬리를 살짝 올리면서 말했다.

"문제 있습니까?"

"아, 아니요."

그리 좋은 일이 아닐 줄 알았지. 사장님, 항상 말을 반만 하고 뒤에 가서 딴소리 좀 하지 말아주실래요?

우울해진 산산은 트림을 하며 평텅의 사무실을 나왔다.

사장과 식사할 때 든 이상야릇한 느낌은 오후 내내 산산을 괴롭혔다. 그녀는 일을 하면서도 넋이 나가 있었다. 그러나 어디가 이상한지는 말로 표현할 수 없었다. 산산은 탕비실에 가서 차를 우려내다가 번뜩하고 생각이 떠오르자 저도 모르게 몸이 경직되었다. 그녀는 중얼중얼 혼잣말을 했다.

"그거였어. 남은 반찬…… 침……."

아아아, 그녀는 야채 골라내기 기능공이 되어 너무 열심히 야채를 골라내느라 그 소고기가 사장이 먹던 것이란 걸 전혀 의식하지 못했다. 사장의 침이 묻지는 않았겠지?

"무슨 침이요?"

"사장님 침이요…… 아!"

산산이 히뜩 돌아보자 동료 직원 아지아가 그녀 뒤에서 흥분한 표정을 하고 서 있었다.

산산은 아차 싶어서 입을 닫고 웃음으로 얼버무리려 했다. 야채 골라내기 일은 이제 썩 존귀하지 않게 되었으며 그녀는 자신이 이미 남은 음식을 먹는 처지로 전락했음을 사람들에게 알리고 싶지 않았다.

그러나 평소에 영리하고 처신술이 뛰어난 그 동료는 '사장의 은밀한 사생활' 때문에 이미 판단력이 흐려졌다. 아지아는 산산을 붙잡고 말했다.

"산산 씨, 보아하니 설마 오늘이 겨우 처음은…… 침 말이에요."

"맞아요!"

예전에는 절대로 남은 음식을 먹지 않았다.

"아, 아니, 아니에요. 한 번도 안 먹어봤어요."

산산은 컵을 받쳐 들고 허둥지둥 탕비실을 뛰쳐나왔다.

이렇게 분명한 진실을 감추려 하면 더욱 드러나는 법인데 어떻게 영리한 동료를 속일 수 있겠는가. 아지아는 믿을 수 없다는 표정으로 그 자리에 서서 감격했다.

'사장님은 정말 순수하셔. 오늘에야 키스를 하시다니.'

그러고 나서 아지아는 물도 붓지 않은 빈 컵을 들고 환상에 푹 빠진 채 탕비실을 나왔다.

남은 음식을 먹었던 악몽은 산산을 하루종일 괴롭혔다. 다음날 산산은 아메이로부터 사장이 린다와 팡 보좌관과 함께 유럽 지사로 떠났다는 소식을 듣고서야 완전히 떨치고 일어났다.

대마왕이 출국했다. 우하하하!

며칠 후에 더 좋은 일이 생길 거라곤 예상치 못하고 산산은 매우 즐거운 나날을 보냈다. 노땅 과장의 상사이자 산산의 상사의 상사인 최고재무관리자는 그날 그녀가 펑텅의 사무실에서 만났던 간부들 중 한 명이다. 그는 재무과 정례조회 시간에 쉐산산 외에 다른 두 신입사원의 업무 태도가 매우 우수함으로 수습 기간을 조기 종료하고 본격적으로 정식 사원이 되었음을 선포했다. 인사과 쪽에서도 상당히 의견이 합치했다. 인사 담당자의 적극적이고 열정적이며 또 반려하기 쉽지 않은 협조 아래 모든 절차는 매우 빠르게 이루어졌다.

산산은 날아갈 듯 기뻤다. 그녀는 정직원이 되었다! 앞으로 사장의 모든 불합리한 요구를 거절할 수 있다. 그리고 사장도 아무런 이유 없이 그녀를 해고할 수 없게 되었다!

사람은 좋은 일이 생기면 마음이 상쾌해진다! 산산은 만나는 사람마다 얼굴에 웃음을 띠었다.

유일하게 상쾌하지 않은 것은 구내식당의 식사의 질이 떨어졌다는 것이다. 오래전부터 그리워했던 갈비 정식은 어떻게 먹어도 영 맛이 없었다.

휴── 식당 요리사는 표창을 받고 나서 너무 거만해진 게 틀림없어.

Part 9

정직원이 된 후 산산은 느긋하게 있지 못하고 보스가 돌아오기를 손꼽아 기다렸다. 그런 그녀의 모습이 구체적으로 나타난 것은 다음과 같다. 그녀는 매일 출근해서 펑텅 빌딩으로 들어가기 전에 고개를 들어 투지 넘치는 눈빛으로 멀리 22층을 바라보았다. 그리고 퇴근해서 나갈 때에는 다시 고개를 들어 원대한 포부가 실현되지 못해 실망한 눈빛으로 바라보았다. 그리고 마지막에 비로소 아쉬워하며 회사를 떠났다.

그리하여 펑텅 빌딩의 모든 사람이 알아버렸다. 그들은 재무과 쉐산산이 사장이 없는 나날을 그리움에 하염없이 사장실을 바라보며 지냈고 상사병으로 이미 제정신이 아닌 것이 분명하다고 생각했다.

그날 정오, 산산은 점심을 먹고 사무실 책상에 엎드려 잤다. 잠든 지 얼마 안 돼 전화가 울렸다. 산산은 축 늘어진 채 전화를 받았다. 아메이의 목소리가 들려왔다.

"산산 씨, 시간 있겠죠. 이쪽으로 올라와요."

올라오라고?!

산산은 똑바로 앉았다. 설마 보스가 돌아온 건가?!

산산은 엄숙하게 대답했다.

"알았어요."

전화를 끊고 산산은 심호흡을 했다.

'침착하자, 침착해. 쉐산산! 넌 반드시 승리할 거야. 승리의 여신은 언제나 정의에 편에 서 있으니까! 절대로 보스의 외모와 돈 때문에 배반하지 않을 거야!'

산산은 순식간에 수면 상태에서 전투태세로 돌입하여 22층까지 불태울 기세로 최고로 왕성한 투지를 불사르고 있었다.

아메이는 산산이 온 것을 보고 손을 흔들어 그녀를 불렀다.

"산산 씨, 이리로 와요."

산산은 나중에 얘기하자는 뜻으로 그녀를 향해 손을 내저었다. 그리고 결연한 걸음걸이로 사장실 문 앞으로 걸어가 엄숙하게 문을 두드렸다. 그녀는 문을 두드리면서 마음속으로 대사를 읊었다.

'이럴 때 절대 그녀와 잡담할 수 없지. 그 순간 투지는 흐트러진다.'

이것은 무수한 무협소설에서 명백하게 서술하고 있는 진리다.

두드리고 두드리고, 또 두드리고…… 속도를 바꾸어 계속 두드렸다.

아무 대답이 없었다.

산산은 멍해져서 고개를 돌렸다.

아메이와 다른 비서 몇 명은 진작부터 웃겨 죽겠다는 듯 입을 가린 채 웃고 있었다. 아메이는 웃겨서 숨을 헐떡거리며 말했다.

"산산 씨, 사장님은 아직 안 돌아오셨어요."

"그럼 나보고 올라오라고 한 것은……."

"사장님이 안 계시면 부르면 안 되나요? 지난주에 집에 갔다 왔는데 산산 씨 주려고 고향 특산물을 가져왔어요."

아메이는 웃음을 참으며 봉투를 가져와서 그녀에게 주었다.

"와, 고마워요."

여러 사람의 웃음기 가득한 눈빛 속에서 산산은 땀을 흘리며 특산물을 가지고 풀이 죽어 아래층으로 내려갔다.

첫 라운드는 산산의 완패였다. 보스의 옷자락조차 만져보지 못했으니 말이다.

아메이는 오후 내내 기분이 좋았다. 마침 펑텅에게 전화해 지시를 받을 업무가 있었다. 업무에 대한 이야기가 끝나고 아메이는 별생각 없이 말했다.

"사장님, 미스 쉐가 사장님을 보고 싶어해요."

말을 하자마자 가슴이 쿵쿵 뛰었다. 그녀는 방금 자신이 경솔했다고 생각했다. 펑텅은 가까이하기 쉬운 스타일의 상사는 아니므로 부하 직원들은 그에게 항상 공손하게 대했으며 업무 이외의 일은 쉽게 말하지 못했다. 그런데 오늘 산산 때문에 한바탕 소동이 벌어지고 난 뒤라 아메이는 유달리 긴장이 풀어진 상태였다. 그래서 어찌 된 일인지 입에서 말이 나와버리고 말았다.

펑텅은 그녀가 그런 말을 할 줄 예상하지 못한 듯 잠시 후에야 편하게 되물었다.

"네?"

아메이는 마음속으로 사장이 말한 '네?'를 곰곰이 생각해보았다.

그녀는 그가 관심이 있으니 자신에게 계속 말하라는 뜻이라고 생각했다. 그래서 몰래 안도의 한숨을 쉬고 재빨리 오늘 산산이 했던 일을 있는 그대로 다 말해버렸다.

그런 일이 있고 난 그날 밤 산산이 컴퓨터 앞에 쪼그리고 앉아 게임을 할 때 이상한 전화를 받았다.

"두 시간 후의 비행기로 내일 정오에 도착합니다."

쉐산산의 대답을 기다리지 않고 상대방은 냉정하게 전화를 끊었다.

그녀는 핸드폰을 쥔 채 한참이 지나고 나서야 놀랍게도 방금 목소리의 주인공이 보스였다는 것을 알아차렸다.

"너무 제멋대로야!"

산산은 매우 화를 내며 핸드폰을 침대 위에 던져버렸다. 사장은 아직 돌아오지도 않았으면서 일방적으로 선전 포고를 했다.

게다가 국제전화로!!!

앗! 돈…… 산산은 핸드폰 요금 때문에 마음이 상했다. 그리고 고개를 돌려 컴퓨터를 보는 순간 하마터면 피를 토할 뻔했다.

분명히 방금까지는 보스를 때려죽이기 직전이었는데! 그러나 지금 질퍽한 피바다 속에 쓰러져 있는 것은 그녀였다! 괴물 보스는 위세를 떨치며 그녀의 시체 옆을 왔다 갔다 하고 있었다.

과연 보스는 모두 한패다. 그녀는 성동격서의 전술에 말려든 것이다. 상대를 유인하여 그 틈에 공격하다니!

피맺힌 원한은 또 새로운 원한을 낳는 법!

내일 돌아온다고 했지!!! 산산은 벌겋게 충혈된 눈을 부릅뜨고 컴퓨터를 노려보면서 주먹을 쥐었다.

다음날, 산산은 출근하자마자 아메이의 비밀 보고를 받았다. 사장이 탄 비행기가 12시에 S시에 도착해 대략 1시 정도에 회사로 돌아온다는 것이었다. 그래서 그녀는 사장의 호출을 기다릴 것도 없이 밥을 먹자마자 투지를 다지며 22층으로 달려가서 보스를 기다렸다.

기다리고 기다리다, 산산은 아메이의 자리에서 잠이 들었다.

12시 45분, 펑텅은 린다와 팡 특별보좌관과 함께 22층에 나타났다. 비서들은 모두 일어나서 맞이했다. 아메이는 산산을 밀었으나 반응이 없었다. 다시 힘을 내어 밀자 그녀가 비몽사몽간에 고개를 들었다.

잠이 덜 깬 산산은 눈앞의 모든 것이 흐릿했고 단지 몇몇 사람의 그림자만 가물가물했다. 잠시 후 점점 또렷하게, 또렷하게, 그녀는 어떤 이의 두 눈을 바라보았다.

산산의 내공으로는 그 두 눈에 담긴 생각을 알아챌 수 없었다. 그 눈의 주인이 그녀를 보고 의아한 듯 눈썹을 치키며 눈 속에 살짝 웃음기를 더하고 있었다. 그는 예상 밖인 한편 예상했던 표정이었다.

아메이가 말했다.

"사장님. 미스 쉐가 밥을 먹자마자 와 있었어요."

펑텅은 '음' 하고 한마디 한 뒤 사장실로 걸어갔다.

"들어와요."

산산은 아직 아메이의 자리에 어리벙벙하게 앉아 있었다.

린다가 말했다.

"미스 쉐. 사장님이 들어오라고 하세요."

아! 사장! 보스!

산산은 잠에서 완전히 깨어났다!

산산은 재빨리 아메이의 자리에서 일어나 빠른 걸음으로 펑텅을 뒤따라 사장실로 들어갔다. 펑텅은 손에 들고 있는 서류 가방 등을 모두 소파에 던지고 분부했다.

"문을 닫아요."

"네."

산산은 문을 닫았다. 보스의 명령에 대해 종종 그녀는 행동이 생각보다 빨랐다.

문을 닫고 몸을 돌린 산산은 어안이 벙벙해졌다.

사장이…… 옷, 옷을 벗고 있었다…….

괜찮다. 양복을 벗는 것뿐이다. 안의 셔츠는 아직 잘 입고 있다. 그런데 옷을 벗는 그 행동이 어찌나 그렇게 멋있는지. 어쩐지 표를 사서 스트립쇼를 보는 사람도 있다 했더니. 게다가 보스의 몸은 정말로 멋졌다.

산산은 그 모습을 말끄러미 바라보았다.

펑텅은 양복을 벗고 나서 그녀가 멍청하게 그곳에 서 있는 것을 보고 양복을 그녀에게 던졌다.

"걸어줘요."

그리고 그는 씻으러 화장실로 들어갔다. 남겨진 산산은 옷을 들고 그 자리에 화석처럼 굳은 채 서 있었다.

보스는 과연 보스다. 사람을 부리는 일을 언제나 이렇게 자연스럽게 한다. 이대로 계속 가다가는 그녀는 사장의 전담 하녀가 될 것이 분명하다.

산산은 주먹을 쥐고 결심했다. 반항하는 거다. 양복을 걸지 않는 것부터!

펑텅이 얼굴을 닦고 나오자 산산이 양복을 든 채 여전히 그 자리에 서 있는 것을 보고 그가 눈살을 찌푸렸다.

"옷을 걸 자리를 못 찾았나요?"

"아닙니다."

산산은 용기내서 말했다.

"사장님, 전 옷을 걸지 않겠어요!"

"왜죠?"

사장의 표정이 순간 섬뜩해지며 그가 느린 걸음으로 그녀를 향해 걸어왔다. 산산은 온몸이 고압 전류에 휩싸인 것 같은 느낌이 들었으며 압력은 점점 더 강해졌다.

"왜냐하면……."

그녀는 이를 악물고 두 손을 펴서 옷을 사장에게 바쳤다.

이제 이판사판이야!

"왜냐하면 지금 날씨가 춥기 때문이에요. 사장님, 옷을 입으시는 게 좋겠어요. 안 그럼 감기 드시겠어요."

'넌 정말 구제불능이야…….' 산산은 풀이 죽은 채 손에 든 양복을 바라보고 있었다.

됐어, 됐어. 이 정도 일이야. 중요한 건 오늘 도시락 때문에 온 것이다. 이건 절대로 타협할 수 없다.

펑텅이 살짝 미소를 지었다.

"내 걱정을 해서였군요. 방금 난 또……."

사장의 웃는 모습에 그녀는 등골이 오싹해져 급히 부인했다.

"아니에요, 아니에요. 당연히 사장님 걱정을 해야죠."

"왜죠?"

왜는 무슨 왜야? 왜 그를 걱정하냐고? 산산은 온갖 생각을 다 짜내 더듬거리며 말했다.

"왜냐하면, 왜냐하면, 사장님의 건강이 바로 직원들의 행복이니까요."

"나의 건강이 바로 직원들의 행복이다. 듣기 좋군요."

펑텅은 만족스러운 듯 고개를 끄덕였다.

"알았어요. 난 매우 건강해요. 그러니 옷부터 걸어요."

아, 사장의 말은 어딘가 이상한 것 같다. 산산은 옷을 걸면서 의혹이 들었다. 옷을 걸고 돌아와서도 어디가 이상한지 알 수 없었다. 그녀는 그 문제를 뒷전으로 내던지고 더듬더듬 입을 열었다.

"사장님……."

틀렸어, 틀렸어. 어떻게 이런 말투가. 부탁하러 온 것도 아닌데.

산산은 목을 가다듬고 재차 말했다.

"사장님!"

펑텅은 책상으로 걸어간 후 말했다.

"무슨 일이죠?"

"그게 말이죠, 점심……."

산산은 단번에 끝장내려던 참이었다. 그러나 펑텅이 그녀의 말을 잘랐다.

"아 참, 소파 위에 있는 쇼핑백 두 개를 가져와요."

또 그녀에게 일을 시키다니! 좋다. 마지막으로 한 가지 일만 하면 된다.

산산은 예쁜 쇼핑백 두 개를 가져와서 펑텅에게 건네주었으나 그는 받지 않고 컴퓨터를 켜더니 비밀번호를 입력했다. 그리고 거리낌 없이 말했다.

"당신 거예요. 가져가요."

당—신—거!

구천의 천둥소리 못지않은 그 세 글자는 산산을 철저히 진동시켰다. 그녀는 몇 분 동안이나 반응이 없었다. 방금 쇼핑백 안을 힐끗 보았을 때 화장품인 것 같았다. 보스가 그녀에게 화장품을 사주다니.

정말, 정말, 정말 끔찍해!

생존 본능이 산산에게 말한다.

그것들을 절대로 받아서는 안 돼. 받고 나면 방법이 없어…….

그래서 산산은 입을 열었다.

"사장님, 저는 안……."

'안'이라는 소리가 막 입에서 나오자 보스의 눈빛은 후려칠 기세였다. '안 받'의 '받' 소리가 고집스럽게 입 언저리에서 멈췄다. 산산은 하마터면 숨이 막혀 내상을 입을 뻔했다!

"뭐가 안입니까?"

또다시 그녀를 협박했다! 항상 창의성이라고는 전혀 없는 이런 수법으로 말이다. 산산은 그런 사장을 매우 경멸했다.

"안 받……을 수 없죠."

하필 매번 같은 수법에 협박을 당한다. 산산은 그러한 자신을 훨씬 경멸했다.

고개를 숙인 채 선물을 받은 조금의 기쁨도 없는 그녀를 보고 펑텅의 눈에도 불편한 심기가 드러났다.

"됐어요. 나가 봐요."

펑텅은 차갑게 식은 표정으로 손을 흔들어 그녀를 내보냈다. 산산이 문 앞으로 걸어가자 펑텅이 또 말했다.

"내일 점심 때 잊지 말고 올라와요."

산산은 그제야 점심에 관한 일을 아직 해결하지 못한 것이 생각났다. 일의 순서가 보스의 선물 때문에 전부 엉망이 되어버렸다.

사장실을 나온 산산은 보스에게 반드시 선물 값을 갚아야겠다고 결심했다. 그러나 보스는 분명히 받지 않을 것이다. 그래서 그녀는 매우 지혜롭게 묘안을 생각해냈다.

'앞으로 특근할 때 특근 카드를 안 찍어야지. 그래서 특근 수당을 받지 말아야겠어. 그럼 대충 가능하겠지.'

린다는 산산이 쇼핑백을 들고 나오는 것을 보고 웃으면서 말했다.

"미스 쉐. 역시 당신 선물이었군요."

그녀도 선물에 일조했다는 듯 말했다.

"그 브랜드는 제가 사장님께 추천한 거예요. 겨울만 되면 피부가 건조하다 못해 각질까지 일어난다고 했죠? 그걸 쓰면 아마 톡톡히 효과 볼 거예요."

사실상 산산에게 선물을 주는 것도 린다가 사장에게 제안한 것이었다. 그러나 이 말은 당연히 할 수 없다. 사장이 귀국하기 전 린다는 본의 아닌 척 그에게 산산의 선물을 준비 해야 하는 것인지를 물었다. 펑텅은 그녀의 제의가 약간 의외인 듯 잠시 후 비로소 고개를 끄덕이며 그녀에게 선물에 대한 일을 처리하라고 했다. 아마 그 전에는 산산에게 선물을 줄 생각을 아예 하지 않았던 것 같다. 이렇게 말하고보니 이 쉐 아가씨의 지위가 결코 확고하지 않은 것 같다.

그러나 어찌 되었든 지금은 그녀를 포섭해야 한다.

산산은 린다의 말을 듣고 그제야 생각났다. 산산이 패셔니스타인 린다와 아메이에게 피부 트러블에 대해 조언을 청한 적이 있었다. 뜻밖에도…….

"린다 씨."

산산은 무언가 생각나서 긴장하며 물었다.

"이 화장품들은 금액이 얼마나 되나요?"

린다는 속으로 눈살을 찌푸리며 산산이 정말로 옹색하다고 생각했다.

'남자가 선물을 주면 그냥 받으면 되지. 저속하게 가격을 묻기는.'

린다는 그래도 웃으면서 금액을 말했다.

가격을 들은 산산은 오로지 한 가지 생각뿐이었다.

'사장님, 차라리 내쫓아주세요…… 이렇게 비싸다니요, 특근을 얼마나 더 해야 하나요!'

산산은 모든 의욕을 상실하고 중얼중얼거리며 말했다.

"린다 씨, 좀 더 싼 것을 추천할 수 없었나요?"

그런 후 모든 사람의 의아해하는 눈빛 속에서 산산은 혼이 나간 모습으로 아래층으로 사라졌다.

Part 10

산산은 오후 내내 혼이 나간 것처럼 보내고 밤이 되자 또다시 침대에 앉아 화장품들을 보면서 넋을 놓고 있었다. 보스는 과연 부르주아다. 남을 협박해 금전을 늘리는 수법을 이처럼 능숙하게 이용하다니.

에이——

산산은 예쁘게 포장된 상자를 뜯어 한번 사용해 보려고 했다. 어디까지나 그것들은 산산이 앞으로 몇 년간 특근 수당으로 갚아야 하는 것들이다. 그러므로 절대로 사용 기간이 지나게 돼서는 안 된다. 그러나 그 잡다한 용기들을 꺼내보고 산산은 할 말을 잃었다.

그 병들에는 뭐라고 쓰여 있는 거지?

알파벳 하나하나는 다 아는 것인데 모두 합쳐놓고 보니 무슨 뜻인지 알 수 없었다. 프랑스어인가?

산산은 황당했다.

그녀는 상자를 한쪽에 던져버리고 침대에 누워 천장을 보았다. 그런 후 다시 일어나서 종이와 펜을 찾아 병에 있는 알파벳을 그대로 베껴 썼다. 그리고 내일 사무실의 동료에게 물어볼 생각이었다.

다음날 출근해서, 산산은 이 방면에 대해서 비교적 전문가인 동료 두 명에게 물어보았다. 그러나 그들도 알지 못했다. 산산은 곰곰이 생각하다 어쩔 수 없이 린다에게 물어보기로 했다.

'그녀가 추천한 브랜드이니까 당연히 알겠지.'

금세 또 점심시간이 되었다. 산산은 매우 우울해져서 위층으로 올라갔다.

산산이 우울한 이유는 자신의 마음이 모순적이기 때문이다. 속담에 남의 걸 먹으면 말이 떳떳치 못하고 남의 걸 받으면 사정을 봐준다고 했다. 그녀는 먹기도 하고 받기도 했으면서 사장의 요청을 거절하려 하니 자신이 마치 배은망덕한 소인배 같았다. 그러나 만약 거절하지 않는다면 앞으로 계속 먹어야 하고 아마도 계속 받아야 할지도 모른다. 이렇게 끊임없이 반복하다가 그녀는 야채 골라내기 기능공에서 노예 직원으로 변할 것이 빤하지 않은가?

노예 직원…… 산산은 전신이 오싹해지며 몸을 부르르 떨었다. 안 돼, 안 돼. 이러면 영원히 곤경에서 벗어날 날이 없어져! 소인배가 될지언정 노예 직원은 될 수 없어!

전자는 인격의 문제이나 후자는 인생의 문제다.

산산은 또 한 번 결심했다.

그러나 사무실에 들어가자마자 산산은 사장의 현재 기분이 결코 좋지 않음을 알아차렸다. 그럴 만도 하다. 배가 고픈 보스는 기분이 좋지 않은 것은 물론이고 사납기까지 하다. 호랑이 코털을 건드리는 말은 보스를 배불리 먹이고 나서 다시 해도 된다.

산산은 자진해 앉아서 야채를 골라내기 시작했다. 다 골라낸 다음 공손하게 보스에게 식사하러 오시라고 말했다. 그러고 나서 밥을 먹으면서 몰래 그를 관찰했다. 음, 과연 보스의 표정이 점점 부드러워지고 있었다.

그리하여 밥을 다 먹고 산산은 마침내 용감하게 입을 열었다.

"사장님, 야채를 골라내는 이 일을 앞으로 하지 않으면 안 되나요?"

펑텅의 예쁜 눈썹이 모아지는 것을 보고 그녀는 재빨리 희생양을 찾았다.

"팡 보좌관님에게 시켜 주세요."

'팡 보좌관님, 미안해요······.'

"아! 아니에요. 아메이 씨를 시키세요!"

산산은 문득 양쪽에게 모두 이로운 방법이 생각났다. 그것은 결코 아메이를 모함하려는 것이 아니다. 아메이 본인이 말한 것이다. 지난번에 쇼핑하러 갔을 때 아메이가 말하길 이러한 일은 그녀가 하고 싶어도 할 수 없으니 산산이 하기 싫으면 그녀에게 양보해달라고 했다.

"아메이 씨는 학력도 높고 능력도 있어요. 또 세심하고 상냥하기까지 해요. 게다가 사장님 가까이 있으니 부르자마자 달려올 수 있고요."

산산은 야채를 파는 것처럼 아메이의 장점을 세세하게 열거했다.

펑텅을 실눈을 뜨고 말했다.

"날 위해 야채를 골라내는 걸 일이라고 생각하나요?"

'그럼 뭔가요?' 산산은 정말로 이렇게 반문하고 싶었다. 애석하게

도 그녀의 용기는 이미 소진되어서 말을 할 배짱이 없었다. 사장의 지금 표정은 방금 배가 고팠을 때보다도 무섭다!

"이 일이 하기 싫다면 그럼 이걸 일이라고 생각하지 말고 해요."

"네?"

도대체 하라는 거야 말라는 거야? 사장의 말은 어쩜 그렇게 심오한지 좀 명쾌한 답을 줄 수 없나? 산산은 그의 말 때문에 현기증이 나려했다.

"당신 말대로 아메이는 학력도 높고 능력도 있고⋯⋯."

어! 호전의 조짐인가? 산산은 기뻐서 강력하게 추천했다.

"아메이는 석사예요!"

"그러므로 그녀에게 이 일을 시키는 건 인재를 낭비하는 겁니다."

펑텅은 냉정하게 말했다.

"당신이 적임자예요."

대답을 하지를 말지. 사장님, 왜 인신공격을 하나요. 산산은 우울해졌다.

그녀가 화를 억누르고 있는 모습을 보고 펑텅은 기분이 어느 정도 회복되어 화제를 바꾸어 말했다.

"어제 준 선물은 쓸 만한가요?"

"아직 안 써 봤어요."

펑텅의 얼굴이 또다시 구름이 낀 듯 어두워졌다.

산산은 황급히 해명했다.

"그게 아니라 병에 뭐라고 쓰여 있는지 모르겠어요. 그래서 베껴 썼어요. 이따가 린다 씨한테 물어보면 돼요."

펑텅이 질책했다.

"그런 것까지 다른 사람에게 물어보다니 창피스럽지도 않습니까? 내가 다 민망할 정도네요."

불어를 모르는 것도 죄인가? 산산은 너무 억울했다. 그녀는 재무과 평사원일 뿐인데.

사장님 제발 나에게 보통을 능가하는 기준으로 판단하지 말아주시겠어요? 더군다나 창피해도 내가 창피하지 사장님과 무슨 상관이에요.

"가져와봐요."

펑팅은 얼굴에 실망감을 감추지 못하고 말했다.

"무엇을요?"

그녀는 어리둥절했다.

"베껴 썼다고 하지 않았나요? 어디 있나요?"

"아."

산산은 그가 무엇을 하려는지 알 수 없었지만 고분고분하게 호주머니에서 종이를 꺼냈다. 펑팅이 슬쩍 보고는 책상 위에 올려놓았다.

"이리 와 봐요."

뭐 하는 거지? 산산은 사장 쪽으로 다가갔다.

"잘 들어요."

펑팅은 어떤 단어를 가리키면서 번역하기 시작했다.

"이것은……."

그는 하나하나 번역해나갔다. 산산은 멍하게 서 있었다. 사장이 직접 설명해주다니!

그녀는 아직도 놀란 상태인데 펑팅은 이미 설명을 끝내고 물었다.

"기억했나요?"

방금 놀라서 사장만 보고 있다가 그녀는 설명을 아예 듣지 못했다.

평텅은 돼지를 보는 듯한 눈빛으로 산산을 바라보고 있었다. 그녀는 창피해서 고개를 숙였다.

"당신은 도대체 어떻게 채용된 건가요?"

평텅은 고개를 가로저으며 한숨을 내쉬었다.

"됐어요."

그는 펜을 들어 각각의 단어 뒤에 해석문을 썼다.

그가 펜을 들고 있는 자세는 대단히 박력 있었으며 선천적으로 타고난 대세를 장악하는 기세가 있었다. 필체 또한 매우 힘이 있었다. 산산의 시선은 종이 위에서 어느덧 평텅의 몸으로 옮겨가고 있었다. 그를 바라보면서 그녀는 점점 넋이 나갔다.

고개를 숙여 글씨를 쓰고 있는 사장의 현재 모습이 어째서 부드러워 보이지…… 분명히 짜증내는 모습인데…… 착각일 거야, 분명히 착각이야.

평텅이 다 쓰고 나서 고개를 들자 산산이 정신 나간 모습으로 자신을 쳐다보고 있는 것을 보고 그는 기분이 갑자기 좋아졌다. 그리고 종이를 그녀에게 주었다.

"자 받아요."

"네."

산산이 종이를 받으며 말했다.

평텅이 살짝 미소를 지었다.

"내일 제때에 오는 거 잊지 마요."

산산은 예상치 못한 사장의 미소 때문에 멍하게 넋을 잃은 채 고개를 끄덕였다.

"네."

펑텅은 흡족해하며 말했다.

"이만 가봐요."

산산은 멍해져서 사장실을 나왔다.

곧바로 사무실로 돌아온 그녀는 그제야 정신을 차렸다.

아아! 사장님은 정말 너무해. 남을 협박해 달러를 늘리는 것도 모자라 미남계까지 쓰다니. 문제는 그녀가 그 계략에 빠져버린 것이다.

두 번의 대전을 치르고 나서 산산은 깨달았다. 사장은 힘으로 이기려 해서는 안 되며 전략을 세워 싸워야 한다. 또 단도직입적으로 말해서는 안 되며 우회적인 방법을 생각해내야만 한다. 며칠 후 마침 CPA 성적이 나왔다. 사무실에 그 시험에 응시한 사람이 날마다 그 이야기를 했다. 순간 산산은 좋은 생각이 번쩍하고 떠올랐다.

그날 펑텅과 식사를 하고 나서 그녀는 진지하게 말했다.

"사장님, 전문지식을 쌓아 회사 일을 더 잘하기 위해서 CPA 시험을 치려고 합니다. 그러려면 점심시간에 열심히 공부해야 해요. 그래서……."

산산은 말을 멈추고 사장을 바라보면서 속으로 그가 스스로 이해해서 센스 있게 '내일부터 올 필요 없어요. 열심히 책 봐요'라고 말하기를 기대했다. 사장은 CPA 시험이 내년 9월에야 있다는 걸 분명히 모르겠지?

과연 사장은 깨달은 얼굴로 말했다.

"사무실이 시끄러운가요? 음, 그럼 점심시간에 여기 와서 책을 보도록 해요."

그녀는 맥이 빠져버렸다.

이번에 또 실패했지만 산산은 꿋꿋한 아이다. 그녀는 이미 전투를 통해서 재미를 찾았으며 장기전에 대한 마음의 준비도 잘 되어 있었다. 그래서 큰 타격은 받지 않았기 때문에 그녀는 사장실에서 책을 보라는 펑텅의 말 따위는 아예 마음에 두지 않았다.

이튿날 사장실에서 책상 위의 '거대한' 책 더미를 마주한 산산의 표정이 장난이 아니었다.

"이게 다 뭐죠?"

"CPA 교재예요."

사장은 태연하게 대답했다.

산산은 '도끼로 제 발등 찍기'가 무엇인지 마침내 이해했다.

"여기서 공부하고 싶다고 하지 않았나요? 당신이 잊어버리고 책을 안 가지고 올 것 같아서 린다 씨에게 준비하라고 했어요."

펑텅은 말을 하면서 그녀 옆으로 걸어와 책들을 뒤적여 보더니 눈살을 찌푸리며 말했다.

"왜 고작 몇 권뿐이지?"

산산은 눈앞이 캄캄해져 참다 못해 말했다.

"이것도 너무 많아요!"

CPA는 원래 다섯 과목으로 교재만 해도 매우 많다. 그런데 그 책 더미에는 교재뿐만 아니라 참고서와 각종 시험지까지 포함되어 있었다.

그런데 그는 적다고 한다!

펑텅은 가타부타 내색을 하지 않고 시험지 한 부를 빼내 펼쳐 보왔다.

"이 시험지들은 책이라고 할 수 없죠."

펑텅은 잠시 시험지를 뒤적이고 말했다.

"공부를 시작해요. 앞으로 보름에 한 번씩 시험을 치겠어요."

시험?! 설마! 사장이 담임교사도 맡을 생각인가?

"하지만 전 출근해야 해요."

"그럼 토요일에 와요."

"토요일은 휴일인데 출근할 필요가 없잖아요?"

"내가 언제 출근하라고 했나요?"

펑텅은 기분 좋게 미소를 지었다.

"와서 시험을 보라는 겁니다. 전문 지식을 쌓아 회사 일을 더 잘하기 위해서요."

산산은 결사적으로 대항하였다.

"그럼 한 과목…… 아니, 두 과목만 치겠어요. 다섯 과목은 통과할 수 없어요."

CPA는 정말 어렵기로 악평이 난 시험이다.

"시험은 아직 일 년이나 남았어요. 시간은 많아요."

정말 간사하다. 그는 시험이 언제인지 알고 있었던 것이다!

"또……."

펑텅은 침착하게 말했다.

"내게 당신이 합격할 수 있는 방법이 있어요."

어! 사장이 무슨 비결이라도 있는 건가? 산산의 두 눈이 빛났다. 산산은 정말로 부정행위를 할 생각은 없지만 그 말에 솔깃한 것이 그녀의 솔직한 심정이었다.

"한마디로 정리하죠."

과연, 과연! 사장은 매우 자신 있는 모습이다! 산산은 감격했다.

"합격하지 못하면 월급을 삭감하겠어요."

오후 근무 시작 5분 전, 산산은 평텅 때문에 누렇게 뜬 얼굴로 사장실에서 풀려났다. 그녀는 두툼한 책 몇 권을 두 손으로 받쳐 든 채 다크서클이 생긴 두 눈을 뜨고 아래층으로 내려갔다.

'처음 북을 치면 사기가 오르고 재차 북을 치면 사기가 쇠하며 세 번째 북을 치면 사기가 완전히 없어진다'라고 했다.

이 전투 끝에 산산은 완전히 기진맥진한 상태가 되었다.

동시에 하나의 진리를 깨달았다.

하늘과 싸우는 것은 즐거운 일이다.

땅과 싸우는 것도 즐거운 일이다.

그러나 보스와 싸우는 것은 미련한 짓이다.

Part 11

평사원인 쉐산산은 최근에 취미 하나가 늘었다. 바로 자기 전에 2시간 동안 게임을 하는 것이다. 그녀는 새로 계정을 만들고 강력한 캐릭터를 골랐다. 아이디는 '보스 때려눕히고 꿀잠 자기'로 지었다.

간혹 가다 시답잖은 사람이 왜 '키스하고 꿀잠 자기'로 하지 않느냐고 캐묻곤 한다. 그러나 산산은 그래도 매우 즐겁게 논다. 매일 보스를 때려눕힌 후 반드시 낮에 받았던 스트레스를 풀어야 기분 좋게 잠을 잘 수 있다.

잠을 잘 잔데다가 매일 사장실에서 배터지게 먹은 까닭으로 그녀는 금방 체중이 불었다.

산산은 놀랍고도 기뻤다.

그 살들은 분명 사장 집의 밥을 먹고 찐 것이다. 돈 한 푼 들이지 않고 완전히 거저 찐 것이니 어떻게 기쁘지 않을 수 있을까? 하여간 그녀는 돈을 번 것 같은 느낌이 들었다.

또 다른 어느 날 저녁, 산산은 보스를 때려눕히고 잠자리에 들기 전 양치와 세수를 하러 화장실에 들어갔다. 그녀는 화장실 거울에 얼굴을 가까이 대고 볼의 살을 집었다.

음, 단순히 살만 찐 게 아니라 매우 보드라웠다. 촉감이 예전보다 훨씬 좋아졌다. 피부가 좋아진 데에는 사장이 선물로 준 화장품도 당연히 한몫했다. 예전 이맘때면 벌써 얼굴에 각질이 일어났을 것이다.

왼쪽 볼을 눌러보고 다시 오른쪽 볼을 눌러보고 산산은 문득 고민스러워져 혼잣말을 했다.

"후, 이 정도면 봐줄 만한데. 왜 아무도 상대해주지 않지?"

그녀와 같은 시기에 입사한 여사원들은 이미 모두 쫓아다니는 사람이 있었다. 회사에는 솔로 청년들이 그렇게 많은데 어떻게 한 명도 나에게 반하지 않았을까? 산산은 자존심에 약간 상처를 입었다.

만약 누군가가 그녀에게 접근한다면…… 산산이 막 이러한 상상을 하기 시작하자 그녀의 머릿속에 음침하게 웃고 있는 사장의 얼굴이 떠올랐다. 산산은 갑자기 진저리를 쳤다. 그러자 모든 환상이 깨져 버렸다.

'어떻게 사장님 생각을 할 수가 있지? 소름 끼쳐! 잠이나 자자!'

산산은 황급히 침대로 올라가 머리에 이불을 덮어썼다.

결국 그녀는 밤새 잠을 설쳤다. 사장의 망령이 흩어지지 않고 그녀의 꿈속을 돌아다녔다.

꿈나라는 아름다운 세상이다.

여기는 끝없이 넓은 푸른 초원이다. 산산은 땅에 쪼그리고 앉아 즐겁게 풀을 먹고 있다. 그렇다. 풀을 먹고 있다. 왜냐하면 그녀는(그것은?) 지금 흰 토끼이기 때문이다.

먹다가 보니 갑자기 검은색 구두가 시선에 들어왔다. 토끼 산산은 머리를 들어서 보았다. 아, 알고 보니 사장이었다. 단정하고 아름다운 차림을 한 사장은 우아한 자태로 고개를 숙여 그녀를 향해 미소 짓고 있었다.

토끼 산산은 그를 슬쩍 보고는 바로 머리를 숙여 계속해서 풀을 먹었다. 그녀는 먹으면서 생각했다.

'교외로 나들이 오는데 양복을 입다니, 정말 안 어울려.'

산산이 속으로 욕하고 있을 때 갑자기 누가 그녀의 긴 귀를 한줌으로 쥐고 들어 올렸다.

"나보다 풀이 더 근사합니까?"

사장은 매우 화가 나서 말했다.

"쓸데없이 밥을 먹였군요. 괜히 당신을 좋아했어요."

'좋아한다고? 내가 잘못 들었겠지?'

그녀는 놀라 얼이 빠졌다. 주둥이에서 풀이 절반이나 흘러내렸다.

사장은 그녀가 마음속으로 무슨 생각을 하는지 아는 것처럼 기침을 한 번 하고 거만한 표정으로 말했다.

"제대로 들었어요. 나는, 음, 그러니까 당신을, 너무 감동할 필요 없어요."

산산은 여전히 얼이 빠져 있었다. 주둥이에서 풀 한 가닥이 또 흘러내렸다.

사장은 그녀가 계속 말을 하지 않자 화가 났다.

"이렇게 말 안 할 거예요? 왜 아무 반응이 없어요?"

산산은 고개를 저으며 '난 토끼예요. 어떻게 말을 할 수 있겠어요'

라고 말하고 싶었다. 그러나 누가 알았겠는가. 사장은 그녀가 고개를 흔드는 것을 보고 갑자기 외마디 포효와 함께 순식간에 호랑이로 변하여 토끼 산산을 한입에 삼켜 버렸다.

'아' 하는 비명과 함께 산산은 한밤중에 놀라서 깼다. 그녀는 이불을 껴안은 채 식은땀을 흘리고 있었다.

정말 무섭고도 기이한 꿈이다! 앞으로 다시는 게임을 하면 안 되겠다.

그 초원은 매우 낯이 익었다. 바로 게임 속에서 그녀가 항상 괴물을 때렸던 곳이었다. 그 호랑이는 더욱 낯이 익었다. 바로 오늘 그녀가 때려죽인 괴물 보스였다.

놀랍게도 그 괴물이 사장과 함께 복수를 하러 왔단 말인가.

좋아, 좋아…… 그건 중요하지 않다. 중요한 건 바로!!!

꿈속에서 사장이 그녀를 좋아한다고 말했을 때 그녀는 얼굴이 귀 밑까지 빨개진데다가 심장이 뛰는 소리가 우레와 같았다. 만약 인내심이 부족한 사장이 호랑이로 변하여 그녀를 한입에 먹어치우지 않았다면 그녀는 자의 반 타의 반으로 승낙했을 것이다.

산산은 이불을 껴안고 벌벌 떨었다.

설마…… 설마 자신이 보스한테 그런 뜻이 있는 건 아닌가? 그렇지 않으면 왜 부끄럽고 심장이 뛰었겠는가.

그럴 리가!!!

설마 빨리 죽고 싶을 정도로 싫어서?

만약 그녀가 이런 헛된 생각을 한다는 것을 사장이 안다면 분명히 그녀를 22층 창문 밖으로 던져버릴 것이다.

"아니, 아니야…… 분명 그런 게 아냐. 고백을 듣고 심장 박동이 빨라지는 게 정상이지. 안 그럼 죽은 사람이게."

산산은 애써 자신을 합리화했다.

"맞다, 맞아. 바로 그거야. 설사 돼지가 고백했다 해도 난 부끄러웠을 거야. 더군다나 사장님은 사람이잖아. 틀림없어. 바로 그거야."

그녀는 자신이 사장에 대한 충성심이 대단한 것이지 절대로 '딴마음'은 없다고 재삼 확실히 결정을 내렸다. 그러자 마침내 마음이 진정되었다. 하지만 지나치게 놀란 나머지 늦은 밤에 전혀 잠을 이루지 못했다. 그리고 다음날 그녀는 신경쇠약 증세에 시달리며 출근했다.

뜻밖에도 점심시간 사장실에서 산산의 신경쇠약 증세를 더욱 심하게 하는 일이 또 발생했다.

"왜…… 제가 당신들과 함께 여행을 가야 하죠?"

산산은 정말로 보스의 어깨를 거세게 잡고 흔들고 싶었다. 사장실과 인사과 직원들이 여행을 가는 게 나와 무슨 상관이지! 왜 나도 가야하는 거야!

펑텅의 직원들은 매년 한 번씩 회사 공금으로 여행을 가는 기회가 있다. 수많은 노선을 제시하여 직원들에게 선택하도록 했다. 언제부터인지 두 개 부서가 연합하는 전통도 생겼다. 그래서 그 전통은 은연중에 당연시되어 지금까지 계속 이어져오고 있었다. 올해 재무과는 산산이 회사에 들어오기 전에 이미 홍보과와 함께 여행을 다녀왔으며 사장실은 벌써 지난해에 인사과와 함께 가기로 결정했다.

펑텅은 보통 이러한 여행에 참가하기를 매우 귀찮아해 예전에는 그의 종적을 찾아 볼 수가 없었다. 그런데 올해는 어찌 된 셈인지 불현듯 참가하려고 했다. 인사과 직원들에게 그 소식이 전해지자 모두 매우 들떠 있었다.

그러나 방금, 사장은 매우 대수롭지 않은 말투로 산산에게 '통보'했다.

"모레 아침 7시 정각 회사 건물 아래에 집합해서 우리와 함께 타이후太湖(중국의 3대 담수호)로 여행을 갑니다."

"사장님…… 저, 저는 가고 싶지 않아요."

산산은 얼마나 비통하고 분한지 몰랐다. 사장이 그녀를 끌고 가서 무엇을 하려 하는지는 발가락으로 생각해도 알 수 있다. 분명히 바깥 음식에 그가 싫어하는 것이 있을까봐 걱정되어서다. 그래서 그녀를 데리고 가 언제든지 야채를 골라내게 하려는 것이다.

산산이 거절하자 펑텅의 표정이 무거워졌다.

"혹시 남아서 시험을 치고 싶은 건가요?"

시험…… 맞다. 모레는 토요일이다. 그녀가 CPA 시험을 치는 날이 또다시 돌아왔다.

원래는 사장이 그냥 하는 소리인 줄 알았다. 그런데 지난번에 정말로 그녀를 불러 시험을 치게 할 줄 누가 알았겠는가. 하지만 지난번엔 사장 본인이 공무가 있어서 남이 한가한 꼴을 두고 보지 못해서였다. 그런데 이번에는 여행을 가는 것이 아닌가. 그러면 그녀를 지켜볼 시간이 어디 있겠는가?

산산은 이렇게 반박하려다 생각해보니 아니었다. 사장의 성격으로 보아 직접적으로 거절했다가는 그는 분명 다른 방법을 생각해서 그녀를 괴롭힐 것이다. 아니면…….

산산은 머릿속에 아이디어가 떠올랐다. 생각할수록 기묘해 그녀는 저절로 얼굴에 웃음이 떠올랐다. 그리고 매우 간절하게 펑텅에게 말했다.

"사장님, 사장님과 함께 여행을 가게 돼서 정말 기뻐요. 모레 반드시 제때에 도착하겠습니다. 하하하."

산산이 환하게 웃자 펑텅도 그녀를 보고 미소를 지었다.

산산의 생각은 이러했다. 7시 집합이다. 그럼 그녀는 7시 반 심지어 8시에 나타난다. 단체여행은 분명히 그녀 한 사람 때문에 기다리지 않을 것이다. 시간이 되면 그들은 떠나고 그녀를 탓할 수 없다.

물론 나타나지 않아서도 안 된다. 그러면 사장이 그녀가 고의적이라는 것을 알 것이다. 그래서 산산은 8시쯤 경비아저씨에게 가서 자신의 도착을 보고하고 차가 막혀 여행 시간에 맞춰 오지 못한 섭섭함과 안타까움을 전달한다. 이렇게 하면 목격자가 생기게 되는 것이다.

히히히히, 정말로 완벽한 계획이다. 정말로 갈수록 계략이 늘어나는 것 같다.

그리하여 토요일 아침 8시, 산산은 빵을 물고서 매우 여유롭게 회사 앞에 나타났다.

그런 후, 그녀는 떡하니 서 있는 관광버스 한 대를 보았다.

헐!

산산은 믿을 수 없어 핸드폰을 꺼냈다.

'벌써 8시가 다 됐는데 왜 아직도 출발하지 않았지?'

그녀는 관광버스 앞에 화석처럼 굳어 있었다.

그때 아메이가 창문을 열고 큰 소리로 그녀를 불렀다.

"산산 씨, 빨리 타요. 기다리고 있었어요."

산산은 고개를 끄덕이며 몽유병 환자처럼 걸어가 차를 탔다. 그리고 한눈에 사장을 알아보았다. 그는 앞줄 창가 자리에 앉아 있었다. 부드러운 재질의 회색 스웨터를 입고 있는 그는 유달리 환하게 빛나는 모습이었다. 산산은 그가 그렇게 편한 복장을 하고 있는 것을 처음 보았다. 그는 회사에 있을 때보다 덜 엄격해 보였으며 훨씬 젊고 멋스러워 보였다.

힐끗 눈을 굴려 차 안을 둘러보니 단지 사장 옆에만 빈자리가 있었다. 산산은 매우 눈치 있게 펑텅의 옆에 앉아 정성스럽게 인사했다.

"하하, 사장님, 안녕하세요."

펑텅은 냉담하게 말했다.

"안녕 못합니다."

산산은 찔리는 바가 있어 억지웃음을 지었다.

모두 도착하자 기사는 차를 몰아 출발했다. 아가씨 가이드가 타이후의 경치와 역사를 간단히 소개한 후 차 안에 평온한 음악을 틀었다.

산산은 생각할수록 이상했다.

'정말 나를 한 시간이나 기다린 건 아니겠지?' 그녀는 참다가 그래도 참을 수 없어 펑텅에게 물었다.

"사장님, 그저께 7시 집합이라고 하지 않았나요?"

"당신이 잘못 들었어요."

"아니에요."

그녀는 똑똑히 들었다.

"그럼 내가 7시라고 말했다 치고, 왜 8시나 돼서야 도착했죠?"

평텅이 조금도 화를 내지 않자 산산은 오히려 식은땀이 '쭉' 하고 흘러내렸다. 이 멍청이, 그렇게 물으면 고의로 늦게 왔다고 밝히는 거 잖아?

산산은 황급히 수정했다.

"하하, 사장님이 8시라고 하셨어요. 이제 기억났어요. 방금은 제가 잘못 말한 거예요."

평텅은 듣지 않는 것 같았다. 그는 담담한 표정으로 손에 있는 여행 안내서를 보고 있었다.

'정말 내가 착각한 걸까?'

산산은 이리저리 생각하다 고개를 돌려 뒤에 있는 아메이에게 작은 소리로 물었다.

"아메이 씨, 대체 오늘 몇 시에 모이는 거였어요?"

아메이가 말했다.

"원래 처음에는 7시였는데 어제 사장님이 너무 빠르다고 하셔서 8시로 변경했어요. 몰랐어요?"

그녀가 어떻게 알겠는가! 아무도 그녀에게 알려주지 않았는데! 정말 간사하다! 사장은 분명 일부러 그랬을 것이다!

그런데 그는 어떻게 내 속마음까지 알았지? 설마 사장 집의 도시락에 무슨 이상한 물건을 집어넣었나?

산산은 평텅에게 캐묻고 싶었다. 그러나 그가 열중하여 안내서를 보고 있는 모습에 감히 그럴 수 없었다. 그녀는 직감적으로 알아차렸다. 현재 매우 평온한 모습의 사장은 무서운 얼굴로 그녀를 겁줄 때보다 더욱 무서워 보였다.

그녀의 동물 같은 직감은 매우 정확하다고 할 수 있다.

펑텅이 비즈니스계에 몸담은 지 여러 해인데, 어떻게 평소에 그녀에게 하는 것처럼 기쁨과 노여움이 얼굴에 나타나겠는가. 안 그러면 벌써 이 업계에서 살아남지 못했을 것이다.

두 시간여가 지나 타이후에 도착했다.

오는 내내 표정 없는 펑텅의 모습에 산산은 불안했다. 그녀가 간혹 말을 꺼냈지만 그는 받아주지 않았다. 산산은 끝장났다고 생각했다. 이번엔 사장이 정말로 화가 많이 난 모양이다.

그런데 그는 도대체 무엇 때문에 화가 났지? 산산은 그의 수에 또 당하지 않았는가? 또 그를 이기지 못했단 말이다.

명승지에 도착해 차에서 내릴 때, 산산은 재빨리 사장의 배낭을 빼앗았다.

"사장님, 제가 들어드릴게요."

그녀는 배낭을 꼭 끌어안고 결연한 눈빛으로 펑텅을 바라보았다.

그는 강탈당한 자신의 재물을 보고 어떠한 말도 없이 트렌치코트를 걸치고 차에서 내렸다.

산산도 기계적으로 그를 따라 차에서 내렸다.

일행은 가이드의 안내에 따라 안쪽으로 걸어가고 있었다.

산산은 사장 옆에 따라다니면서 공을 세워 용서를 구하고 싶었다. 그러나 사장의 매력이 매우 넘친 나머지 얼마 후 그녀는 사장에게 말을 걸기 위해 앞으로 나아가는 직원들 때문에 뒤로 떠밀려졌다.

산산은 어쩔 수 없이 배낭을 안은 채 아메이와 함께 맨 끝으로 뒤처졌다. 아메이는 펑텅 주변에 있는 사람들을 보면서 말했다.

"산산 씨는 정말 성격이 좋은 것 같아요."

"아? 그런가요?"

산산은 쑥스러워서 겸손하게 말했다. 그녀는 아메이가 정말 자신을 칭찬하는 줄 알았다.

아메이가 말했다.

"아침에 당신이 아직 안 왔을 때, 인사과의 한 여직원이 사장님 옆에 앉고 싶어했어요."

"누가요?"

어떤 동료인지 참 착하고 용감하다. 살신성인의 자세로 사장의 옆에 앉으려고 하다니 말이다.

"저기, 빨간색 옷을 입은 저 사람이요."

아메이는 손가락으로 펑텅 옆에 있는 직원들 중 한 명을 가리켰다.

"그런데 글쎄 사장님이 뭐라고 하셨게요?"

"뭐라고 하셨는데요?"

"사장님은 그녀를 보지도 않고 '빈자리가 없습니까?'라고 했어요. 하하!"

과연 사장의 스타일답다.

산산은 그 여자의 늘씬한 뒷모습을 노려보았다. 그리고 고개를 흔들며 마음에 차지 않은 듯 말했다.

"너무 말랐어!"

보스 옆에는 무거운 짐을 들 수 있는 나처럼 이렇게 건강하고 힘센 사람이 필요하다고!

어느 정도 길을 걷고 나서 모두 타이후섬으로 가는 배에 올라탔다. '거북이섬'이라고도 하는 그 섬이 오늘의 목적지다. 섬에 도착해 주마간산으로 일부 명소를 보고 나니 산산은 약간 배가 고파졌다. 그녀는 두 눈을 반짝이며 손에 든 배낭을 보았다.

'보스 가방에는 분명 맛있는 것이 많을 거야. 몰래 조금 꺼내면 알아차릴까?'

산산이 도둑질을 할까 말까 망설이고 있는데 앞에 걸어가던 펑텅이 갑자기 고개를 돌렸다.

"산산 씨, 이리 와요."

마침 그와 거리를 두고 가방 안을 더듬어 무슨 음식일까 추측하고 있던 산산은 깜짝 놀랐다. 그녀는 황급히 손을 내려놓고 시치미를 떼며 그를 보았다.

어! 사장이 나를 부르네? 화가 난 게 아니라는 말인가? 그렇다면 가방 안의 음식을 먹어도 되겠네?

산산은 펑텅이 그녀를 '산산'이라 부른 것조차 모르고 명랑하게 달려갔다.

"사장님!"

우리 밥 먹어요!

산산의 두 눈이 반짝반짝 빛났다.

서늘한 눈으로 산산을 바라보는 펑텅은 문득 자신이 마치 무슨 통닭다리라도 된 듯한 느낌이 들었다. 그는 애써 그런 느낌을 떨쳐내고 손가락으로 앞에 있는 건축물을 가리키며 말했다.

"당신도 가서 하나 뽑아요."

산산이 그의 손을 따라 시선을 돌리자 뜻밖에도 월하노인(부부의 인연을 맺어 준다는 신선—옮긴이)사당이었다. 안에는 미혼인 여러 직원이 이미 제비를 뽑아 점을 치고 있었다. 산산은 도사가 점괘를 보는데 오십 위안이니 어쩌니 하는 희미한 소리를 들었다.

그래서 산산은 즉시 고개를 흔들었다.

"저는 안 뽑겠어요."

그녀는 매우 포부 있게 말했다.

"저는 지금 일이 중요하지 결혼은 생각 없어요."

점은 바보들이나 보는 것이다. 겨우 제비 한 자루에 오십 위안이나 하다니! 어째서 서로 앞다퉈 하려는 거지! 게다가 그런 도사들은 사기꾼이다. 그들은 모두 결혼할 수 있다고!

게다가 그녀는 돈을 아예 안 가져왔다. 나와 놀 생각은 하지 못하고 집을 나설 때 차비로 잔돈을 주머니에 대충 찔러 넣었을 뿐이었다. 그러니 제비를 뽑을 돈이 어디 있겠나.

펑텅은 그녀를 흘끔 보고 가죽 지갑에서 오십 위안짜리 지폐를 꺼내 건네주었다.

"가서 뽑아요."

산산은 돈을 받고 망설이며 말했다.

"사장님, 이 돈으로 뽑을게요. 그런데 제비는 사장님 건가요, 아님 제 건가요?"

사장은 입가에 엷은 미소를 머금고 말했다.

"우리 두 사람 겁니다."

"어……."

이래도 되는 걸까?

산산은 의혹을 품고 월하노인 사당으로 걸어갔다. 직원들은 펑텅과 산산이 들어오자 그녀보고 먼저 뽑으라고 몇 번이고 양보했다.

산산이 방석에 꿇어앉아 제비 통을 쥐고 겨우 두 번 흔들었는데 제비 한 자루가 떨어졌다.

펑텅이 주워서 보고 말했다.

"첫 번째 제비입니다."

풀어진 제비를 쥐고 도사는 책과 맞춰 보더니 만족해하며 말했다. "과연 좋은 점괘야. 첫 번째 제비는 아주 길한 점괘군요. 꾸우꾸우 물수리 황하의 모래톱에서 울고, 아리따운 숙녀는 군자의 좋은 짝이로다. 아가씨, 당신의 인연이 나타났군요."

주위에 있던 직원들이 연달아 산산에게 축하의 말을 했다.

펑텅은 점괘를 듣고 나서 다소 의외인 듯 눈썹을 치켜들더니 무슨 생각에 잠긴 것처럼 담담하게 웃었다. 주위의 동료들은 모두 대기업에서 잔뼈가 굵은 세상 물정에 밝은 사람들로 벌써 암암리에 사장을 주시하고 있었다. 그래서 그들은 사장의 표정이 무슨 뜻인지 깊이 생각하면서 한편으로는 사장의 반응을 떠보며 축하를 했다.

그들은 매우 빨리 결론을 얻었다. 사장이 쉐산산에게 어떤 마음인지에 상관없이 그는 현재 이런 아부가 절대 싫지 않은 눈치였다. 그들이 사장에게 아부한 것은 분명 옳았다.

사장을 치켜세우는 말들이 들리는 와중에 산산이 내심 흐뭇하게 말하는 소리가 얼핏 들렸다.

"이 점괘는 정말 좋구나. 내가 숙녀라고 칭찬받기는 처음이야."

갑자기 사당에 정적이 흘렀다. 펑텅은 산산을 힐끗 보고는 고개도 돌아보지 않고 밖으로 나가버렸다.

Part 12

월하노인 사당에서 나온 후 산산은 동료들이 자신을 보는 표정이 좀 이상하다는 느낌이 들었다.

이럴 필요는 없잖아? 나는 그냥 농담했을 뿐인데. 좀 썰렁하긴 했지만 하물며 고의도 아니었다. 단지 당황한 나머지 생각 없이 입에서 말이 튀어나왔을 뿐이었다. 그 분위기는 정말 이상했다. 모두 사장과 나를 함께 묶어서 축하하고 있는데 내가 어떻게 당황하지 않을 수 있을까.

소위 도둑이 제 발 저리다는 것은 아마도 이런 것을 두고 한 말일 것이다. 비록 그녀는 도둑질은 안했어도 꿈을 좀 꿨을 뿐이다.

후……

월하노인 사당에서 나온 뒤 모두 호숫가에 앉아 식사를 하고 있었다. 산산은 아메이한테 얻은 빵을 베어 물고 타이후를 바라보면서 소리 없이 눈물을 흘렸다. 눈물이 호수에 떨어져 수없이 많은 잔잔한 물결을 일으키며 산산조각 나는 모습은 처량해 보였다.

음, 좋았어. 사실 호수에 떨어진 것은 눈물이 아니라 빵 부스러기다. 하지만 효과는 같다. 둘 다 처량하기는 마찬가지 아닌가. 사람들이 고기를 먹는 모습을 보면서 자신은 마른 빵을 뜯어먹는 것보다 더 처량한 일이 있을까?

하필이면 아메이는 다이어트 광이다. 산산은 야외에서 식사하는 것을 알았지만 먹을 것을 가져오지 않았다. 사장의 음식은……

산산은 참지 못하고 십여 미터 떨어진 곳에 사람들이 빽빽하게 모여 있는 것을 바라보았다. 그곳에는 인사과 간부가 웃음이 가득한 얼굴로 펑텅과 이야기를 하고 있었고 그들 주변을 동료 몇 명이 웃는 얼굴을 한 채 둘러싸고 있었다. 그녀에겐 펑텅의 뒷모습만 보였다.

산산은 고개를 돌려 식빵을 뜯어서 호수에 있는 물고기에게 던져주었다.

"자자자, 괴로우나 즐거우나 함께 해야지. 다 같이 먹자."

각양각색의 비단잉어들이 잇달아 헤엄쳐 와 먹이를 다투었다. 빨간색 하얀색 잉어들이 수면 위로 떠오르는 모습은 매우 아름다웠다. 산산이 빙그레 웃으면서 먹이를 주고 있는데 갑자기 모든 잉어가 꼬리를 흔들며 옆으로 헤엄쳐 갔다. 산산이 고개를 돌려보니 보스가 그곳에서 여자 동료 몇 명과 물고기에게 먹이를 주기 시작했다. 그는 먹이를 주면서 흥분하여 외쳤다.

"어서 와서 봐요. 정말 예쁜 물고기예요."

'권력에 빌붙는 뚱뚱한 물고기들 같으니라고. 누가 먼저 너희에게 먹이를 줬는지는 생각도 안 하지.'

산산은 손을 거두고 넓고 아득한 호수를 바라보며 말할 수 없이 기분이 다운되었다.

분명 아름다운 주말이다. 그런데 왜 그녀는 여기서 바짝 마른 빵을 물어뜯으며 사장의 눈치를 보는 시종이 되어야 하지? 집에는 푹신푹신한 큰 침대와 고소한 좁쌀죽이 그녀를 기다리고 있다. 그리고 며칠간 빨지 않은 빨래가 한 더미 쌓여 있다.

산산은 맛도 느끼지 못한 채 빵을 다 먹고 나서 호수를 마주하고 마음속으로 백 번 생각했다.

'이 시간을 정말 견딜 수 없어요. 하느님, 시원하게 끝장을 내주세요!'

분명히 하느님은 그녀와 같은 백성은 상대도 하지 않을 것이다. 여행에서 돌아온 뒤 산산은 계속해서 고통스런 나날을 보내고 있었다.

돌아온 후에 곧 연말이 다가오고 있었다. 연말이 되면 재무과는 처리해야 할 일이 산더미처럼 많다. 또한 수없이 걸려오는 회계사의 전화에 일일이 응대하느라 산산은 발이 땅에 닿을 틈도 없이 바빴다. 그래서 며칠 연속 12시가 넘어서까지 특근을 했다.

그래도 회계사무소 직원들은 재무과를 부러워했다. 그들은 어떤 때는 새벽 3시까지 특근을 해야 한다고 했다.

돈 벌기는 정말 어렵다!

이렇게 정신없이 바쁜 상황에서도 매일 점심시간이면 사장실에 가서 고문을 당해야 했다. 산산은 정말로 인간 참사가 따로 없다고 생각했다. 더욱이 사장은 여전히 늘 어두운 얼굴을 하고 있었다. 마치 그녀가 그에게 월급을 지급하지 않은 것처럼 말이다.

그래서 정신적, 육체적으로 이중의 학대를 받은 쉐산산은 영광스럽게 감기에 걸리고 말았다.

산산은 원래 대수롭지 않게 여겼다. 고작 감기 아닌가. 약을 먹으면 7일이면 좋아지고 약을 먹지 않으면 일주일이면 좋아진다. 따뜻하게 끓인 물을 많이 마시면 그만이다. 그런데 뜻밖에도 이번 감기는 증세가 매우 심했다. 만능의 끓인 물 치료법도 소용이 없었다.

그날 아침에 일어나자 산산은 머리가 지끈지끈 아팠다. 그러나 휴가를 신청하는 것은 분명히 안 될 일이다. 해야 할 일이 산더미가 아닌가. 그녀는 어쩔 수 없이 비타민C 몇 알을 먹은 후 아픈 것을 참고 출근했다. 정오에 또 사장 어르신의 식사 시중을 들러 가야하기 때문이다. 그리고 식사가 끝난 후에는 CPA를 봐야 한다.

몸이 말을 안 들었다. 머리가 매우 어지럽고 눈꺼풀이 계속해서 아래로 떨어졌다. 그녀는 곁눈으로 사장을 흘끔 보았다. 그는 사무실에 있으면서 결코 그녀를 주시하지 않았다. 그로 말할 것 같으면 그 또한 최근에 엄청나게 바빴다.

'몰래 눈을 감아도 괜찮겠지?'

산산은 보들보들한 소파 방석에 몰래 머리를 기대고 노곤히 잠이 들었다.

얼마나 지났을까, 몽롱한 가운데 누군가 말하는 소리가 들렸다.

"……열이 좀 있군……."

낯선 목소리였다.

"링거를 맞혀야 하나요?"

필요 없어! 고작 감기 갖고 링거까지 맞으면 얼마나 웃기겠어! 게다가 링거를 맞는 데 몇 백 위안이나 한다고.

"일단은 됐어요. 약을 먹고 푹 쉬면 될 것 같습니다."

음, 이 낯선 사람은 좋은 분이군.

속닥속닥, 속닥속닥 이야기하는 소리, 이어서 문 닫는 소리⋯⋯.

음⋯⋯.

다시 고요해졌다—— 계속 자자.

산산이 깨어났다.

일어나 앉자 아직도 머리가 어질어질했다. 하지만 조금 전보다는 많이 좋아졌다.

그녀는 머리를 좌우로 돌려보고 자신이 아직도 사장실에 있는 것을 알아차렸다. 너무 오래 잔 건 아니겠지⋯⋯ 그런데 어째서 소파 앞에 가리개가 하나 더 늘어났지? 그녀는 가리개 너머의 펑텅과 어떤 사람이 말하는 소리를 어렴풋하게 들었다. 소리는 매우 작아서 무슨 말을 하는지는 분명하게 들리지 않았다. 그리고⋯⋯.

산산은 자신의 몸에 덮여있는 얇은 담요를 쓰다듬었다!

첫 번째 드는 생각은—자는 것을 들켰다!

두 번째 드는 생각은—다행히 코를 골지 않았다.

산산은 엉망진창인 생각을 굴리면서 핸드폰을 더듬어 찾아서 보고는 자기도 모르게 '아' 하고 가볍게 소리를 질렀다.

놀랍게도 2시가 넘었다. 이렇게나 오래 잠을 갔다니!

이쪽의 인기척은 분명히 가리개 밖의 사람들을 놀라게 했다. 밖이 잠시 조용해지더니 펑텅이 누군가에게 몇 마디 간단히 일러주자 그 사람이 문을 닫고 나가는 소리가 들렸다.

산산은 펑텅이 불쾌한 표정을 하고 다가오는 것이 보이자 어찌할 줄을 몰라 머리카락을 꽉 쥐었다.

'사장님이 또 화가 나셨어, 어떡해, 어떡해!'

산산은 예전에 인터넷에서 봤던 '직장인은 반드시 백 가지 계책을 배워야 한다'라는 기사를 있는 힘을 다해 기억해 내려고 했다. 예를 들면, 음란 사이트를 보다가 사장에게 들켰을 때는 어떻게 해야 하는지, 근무 중에 잠을 자다가 사장에게 발각되었을 때는 어떻게 해야 하는지 등등.

그러나 그녀는 하나도 생각이 나지 않았다.

과연 그녀는 '지식을 활용할 때가 되어서야 그동안 배운 것이 너무 부족했다는 것을 후회한다'라는 말을 실감했다.

산산은 솔직하게 자백하면 너그러이 봐주겠지 하는 생각에 자발적으로 월급 삭감을 요구하려고 했다. 그때 펑텅이 불만스럽게 입을 열었다.

"아픈데 왜 말 안 했어요?"

'어? 근무 시간에 잤다고 뭐라 하는 게 아니잖아?'

산산은 두 손을 단정하고 반듯하게 무릎 위에 올려놓고 소심하게 물었다.

"사장님, 화나신 거 아니죠?"

펑텅의 표정이 굳어졌다.

"내가 언제 화냈습니까?"

쳇! 거짓말쟁이! 화가 안 났다면 어째서 매일 '너 때문에 화났어. 어떻게 내 기분을 풀어줄지 빨리 생각해. 안 그럼 널 해고할 거야'와 같은 표정을 드러냈지?

아마도 산산의 얼굴에 무시하는 표정이 너무 확연히 드러난 탓인지 펑텅은 마음이 편치 못해 화제를 돌렸다.

"오후에 근무하지 않아도 돼요. 내가 당신 부서 과장에게 일러두었어요."

"아! 감사합니다. 사장님."

산산은 담요가 생각나서 그에게 진심으로 감사의 말을 했다.

사장은 평상시 대부분은 겨울처럼 차가운데 가끔은 봄날과 같이 온화할 때도 있곤 했다.

감사의 말을 하고 마침 그에게 작별 인사를 하려고 할 때 산산은 문득 어떤 생각이 나자 가슴이 쿵쿵 거렸다. 그녀는 고개를 들어 긴장하며 그를 쳐다보았다.

"사장님, 과장님한테 어떻게 말씀하셨나요?"

산산의 긴장한 모습을 보고 펑텅은 일시적으로 화를 거두고 웃는 것 같기도 아닌 것 같기도 한 표정을 지었다. 자신의 명성을 고려해야 하는 사장의 마음을 그녀도 아는 것일까?

물론 펑텅은 사람들에게 그녀가 이곳에서 잠이 들었다고 말할 리가 없다. 그는 그녀가 아파서 집으로 갔다고 말했을 뿐이었다.

그러나 그는 일부러 그녀를 애태우기 위해 대답하지 않고 끓인 물을 따른 컵을 알약과 함께 그녀에게 건네주었다.

"약 먹어요."

산산은 그가 대답하지 않자 더욱 애가 탔다.

"사장님, 휴가를 신청한 건 아니겠죠? 그렇다면 휴가 날짜를 바꾸겠어요! 지금 휴가를 쓰면 연말 상여금을 공제한다구요."

Part 13

그녀는 환자임을 감안하자!

펑텅은 그녀를 밖으로 던져버리고 싶은 충동을 애써 억눌렀다.

책상 위의 전화가 마침 적절한 시점에 울리기 시작했다. 펑텅은 몸을 돌려 걸어가면서 딱딱하게 말했다.

"약 먹고 계속 자요. 소리 내지 말고. 안 그럼 당신의 연말 상여금을 공제해버릴 거니까."

소리 내면 월급 공제하기…… 사장의 독창적인 착취 방식인가?

산산은 즉각 입을 닫았다.

잠시 조용해지자 그녀는 방금 자신이 분명 가려고 했던 것이 문득 생각났다. 그런데 어떻게 또다시 남아 있는 거지? 하지만 만약 지금 나가다가 누가 본다면 이상하지 않을까?

산산은 뒤늦게 그 문제가 생각났다. 그래서 그녀는 턱을 괴고 다른 사람에게 들키지 않으면서 몰래 사장실에서 빠져나와 집으로 돌아갈 가능성이 얼마나 되는지 궁리하기 시작했다. 그런 후 가능성이 제로라는 결론이 나오자 단념했다.

보스의 명예를 위해 그녀는 회사 사람들이 모두 떠난 뒤 다시 도망치는 것이 낫겠다고 생각했다. 보스가 그녀를 내쫓지는 않겠지?

응접실의 커튼이 언제부터인가 쳐져 있었다. 커튼과 가리개가 주위를 차단해 상대적으로 폐쇄된 어두컴컴한 공간이 되었다. 산산은 몸을 일으켜 소리를 내지 말라는 사장의 명령이 생각나서 살금살금 걸어가 커튼을 열었다. 그러자 겨울 햇빛이 단번에 비쳐 들었다.

겨울 햇빛은 강하지는 않았지만 몸에 닿으니 아주 따뜻한 느낌이 들었다. 나른한 그 느낌은 매우 편안했다. 산산은 아예 창문턱에 엎드려 햇볕을 쐬고 있었다.

사무실은 단지 종이 넘기는 소리만 들릴 뿐 매우 평온했다. 이따금 전화가 걸려오면 사장이 말하는 목소리도 매우 듣기 좋았다.

산산은 뜻밖에도 자신이 그러한 분위기를 즐기고 있다는 느낌이 들었다. 그녀의 마음은 따뜻하고 평온했다. 햇볕을 좀 쪼이고 나니 산산은 아직 약을 먹지 않은 것이 생각나 돌아가서 물컵을 들고 약을 먹었다.

물은 아직 뜨거웠다. 물컵을 쥐고 손바닥을 따뜻하게 데우면서 산산은 머릿속에 방금 펑텅이 웃으면서 그녀에게 물을 따라주던 모습이 떠오르자 갑자기 약간 불안해졌다.

'보스는 변덕스럽고 이상한 성격이지만 그런대로 괜찮을 때도 있어. 언젠가 갑자기 보스가 나보고 다시는 오지 말라고 하면 오히려 허전할까?'

이런 생각이 튀어나오자 산산 본인도 깜짝 놀라 황급히 그 생각을 머리에서 내몰았다.

'웃기고 있네! 정말로 그런 날이 온다면 폭죽을 터뜨려 경축하고도 모자랄 거야.'

5시가 넘어 퇴근할 때가 되자 산산은 그 생각이 더욱 확실해졌다.

사장은 놀랍게도 그녀에게 약값을 요구하는 것이 아닌가! 게다가 자기 멋대로 백 위안을 달라고 했다!

백 위안!

무슨 감기약이 백 위안이나 해?

그야말로 사기다! 알고 보니 보스는 조직 폭력배를 겸하고 있었다!

산산은 수중에 현금 백 위안이 없었기 때문에 억울하지만 꾹 참으며 차용증을 쓰고 대단히 비통해하며 회사를 나왔다. 그녀는 억울함을 참을 수 없어 요괴의 손에서 벗어나는 날이 어서 빨리 다가오기를 하늘에 대고 백한 번 기도했다.

산산은 생각지도 못했는데 이번에는 하늘이 이렇게 그녀의 체면을 세워주었다. 그녀의 감기가 아직 완전히 좋아지지 않았을 때 요괴의 손에서 벗어날 기회가 찾아왔다.

그날은 평소와 같은 하루였다. 회계감사가 있는 까닭에 그날 밤 재무과 대부분의 사람은 모두 남아 특근을 했다. 산산은 한 회계사의 질문에 머리가 땡하고 어질어질했다. 그녀는 가까스로 틈을 내 찻잔을 받쳐 들고 탕비실로 뛰어갔다.

산산은 탕비실로 들어가기 전 문밖에서 아지아가 유언비어를 퍼트리는 것을 들었다. 이 동료는 평소에는 영리한 모습으로 사람을 놀라게 한다. 하지만 더 깊이 들어가면 그녀가 파파라치에 필적할 만한 소문을 제조하는 능력이 있음을 알 수 있다.

"들었어요? 오늘 정오에 인사과의 저우샤오웨이 씨가 사장님 차를 탔대요."

탕비실에는 바쁜 가운데 땡땡이를 치는 또 다른 동료 두 명이 더 있었다. 그들은 아지아의 말을 듣고 믿어지지 않는 듯이 그녀를 보고 있었다. 아지아는 그들이 믿지 않자 조급해졌다.

"정말이에요. 회사 밑에서 많은 사람이 봤다고요."

산산은 컵을 들고 문 앞에 멍하게 서 있었다. 그녀의 얼굴에는 경악한 모습이 가득했다.

사장의 요괴 손이 놀랍게도 또 다른 여자 직원을 향해 펼쳐졌다! 어쩐지 오늘 그는 점심을 반밖에 안 먹고 전화를 받고는 바로 나갔다. 알고 보니 장정을 징발하러 간 것이었다.

'저우샤오웨이?' 산산은 머릿속에서 샅샅이 기억을 더듬었다. '어쩜 이렇게 익숙하지?'

그녀는 생각났다. 바로 지난번 우시로 여행 갔을 때 아메이가 말한 사장 옆에 앉으려고 했던 바로 그 직원이었다. 나중에 아메이가 그녀의 이름을 수소문해서 산산에게 말해줬다.

산산의 기억 속에 그녀는 매우 마르고 연약한 미인이었다. 그런데 어떻게 모욕을 참아 가며 그런 일을 맡을 수가 있겠는가. 분명 그녀는 사장의 괴롭힘을 감당해내지 못할 것이다.

산산은 자기도 모르게 머릿속에 한 화면이 떠올랐다. 연약하고 작은 미인이 사장의 위협에 질겁하여 '싫어요, 싫어요'라고 외친다. 그리고 울면서 차용증과 인신매매 계약서를 쓴다.

문득 분노에 치가 떨려 그녀 안에 있는 정의의 작은 세계가 활활 타올랐다. 비록 그녀의 마음 깊은 곳에는 약간은 우울한 정확하게는 말할 수 없는 어떤 느낌이 있었다. 그러나 정의를 위해서는 그런 감정은 언급할 가치도 없었다.

　산산은 주먹을 쥐고 적을 토벌할 태세로 말했다.

　"사장님은 너무 끔찍해. 어떻게 그럴 수 있어!"

　"누구는 그러고 싶지 않겠어요! 자 봐요. 오늘 저우샤오웨이 씨가 점심시간에 사장님의 차를 타고 대우가 바로 달라졌어요. 오늘 인사과는 모두 특근을 해야만 한다고요. 그런데 인사과 과장님은 그녀만 특별히 돌려보냈잖아요."

　"정말……정말 너무해!"

　산산의 목소리는 떨렸다. 그녀는 강력하게 질투가 일었다.

　휴가! 휴가라고! 똑같은 머슴인데 그녀는 여태껏 휴가를 받아본 적이 없다! 요 며칠은 감기에 걸렸는데도 야채를 골라냈다! 보스는 전염도 걱정하지 않는다!

　"아, 산산 씨!"

　아지아가 외마디 비명을 지르고 나서 누구의 목소리인지 알아챘다. 쉐산산이 '분노와 질투'가 가득한 얼굴로 문 앞에 서 있는 것을 보고 아지아가 몰래 외쳤다.

　"큰일 났네. 내가 분란을 일으켰다고 생각하진 않겠지. 만일 사장님 귀에 들어간다면……."

　이렇게 생각하자 원래 시치미를 떼려고 했던 아지아가 황급히 통에서 콩을 쏟아내듯 술술 털어놓았다.

　"산산 씨, 오해하지 마요. 사장님은 저우샤오웨이 씨와 어떻게 하려는 게 아니에요. 그녀가 희귀 혈액형이기 때문이래요. 사장님 여동생이 큰 출혈이 생겼는데 수혈이 필요해서 그녀를 부른 거래요. 그러니 절대로 오해하지 마요."

'큰 출혈? 펑 아가씨는 외국에 있다고 했는데?'

산산은 놀라면서도 걱정이 되었다.

"어떻게 된 일이에요? 펑 아가씨는 괜찮은 거죠?"

"인사과 사람 말에 의하면 괜찮은 것 같아요."

아지아는 말하면서 참지 못하고 소문 제조기 병이 또 도져 탐문 수사를 하듯 말했다.

"아이, 내가 당신한테 이 얘길 해서 뭐해요. 당신은 매일 사장님과 함께 있는데. 설마 몰랐던 거예요?"

펑위에가 괜찮다는 말을 듣고 산산은 마음을 놓았다. 그러나 우울한 느낌이 또다시 들었다. 게다가 방금 전보다 훨씬 심했다.

'회사에 희귀 혈액형인 사람이 또 있었구나?'

산산은 어느새 자신의 손목 혈관을 바라보고 있었다.

펑 아가씨의 습성대로라면 아마도 내일 사람을 보내 저우샤오웨이에게 돼지간 도시락을 배달할 것이다. 그렇게 먹고 먹다가 나중에는 사장실에 가서 먹을 것이다. 그러다가 사장의 머슴이 될 것이다. 그리고 산산은 앞으로 사장실에 갈 필요가 없게 된다. 그렇게 그녀는 완전히 해방된다.

마침내 기다리던 소망이 정말로 이루어진다. 산산은 잠시 기뻤다. 그러나 잠시 기뻤을 뿐이다. 그녀는 금방 기분이 다운되었다. 희생양이 생기게 되어 분명 즐거워야 하는데 왜 산산은 견딜 수 없이 가슴이 답답하고 기운이 나지 않을까?

어째서…… 부모를 여읜 느낌이 드는 걸까?

퇴근 후 집에 돌아와서도 산산은 여전히 그러한 힘든 기분에서 벗어나지 못했다. 그녀는 방에서 뱅글뱅글 동그라미를 그리며 돌다가 전화기를 집어 들고 고등학교 동창에게 전화를 걸었다.

"나 지금 기분이 별로야."

"왜 그래?"

"후——"

산산은 길게 한숨을 내쉬었다. 할 말은 많았지만 어디서부터 해야 할지 몰랐다.

"이건, 예를 들어 말하는 거야."

"얘기해. 듣고 있어."

"옛날에 돼지 한 마리가 있었는데 늑대에게 잡혀 우리에 갇힌 채 길러졌어. 늑대는 돼지에게 말했지. 돼지를 기르는 이유는 장차 돼지의 고기를 먹기 위해서라고. 돼지는 너무 싫기도 하고 두렵기도 했지만 늑대를 이길 수 없었어. 그래서 할 수 없이 늑대가 주는 먹이를 먹었지. 그렇게 얼마간의 시간이 지나고 돼지는 점점 통통해졌어. 그런데 그때 늑대는 돼지를 풀어주고 또 다른 돼지를 잡아서 먹였지 뭐야. 풀려난 돼지는 뜻밖에도 마음이 슬펐어. 네 생각에 그 돼지는 어떻게 해야 할까?"

"어…… 그럼 자유분방한 야생 돼지로 살면 되겠네!"

산산은 한 방 얻어맞은 표정이 되었다.

"넌 요점을 아예 이해하지 못했어! 잡아먹히지 않았으면 잘된 일 아니야? 그런데 그 돼지가 왜 힘들어 하냐고?"

"오! 알겠어! 그건 분명히 그 돼지가 늑대를 사랑하게 된 거야! 종족을 초월한 사랑. 너무 낭만적이야."

"……이 바보야!"

산산은 참다못해 전화를 끊었다.

그날 밤, 그녀는 줄곧 잠이 오지 않았다. 동창이 말한 '종족을 초월한 사랑'이라는 그 구절이 그녀의 머릿속을 어지럽게 휘젓고 다녔다. 다음날 산산은 두 눈에 다크서클이 생긴 채 기운 없이 출근했다. 그런 그녀를 동료들은 따뜻하게 위로하고 아지아는 동정 어린 눈빛으로 바라봤다.

점심시간에 산산은 눈치껏 사장실에 가지 않고 자신의 책상에 엎드려 있었다.

오늘은 나의 점심이 없다! 기뻐하자, 기뻐하자. 산산 넌 마침내 자유의 몸이 되었어.

또다시 기운이 없어지자 산산은 마침내 바퀴벌레와 같은 생명력으로 새롭게 사기를 드높였다. 마침 직원식당에 가서 에너지를 보충할 생각이었는데 책상 위의 전화가 울렸다. 전화를 받자 사장의 매우 언짢은 목소리가 들려왔다.

"쉐산산 씨, 지금 파업하는 겁니까!"

흥!

베테랑인 그녀를 사장이 놓아줄 리가 없다는 것은 이미 알고 있었다.

산산은 사장실에서 야채를 골라내면서 습관적으로 마음속으로 욕하고 있었다. 그러면서 자신을 경멸했다. 놀랍게도 그녀는 방금까지 앞으로 여기에 올 필요가 없게 되자 마음이 괴로웠다.

사장은 오늘 기분이 그다지 좋지 않은 것 같았다. 밥을 먹을 때 분위기가 약간 무거웠다.

산산은 몇 술 먹지 않고 참을 수 없어 펑텅에게 물었다.

"사장님, 펑 아가씨는 괜찮은가요?"

펑텅은 살짝 의아해하며 말했다.

"알고 있었어요?"

그는 자기도 모르게 내심 언짢았다.

'그 직원은 아무래도 입이 너무 느슨해. 겨우 어제 있었던 일을 산산조차 알고 있다니.'

펑위에가 뜻밖의 사고로 큰 출혈이 일어난 일은 말할 수 없는 일은 아니다. 그러나 펑텅은 아래 직원에 의해 그 일이 거론되는 것이 매우 싫었다.

펑텅은 간단하게 말했다.

"괜찮아요."

"아, 다행이에요."

산산은 잠시 안정을 되찾고 말을 더듬으며 또 물었다.

"사장님, 그럼 사장님과 펑 아가씨는 미스 저우에게 어떻게 감사 표시를 하실 건가요?"

"그건 물어서 뭐합니까?"

펑텅의 눈빛이 번뜩였다.

"저, 그게……."

그렇다. 내가 그걸 알아서 뭐하지? 설마 앞으로 밥 친구가 하나 늘어나게 될지 알고 싶어서?

산산이 우울우물 어리숭하게 말하는 모습은 의외로 사장을 기쁘게 했다. 그는 더 이상 그녀를 난처하게 하지 않고 직접적으로 말했다.

"수표요."

수표라고?!

산산은 반사적으로 물었다.

"그럼 처음에 왜 저한테는 수표를 주지 않으셨나요?"

펑텅은 갑자기 크게 화를 내며 차갑게 말했다.

"쉐산산 씨, 당신 바보입니까? 큰 물고기를 잡으려면 작은 물고기는 놓아줘야 한다는 걸 모릅니까?"

설마 수표가 사장보다 더 값어치가 있다는 말인가?

산산은 사장의 말을 이해한 것 같기도 하고 아닌 것 같기도 한 표정으로 물끄러미 그를 바라보며 아주 느린 동작으로 입안에 반찬을 집어넣었다. 그녀는 완전히 놀란 모습이었다.

갑자기 그녀의 표정이 매우 괴롭게 일그러졌다.

펑텅은 약간 화가 났지만 그래도 물었다.

"왜 그래요?"

산산은 몹시 힘들게 말했다.

"……생……생선……가시가……걸렸……어요……."

Part 14

펑텅의 호출을 받고 올라온 회사의 의료진이 웃음을 참으며 산산의 목에 걸린 생선 가시를 빼냈다. 그러고 나서 산산은 언짢은 사장에 의해 죄 없는 의료진과 함께 사무실에서 쫓겨났다.

산산은 오후 내내 우거지상을 한 채 보냈다. 사장이 말한 '큰 물고기를 잡으려면 작은 물고기는 놓아줘야 한다'라는 구절이 시도 때도 없이 그녀의 머릿속에 떠올랐다. 그러나 큰 물고기만 생각하면 생선 가시에 걸린 느낌만 생각났다.

그래서……

'생각하지 않는 게 낫겠어.'

'사장님처럼 그렇게 이상한 사람이 이상한 말을 하는 게 정상이지. 그의 말을 이리저리 생각하다가는 병이 나고야 말거야.'

이렇게 생각하자 산산은 마음 편하게 사장의 말을 포맷해버리고 머릿속을 재부팅했다. 또 하나의 고민 없는 쉐산산이다.

그래도 약간 이상한 느낌이 드는 것이 사실이다.

오늘은 금요일이다. 퇴근 시간이 다가오면 직원들은 다소 마음이 들뜨기 마련이다. 노땅 과장이 다시 또 다른 부서로 가자 아지아는 아예 자리를 떠나 산산 옆에 앉아서 잡담을 했다.

"산산 씨, 내일 무슨 옷 입을 거예요?"

산산의 머릿속은 아직 숫자로 가득하여 잠시 반응하지 못하다가 고개를 들어 그녀를 보았다.

"내일 저녁에 송년회잖아요. 매일 특근을 하다 보니 정신이 없나 봐요."

산산은 그제야 내일 저녁 본사에서 송년회가 열린다는 것이 생각 났다. 이미 지난주에 통지문도 받았다.

산산은 송년회가 생각나자 자기도 모르게 정신이 번쩍 들더니 군 침이 돌았다.

오래 근무했던 직원들에 의하면 매년 송년회 때마다 회사의 씀씀 이가 매우 크다고 한다. 오성급 호텔에서 호화로운 연회를 열 뿐만 아 니라 연회에는 거액의 경품 추첨도 있다고 했다. 작년 송년회의 일등 상은 자동차였으며 가장 작은 상이 신형 디지털카메라였을 정도다.

올해 송년회도 여전히 오성급 호텔에서 열리며 서양식 뷔페의 형 식이다. 올해는 회사 실적이 작년보다 훨씬 좋아서 모두 올해의 상은 분명히 작년보다 못하지 않을 거라고 추측했다.

산산은 자기도 모르게 자신이 일등상의 행운을 거머쥐는 화면을 상상했다. 그녀는 올해의 일등상이 무엇인지 몰랐다. '만약 이번에도 자동차라면 팔아버려야지. 히히히.' 한창 상상하다가 산산은 문득 생 각이 났다. '일등상은 아마 사장님이 수여할 것 같아⋯⋯.'

그녀는 정오에 봤던 사장의 어두운 얼굴이 눈앞에 번뜩 떠오르자 몸이 저절로 부들부들 떨렸다.

'됐어. 일등상은 다른 사람에게 양보하는 게 낫겠어. 난 이등이면
돼.'

산산이 이렇게 얼이 빠져있을 때 또 다른 여자 동료가 관심을 갖
고 다가와 아지아와 내일 어떤 옷을 입고 갈지에 대해 이야기하기 시
작했다. 산산은 그녀들이 잡담하는 것을 들으면서 얼굴을 찡그렸다.

깜빡 잊을 뻔했네. 송년회에 먹을 것도 있고 상도 있다지만 모든
직원이 반드시 정장을 입고 참석해야 한다고 변태같이 요구하다니!

어떤 변태가 생각해낸 아이디어인지 정말 모르겠지만, 지금 날씨
도 영하로 떨어지는데 드레스를 입으면 얼어 죽지 않겠냐고!

산산은 참지 못하고 그녀들에게 몇 마디 원망의 말을 했다. 동료
중의 한 명이 대수롭지 않게 말했다.

"뭐 어때서요. 매년 이렇게 해요. 춤도 취야 하는데 산산 씨는 언제
까지나 트레이닝복만 입을 거예요. 게다가 호텔에는 히터도 있어요."

춤까지 취야 한다고…….

보아하니 먹고 나서 즉시 사라져야겠다.

아지아가 말했다.

"그리고 송년회에서 참석자 중 '가장 우아한 숙녀'를 선출해요. 우
리 재무과 사람들은 줄곧 소박하게 입었어요. 그런 생각이 없었거든
요. 하지만 다른 부서의 여직원들은 상을 받기 위해 모두 호화찬란
하게 꾸며요. 이번엔 우리도 체면을 구길 수는 없죠."

그녀의 그 말에 다른 직원들도 호응했다.

산산도 들은 적이 있다. 매년 송년회에서 남직원들이 투표로 '가장 우아한 숙녀'를 뽑고 상금 만 위안을 받게 된다는 것이다. 그러나 산산은 그 상을 매우 경멸했다.

그것은 분명 남직원들의 음모라는 것을 산산은 눈 감고도 알 수 있었다. 생각해보라. 우아하게 보이려면 마음껏 먹고 마실 수 있겠나? 분명히 그럴 수 없다. 그럼 그 맛있는 음식은 누가 다 먹어치우겠는가? 바로 남직원들이다!

정말 못된 놈들! 고작 한 명만 상을 받는데 모든 여직원이 마음껏 먹을 수 없게 하다니!

하지만 산산은 이러한 내막을 말하지 않을 것이다. 그녀도 마침 그 기회에 많이 먹을 생각이다. 히히.

아무튼 그런 생각을 하다니, 설마 그녀도 좋은 사람은 아닌 건가.

"산산 씨, 내일 예쁘게 입어야 해요. 아무튼 오프닝 춤의 기회를 다른 사람 손에 넘길 생각 마요."

아지아가 수상쩍게 윙크했다.

오프닝 춤이라니? 산산은 어리둥절했다.

아지아는 그녀가 아무것도 모르는 표정을 하자 의아해했다.

"모를 리가 없을 텐데요. 가장 우아한 숙녀와 사장님이 오프닝 춤을 춰요."

헐!

거봐, 거보라고! 상금 만 위안을 받는 게 그리 쉽겠어.

놀랍게도 그런 가혹한 형벌이 있다니.

결정했다! 그녀는 비록 평소에도 사람들 눈에 잘 띄지 않았으나 내일은 더욱 노력해서 반드시 눈에 띄지 않을 것이다.

그리하여 토요일에, 산산은 아무 고민 없이 자다가 정오가 되어서야 일어났다. 그리고 다시 침대에 누워 이리 뒤척 저리 뒤척 하다 보니 오후가 다 지나갔다. 5시가 다 되어갈 때 그녀는 느긋하게 옷장에서 옷을 꺼내 갈아입었다.

산산은 무슨 옷을 입을지 전날 생각해두었다. 바로 지난번에 펑 아가씨 집에 갈 때 입었던 미니 드레스를 입기로 했다. 좀 얇고 길이가 무릎까지밖에 안 오지만 돈을 아끼는 것이 최선이다. 그녀의 카드에 있는 월급은 고향에 가서 엄마에게 자랑해야 하므로 절대로 함부로 쓸 수 없다.

산산은 이를 덜덜 떨면서 옷을 입었다. 그리고…… 그녀는 멍해졌다.

놀랍게도…… 놀랍게도, 지퍼가 올라가지 않는다!

지난번에는 그래도 딱 맞았었다. 아아아!

산산은 비통하게 거울을 뚫어져라 쳐다보면서 처음으로 살 때문에 마음이 상했다.

이게 다 극악무도한 사장 때문이다!

그녀는 이를 꽉 물고 계속해서 지퍼를 올렸다. 벌써 시간이 이렇게 되었는데 지금 사러 간다 해도 이미 늦었다. 여러 차례 힘들게 숨을 들여 마신 후, 마침내 가까스로 지퍼를 올렸다. 올리고 나니 그런대로 괜찮았다. 단지 가슴 부분이 약간 타이트할 뿐이었다.

"음…… 여기는, 밥 먹는 데는 지장 없겠지?"

산산은 거울을 비춰 보고 자신의 차림새가 단정하여 예의에 어긋

나지 않을 것이라고 확신한 후 롱 다운재킷을 걸치고 출발했다.

　산산은 원래 좀스럽게 버스를 타고 호텔에 갈 생각이었다. 그러나 밖에 찬바람이 불자 결국 순순히 택시를 탔다. 호텔에 도착해 마침 엘리베이터 앞에서 아메이와 마주쳤다.

　그녀는 산산을 위아래로 훑어보더니 놀란 표정을 지으며 말했다.

　"산산 씨, 이렇게 입은 거예요? 좀 성대하게 입지 않고."

　산산이 말했다.

　"이 정도면 되겠죠."

　기껏해야 밥 먹는 거 아닌가. 머리까지 감았는데 성대하지 않기는.

　아메이는 고개를 저으며 산산의 화장과 머리를 손질해준다고 그녀를 파우더 룸으로 억지로 끌고 가려고 했다. 산산은 재빨리 사양하며 농담으로 말했다.

　"좀 있다가 실컷 먹고 마실 작정이에요. 화장을 하면 밥 먹을 때 얼굴의 파우더가 음식에 떨어질 텐데, 그럼 얼마나 불결해요."

　아메이는 산산을 어찌할 도리가 없었다. 그녀는 마음속으로 산산은 평소에도 화장을 하지 않는데 사장이 그녀의 그런 모습을 사랑하는 것일지도 모른다고 생각했다. 그래서 더 이상 강요하지 않고 말했다.

　"이따가 연회장에 가보면 알게 될 거예요."

　연회장에 도착하자 산산은 그제야 아메이의 말이 그냥 해본 말이 아님을 알았다. 아니나 다를까 동료들은 송년회를 꽤 중요시했다. 하나같이 화려하게 차려입었다. 시야를 넓혀 보니 미녀가 구름처럼 많았다.

산산은 저도 모르게 사람들 사이에서 이리저리 둘러보았다. 누구를 찾고 있는지 자신도 알지 못했다. 그때 아메이가 웃으면서 말했다.

"사장님은 아직 안 오셨어요. 근데 산산 씨, 오늘은 왜 사장님과 같이 안 왔어요?"

산산은 깜짝 놀라서 말했다.

"아메이 씨, 밥 먹기 전에 그렇게 무서운 얘기는 하지 말아 줄래요?"

그런 다음 재빨리 메뉴를 보러 뛰어갔다.

송년회의 메뉴는 과연 대단히 훌륭했다. 색깔도 먹음직스러웠고 향기로운 냄새가 코를 찔렀다. 줄줄이 진열되어 있는 음식들을 보자 산산은 내심 침이 멈추지 않았다.

그녀는 음식들을 보면서 줄곧 연회장 입구를 쳐다보았다.

'사장님, 빨리 오세요! 전 지금 당신을 특별히 그리워하고 있어요. 제발 늦지 마요.'

'그럼 음식들이 식어서 맛이 없게 되잖아요.'

그녀가 오늘의 모든 메뉴를 그런대로 다 보았을 때쯤 연회장 내에 떠들썩한 소리가 들렸다. 아마 중요한 사람이 온 것 같았다.

산산이 고개를 들어 보니 과연 사장이 몇몇 고위층에게 둘러싸여 연회장에 도착했다.

Part 15

산산은 눈도 깜박이지 않고 사람들 속에 있는 평텅을 보고 있었다.

사장은 정말…….

때깔이 고왔다.

로비의 눈부시게 빛나는 조명을 받으며 평텅은 빠르지도 느리지도 않은 걸음으로 연회장에 들어오고 있었다. 그는 세련된 양복을 입고 있었으며 곁에는 회색 코트를 아무렇게나 걸치고 있었다. 그 모습은 사람들 사이에서 유달리 눈부시게 우뚝 솟아 보였다.

산산의 시선이 저절로 줄곧 그를 따라가고 있었다. 키 크고 뚱뚱한 임원진이 시선을 가리자 그녀는 그제야 정신이 들었다. 산산은 시선을 거두고 주위 사람들을 보았다. 뜻밖에도 모두 사장에게서 눈을 떼지 않고 쳐다보고 있었다. 심지어 어떤 사람은 까치발까지 하며 보고 있었다. 산산의 마음속이 문득 불편했다.

"무시해!"

"멋있는 척하기는!"

"바람둥이 같은 남자가 제일 질 떨어져. 호화찬란하게 치장한 것하고는, 패션쇼 하는 줄 아나봐!"

산산은 소심하게 한창 흥에 겨워 중얼거렸다. 그러다가 갑자기 사장의 시선이 그녀가 있는 구석진 곳으로 쏠리는 것을 알아챘다.

어…….

내가 마음속으로 생각한 것을 그도 알아차린 건가? 설마 사장이 뇌파 감지시스템을 장착한 것은 아니겠지?

산산은 경직된 채 표정 없이 몸을 돌려 눈앞에 있는 스테이크를 뚫어져라 쳐다보았다.

스테이크야, 스테이크야.

너는 왜 조각 스테이크인 거니!

펑텅이 연회장에 도착하자 두 남녀 사회자가 무대에 올라 송년회의 시작을 선포했다. 사회자들이 기쁨이 넘치는 개회식 축사를 한바탕 하고 난 뒤 이어서 펑텅이 무대에 올라 인사말을 했다.

한바탕 열렬한 박수 소리가 잦아들자 방금 떠들썩하던 연회장 분위기는 순식간에 조용해졌다.

산산은 몰래 입을 삐죽거리며 속으로 과연 모든 보스는 위협하는 재주가 있다고 생각했다. 바로 사람을 겁주는 그런 재주 말이다. 그녀는 고개를 들어 연설하고 있는 펑텅을 바라보았다. 그의 진중한 말투를 들으면서 뜻밖에도 무대 위에 서 있는 그 사람이 점점 낯설게 느껴졌다.

산산은 펑텅을 자주 만나긴 했지만 그가 그렇게 많은 사람 앞에서 말하는 모습은 처음 본다. 아무래도 뭔가 다른 느낌이 들었다. 지금 그의 모습은 마치 온몸에 어떤 특수한 풍채를 지니고 있는 것 같왔다. 그는 여유 있게 장내를 정돈하고 전체 분위기를 장악하여 사람들은 그를 쳐다볼 수밖에 없었다. 그의 표정과 태도는 자신만만하고 우아했으나 결코 과장되지 않았다. 그러나 그의 입에서 나오는 모든 말은 도리어 설득력이 있었으며 직원들은 더욱더 고무되었다.

'도대체 어디가 다른 걸까?' 산산은 멍하니 생각했다.

그녀는 아마도…… 문득 사장이 아득히 멀게만 느껴졌을 것이다.

갑자기 박수 소리가 울려 퍼졌다. 산산은 펑텅의 연설이 이미 끝났음을 그제야 알아차리고 따라서 박수를 쳤다.

그리고…… 휴…….

일반적으로 말하면, 그런 묵직하고 복잡한 기분은 산산의 마음속에 3분 넘게 머물러 있을 리가 없다. 박수 소리가 사라지자 그녀는 즉시 그 괴상하고 짜증스러운 기분을 생각의 뒷전에 둔 채 접시를 들고 즐겁게 사방을 이리저리 돌아다녔다.

소야, 양아, 게 다리야.

상품을 기대하는 것은 뜬구름 잡기다. 뽑히고 안 뽑히고는 나중 일이다. 눈앞의 음식이야말로 진리다!

산산이 신나게 먹고 있는데 갑자기 뒤에서 어떤 남자의 놀라움과 기쁨이 섞인 목소리가 터져 나왔다.

"쉐 아가씨."

그녀는 목이 멜 뻔했다.

산산은 입안의 음식물을 억지로 삼키고 고개를 돌렸다. 알고 보니 펑 아가씨의 남편이었다. 아마 옌칭이라고 했던 것 같다.

산산은 공손하게 인사했다.

"안녕하세요. 옌 사장님."

옌칭은 계열사의 대표이사로 본사에는 자주 오지 않았다. 이번에 그가 온 것은 계열사 고위층으로서 본사의 송년회에 참석한 것이었다. 산산은 잔치 이후에 그를 처음으로 만났다.

옌칭은 그녀를 보고 매우 감격해 하는 표정이었다.

"쉐 아가씨, 드디어 만났네요. 우리 부부는 정말 어떻게 감사해야 할지 모르겠어요. 당신에게 빚진 것이 참으로 많군요."

어? 나에게 무슨 빚을 많이 졌다는 거지? 피 한번 뽑은 걸 가지고? 게다가 이미 감사하다고 하지 않았는가.

산산은 약간 의아하다는 듯 말했다.

"옌 사장님, 천만에요. 별것도 아닌데요."

"어떻게 별것이 아니에요."

옌칭은 여전히 감격한 얼굴로 말했다.

"지난번에 펑위에가 사고가 났을 때 저는 마침 출장 중이었어요. 후, 다행히 쉐 아가씨가 또다시 도와줬기에 망정이지. 안 그랬으면 난 평생을 후회했을 거예요."

그가 이어서 말했다.

"펑위에는 아직 병원에 있어요. 위에가 퇴원하고 나면 꼭 한번 식사하러 와요."

산산은 눈을 깜빡거리고는 마침내 옌칭의 말이 무슨 뜻인지 이해했다. 설마 그는 두 번째도 그녀가 헌혈을 했다고 생각하는 건가? 산산은 황급히 해명했다.

"옌 사장님, 잘못 알고 계신 것 같아요. 저는……."

"옌칭."

산산의 해명은 갑자기 끼어드는 목소리 때문에 중단되고 말았다.

사장님?

그리고 엉겁결에 손에 들고 있던 난잡하게 먹은 접시를 뒤에 있는 테이블에 두었다. 펑텅은 그녀를 보지도 않고 옌칭에게만 말했다.

"앤디가 널 찾고 있어."

옌칭은 고개를 돌려 주위를 두리번거리고는 산산에게 웃으면서 말했다.

"쉐 아가씨, 전 먼저 가볼게요. 나중에 다시 얘기해요."

"아, 네. 안녕히 가세요."

산산은 머리를 굽혀 인사했다.

옌칭이 가고 그 구석진 곳에 쉐산산과 펑텅 두 사람만 남게 되자 분위기가 순식간에 조용해졌다.

산산이 정적을 깨고 '사장님' 하고 불렀다. 그러나 펑텅은 그녀를 거들떠보지도 않고 옆 테이블에 있는 술잔을 들어 연회장 중앙을 바라보면서 여유롭게 술을 마셨다.

뭐지? 설마 그녀가 한 번 더 공손하게 배웅해야만 갈 생각인가?

침묵이 흐르는 분위기가 이어지자 산산은 약간 불안했다. 그러다 조금 전의 일이 생각나서 그녀는 황급히 말했다.

"사장님, 옌 사장님께서 잘못 알고 계신 것 같아요. 이번에도 제가 펑 아가씨에게 수혈을 했다고 생각하시나 봐요."

"잘못 알면 잘못 알라죠."

펑텅은 술잔을 내려놓고 그녀에게 분부했다.

"앞으로 그가 무슨 말을 하든 부인할 필요 없어요."

"네?"

산산은 이해가 안 되었다.

"왜죠?"

남의 공을 빼앗는 것 같아 산산은 죄책감이 들었다.

"더 이상 묻지 말고요."

펑텅은 냉담하게 말했다.

"네."

'넌 몰라도 돼'라고 말하는 것 같은 그의 표정에 산산은 다소 우울해졌다. 그녀는 조금 전까지 생각의 뒷전으로 버려두었던 그 복잡한 기분이 또다시 슬그머니 떠올랐다.

말하지 말라면 말면 되지. 뭐 대단한 거라고! 어쨌든 내가 거짓말을 한 것도 아니고 기껏해야 방조한 셈이다. 그것도 강요에 의한 것이다.

산산은 답답해서 아무렇게나 핑계를 대고 말했다.

"사장님, 전 아메이 씨한테 가볼게요. 그럼 실례하겠습니다."

그녀는 말하면서 자리를 떠나려고 했다.

"잠깐."

펑텅이 입을 열어 그녀를 불러 세웠다.

"누가 가라고 했나요?"

보스는 완전히 남을 마음대로 부려먹는 말투로 말했다.

"이따가 날 따라다니면서 나 대신에 흑장미를 해줘야겠어요."

산산은 어안이 벙벙해졌다.

흑장미????

내가 잘못 들었겠지! 이건 남자의 임무가 아닌가? 그런데 사장은 놀랍게도 나더러 하라고 한다!

산산은 화가 났다. 과연 모든 부르주아는 여자는 남자처럼 부려먹고 남자는 짐승처럼 부려먹는다!

"사장님, 전 사장님 비서가 아니에요."

그녀가 회피하자 펑텅은 또 기분이 나빠지며 냉담한 말투로 그녀에게 상기시켜주었다.

"당신의 연말상여금."

정말 너무하다! 또다시 이것을 가지고 나를 위협하다니! 산산은 참을 수 없이 분해 용기를 내어 말했다.

"사장님, 우, 우리는 노조가 있습니다."

'그러니 사장님 마음대로 상여금을 공제할 수 없다고요! 안 그러면 고발하겠어요!'

"노조라고 했습니까?"

펑텅은 아름다운 눈썹을 살짝 올리고 느긋하게 말했다.

"그들 월급은 누가 주죠?"

Part 16

어째서 좀 전에 그녀는 사장이 아득히 멀게만 느껴졌을까?

그는 그야말로 멀리 우주로 가야 할 사람이기 때문이다!

다시 한 번 보스의 요괴 손에 걸려든 산산은 비참하게 술잔을 들고 사장의 뒤를 따라다녔다. 그리고 계속해서 미소를 지은 채 잔을 부딪치며 인사말을 했다.

그녀는 음식을 먹을 수 없어서 이미 매우 비참한데다가 하이힐을 신고 돌아다녀야만 했다. 좋다. 그런 것들을 그녀는 다 참았다. 하지만 어떤 것은 정말로 참기 어렵다. 아아아아!

예컨대 눈앞에 있는 양복 차림의 이 노인네 말이다.

"미스 쉐, 오늘 정말 눈부시게 아름답네요. 청순하기까지 하군요. 좀 있다가 꼭 미스 쉐에게 투표해야겠어요."

눈부시게 아름답기는…… 늙은이! 빤한 거짓말을 잘도 하는군!

"감사해요. 과찬이십니다."

산산은 미소 짓고 있었다.

또 예를 들면 중국 전통복을 입은 이 늙은이다.

"미스 쉐는 미모를 타고났군요. 젊고 발랄하고…… (동의어 생략중)
…… 와! 마치…… (닭살 멘트 생략중) ……오! 사장님과…… (시시한
대구법 생략중) ……아!"

"감사합니다. 감사합니다."

산산은 겉으로는 과분한 칭찬에 몸 둘 바를 모르는 것 같았으나
마음속으로는 그들을 매우 숭배했다.

장난 아니다! 반지르르한 거짓말은 그렇다 치자. 감탄사를 남발할
것까지야!

중국 전통복을 입은 늙은이가 여운을 남긴 채 멀리 가고 나자 산
산은 펑텅의 소매를 끌어당기며 물었다.

"사장님, 전통복을 입은 저 사람이 좀전에 양복 차림을 한 사람보
다 직위가 더 높은가요?"

펑텅이 고개를 끄덕였다.

산산은 으스대며 말했다.

"그럴 줄 알았어요."

그녀는 펑텅이 이유를 묻기도 전에 재빨리 말했다.

"왜냐하면 빤한 거짓말을 그 사람이 훨씬 잘하기 때문이에요."

펑텅은 살짝 붉어진 산산의 뺨을 보고 실소를 금치 못했다. 산산
은 좀 취한 것 같았다. 그런 말을 산산은 평소에 꺼내지도 못한다. 게
다가…….

펑텅은 자신의 소매를 잡아당기고 있는 산산의 손가락을 보고 있
었다. 감히 펑텅을 잡다니.

그는 자신도 모르게 어떤 생각에 잠겼다. 이내 손을 들어 웨이터를 부른 뒤 새로운 술잔을 들어 그녀에게 주었다.

"이게 뭐죠?"

산산은 펑텅의 손에 있는 색깔이 예쁜 액체를 보며 말했다.

"칵테일이에요. 알코올 농도가 훨씬 낮은 술이죠."

"감사합니다. 사장님."

산산은 매우 감격해하며 술잔을 받았다. 그녀는 눈앞에 있는 그 사람이 방금 그 두 늙은이들보다 빤한 거짓말을 몇 배는 잘하는 그들의 최후의 보스임을 전혀 생각하지 못했다.

이런 칵테일은 마시기에는 매우 순하다. 그런데 알코올 농도는 방금 것보다 몇 배는 높다.

펑텅은 기분이 꽤 좋아서 산산을 바라보고 있었다. 그러다 얼마 지나지 않아 갑자기 인상을 쓰며 말했다.

"브로치는 어디로 갔죠?"

입장할 때 모든 숙녀는 꽃 모양의 브로치를 받았다. 꽃 아래에는 번호가 있는데 신사들은 그 번호에 근거하여 투표해서 가장 우아한 숙녀를 뽑는다. 그래서 '가장 우아한 숙녀'가 되고픈 마음이 있는 여러 사람은 연회장에서 많은 사람에게 말을 붙였다. 만약 다른 사람들이 자신의 번호를 보지 못하면 아무리 예쁘게 입어도 소용이 없다.

산산은 식은땀이 났다. 그녀는 브로치를 다는 것이 바보같이 느껴져서 버렸다고 말할 수 있을까?

절대로 못한다!

"맞다! 브로치는?"

산산은 놀라서 소리를 질렀다. 주위를 두리번거리며 이리저리 찾아보고 난 후 사장에게 보고했다.

"잃어버렸어요."

"브로치가 하늘로 갔겠어요?"

"어…… 그럴 리가요?"

"그럼 방금 천장은 왜 봤나요?"

"……"

펑텅은 손을 들어 웨이터를 불렀다.

"이 아가씨에게 브로치를 다시 가져다주세요."

산산은 황급히 저지했다.

"사장님, 전 없어도 돼요."

펑텅은 단지 두 글자만 말했다.

"상금."

상금…… 상금이 별거인가? 나처럼 이렇게 욕심 없고 순박한 사람은 전체 여직원들을 배고프게 하는 그런 부당한 재물에 조금도 관심이 없다고!

물론, 관심이 있어도 받을 수 없을 것이다.

"사장님, 저는 안 뽑힐 거예요."

산산은 얌전하게 말했다. 그녀는 자신의 분수를 정확히 알고 있으며 원래 요리를 먹기 위해 온 것이어서 치장 같은 것은 아예 하지도 않았다.

"어째서 안 뽑힌다는 겁니까?"

펑텅은 연회장 안을 쭉 둘러보더니 천천히 말했다.

"당신은 확실히 별로예요. 하지만 다른 사람들은 훨씬 더 별로예요.”

산산은 눈을 휘둥그렇게 뜨고 아무 말도 못했다.

'사장님…… 너무 악랄하군요. 나 하나 깎아내리려고 전체 여직원을 끌고 물에 들어갈 필요는 없잖아요.'

그때 웨이터는 이미 새로운 브로치를 가지고 왔다. 산산은 보스의 강요하는 눈빛에 어쩔 수 없이 브로치를 달았다. 산산의 마음속에 문득 희미한 생각이 떠올랐다. 구석에 숨어서 자연스럽게 사람들이 자신의 번호를 볼 수 없게 만든 것은 이 선발을 포기한다는 뜻이었다. 그런데 지금 사장은 한사코 그녀가 브로치를 달고 연회장의 모든 사람을 응대하게 하고 있다.

산산은 생각 없이 말이 튀어나왔다.

“사장님, 설마 제가 뽑히도록 조작하려는 건 아니겠죠!”

펑텅은 의아하다는 눈으로 산산을 보면서 미소 지었다.

“그것도 괜찮겠군요.”

그리고 사색이 된 산산의 모습을 감상하면서 한마디 덧붙였다.

“상금을 받으면 나눕시다. 내가 7 당신은 3.”

과연…… 정말…… 어떻게 그런 생각을……. 상금까지 나누자고? 악덕 사장이라지만 이 정도까지일 줄이야!

산산은 쓰러지고 싶은 충동이 들었다.

쓰러지고 사람들에게 들려서 나가자. 이따 망신당하는 것보다는 낫다! 사장이 나를 이렇게 믿으면 놀랍게도 나에게 이렇게 기발한 아이디어가 떠오른다니. 이렇게 될 줄 진작 알았다면 나는 비록 월급이 거털 날지라도 예쁘게 꾸미고 왔을 것이다. 아아아!

이렇게 평범하게 입고 있는 산산이 만약 그 변태 같은 상을 받는 다면 그녀가 조작을 했다는 것을 명확히 밝히는 것이 아닌가. 이 얼마나 망신인가!

재무에서 가장 중요한 것은 신용이다! 산산은 많은 사람이 두 눈 뜨고 빤히 보고 있는 앞에서 위조 장부를 만들고 싶지 않았다. 게다가 사장도 참 안목이 없다. 산산에게 투자하다니.

도대체 무슨 생각을 하고 있는 거야.

아무튼, 빨리 쓰러지도록 하자.

애석하게도 산산은 몸이 매우 건강하다. 그녀는 연회장 전체를 사장에게 이리저리 끌려 다니면서도 시종 끄떡없을 정도로 쓰러지지 않았다.

웬만큼 먹었을 때 남녀 사회자가 수상자 추첨 시작을 선포했다.

제일 꼴등 상부터 뽑기 시작했다.

꼴등 상 몇 명, 산산의 몫은 없었다.

뒤에서 두 번째 상 몇 명, 역시 없었다.

마지막으로 일등상! 계속해서 실실 웃고 있는 어떤 여직원이 사장의 손에서 상을 가지고 갔다.

산산은 조금도 섭섭하지 않았다. 지금 산산의 머릿속에 가득 찬 생각은 '가장 우아한 숙녀'에 제발 자신이 뽑히지 않는 것이었다. 남직원 당신들은 이렇게 절개 없이 사장의 권력에 굴복하지는 않겠지! 어차피 무기명 투표라서 사장은 당신들의 월급을 삭감하지 않을 거야.

일등상을 뽑고 나서 남녀 사회자는 멘트를 주거니 받거니 하며 뜸을 들였다.

"지금 발표하려고 하는 상은 오늘 밤 가장 감격스러운 상입니다."

"맞습니다. 장내에 계신 숙녀 분은 아마도 이 상을 방금 일등상보다 훨씬 탐내실 것 같습니다."

"네. 네. 사설이 너무 길군요. 다들 초조해 하겠어요. 오늘밤 가장 우아한 숙녀의 주인공이 누구인지 빨리 발표하시죠."

"오늘밤 가장 표를 많이 받은 숙녀는 바로―"

산산은 숨을 죽였다.

"인사과! 저우샤오웨이!"

Part 17

하하하하! 내가 아니다. 내가 아니야!

산산은 거의 눈물이 그렁그렁할 지경이었다. 정말 다행이다. 역시 세상에는 아직 정의가 살아 있어! 산산은 이 세상에 새로이 믿음이 가득 차서 사람들을 따라 열렬히 박수를 쳤다.

박수 소리 속에서 저우샤오웨이는 얼굴이 온통 붉어진 채 제자리에 서 있었다. 그녀는 부끄러워하며 소심하게 펑텅을 바라보았다.

그러나 펑텅은 표정이 없었다. 산산은 보스가 투자에 실패하자 분명 기분이 언짢아 '동업자'인 자신에게 화풀이를 할지도 모른다는 생각이 들었다. 그래서 서둘러 피하려고 하는데 펑텅이 그녀에게 눈을 흘기며 말했다.

"여기서 기다리고 있어요. 마음대로 도망가지 말고."

과연 그녀에게 화풀이를 해댔다.

본인은 미녀와 춤을 추러 가면서 산산에게는 그곳에 멍청하게 서 있게 했다.

무도곡의 전주가 울리자 연회장을 가득 채운 사람들이 잇달아 사방으로 흩어졌다. 그러자 한가운데가 텅 빈 무대가 나왔다. 연회장의 조명들이 약속이라도 한 듯 일제히 꺼지고 무대 중앙에만 환한 빛이 남았다.

많은 사람이 주시하는 가운데 펑텅은 술잔을 산산에게 아무렇게나 건네주고 맞은편에 서 있는 저우샤오웨이를 향해 걸어가 그녀에게 공손히 춤을 청하는 포즈를 취했다. 저우샤오웨이는 수줍어서 머뭇머뭇하며 펑텅의 손 위에 조심스럽게 자신의 손을 올렸다.

그리고 그 둘은 나풀나풀 춤을 추었다.

오늘 저우샤오웨이가 눈부시게 아름다운 미모를 드러낼 수 있었던 것은 당연히 매우 신경 써서 꾸몄기 때문이다. 그녀는 우아한 순백색의 시폰 치마를 입고 새하얀 어깨를 드러내고 있었다. 가슴에 있는 속이 비치는 흰색 레이스가 순결하면서도 유혹적으로 보였다. 살짝 웨이브 진 머리에는 자색 인조 다이아몬드가 가득 박혀 있는 작은 왕관이 비스듬하게 꽂혀 있었다. 반짝반짝 빛나는 그 왕관은 가냘프고 아름다운 그녀를 한층 더 돋보이게 했다.

그녀는 고개를 들어 순수하고 부끄러운 눈빛으로 눈앞에 있는 건장한 남자를 바라보았다.

산산은 무대 밖에 멍하게 서서 춤을 추는 그들을 보면서 자기도 모르게 점점 시선이 저우샤오웨이의 허리춤을 감싸고 있는 짐승의 발 위로 집중되었다.

'불결해! 정말 불결해! 춤은 도대체 어떤 색마가 발명했는지, 그야 말로 대놓고 작업을 걸라고 하는군.'

산산은 속으로 욕하면서 내심 처음에 기쁘고 상쾌했던 기분이 말할 수 없이 가라앉았다.

무대 위의 펑팅과 샤오웨이는 아름다운 자태로 계속해서 빙글빙글 돌고 있었다. 그들은 어지럽지도 않은가보다. 오히려 산산이 보다가 머리가 핑 돌았다.

'웅웅웅, 확실히 술을 너무 많이 마셨어. 앉아서 좀 쉬어야겠어.'

산산은 식탁으로 돌아가 아까 먹다가 만 접시를 찾아 남아 있는 음식을 먹기 시작했다. 에너지를 보충하는 것이야말로 가장 중요한 일이다. 조금 전엔 바보 같아서 보스의 말을 곧이곧대로 듣고 멍청하게 그곳에 서 있었다.

한참 먹고 있는데 귓가에 또다시 목소리가 울렸다.

"쉐 아가씨!"

그 사람은 그녀를 두 번이나 목이 메게 했다.

산산은 고개를 들어 웃으면서 인사했다.

"옌 사장님."

옌칭은 신사답게 정중한 태도로 말했다.

"제가 쉐 아가씨와 춤을 추는 영광을 누려도 되는지 모르겠군요."

산산은 당혹스러웠다.

"저기…… 전 춤을 출 줄 몰라요."

옌칭은 자상하게 웃었다.

"그럼 이야기나 할까요?"

그는 말하면서 산산의 맞은편에 앉았다.

산산이 관심을 기울이며 물었다.

"펑 아가씨는 좋아졌나요?"

옌칭은 그녀가 펑위에를 언급하자 또다시 감격한 얼굴이었다.

"벌써 좋아졌어요. 의사 말이 펑위에는 기초 체력이 좋아서 며칠 있다 퇴원해서 몸조리만 잘하면 된다고 했어요. 다 쉐 아가씨 덕분이에요!"

그가 감사해하자 산산은 양심에 찔렸다. 그러나 사장은 그녀에게 부정해서는 안 된다고 했다. 산산은 황급히 아무 화제를 찾아서 말했다.

"펑 아가씨는 최근에 줄곧 유럽에 있었다고 하던데 언제 귀국한 거죠?"

"유럽이요?"

옌칭이 이상해서 물었다.

"우리는 신혼여행 때 갔다 온 후로 2년간 못 갔어요. 쉐 아가씨, 여행이 가고 싶은가 봐요? 펑위에도 얼마 전에 휴가를 갈 마음이 있었는데 몸이 좋아지면 당신들이 함께 가는 게 어때요?"

산산은 멍해졌다.

첫 번째 무도곡이 점점 마무리에 접어들었다.

아메이와 린다는 무대에 가서 춤을 추지 않고 함께 무대 옆에 앉아서 수다를 떨었다. 아메이의 말에는 상금 만 위안이 탐나서 은근히 달가워하지 않는 말투가 배어 있었다. 린다가 듣고 웃으면서 말했다.

"뭐가 맘에 안 들어요? 샤오웨이 씨가 들인 돈이 당신보다 열 배는 많을걸요."

아메이가 놀라서 말했다.

"린다 씨, 제 몸에 들인 돈도 만만찮아요."

린다는 코웃음을 치며 무대를 보았다. 그리고 샤오웨이가 머리부터 발끝까지 걸친 상표를 일일이 열거했다. 그런 후에 아메이에게 물었다.

"이제 인정하죠?"

아메이는 이번에야말로 씁쓸한 마음이 모두 사라지고 감탄하며 말했다.

"평사원에 불과한 여자가, 정말 본전이 아깝지 않은가봐요."

린다가 뼈가 있는 말을 했다.

"본심은 다른 곳에 있고, 호랑이 굴에 들어가야 호랑이 새끼를 잡죠."

아메이가 알았다는 듯이 웃었다.

"하지만 내가 장담하건데 샤오웨이 씨가 지금보다 돈을 열 배는 더 들인다 해도 헛수고예요. 방금 못 봤어요? 사장님이 편하게 술잔을 산산 씨에게 건네주는 걸요. 어떻게 그녀가 상대가 되겠어요? 내 생각에 다음 곡에서는 사장님이 분명 산산 씨에게 춤을 청할 거예요."

무도곡이 마침내 마지막 음표를 연주했다. 펑텅은 손을 놓고 공손하게 고개를 살짝 끄덕인 뒤 떠나려고 했다. 샤오웨이가 다급하게 그의 뒤에서 가볍게 소리쳤다.

"사장님."

펑텅은 걸음을 멈추고 그녀를 향해 돌아보았다.

두 번째 무도곡이 울리기 시작했다.

아메이는 예상과는 다르게 사장이 산산에게 춤을 청하지 않고 샤오웨이와 두 번째 춤을 추는 것을 보고 매우 놀랐다.

다른 사람들도 다소 의아해하며 혼란스러워 하고 있었다. 설마 오늘 샤오웨이의 미모가 정말 사장의 마음을 움직인 것인가?

사람들은 일제히 동정이 가득 찬 눈빛으로 한쪽에서 찬밥 신세가 된 '공식 여친' 쉐산산을 쳐다보았다. 그녀가 '혼비백산'한 표정을 하고 멍하게 앉아 있는 것이 보였다. 이미 몹시 충격을 받은 것이 분명했다.

그러나 사실상, 산산은 연회장 안의 이상한 분위기와 사람들의 눈빛을 전혀 알아채지 못했다. 심지어 그녀는 두 번째 무도곡이 이미 시작된 것도 알지 못했다. 옌칭이 전화를 받으러 나갔을 때부터 그녀는 한 자세를 유지하며 완전히 멍해진 채 그곳에 앉아 있었다.

사장이…… 나를 속인 건가? 펑 아가씨는 아예 유럽에 가지 않았어! 그럼 그다음 몇 달은 누가 점심을 보냈지?

설마 사장이?

하지만 왜?

핑계를 대고 나를 노예로 만들어서 착취하려고? 아니면…… 아니면…….

산산은 문득 불안해지며 심장이 두근두근 마구 뛰었다. 마치 무엇인가가 껍질을 뚫고 나오려고 하는 것 같았다.

아아아! 안 돼, 안 돼. 산산은 재빨리 그것을 쑤셔 넣었다. 분명히 술을 많이 마셔서 그런 터무니없는 생각이 드는 것이야! 술은 정말로 몹쓸 것이다. 그런 괴상한 생각이 들게하다니.

그녀는 자신도 모르게 무대를 바라보았다. 펑텅과 샤오웨이는 여전히 춤을 추고 있었다. 마침 이때 펑텅은 산산을 등지고 있었고 샤오웨이가 산산을 보고 온화하게 웃었다.

그러나 산산은 그녀를 전혀 알아채지 못하고 펑텅의 늘씬한 뒷모습만 바라보고 있었다. 산산은 갈수록 머리가 무거워지는 느낌이 들었다. 밖으로 나가 정신을 차리는 것이 좋겠다고 생각했다. 더 이상 여기에 있다가는 마가 들릴 것만 같았다.

그리하여 이쪽에서 시시각각 상황을 주시하고 있던 소문 제조기 인사들은 똑똑히 보았다. 샤오웨이가 과시하듯 웃자 산산이 '질투'의 눈빛으로 무대 위의 사장과 샤오웨이를 노려보았다. 그런 후 '화를 내며' 일어서서 '혼비백산'한 표정으로 홀로 연회장을 걸어 나갔다.

Part 18

산산은 호텔의 정문을 밀어젖혔다.

바깥의 냉기가 뼈를 뚫고 들어왔다. 바람이 불자 산산은 몸이 부들부들 떨려 재빨리 호텔로 되돌아갔다.

'너무 추워! 어째서 나도 모르게 아래층으로 내려왔지?' 산산은 맨살이 드러난 팔뚝을 끌어안은 채 떨었다.

'하지만 일찍 돌아가는 것도 좋아. 시간도 늦었고……'

이렇게 생각하고 있는데 핸드백 안의 핸드폰이 울리기 시작했다. 산산은 핸드폰을 꺼내어 화면에 깜빡거리고 있는 번호를 보고 얼이 빠졌다. 분명히 머릿속으로는 받지 않겠다고 생각하면서 어찌 된 셈인지 손가락이 통화 버튼을 눌렀다.

펑텅의 다소 불쾌한 목소리가 들려왔다.

"어디예요?"

"……아래층 로비요."

"마음대로 도망가지 말라고 했잖아요?"

펑텅은 더욱 화를 냈다.

"거기서 기다리고 있어요. 내가 바로 내려갈 테니."

"잠깐, 잠깐만요."

펑텅이 전화를 끊으려고 하는 것 같아 산산은 급히 소리쳤다. 어차피 도망가지 못하면 차라리 통쾌하게 죽는 게 낫다고 생각했다. 산산은 얼굴에 철판을 깔고 말했다.

"사장님…… 오실 때 제 다운재킷 좀 가져다주세요."

얼마 지나지 않아 산산은 펑텅이 그녀의 다운재킷을 들고 엘리베이터 안에서 걸어 나오는 것을 보았다. 그는 예리한 눈빛으로 그녀를 한 번에 찾았다. 산산은 재빨리 달려가 감사해하면서 그의 손에 있는 자신의 옷을 빼앗아왔다.

"뭐하려고 내려왔어요?"

"머리가 어지러워서 집에 가려고요."

산산은 자신 없이 말했다.

펑텅은 그녀의 새빨개진 양 볼을 보고 표정이 부드러워졌다.

"내가 데려다 줄게요."

그런 후 그는 산산이 거절하지 못하게 밖으로 나갔다.

산산은 잠깐 멍하게 있다가 그를 따라 나갔다. 사장님은 정말 친절하셔. 이렇게 그녀는 이런저런 잡생각을 할 것이다.

산산은 아직도 잡생각중이다.

흰색 스포츠카가 어둠 속에서 평온하게 달렸다. 차 안의 두 사람은 잠시 말이 없었다.

잠시 후 마침내 산산이 참지 못하고 마음속의 의문점을 물었다.

"사장님, 옌 사장님이 그러시는데 펑 아가씨는 최근 몇 달 유럽에 간 적이 없대요."

"네."

펑텅은 담담하게 대답했다.

"그래서요?"

그래서요? 산산은 눈을 크게 뜨고 그를 쳐다보았다. 거짓말이 들통 났는데도 이렇게 태연한 사람이 있을까?

보스는 확실히 천년 묵은 요괴다!

"그, 그럼 왜 펑위에 씨가 유럽에 갔다고 하신 거죠?"

펑텅은 조금도 놀라지 않고 말했다.

"내가 그랬나요?"

"네. 그럼요!"

"아."

펑텅은 개의치 않는 모습이었다.

"말실수예요."

보스, 당신은 한층 더 뻔뻔스러워지는군요?

하지만, 아마도 정말 말실수일지도 모른다. 그렇지 않으면 무슨 이유로 보스가 나를 속이겠는가? 설마 나와 함께 밥을 먹기 위해서?

그럴 리가 없다.

그러나 그것이 나타내는 뜻은, 그야말로 더욱 그럴 리가 없다. 상대방은 보스이지 않은가. 마치 우주를 사이에 두고 있는 느낌이다. 우주를 사이에 두고 있는 한 외계인이 그녀를 좋, 좋아하는 것일까?

산산의 머릿속에 큰 전쟁이 일어나자 차 안은 또다시 조용해졌다. 갑자기 펑텅이 무심한 듯한 말투로 입을 열었다.

"춤을 추었던 일은 오해하지 마요."

샤오웨이는 수표를 받은 것이 아니라 방금 첫 번째 무도곡이 끝난 후 펑텅에게 다시 자신과 한 곡 더 추기를 부탁했다. 샤오웨이의 수줍어하는 표정 뒤에 어떤 마음을 숨기고 있는지 펑텅이 어찌 알아보지 못하랴. 그렇다고 춤을 더 춘다고 해도 달라질 게 어딨나. 하지만 송년회와 같은 이런 축하 자리에서 그는 펑웨이에게 수혈을 한 직원을 무안하게 할 수 없는 노릇이니 어쩔 수 없이 그녀와 두 번째 춤을 춘 것이다.

그런 다음 산산이 밖으로 나가는 것을 보았다.

그동안의 경험으로 펑텅은 산산이 뛰쳐나간 것이 절대로 정상적인 이유 때문은 아닐 것이라고 생각했다. 하지만 그는 그래도 해명하기로 결심했다. 비록 그의 해명이 사실상 매우 함축적이고 간략했지만 말이다.

산산은 우연한 일로 감동했다. 그녀는 펑텅과 샤오웨이가 두 번째 춤을 춘 것을 전혀 알지 못하고 펑텅이 첫 번째 춤에 대해서 해명하는 것인 줄 알았다.

뜻밖에도 보스는 다른 여자와 춤추는 것까지 그녀에게 해명하려고 한다. 그녀가 오해하지 못하게.

설마, 설마, 정말…… 정말로…….

산산은 물어보고 싶은 충동을 느꼈다. 그녀는 술기운이 오르고 머리에 열이 났다.

"사장님, 당, 당신이 나를 좋아한다고 오해해도 되나요?"

핸들을 잡고 있는 평텅의 손이 살짝 흔들렸다. 좋아한다는 그 말은 그의 예상을 약간 빗나갔다. 그러나 놀랍게도 이렇게 그녀가 먼저 물어본 것은 더욱더 그의 예상을 빗나갔다.

그 술의 효과가 괜찮은 모양이다.

평텅은 뜻밖에도 그녀의 그런 질문이 결코 싫지 않은 자신을 알아차렸다. 얼굴을 돌려 그녀를 바라보는 그의 입꼬리가 살짝 당겨졌다.

"오해해도 괜찮아요."

아…… 사장은 약간 돌려서 말했다. 그러나 그의 뜻은…… 그는 정말로 그녀를 좋아하는 것일까?

아아아!

산산은 마치 갑자기 손발을 어디에 두어야 할지 모르는 것처럼 어찌할 바를 몰랐다. 차 안의 공간이 갑자기 작아지고 심장이 뛰는 소리는 그녀 자신도 들을 수 있을 정도로 컸다. 얼굴이 천천히 달아오르고 마음속에 한 무리의 작은 새들이 노래를 부르는 것 같았다.

한참을 진정시키고 나서 산산이 말했다.

"사장님, 좀 천천히 가주세요."

"멀미가 나요?"

"아니요, 너무 빨라요."

'심장이 너무 빨리 뛰어요.'

그리하여 최고 시속 300킬로로 달리던 스포츠카가 거북이 같은 속도로 산산의 월세방 아래층에 도착했다.

차가 멈추자 차 안의 분위기가 갑자기 애매해졌다. 방금 안정을 찾은 산산의 작은 심장이 또다시 콩닥콩닥 뛰었다. 바로 이때 사장이 갑자기 그녀 쪽으로 몸을 굽혀왔다.

아! 어쩔 셈이지! 산산은 긴장해서 빳빳한 자세로 눈을 크게 뜨고 그를 쳐다보고 있었다.

"왜 이렇게 긴장해요?"

펑텅의 눈에 살짝 미소가 보였다.

"안전벨트를 풀어 주려는 거예요."

'찰칵' 하고 안전벨트가 풀어졌다. 산산 머릿속의 어떤 줄도 끊어졌다.

안전벨트······.

사장님, 당신의 서비스는 대단히 세심하군요.

하하 웃음으로 어색한 분위기를 모면하고 산산은 더듬거리며 말했다.

"당신, 어, 저는, 사장님이 언제······ 한 번도 말하지 않······."

펑텅은 그녀가 당황하여 어찌할 바를 몰라 하는 모습을 흐뭇하게 즐기면서 느긋하게 말했다.

"그런 건, 마음이 있는 사람이 먼저 말해야 되는 거 아닌가요?"

무슨 뜻이지? 산산은 멍해졌다. 보스의 말은 내가 먼저 그에게 마음이 있었다는 것인가?

"제가요?"

산산이 어리벙벙하게 자신을 가리키며 말했다. 방금까지도 마음속에서 즐겁게 노래하던 그 작은 새들은 이미 날갯짓하며 돌아보지도 않고 날아가 버렸다.

"설마 아닌가요?"

펑텅은 또다시 산산이 익숙한 협박하는 표정을 드러냈다.

펑텅은 산산을 놀리는 것이 이미 습관이 되었다. 그러나 그가 잊고 있는 것이 있다. 겁 많은 쥐는 평소에는 고양이를 보면 어쩌면 도망칠지도 모른다. 하지만 취하면 고양이에게 대든다는 것이다!

"저, 저, 저는……."

산산이 습관적으로 펑텅의 협박에 굴복하려고 하는 찰나, 그녀는 결정적인 문제가 생각났다!

지금 사장이 나를 짝사랑(?) 하는 거겠지?

그렇다면 내가 갑이지! 튕기기는 뭘 튕겨!

산산은 갑자기 즐거워졌다. 그러한 기쁨은 작은 여인이 수줍어하고 기뻐하던 조금 전의 그런 것과는 다르다. 그것은 노동자 계급이 원자폭탄을 움켜쥐고 있는 것과 유사한 기쁨이다.

용기가 고조되고 있다! 작은 새들이 다시 날아와서 산산의 머리에 격양된 소리로 노래를 하고 있다. 일어나라! 노예가 되길 원치 않는 자들아!(중국의 국가 「의용군 행진곡」의 가사 — 옮긴이)

인정해야만 한다. 국가는 역시 국가다. 사기를 북돋아주는 효과가 대단히 컸다. 용기를 얻은 산산은 펑텅을 똑바로 보며 매우 용감하게 말했다.

"저, 저는 사장님을 좋아하지 않아요!"

펑텅이 순식간에 경악한 표정을 하자 산산은 단숨에 마무리했다.

"왜냐하면, 사장님은 너무 유치하거든요."

온 세상이 고요해졌다.

평텅의 표정은 이미 묘사할 방법이 없었다. 그의 악다문 잇새에서 세 글자가 비집고 나왔다.

"쉐산산!"

산산은 마치 사장의 정수리에 활활 타오르는 화염이 일어나는 것을 보는 듯했다.

"난, 난 당신이 무서워요! 잘난 당신이 나를 해고해요!"

산산은 말을 더듬거리며 계속해서 선언했다.

"만약 당신이 이것 때문에 날 해고한다면 당신은 훨씬 유치해요!"

평텅은 몸을 꼿꼿이 세웠다가 점점 긴장을 풀었다. 거기까지 듣고 의외로 살짝 웃기 시작했다.

"당신을 해고하지 않을 거예요."

산산은 그의 웃음에 등골이 오싹했다.

"저, 저는 가볼게요."

"그래요."

평텅이 의외로 고분고분하게 도어록을 열었다.

산산은 재빨리 차에서 내려 걸어갔다. 계단 입구까지 걸어갔을 때 갑자기 평텅이 그녀를 불러 세웠다.

"산산 씨."

'무슨 일이지?' 산산은 머뭇거리며 고개를 돌렸다. '그리고, 그렇게 다정하게 부르지 마요. 당신을 거절한 게 조금 전인데.'

평텅이 차문을 열고 차에서 걸음을 내딛었다. 손에는 그녀의 다운 재킷을 들고 있었다.

"다운재킷을 또 잊고 안 가져갔군요."

그가 가까이 다가와 산산은 손을 뻗어 옷을 받으려 했으나 그는 돌려 줄 생각이 없었다. 그는 곧 산산의 앞에 멈춰 서서 장대한 그의 몸으로 그녀를 에워쌌다. 아주 가까운 자세로 고개를 숙여 그녀에게 말했다.

"두 가지만 물어 볼게요."

산산은 고개를 들어 그를 바라보았다.

"매일 내 사무실에 오는 건 무엇 때문이죠. 내가 명령해서요? 매일 나와 함께 밥을 먹는 건 무엇 때문이죠. 역시 내가 명령해서인가요?"

산산은 멍하니 그를 바라보고 있었다. 그녀는 이미 알코올 때문에 생각을 할 수가 없었다.

펑텅은 그윽하게 그녀를 한 번 바라보고 다운재킷을 그녀에게 돌려주었다.

"잘 생각해봐요. 잘 자요."

"……안녕히 가세요."

산산은 떨면서 흰색 스포츠카가 어둠 속으로 사라지는 것을 바라보고 있었다. 추우면서도 한편으로는 사장의 눈빛이 어쩜 그렇게 무서운 걸까…….

하지만, 그녀는 이제 그가 결코 무섭지 않다! 산산은 또다시 씩씩하게 떨치고 일어났다.

사장님, 두고 봐요! 내일이면 소인배의 득의양양이 무엇인지 알게 될 거예요. 아! 아니, 아니, 그녀는 결코 소인배가 아니다. 노예 해방이라고 하는 게 맞겠다.

역시 아니야!

어휴! 모르겠다, 모르겠어! 어쨌든 그녀의 기분은 비할 바 없이 찬란했다.

찬란하게 위층으로 달려갔다.

찬란하게 컴퓨터를 켜고 보스를 때렸다.

찬란하게 잠이 들었다.

또다시 꿈속이다.

여전히 끝없이 넓은 그 푸른 초원이다.

호랑이가 흰 토끼를 입에서 토해내고 우쭐거리며 말했다.

"알고 보니 날 좋아했군."

흰 토끼는 놀라서 말했다.

"어떻게 알았지?"

호랑이는 의기양양하게 꼬리를 흔들었다.

"내가 방금 너를 먹어서 내 마음속으로 들어갔기 때문이지."

이 호랑이는 정말 교양이 없다. 흰 토끼는 경멸하는 눈으로 호랑이를 보고 있었다. 음식을 먹으면 위로 들어가지 마음속이 아니라고.

그러나…… 꼭 그렇지도 않다. 어디까지나 호랑이는 호랑이지 흰 토끼가 아니다. 호랑이는 좀 별날지도 모르지 않는가?

그렇다면 방금 '흰 토끼' '흰 토끼'를 외치던 곳은 호랑이의 마음속이란 말인가?

호랑이는 꼬리를 흔들면서 흰 토끼에게 말했다.

"내 화원으로 함께 갈래? 내 화원은 정말 크고 예뻐서 흰 토끼가 살기에 딱 좋아. 게다가 맛있는 풀도 많이 있어."

'맛있는 풀이 많다고?' 흰 토끼는 마음이 흔들렸다. 그러나 또다시 망설였다.

"하지만, 하지만……"

"하지만 뭐? 빨리 말해!"

호랑이는 참지 못하고 발로 위협했다.

"하지만 나를 속여서는 안 돼."

흰 토끼는 용감하게 말했다.

"내 말을 듣겠다면, 나보고 이래라저래라 해서는 안 돼. 그리고, 나와 함께 풀을 먹어 줘야해."

"풀?"

호랑이는 떨떠름한 표정이었다.

"그래! 풀."

아니면 어느 날 호랑이가 흰 토끼를 잡아먹으면 어떻게 하냐고?

흰 토끼가 말했다.

"또 편식해서는 안 돼. 어떤 풀은 먹고 어떤 풀은 안 먹고. 그래서는 안 된다고."

"알았어, 알았어. 네 말대로 할게!"

호랑이는 발을 흔들며 호쾌하게 대답했다.

"그럼 이제 내 화원으로 갈 거지?"

"그래."

흰 토끼는 고개를 끄덕이며 부끄러워서 귀가 축 늘어졌다.

"내 등에 타. 내가 데려다 줄게."

"엎드려 줘. 너무 높아서 올라갈 수가 없어."

호랑이는 온순하게 초원에 엎드렸고 흰 토끼는 깡충 뛰어 올라가 호랑이 등의 털을 꽉 붙잡고 위풍당당하게 말했다.

"호랑이야, 출발. 빨리 달려."

호랑이는 흰 토끼를 업고 매우 빠르게 초원을 지나 강을 건너고 숲을 가로질렀다. 숲을 지나면 바로 호랑이의 아름다운 화원이 나타난다.

호랑이는 화원에 도착하면 꼭 흰 토끼에게 얘기해줄 것이 있었다.

만약 호랑이가 흰 토끼에게 사납게 대한다면, 그것은 호랑이가 흰 토끼를 한입에 먹어버리겠다는 것을 뜻한다.

만약 호랑이가 흰 토끼에게 순하게 대한다면, 그것은 호랑이가 흰 토끼를 살찌워서 천천히 먹겠다는 것을 뜻한다.

또 있다. 반드시 흰 토끼가 차츰 고기를 좋아하게 만들고 말 것이라고.

도시의 달빛이 커튼을 치지 않은 모든 침실에 비스듬히 들이비추고 있다. 산산은 베개를 끌어안고 부드러운 달빛 아래에서 편안하게 잠들어 있다. 입가에는 달콤한 미소를 지은 채.

Part 19

산산은 다음날 10시가 넘어서야 눈을 떴다. 그녀는 잠에서 덜 깬 상태로 옷을 걸치고 슬리퍼를 질질 끌면서 관성에 끌리듯 화장실로 들어갔다. 그리고 정신이 혼미한 상태에서 치약을 짜 양치질을 하기 시작했다. 쓰으쓱…… 쓰으쓱…… 쓱쓱쓱…….

갑자기, 산산은 칫솔을 깨물었다!

그, 그럴 리가.

산산은 고개를 들어 눈을 크게 뜨고 거울 속의 자신을 바라보았다.

아직 잠이 덜 깬 것일까. 아니면 술에 취해 환각 상태에 빠진 것일까. 어째서, 어째서 어젯밤에 사장이 내게 고백한 일이 기억나지? 게다가, 게다가 내가 배짱 있게 거절했다?!

거절했다…….

산산은 하마터면 칫솔을 물어뜯을 뻔했다.

그녀는 급하게 대충 양치질을 하고 나서 잠옷도 갈아입지 않고 롱

다운재킷을 걸치자마자 아래층으로 달려갔다. 사실 그녀도 자신이 무엇을 하러 내려왔는지 알지 못했다. 단지 충동에 이끌려 환각 속의 사건 현장을 보고 싶었을 뿐이었다.

마침 아래층에는 사람이 없었다. 적막한 골목은 완연히 스산한 겨울의 풍경이었다. 산산은 어젯밤 펑텅이 차를 세웠던 곳에 멍하게 서서 바닥을 보았다. 그런 후 고개를 들어 하늘을 보았다.

비록 모든 말이 또렷하게 기억나지만, 그러나, 그러나 분명히 이건 환각이다. 내가 어찌 그렇게 겁도 없이 사장에게 반항할 수 있겠는가.

아니, 아니다. 중요한 건 사장이 어떻게 내게 고백을 암시할 수가 있지?

산산은 자신에게 최면을 걸면서 위층으로 올라갔다. 마침 옆집 아주머니가 계단을 내려가다가 그녀를 보고 싱글벙글 웃으면서 물었다.

"아가씨, 어디 가?"

대도시에선 비록 이웃 간에 무관심하지만 산산 같은 아이는 비교적 남들에게 귀여움을 받는다. 매번 볼 때마다 살갑게 대하고 지나갈 때도 물건을 들어주다보니 그녀는 이웃과 차츰차츰 잘 알게 되었다.

"하하, 아주머니, 외출하세요? 전 그냥 나와 봤어요."

산산은 엉망진창인 자신의 모습이 너무 이상한 것을 의식하고 웃음으로 적당히 넘어가려고 했다. 그러나 뜻밖에도 아주머니는 매우 적극적으로 접근해 왔다.

"어젯밤에 아가씨를 데려다 준 사람이 남자친구 맞지?"

"네?"

어젯밤? 남자친구? 산산은 온몸이 떨렸다.

"키도 크고 얼굴도 잘 생겼던데, 차까지 있고, 돈도 많겠지?"

산산의 웃는 얼굴이 굳어버렸다.

아아아!

산산은 마음속으로 울부짖으며 자신의 방으로 돌진하여 그대로 침대 위에 뻣뻣하게 엎어졌다.

환각이 아니었다. 망했다. 망했어. 그녀는 놀랍게도 사장의 고백을 거절했다. 고백을! 사장님 당신은 어떻게 예고도 없이 고백할 수 있나요. 그러면 내가 충동적으로 아무렇게나 행동하게 되잖아요!

갑자기 산산의 마음은 광풍이 지나간 것처럼 엉망진창이 되었다. 그러나 마음 깊은 곳에서부터 떠오른 작은 물거품이 픽픽 뿜어져 나오고 있었다. 그것은 한편으로는 부인할 수 없는 기쁨이었다.

그를 좋아하는 걸까?

산산은 여태껏 한 번도 그 문제에 대해 생각해보지 않았다. 심지어 비스무리한 것도 생각해본 적이 없었다. 그러나 전혀 생각하지 않았다면 지금 마음속에서 거세게 일어나는 것은 또 무엇이란 말인가?

큰일이다! 이게 어찌 된 일이지. 분명 어제 전까지만 해도 나는 사장에 대해 일말의 생각도 없었다.

그녀는 자기도 모르게 펑텅의 말이 머릿속에 떠올랐다.

'매일 내 사무실에 오는 건 무엇 때문이죠. 내가 명령해서요? 매일 나와 함께 밥을 먹는 건 무엇 때문이죠. 역시 내가 명령해서인가요?'

'당연히 당신의 명령 때문이죠!'

산산은 마음속으로 당당하게 대답했다.

그러나 한편으로는 미약한 소리로 변명하고 있었다.

'아마 그게 다는 아니겠지……'

사실 그녀는 줄곧 자신을 속여 오지 않았던가?

산산 스스로도 자신이 너무 이해가 가지 않았다. 그러나, 어찌 되었든, 보스가 고백을 했다.

산산은 손으로 자신의 얼굴을 가렸다. 뺨이 몹시 뜨거웠다. 마음속의 그 즐거운 작은 노랫소리는 마치 부를수록 소리가 커지는 것 같았다. 그래서 그녀는 더 이상 누워 있지 못하고 기어 일어나 서둘러 옷을 입고 신발을 신었다. 그녀는 사람이 많은 곳으로 가야만 했다.

밥 먹고, 쇼핑하고, 마트에 가고, 하다못해 거리를 어슬렁어슬렁 돌아다니면서 되는대로 아무거나 해도 좋다. 그렇게 하지 않으면 부풀어 오른 기분 때문에 곧 폭발할 것 같았다. 그녀는 이미 폭발 직전이었다. 마음속에 가득 찬 이름 모를 무언가를 발산해야만 했다.

그녀는 거리를 걸을 때, 발걸음이 평소보다도 가뿐한 것 같았다. 분명 길에서 한 걸음 한 걸음 걸어가고 있는데 머릿속으로는 이미 자신이 대로에서 가뿐하게 나는 듯이 달리는 것 같은 느낌이 들었다.

아무 생각 없이 인파를 따라 지하철역을 나온 후 인산인해를 이루고 있는 광장의 중심에 서서 산산은 이상한 느낌이 들었다. 그녀는 어째서 자기도 모르게 이곳에 와 있는 것일까?

하지만, 이것은 중요하지 않다.

바로 지금 이곳에 서있는 그녀는 모든 것이 너무나 신기할 따름이었다.

눈부시게 환한 하늘.

부드럽고 따뜻한 북서풍.

대리석의 지면을 밟고 있자니 오히려 초원과 같이 부드러웠다.

눈에 보이는 모든 것은 매우 생동감 있고 선명했다.

지나가는 아저씨마저도 그렇게 귀여웠다.

산산은 상점가를 한 바퀴 걷고 또 한 바퀴 걸었다. 그런 후 마지막에 힘없이 길가의 벤치에 앉아서 한숨만 연달아 쉬었다.

'쉐산산, 넌 끝났어. 사장은 그냥 한번 고백했을 뿐인데 넌 뜻밖에도 온 세상에 반해버리다니!'

그녀는 추운 광장의 벤치에 앉아 있으면서도 조금도 추위를 느끼지 못했다. 심지어 얼굴에는 후끈후끈 홍조가 달아올랐다. 한참을 멍하게 앉아 있다가 산산은 핸드폰을 꺼내 주소록을 뒤졌다. 그녀는 '펑텅' 두 글자를 마주하고서 고개를 숙인 채 멍해졌다.

상상 속에서 중천을 몇 번이나 돌아다녔는지 모를 때, 갑자기 핸드폰 벨이 울렸다.

산산은 마음이 떨리면서 심장이 갑자기 쿵쿵 소리를 내며 뛰었다. 그녀가 벌벌 떨면서 통화 버튼을 누르려던 순간 엄지손가락이 되돌아왔다. 그녀는 발신자 표시에 '루쌍이' 세 글자를 분명히 보고 나서야 심장 박동이 서서히 안정되었다.

그녀는 전화가 연결되자 실망하면서도 긴장이 풀어진 목소리로 소리쳤다.

"여보세요, 솽이."

"산산, 일어났어?"

"내가 넌 줄 알아?"

날마다 늦잠을 자는 사람은 직장인에게 일어났느냐는 둥 힘들다는 둥 그런 말은 하지 마라.

"헤헤, 있잖아, 넌 이번 설에 언제 집에 갈 거야?"

"설 이틀 전에 밤기차로 갈 거야."

"아, 그럼 내가 먼저 가겠네. 헤헤, 명절 대이동이잖아. 몸조심해."

솽이의 말투는 능글맞았다. 하지만 산산의 마음은 전혀 그곳에 있지 않았으며 그녀가 무슨 말을 하는지 자세히 듣지도 않고 자기도 모르게 말했다.

"솽이, 너한테 물어보고 싶은 게 있어."

"뭔데? 빨리 말해. 지금 유심 카드 갱신하러 가야 해."

산산은 말이 목구멍까지 나왔지만 하지 못하고 한참을 얼버무리다가 말했다.

"됐어. 볼일 봐. 고향에 가서 다시 얘기해."

"지금 말해!"

솽이는 흉악스럽게 말했다.

"제일 짜증나는 게 말을 꺼내다 마는 거야. 한창 박진감 넘치게 쓰다가 포기해버리는 것만큼 싫다고."

"……응."

산산은 잠시 망설이다가 말했다.

"솽이야, 만약 아주 대단하고 완벽한 남자가 정말 평범한 여자에게 고백한다면, 그럼 어떻게 해야 하지?"

"아, 소설이라면 여주인공은 얼른 고백을 받아들여야지. 그런 후 작가는 이야기를 끝내버리면 돼. 헤헤헤헤."

"만약 소설이 아니라면?"

"어? 그렇다면 하늘에서 골드 카드가 떨어진 거잖아. 얼른 주우면 되지!"

쏭이는 비열하게 웃었다. 그런 후 정색하고 말했다.

"하지만 한 번 보고 만져봤으면 그만이야. 다 만졌으면 빨리 던져버려."

"어째서?"

"바보 같긴!"

쏭이는 현명하게 말했다.

"골드 카드를 주우면 무슨 소용이야. 넌 비밀번호도 모르잖아!"

Part 20

산산은 핸드폰을 쥔 채로 멍해졌다.

그녀는 연애를 해본 적이 없다. 그러나 대학에 다니는 몇 년간 룸
메이트들이 하나둘씩 연애하는 것을 보기는 했다. 기숙사의 한 친구
가 말하길 남자친구를 찾으려면 반드시 본인이 잘 알고 또 이해할
수 있는 남자를 찾아야 한다고 했다. 그렇지 않으면 아무리 좋아도
심사숙고해야 한다고 했다.

바꿔 말하자면 바로 그의 비밀번호를 알아야 한다.

보스의…….

그녀는 비밀번호는 말할 것도 없고 비밀번호를 어디에 입력해야
하는지조차 모르겠지. 마치 얼음물 한 대야를 얼굴에 끼얹은 것처럼
산산의 고조되었던 기분이 갑자기 식어버렸다.

전화기 반대편의 샹이가 번뜩 생각이 났는지 의심스러운 말투로
말했다.

"산산, 네 얘기는 아니겠지?"

"아니야."

산산은 힘없이 부인했다.

"하하하, 네가 아닐 줄 알았어. 후, 넌 나와 같아. 설령 카드를 주웠다 해도 아마 빚이 있는 신용카드일지도 몰라."

산산은 아무 말도 할 수 없었다.

전화를 끊고 산산은 더 이상 거리를 쏘다닐 기분이 아니었다. 그녀는 잔뜩 화가 나서 집으로 돌아갔다. 그리고 집으로 돌아가는 길에 소고기 국수를 먹으러 갔다. 하지만 도통 식욕이 당기질 않았다. 분명히 아직 배가 고픈데 남은 것을 어떻게 해도 다 먹을 수 없었다.

이어서 그녀는 바로 출근했다. 산산은 연속 며칠을 바쁘고 흐리멍덩한 와중에 보냈다. 산산은 밥을 먹으러 사장실에 가지 않았고 펑텅도 그녀를 부르지 않았다. 린다를 포함한 다른 이들도 아무 소식이 없었다. 단지 아메이가 문자로 누구누구의 시찰을 접대해야해서 바빠 죽겠다고 원망스런 말을 할 뿐이었다.

이제야 정상적인 세상, 정상적인 삶이 된 것 같았다. 그러나 산산은 문득 이러한 세상이 대단히 기쁘지 않으며 사람을 힘 빠지게 하는 것임을 알아차렸다.

다행히 그녀는 다른 일이 생겨서 딴 곳으로 정신을 돌릴 수 있었다. 산산이 세 들어 사는 집의 집주인이 집을 팔려고 했다. 내후년까지 기다릴 수 없을 정도로 아마 급히 돈을 쓸 데가 있는 모양이었다. 그래서 산산은 반드시 설 전에는 이사를 가야만 했다. 그러나 단시간에 어디에서 집을 구한단 말인가. 게다가 그녀는 연말 결산 때문에

도 매우 바빴다. 결국 같은 S시에서 일하는 대학 동창인 다화에게 연락했다. 다화는 설 기간 산산의 물건을 자신의 집에 둬도 된다고 해서 산산은 집을 구하는 일을 설 이후로 미룰 수밖에 없었다.

집주인이 먼저 계약을 파기했기 때문에 그는 산산에게 두 달 치의 집세를 배상해주었다. 배상금은 몇 천 위안이나 되었다. 이처럼 뜻밖의 횡재를 했는데 예전대로라면 산산은 매우 즐거워야 하지만 손에 돈이 쥐어졌는데도 조금도 기쁘지 않았다. 그녀는 기뻐할 힘이 없었다.

연말 결산이 끝나고 설이 코앞으로 다가왔다. 동료들은 마침내 잠시 한가한 시간이 생겨서 삼삼오오 모여 새해의 계획을 이야기하고 있었다. 산산은 하던 일을 끝내고 자기도 모르게 인터넷을 켰다.

"산산 씨."

누군가 그녀를 부르는 소리가 들리자 산산은 재빨리 인터넷 창을 닫았다.

"어, 산산 씨, 회사 홈페이지는 왜 들어갔어요?"

아지아가 예리한 눈으로 주시했다. 산산이 방금 닫은 인터넷 홈페이지 대문에는 바로 사장이 최근에 고위층의 시찰을 접대한 사진이 있었다.

"어……"

사실 그녀도 무엇을 하려고 했는지 몰랐으며 무의식중에 접속한 것이었다.

산산은 황급히 화제를 돌렸다.

"무슨 일이에요?"

그녀가 이렇게 물으니 아지아의 얼굴에 갑자기 간사스러운 웃음이 가득했다.

"산산 씨는 언제 집에 가요?"

"설 이틀 전에 밤기차로 가요."

산산의 고향은 G성에 있다. 집에 가려면 열 시간 넘게 기차를 타고 또 버스를 한 번 갈아타야 한다. 이렇게 힘들게 집에 도착하면 아마 바로 제야 음식을 먹을 수 있을 것이다.

"있잖아요. 우리 식구는 원래 설 전날 아침 기차로 고향에 가려고 했거든요. 근데 얼마 전에 하이난海南에 가서 설을 쇠기로 결정했어요. 봐요. 우리 부서 기차역 갈 틈도 없잖아요. 당신이 갈 때 나 대신 표 좀 환불해줄래요?"

"네. 알겠어요."

산산은 두말없이 승낙했다. 아무튼 그녀는 기차역에 가야만 하므로 표를 환불하는 것은 사소한 일일 뿐이었다.

아지아가 연거푸 감사의 인사를 했다.

"하하, 고마워요. 산산 씨. 나중에 밥 살게요."

동료가 가고 나서 산산은 또다시 자신만의 작은 세계로 빠져들었다.

'내일이면 집에 돌아가요. 사장님, 당신은 결국 한순간의 감정이었나요? 역시 그런 거였나요?'

사무실은 매우 시끌벅적했다. 그러나 산산은 자신과 그러한 떠들썩한 분위기 사이에 투명한 장벽이 가로막고 있는 느낌이 들었다. 그녀는 잠깐 멍하게 있다가 핸드폰을 꺼내 소리 없이 네 글자를 쳤다.

新年快樂(새해 복 많이 받으세요)

그런 다음 설 전날 밤 8시로 예약 전송을 설정했다.

수신인은 펑팅.

산산은 길게 한숨을 내쉬었다. 이러한 행동은 자신을 사지에 몰아넣는 셈이 아닌가?

뭐가 두려워. 쉐산산. 기껏해야 사장이 농담한 걸 가지고. 그래도 분명히 짚고 넘어가지 않으면 아마 그녀는 새해를 잘 보내지 못할 것이다!

그녀는 스스로 잘못을 고백하는 것인지 아니면 끝내는 것인지 알 수 없었다. 하여간 이렇게 하고 나니 온몸이 조금 가뿐해진 것 같았다.

금세 연휴 기간이 되었다. 설 이틀 전 그날 밤, 산산은 정리한 살림살이를 다화한테 보낸 뒤 여행 가방을 끌고 서둘러 기차역으로 갔다.

올해는 산산이 직장에 다니기 시작한 첫해다. 또한 처음으로 진정한 명절 대이동을 경험하는 해이기도 하다. 옛날에도 학교에서 집으로 돌아가야 하긴 했지만 어디까지나 학교 방학은 비교적 일찍 시작하므로 이런 경험을 할 기회가 없었다. 기차역 안은 그야말로 발붙일 곳도 없었으며 공기가 혼탁해서 숨쉬기도 힘들었다. 산산은 돈을 아끼려고 비행기를 타지 않은 것이 후회되었다. 산산이 동료의 표를 환불하기 위해 환불 창구를 비집고 들어가니 놀랍게도 그곳에도 긴 줄이 늘어져 있었다.

줄 옆에는 또 많은 사람이 밀치락달치락 하면서 연신 사람들에게 어디로 가는 표인지 물어보고 있었다. 아마 환불하려는 사람한테서 표를 살 생각인 것 같았다. 그중 한 명이 줄곧 H시로 가는 표가 있는지 물어보고 있었다. 산산은 자기도 모르게 그를 자꾸 보았다. 그 사람은 눈치 빠르게 즉시 달려와서 산산에게 물었다.

"아가씨, 혹시 H시로 가는 표를 환불하려는 건가요?"

산산이 고개를 끄덕이자 그 사람은 기뻐하며 물었다.

"몇 장 있어요?"

"세 장이요."

"정말 잘 됐네요. 마침 세 장이 필요했거든요."

그 사람은 더욱 기뻐하며 재빨리 물었다.

"저에게 원가로 팔 수 없나요? 우리 식구는 여기서 한나절이나 기다렸는데도 표를 못 샀어요."

산산은 눈앞에 있는 그 가족이 낡은 옷을 입고 있는 것을 보고 형편이 결코 좋지 않을 것이라 생각해 대답했다.

"전 다른 사람 대신 환불하는 거예요. 그냥 표 값만 주시면 돼요."

그러자 그 사람은 오히려 머뭇거리기 시작했다. 그리고 산산을 의심스럽게 보면서 말했다.

"이 표 진짜 맞겠죠?"

산산은 우울해졌다. 그녀는 자신의 호의가 뜻밖에도 오히려 역효과를 일으키자 즉각 불쾌해져 대답했다.

"필요 없으면 관둬요."

"살게요. 살게요."

그 사람은 산산이 그렇게 말하자 황급히 몇 백 위안을 꺼내서 세었다.

산산은 돈을 받고도 심사가 뒤틀려 손안의 돈을 세어 보고 이상이 없음을 확인하고 나서야 그에게 표를 주었다. 그가 표를 가지고 가자 산산은 여행 가방을 끌고 대합실의 편의점으로 갔다. 먹을 것을 사서 가는 길에 먹을 생각이었다.

열차 시간은 아직 한 시간이 넘게 남아 있었다. 그래서 산산은 서두르지 않고 느릿느릿 먹을 것을 몇 가지 고른 뒤 계산하기 위해 계산대로 가 줄을 섰다. 그리고 막 계산을 하고 편의점을 나오는데 방금 산산에게서 표를 산 사람이 경찰 두 명을 이끌고 그녀 앞으로 달려오는 것이 아닌가. 그는 산산을 가리키면서 화를 내며 말했다.

"바로 이 여자예요! 이 여자한테서 가짜 표를 샀어요!"

산산은 멍해졌다.

Part 21

산산은 경찰서에 끌려가서야 동료 대신 환불했던 표에 문제가 있다는 것을 알았다. 놀랍게도 그 세 장의 표는 모두 가짜였다. 그녀는 재빨리 성실하게 자초지종을 설명하고 자발적으로 핸드폰을 꺼내 아지아에게 전화를 하려고 했다. 그런데 외투 주머니를 더듬어 찾았지만 놀랍게도 핸드폰이 만져지지 않아 당황했다. 여기저기 뒤져보아도 결국 찾지 못했으며 지갑도 보이지 않았다.

'방금 편의점에서 물건을 살 때만 해도 있었는데 어째서 눈 깜짝할 사이에 보이지 않은 거지. 설마 급하게 주머니 안으로 쑤셔 넣다가 떨어뜨린 걸까?'

산산은 갑자기 멍해졌다.

이젠 다 틀렸다. 산산의 모든 돈이며 카드며 기차표까지 전부 지갑 안에 들어 있었다. 기차표가 없이는 그녀가 여행객이라는 것을 증명할 방법이 없다. 다행히 신분증은 습관적으로 여행 가방 안에 두어서 도둑맞지 않았다. 그러나 신분증으로는 기껏해야 산산의 신분이 불분명한 상습범은 아니라는 것을 증명할 수 있을 뿐이다.

게다가 그 승객에게 돈을 배상해야만 했다. 산산은 당황하여 거듭 해명했다.

"전 정말로 가짜 표인 줄 몰랐어요. 어디서 난 거냐고요? 전 단지 동료 대신 표를 환불한 거예요. 그녀는 원래 고향에 가려고 했는데 나중에 다시 하이난에 가기로 결정했어요. 그래서 저에게 표를 주고 환불해달라고 했던 거구요."

"전 그녀가 어디에서 표를 샀는지 몰라요. 지금 연락할 방법이 없어요. 그녀의 핸드폰 번호를 기억하지 못하거든요. 회사요? 전 평텅 직원이에요. 정말이에요! 전 직장인인데 뭣 하러 쓸데없이 암표상을 하겠어요."

산산은 마침내 그럴듯한 구실을 찾았다.

평텅은 S시 시내에 있는 매우 유명한 회사다. 경찰 두 명은 서로를 한 번 바라보고는 물었다.

"어떻게 증명할 건가요?"

평텅.

보스의 이름이 갑자기 머릿속에서 튀어나왔다. 그녀는 그의 번호를 기억한다. 그러나…… 이렇게 창피한 일을 어떻게 그에게 알릴 수 있을까.

산산은 무의식적으로 그를 제거하고 혼란한 머리로 급하게 잠시 생각하다가 말했다.

"번호가 기억나는 동료가 하나 있어요."

아메이의 번호는 매우 규칙적이어서 유달리 기억하기가 쉬웠다. 산산은 경찰서의 전화로 아메이에게 전화를 걸었다. 다행히 그녀의 전화는 켜져 있었다. 마침내 전화가 연결되었다.

"여보세요."

"아메이 씨, 나 산산이에요."

산산은 다급하게 물었다.

"지금 아직 S시에 있어요?"

"산산 씨? 아직 S시에요. 어떻게 그 번호로 걸었어요? 지금쯤이면 기차를 탔겠네요?"

"아니요. 일이 좀 생겼어요."

전화를 받고 있는 아메이 쪽은 약간 시끌벅적하고 음악 소리도 들리는 것이 무슨 모임 중인 것 같았다. 산산은 그렇게 많이 생각할 겨를도 없이 황급하게 있었던 일을 모두 이야기했다. 이어서 매우 부끄럽고 미안해하며 말했다.

"아메이 씨, 지금 시간 돼요? 바쁘지 않으면 신분증을 가지고 여기로 와 줄래요? 전 ○○ 경찰서에 있어요."

"잠깐만요."

그녀는 다른 사람과 무엇을 상의하는 것 같더니 금세 전화기에 대고 말했다.

"산산 씨, 별일 아니니까 걱정 마요. 내가 금방 갈게요."

경찰은 산산이 누군가와 연락이 되는 것을 보고는 곧 그녀를 한쪽에 내버려두고 다른 일을 처리하러 갔다. 산산은 마침내 안심이 되었다. 긴장이 풀어지자 곧 온몸이 피곤하고 또 배도 고픈 것이 녹초가 되었다. 원래는 즐겁게 집으로 돌아가고 있었을 텐데 기차도 이미 떠나버리고 자신은 지금 경찰서에서 차갑고 마른 빵을 물어뜯고 있었다.

다행히 마음 착한 여경이 그녀에게 뜨거운 물 한 잔을 건네주자 그제야 정신을 가다듬었다.

그녀는 묵묵히 빵을 다 먹고 잠시 멍해졌다. 그러다 무언가 생각나자 경찰서의 전화를 빌려 자신의 핸드폰으로 전화를 걸었다. 핸드폰은 역시 꺼져 있었다. 산산은 핸드폰을 찾을 수 없을 것이라는 걸잘 알고 더욱더 우울해졌다.

약 한 시간이 지나고 마침내 산산이 기다리던 사람이 왔다. 그런데 놀랍게도 아메이가 아니라 팡 특별보좌관이었다.

그는 언제나처럼 단정한 옷차림을 하고 있었고 온 얼굴에 웃음이 가득했다. 산산은 일어나며 놀라서 물었다.

"팡 보좌관님, 어떻게 당신이?"

팡 보좌관은 미소를 지으며 설명했다.

"당신이 전화했을 때, 아메이 씨와 저는 모두 파티 중이었어요. 아메이 씨가 오늘 술을 좀 많이 마셨어요. 그래서 제가 가겠다고 했죠."

"아, 죄송해요. 제가 번거롭게 해드렸네요."

산산은 부끄러워하며 말했다.

팡 보좌관은 그녀를 위로했다.

"괜찮아요. 곧 돌아갈 수 있으니 안심해요."

산산은 고개를 끄덕였다.

그가 어떻게 한 것인지 모르겠지만 아무튼 일은 매우 빨리 해결되었다. 피해자는 곧 두 배의 변상금을 받고 만족해하며 경찰서를 떠났다. 피해자는 더 이상 따지지 않았고 경찰도 산산이 죄가 없다는 것을 아는지 더 추궁하지 않고 놓아줬다.

산산은 머뭇거리며 물었다.

"이제 가도 되나요?"

팡 보좌관은 웃음을 띠며 말했다.

"그럼요. 오기 전에 이미 얘기해뒀어요."

알고 보니 팡 보좌관은 완전 대박이네? 산산은 그를 따라 밖으로 걸어갔다. 그녀는 매우 감격해하며 말했다.

"감사해요. 보좌관님. 설 지나고 제가 식사 대접할게요."

팡 보좌관은 빙그레 웃으며 폭탄을 던졌다.

"쉐 아가씨, 저한테 감사해 할 필요 없어요. 펑 사장님이 차에서 기다리십니다. 가시죠."

산산은 무릎이 후들거리는 것 같은 느낌이 들고 발걸음이 느려졌다.

"사, 사장님이요?"

팡 보좌관은 그녀가 의외의 반응을 보이자 자신도 매우 의외라는 듯이 말했다.

"오늘 펑 사장님과 S시 주재 영사관의 저녁 연회에 참석했는데, 몰랐어요?"

이야기를 할 때 그가 마침 경찰서의 대문을 밀어젖혔다. 산산은 무의식적으로 밖을 내다보았다. 그러자 맞은편 가로등 조명 아래 작은 눈송이가 날리고 있는 가운데 늘씬한 펑텅이 차에 기대어 서 있는 것이 보였다.

전혀, 전혀 준비가 안 되었다!

숨어 있던 보스가 갑자기 나타나는 이러한 스토리는 대체 무슨 전개지? 산산은 순간 그야말로 경찰 아저씨들보다 그를 보는 것이 더 무서웠다.

다시 걸음이 느려졌다. 산산은 여전히 한 걸음 한 걸음씩 펑텅 앞으로 걸음을 옮겨가고 있었다. 그녀는 무의식중에 잘못을 저지른 어린이의 전형적인 자세처럼 고개를 숙이고 바르게 서서 뉘우치는 포즈를 취했다.

그녀의 시선이 마침 그의 검은 외투 위에 머물렀다. 눈송이 몇 개가 한들한들 그의 몸에 떨어졌다. 산산은 어찌된 일인지 저도 모르게 마음이 출렁대기 시작했다. 분명히 얼마 전까지만 해도 그렇게 무서웠는데 지금은 살그머니 기대가 되었다.

그러나 펑텅은 아무 말도 하지 않았다.

그의 눈빛이 산산의 정수리에 잠시 머물렀다. 그런 후 그는 우아한 자세로 몸의 눈송이를 털어낸 후 한마디도 하지 않고 차에 올랐다.

팡 보좌관은 산산의 여행 가방을 트렁크에 싣고 나서 그녀가 아직 그대로 서 있는 것을 보고 기침을 한 번 하며 말했다.

"쉐 아가씨 먼저 타세요."

"네. 알겠어요."

산산은 설렁설렁 고개를 끄덕인 뒤 차 밖에서 잠시 망설이고 나서 단호하게 앞자리 보조석으로 나아갔다.

팡 보좌관은 또 한 번 기침을 하고 말했다.

"쉐 아가씨?"

산산은 간절한 눈으로 팡 보좌관을 보았다.

'같은 직원이니까 당신은 잘 알겠죠! 어느 직원이 방금 경찰서에

잡혀갔다가 사장님 옆에 앉을 수 있겠어요.'

잠시 침묵이 흐르자 결국 화가 난 펑텅이 간결하게 말했다.

"출발."

갑자기 차 안은 유달리 조용해졌다. 이해심이 깊은 사람답게 팡 보좌관이 침묵을 깨고 말했다.

"사장님, 쉐 아가씨의 기차는 이미 출발했는데, 아가씨를 직접 집 까지 데려다주시는 게 어떨까요?"

산산은 팡 보좌관이 그녀가 아닌 펑텅에게 묻는 미묘한 뜻을 이 해하지 못하고 간신히 정신을 차리고 나서 말했다.

"죄송하지만 저를 근처에 있는 여관으로 데려다주시겠어요?"

산산은 자신이 세 들어 사는 집의 집주인이 집을 팔려고 해서 열 쇠도 돌려줬다고 설명했다. 그런 후 자신의 동창도 지금쯤이면 상하 이를 떠나 고향으로 돌아갔을 거라고 말했다. 이어서 또 한 가지가 생각났다. 바로 자신의 지갑을 도둑맞은 것이었다.

맞다! 그녀는 어째서 그렇게 중요한 일을 잊어버렸을까.

지금 가장 중요한 것은 무엇인가. 돈을 빌리는 것이다! 보스와의 그런 엉망진창인 일에 관해서는 당장은 생각하지 말자. 돈을 빌리는 것이 급선무다!

산산은 절로 후회가 되었다. 방금 경찰서에서 왜 그 일을 잊어버렸 을까. 지금 보스가 뒤에 앉아 있는데 어떻게 팡 보좌관에게 말을 꺼 내냔 말이다.

보스에게 돈을 빌리는 것으로 말하자면……. 관두는 게 낫겠다. 부르주아의 돈은 아무나 빌릴 수 있는 것이 아니다.

산산이 어떻게 입을 열지 괴롭게 생각하고 있는 와중에 펑텅이 팡 보좌관에게 분부했다.

"자네는 다음 교차로에 내려서 집으로 돌아가도록 해."

"알겠습니다."

뭐라고? 팡 보좌관이 내릴 거라고? 산산이 아직 어떻게 대처해야 할지 생각할 시간도 없이 금방 다음 교차로에 도착했다. 그는 차에서 내려 펑텅과 산산에게 깍듯하게 작별 인사를 하고 산산을 펑텅에게 홀로 남겨둔 채 천천히 떠나버렸다.

산산은 그가 그렇게 가버리는 것을 멍하니 쳐다보면서 더욱더 절망스러워졌다. 설마 정말로 보스에게 돈을 빌려야만 하나?!

차 문이 다시 열리자 건장한 남성의 몸이 바깥의 눈과 한데 뒤섞이고 있었다. 그가 빠르지도 느리지도 않게 그녀의 옆에 앉자 강렬한 남성의 숨결이 산산의 생각을 순간 흩어놓았다. 그녀는 마치 가슴속에 천 개의 심장을 품고 있는 것처럼 갑자기 심장이 비정상적으로 뛰기 시작했다.

산산은 머리가 복잡해서 재빨리 살짝 창문을 열었다. 그러자 차가운 바람이 들어왔다.

펑텅은 즉시 차를 몰지 않았다. 그는 손을 핸들 위에 편하게 걸쳐놓고 시선은 앞으로 떨어뜨린 채 말했다.

"쉐산산 씨, 나한테 할 말 없나요?"

'있어요. 천 위안만 빌려 주세요요요요! 아니, 안전하게 천오백 위안! 하지만 돈을 빌리기 전에 입에 발린 말을 좀 해야겠지.'

산산은 어색하게 걱정하는 모습으로 말했다.

"그런데 사장님, 운전하셔도 되나요? 방금 연회에 참석하셨잖아요.

음주 운전은 안 돼요."

펑텅은 그녀를 보고 입꼬리를 올리며 웃는 것 같기도 아닌 것 같기도 한 표정으로 말했다.

"걱정 마요. 그런 장소에서는 내가 술을 마실 필요가 없으니까."

"네……."

산산은 계속해서 생각했다. '천오백, 천오백.'

"방금 경찰에게 당신이 펑텅의 직원이라고 했나요?"

'끝났다. 끝났어. 과연 마침내 책임을 추궁하기 시작한 건가?'

"네. 그랬어요."

펑텅은 냉담하게 코웃음을 쳤다.

"이런 때에나 내가 생각나는가 보군요."

산산은 재빨리 기회를 잡아서 충성심을 표시했다.

"저, 저는 줄곧 제가 회사의 일원이라는 것을 새기고 있었어요."

"그래요? 그럼 요 며칠은 어째서 그림자도 안 비쳤죠?"

'어? 사장님 적반하장도 유분수지. 요 며칠은 분명 당신이 사라졌잖아요. 네? 나랑 조금도 상관없다고요!'

"요 며칠은 계속 열심히 일을 하고 있었어요. 그래서 말인데요, 제가 열심히 일한 걸 봐서라도 특근 수당을 미리 좀 주시면 안 될까요, 설 지나고 갚을게요."

마침내 말했다! 산산은 안도의 한숨을 쉬었다.

펑텅은 그녀를 힐끗 보고 말했다.

"지갑과 핸드폰을 다 잃어버렸어요?"

산산은 계속해서 고개를 끄덕였다.

"나에게 물어보고 싶은 게 돈을 빌리는 거였나요?"

그녀는 연속해서 세차게 고개를 끄덕였다.

"쉐산산 씨, 내 돈은 그렇게 쉽게 빌릴 수 있는 게 아니에요."

그의 목소리가 갑자기 위험해졌다.

"잘 생각해봐요. 당신이 도대체 어떤 말을 해야 하는지."

만약 처음에 산산이 그나마 조금만 정신이 있었어도 '잘 생각해봐요'라는 그 말은 마침내 그녀에게 얼마 전의 기억을 상기시켜줬을 것이다.

그날 그가 가기 전에도 역시 그녀에게 '잘 생각해봐요'라고 했었다.

'매일 내 사무실에 오는 건 무엇 때문이죠. 내가 명령해서요? 매일 나와 함께 밥을 먹는 건 무엇 때문이죠. 역시 내가 명령해서인가요?'

'잘 생각해봐요. 산산 씨.'

그, 그는 이걸 말하는 거겠지?

물론 그녀는 그 말을 생각은 했었다. 그러나 그녀는 정말로 그가 자신에게 명령했기 때문이라고 생각했다. 적어도 처음에는. 그러나 그녀는 발가락으로 생각해도 안다. 그 답으론 돈을 빌릴 수 없다는 것을.

후, 어쩜 이렇게 멍청하지. 괜찮다. 우선 대답을 잘 생각해서 사장에게 대응하면 된다. 하지만 나를 탓하지는 말자. 돈을 빌리며 수수께끼 놀이까지 해야 할 줄 누가 알았겠는가.

차는 이미 천천히 달리기 시작했다.

"저기, 생각났어요. 뭐냐면……."

저렴한 여관이 지나가는 것이 보이자 산산은 조급해졌다.

"왜 매일 당신 사무실에 가냐고요? 왜 매일 당신과 함께 밥을 먹느냐고요? 그건 당신이 명령해서가 아니에요! 왜냐하면…… 왜냐하면……"

산산은 염치없이 사장이 했던 질문을 그대로 반복하며 시간을 끌었다. 그리고 한편으로는 온갖 생각을 다 짜냈다. 결국 급한 중에 수가 생긴다고 그녀는 나오는 대로 말해버렸다.

"왜냐하면 저는 당신에게 반해버렸기 때문이에요!"

산산은 말을 하자마자 온 세상이 고요해진 느낌이 들었다. 훌륭하고 안정적인 성능을 자랑하는 세계적 수준의 세단이 브레이크를 밟는 순간 방향이 한 번 휘청거리는 것 같았다. 비록 신속하게 제자리로 돌아왔지만.

그녀는 이미 보스를 볼 수가 없었다. 순간 자신도 본인 때문에 충격을 받았다. 방금 그녀는 정상이 아니었을 것이다. 어째서 브레이크를 밟는 순간 머릿속에서 그런 말이 나왔을까.

하지만 그 말이야말로 사실이 아닐까?

여태까지 침착했던 펑텅도 잠시 말을 하지 못했다. 한참이 지나고 나서야 그가 목소리를 냈다. 그는 말투 속에 알 수 없는 오싹함을 지닌 채 말했다.

"네? 좋아요. 하지만 나한테 반해버린 거라면, 그럼 그 후에는 또 어떻게 된 거죠?"

산산은 잠시 생각하다 그가 말한 '그 후에는 또 어떻게 된 거죠?'가 자신이 그의 고백을 거절한 것을 의미하는 거라고 겨우 이해했다. 보스, 말을 좀 직접적으로 해 줄 수 없나요.

하지만 그도 그럴 것이 산산이 이미 그에게 반해버린 마당에 사장을 왜 거절했을까.

과연 거짓말을 한 번 하니 무수한 거짓말이 빈틈없이 기다리고 있었다.

산산은 머리가 터질 것 같았다. 설마 그날은 술을 빌어 질러버린 거라고 이실직고 한단 말인가? 하지만 이것이 가장 사실에 가깝다. 그러나 그렇게 말하면 분명 보스가 황야에 그녀의 시체를 던져버릴 것이다.

산산은 거의 울고 싶었다. 돈을 빌리는 게 이렇게 어려운 일이었나. 겨우 천오백인데!

어떤 대답이 그의 비위를 맞추면서도 또 합리적일까? 산산은 벌써 바닥 낸 아이디어를 황급히 짜내고 있었다. 마침내 좋은 아이디어가 번뜩였다. 그녀는 그야말로 너무 기쁜 나머지 거의 울면서 말했다.

"저기, 사장님! 사실 저, 저는 밀당을 한 거였어요."

Part 22

또다시 조용해졌다.

이번에는 세단이 미리 준비를 한 듯 변함없이 매우 안정감 있게 도로를 달리고 있었다. 가로등이 하나둘씩 켜지자 펑텅의 얼굴이 밝아졌다 어두워졌다 하여 표정을 예측할 수가 없었다.

한참이 지난 후 그가 말했다.

"축하합니다. 쉐산산 씨, 그 대답은 매우 만족스럽군요."

그의 목소리는 애매한 것이 그야말로 잇새에서 새어 나오는 소리 같았다. 산산의 작은 심장이 떨렸다. 사장은 정말 만족한 것일까?

"그래서 말인데, 당신에게 좋은 소식을 하나 알려 줄게요."

"네?"

"원래는 당신을 호텔에 데려다주고 호텔 비용은 나중에 당신 월급에서 공제할 생각이었어요. 하지만 지금은 생각이 바뀌었어요."

어, 산산은 기대하면서 그를 보고 있었다. 설마 그녀의 아부 때문에, 아, 아니, 진심으로 한 말 때문에······ 생각을 바꿔 그의 월급에서 공제하겠다고?

"요 며칠은 우리 집에서 지내요."

산산은 멍해졌다. 한참 후에야 부들부들 떨며 물었다.

"사장님, 당신 집에서, 지내라니, 이게 무슨 뜻이죠?"

펑텅은 대답하기가 귀찮았다. 그는 브레이크를 밟고 차를 돌려 반
대 방향으로 차를 몰았다.

산산은 가는 내내 완전히 멍한 상태를 유지하고 있었다.

차가 고가도로를 올라갔다가 다시 내려와 커브를 두 번 돌자 갑자
기 아름다운 풍경이 나타났다. 도로 양쪽에는 온통 크고 높은 나무
들이 가지런하게 서 있었고 주택을 보일락 말락 가리고 있었다. 그곳
에는 대도시의 시끄럽고 혼잡한 모습이 전혀 없었다. 얼마 가다가 또
가로수가 우거진 깨끗한 작은 길로 꺾어 들어갔다. 그리고 긴 담장
끝에 이르자 문양이 조각된 검은색 철문이 시야에 들어왔다.

산산은 갑자기 정신이 들었다.

"잠깐, 잠깐만요. 전 아직 대답하지 않았어요!"

펑텅은 마음의 동요 없이 무표정하게 말했다.

"지금 내리기로 결정했나요?"

산산은 사방을 둘러보았다. 택시를 타기에는…… 여기서 택시를
타는 사람이 어디 있을까. 그녀는 우울한 목소리로 말했다.

"사장님, 매일 이렇게 멀리서 출근하세요?"

"여긴 본가예요. 난 평소엔 여기서 안 지내요."

'본가라고? 부모님과 함께 사는 곳은 아니겠지? 설마 보스의 부모
님을 뵙게 되는 건가?'

산산이 막 그 생각을 하자 갑자기 동료들이 풍문으로 했던 얘기가 생각났다. 보스의 부모님은 벌써 십여 년 전에 나란히 교통사고로 돌아가셨으며 그들 남매가 성장할 때까지 길러주신 전 회장님도 작년에 돌아가셨다고 했다. 아마도 바로 그런 이유 때문에 그는 이곳에 자주 오지 않는 모양이다.

산산은 문득 무슨 말을 해야 좋을지 몰랐다.

침묵이 이어지는 사이에 차는 문양이 조각된 그 철문으로 들어갔다. 그들이 들어가는 순간 집 전체의 조명이 매우 밝아졌다. 산산은 두리번거리지 않기로 방금 결심했지만 자신도 모르게 시선이 끌리고 말았다.

펑텅이 차를 세우고 말했다.

"내려요."

산산은 차에서 내린 후 기계적으로 그를 따라 나무 사이의 작은 길을 걸어갔다. 작은 길 양쪽에는 소박하고 고풍스러운 가로등이 설치되어 있었지만 경관 전체를 분명하게 볼 수는 없었다. 산산은 그 길을 걸어가면서 문득 매우 큰 압박감이 들었다. 그리고 현관에서 오랫동안 곧은 자세로 서서 그들을 맞이하는 전설 속의 집사를 보고 나자 압박감은 더욱 커졌다. 호화 주택의 집사는 확실히 부르주아라면 기본적으로 갖추고 있는 것이다.

하지만 만약 TV를 보는 느낌으로 눈앞의 이 모든 것을 본다면 그럭저럭 괜찮은 느낌이었을 텐데.

집으로 들어가자 즉시 누군가 앞으로 나와서 세심하게 서비스했다. 산산은 슬리퍼로 갈아 신고 불안한 마음에 발가락을 꼼지락거리며 펑텅에게 물었다.

"전화 좀 써도 될까요. 엄마에게 전화해서 사정을 얘기해야겠어요."

펑텅은 고개를 끄덕이며 자신의 핸드폰을 그녀에게 건네주었다.

어…… 난 그저 유선 전화를 쓸 생각이었는데…….

산산은 할 수 없이 핸드폰을 받아 들고 살짝 물러나 집으로 전화를 걸었다. 잠시 후 산산의 엄마가 전화를 받았다.

"여보세요. 엄마."

"산산이니?"

산산의 엄마가 의아하다는 듯 말했다.

"어떻게 이 시간에 전화를 하니. 지금쯤 기차 안이겠지."

"아니요."

산산은 침울한 목소리로 모든 일을 말했다. 물론 자신이 경찰서에 끌려간 일은 말하지 못하고 단지 지갑과 기차표까지 모두 도둑맞은 일만 말했을 뿐이다. 엄마의 꾸지람은 빠질 수 없으니 그녀는 얌전하게 야단을 맞고 있었다.

산산의 엄마는 실컷 꾸짖고 나서 물었다.

"그럼 지금 어디에 머물고 있는 거니?"

"어, 어디냐면…… 동료 집이에요."

동료 집?

마침 왕 씨 아저씨의 말을 듣고 있던 펑텅이 저도 모르게 한눈을 팔자 왕 씨 아저씨는 즉시 말을 멈추었다.

펑텅은 다시 정신을 가다듬고 말했다.

"계속해요."

통화를 마친 산산은 집으로 돌아갈 생각을 하니 자기도 모르게 핸드폰을 쥐고 어쩔 줄을 몰랐다. 지금 기차표는 분명 살 수가 없고 비행기 표를 예약하는 수밖에 없다. 하지만 비행기 표는 어떻게 예약하는 거지? 전화번호는 또 몇 번이지?

그녀는 한쪽에서 펑텅과 집사 어르신의 이야기가 끝날 때까지 기다렸다가 다가가 조심스럽게 물었다.

"사장님. 비행기 표를 어떻게 예약하는지 아세요?"

표를 예약하는 그러한 일을 펑텅이 직접 할 필요가 있겠는가. 그는 당연히 모를 것이다. 산산이 지쳐 피곤해 하는 모습을 보고 그가 말했다.

"가서 쉬어요. 표는 신경 쓰지 말고."

그런 후 그는 몸을 돌려 집사에게 분부했다.

"내일 아침 G성으로 가는 표를 한 장 예약해요."

산산은 미안해하며 집사 어르신에게 말했다.

"번거롭게 해드려서 죄송해요."

집사 어르신은 엄숙한 표정으로 그가 마땅히 해야 할 일이라고 했다. 그리고 노트를 꺼내 그녀의 신분증 번호를 꼼꼼하게 적은 다음 한 젊은 여자아이를 불렀다.

"샤오주. 쉐 아가씨를 2층 게스트룸으로 안내해드려."

"동쪽 방으로 안내해."

펑텅이 매우 편안해 보이는 모습으로 한마디 덧붙였다.

곧 얼굴이 둥근 한 여자가 다가왔다. 그녀는 펑텅의 말을 듣고 얼굴에 약간 놀란 표정이 드러났다. 그리고 몸에 밴 특별히 예의 바른 태도로 산산에게 말했다.

"쉐 아가씨, 절 따라오세요."

샤오주는 여행 가방을 끌고 2층 복도 끝으로 걸어가 방문을 밀어젖혔다. 그런 후 몸을 돌려 환하게 웃으며 말했다.

"여기예요, 아가씨."

그녀가 조명을 켜자 쾌적하고 우아한 침실이 눈앞에 나타났다. 산산은 저도 모르게 말했다.

"정말 예뻐."

샤오주는 웃음이 넘쳐흐르는 얼굴로 말했다.

"이 집에서 오직 여기만 펑 사장님의 침실과 같은 구조예요."

산산은 잠시 멍해졌다가 말했다.

"그래요?"

"네. 펑 사장님의 방은 3층이에요. 바로 이 방과 맞닿아 있죠."

샤오주는 손가락으로 천장을 가리켰다.

"이 방향의 경치가 가장 좋아요. 아침에 창문을 열어서 보세요. 아쉽게도 눈이 그치려는 모양이네요. 아니면 내일 아침 창밖 설경이 정말 아름다울 텐데."

샤오주는 말을 하면서 민첩한 동작으로 짐을 잘 놓아두었다. 그런 후 다시 아래층으로 내려갔다가 산산을 위해 뜨거운 우유 한 잔을 받쳐 들고 올라왔다.

"쉐 아가씨, 더 필요한 게 있으신가요?"

산산은 황급히 고개를 저었다.

"없어요. 감사해요."

샤오주는 웃으면서 말했다.

"아니에요. 그럼 전 내려가 볼게요. 무슨 일이 있으면 인터폰으로

절 불러주세요."

그녀가 간 뒤 산산은 그제야 마음 놓고 방 안 곳곳을 돌아다니며
살펴보았다. 매우 널찍한 스위트룸에는 서재와 드레스 룸까지 모든
것이 갖추어져 있었다. 밖에는 또 매우 큰 발코니도 있었다. 발코니에
는 유백색의 소파 세트가 자연스럽게 놓여 있었는데 정말 눕고 싶어
지는 소파였다.

산산은 발코니의 작은 등을 켜고 소파에 앉았다. 눈을 들어 그 모
든 것을 바라보고 있자니 그녀는 문득 마음속으로 번뇌가 생겼다.

후, 보스 집의 발코니가 그녀의 방보다 큰 것 등등…… 정말 사람
을 절망하게 만든다.

그녀는 둘 사이의 격차로 인해 저도 모르게 잠시 진지하게 우울
해졌다. 하지만 산산의 생리 구조로 말할 것 같으면 슬픔이 오래 지
속되기 어렵게 이루어져 있다. 역시나 머리를 떨어뜨리자마자 그녀의
뇌가 파업하기 시작해 피곤함이 점점 몰려왔다. 산산은 작게 하품을
하고 소파에서 일어나 휘청휘청 거리며 잠을 자러 침대로 기어 올라
갔다. 순식간에, 그녀는 달콤하게 잠이 들었다.

아래층 응접실의 등은 여전히 켜져 있었다.

펑텅은 결코 이곳에 자주 오지 않으며 설 전후에는 처리해야 할
일들이 많이 쌓여 있기도 하다. 그는 고용인들에게 일일이 할 일을
일러주고 나서 계단을 올라갔다. 그러다가 갑자기 걸음을 멈추더니
몸을 돌려 아래층의 왕 씨 아저씨에게 말했다.

"그녀의 비행기 표는 설날에 출발하는 걸로 예약하세요."

집사는 다소 어리둥절했지만 즉시 알았다는 듯이 고개를 끄덕였다.

"알겠습니다."

펑텅은 편안한 표정으로 위층으로 올라갔다. 2층을 지나칠 때 그의 입가가 살짝 올라갔다.

Part 23

산산은 푹 잠을 자고 이튿날 일어나자마자 전날의 우울한 기분을 단번에 날려버렸다. 그녀는 어제보다 백배는 생기발랄해졌다. 세수와 양치질을 하고 방문을 열자 뜻밖에도 샤오주가 이미 밖에서 산산을 기다리고 있었다. 샤오주는 즉시 그녀를 맞이하며 얼굴에 가득 웃음을 띠고 인사했다.

"쉐 아가씨, 좋은 아침이에요."

산산도 재빨리 안부 인사로 대답했다.

"좋은 아침이에요."

"쉐 아가씨, 지금 식당에 가서 아침을 드시겠어요?"

"어……."

산산은 남의 집에 손님으로 와서 그렇게 하는 것이 실례가 아닐까 생각해 약간 망설였다.

샤오주는 산산의 마음을 헤아리고 즉시 말했다.

"아까 펑 사장님이 분부하셨어요. 쉐 아가씨를 보면 모시고 오라고요. 펑 아가씨도 와 계세요."

"펑 아가씨가요?"

산산은 약간 의아해했다.

샤오주가 고개를 끄덕이며 말했다.

"네. 벌써 이른 새벽에 오셨어요."

펑위에는 그릇의 죽을 휘젓고 있었으나 별로 식욕이 없었다. 원래 그녀가 이른 새벽부터 온 것은 정말로 아침을 먹기 위해서가 아니었다. 그녀는 다시 두어 번 죽을 휘젓고는 마침내 참지 못하고 말했다.

"오빠, 올해는 쉐 아가씨가 여기서 우리와 함께 설을 보내는 거야?"

펑텅은 그녀를 힐끗 보고 말했다.

"소식 한번 빠르군."

펑위에는 약간 머쓱해서 오빠를 불렀다.

"오빠."

"응?"

"쉐 아가씨를 좋아해?"

질문하고 나서 펑위에 자신도 이상했다. 오빠는 누군가를 좋아하는 것과는 사실 매우 거리가 먼 사람이다. 하지만 지금과 같은 상황은 또 어떻게 이해해야 하지? 오빠가 집으로 여자를 데리고 와서 설을 보내려고 한다니.

펑위에는 둘이 알게 된 지 여러 달이나 지난 것을 알고 있었다. 그러나 그녀는 여전히 이러한 상황이 이해가 되지 않았다. 그들만의 세상 안에서 일부 재벌이 모 유명 스타와 알게 된 지 며칠 만에 결혼하

188

는 것보다도 훨씬 신기했다.

펑텅은 가타부타 말이 없었다. 대답하지 않겠다는 뜻이 분명했다.

"오빠, 오빠가 걱정돼서 그래."

펑위에는 그를 보면서 진지하게 말했다.

"오빠가 나한테 이런 얘길 하기 싫어한다는 걸 알아. 하지만 난 오빠가 어떻게 생각하는지 반드시 알아야겠어. 내가 마음을 놓을 수 있게 해줘. 예전에 내가 옌칭과 결혼하려고 했을 때 오빠가 그에 대해 캐물어도 내가 막지 않았던 것처럼 말이야. 그땐 나도 오빠를 안심시켜야만 했기 때문이야. 왜냐하면 우리는 이 세상에 남은 유일한 혈육이잖아."

펑텅이 한숨을 내쉬었다.

"그녀가 싫지 않아."

"그럼 둘이 사귀는 거야? 결혼을 전제로?"

펑텅이 말을 끊었다.

"너무 앞서가지 마."

펑위에가 머뭇거리며 말했다.

"오빠, 남의 집 딸을 가지고 노는 건 아니겠지."

펑텅이 언짢은 기색을 나타내며 그녀의 말을 끊었다.

"나도 그런 짓은 하기 싫어."

"알겠어."

펑위에는 그 문제를 포기했다. 오빠가 일단 태극권의 추수推手(손으로 상대를 밀어 제압하는 동작―옮긴이) 동작을 취하기 시작하면 더 이상 물어보지 말라는 것을 의미한다. 그녀는 아예 방향을 틀어서 말했다.

"난 줄곧 오빠가 우리 집안과 비슷한 수준의 새언니를 데리고 올 줄 알았지."

펑팅은 담담하게 말했다.

"내가 정략결혼으로 얻을 수 있는 건 그리 많지 않아. 회사도 그런 게 필요하지 않고."

펑위에는 고개를 저으며 말했다.

"그런 뜻으로 말한 게 아냐. 나도 그런 건 관심 없고. 아니면 나도 옌칭과 결혼하지 않았을 거야. 내가 그럴 거라고 생각한 건, 오빠의 예전 여자친구들 집안이 모두 좋았기 때문이야."

"우연이었을 뿐이야."

그도 그럴 것이 오빠는 전에도 여자친구를 겨우 두 번 사귀었을 뿐인데 무슨 규칙을 얘기할 수 있겠나. 하지만 말이 나와서 말인데 할아버지가 돌아가신 후 그는 지금까지 연애 공백기다. 펑위에가 넌지시 떠보며 물었다.

"그럼 가문을 신경 쓰지 않는다면 왜 줄곧 리수를 받아들이지 않았지?"

'리수?'

펑팅은 약간 의아해하며 말했다.

"여기서 리수 얘기가 왜 나와?"

"리수는 우리와 함께 컸어. 리수가 줄곧 오빠를 좋아했잖아. 몰랐다고는 하지 마."

펑위에는 원망하며 말했다. 위안리수는 집안 고용인의 손녀로 펑위에와는 동갑이다. 둘은 어려서부터 함께 자랐으며 학교도 같았다. 펑위에는 그녀를 줄곧 자매로 여겨왔다.

펑텅이 말했다.

"위에. 리수는 너와 함께 자랐지, 내가 아니라고."

"하지만 리수가 고등학교에 가기 전까지도 줄곧 여기에서 살았잖아."

펑텅이 불쾌하게 말했다.

"난 네가 산산 씨 이야기를 하는 줄 알았는데. 리수가 아니고."

펑위에는 그가 더 이상 그 문제에 대해 말하고 싶어 하지 않는 것을 안다. 그러나 리수의 부탁을 받은 지가 이미 오래여서 그녀는 반드시 대답을 들어야만 했다.

"난 단지 오빠가 리수의 어디가 불만인지 알고 싶을 뿐이야."

펑텅이 그녀를 한 번 보고 말했다.

"위에, 난 산산 씨에 대해서는 불만이 아주 많아. 하지만 리수에 대해서는 어떤 불만도 없어. 알겠어?"

펑위에는 잠자코 있다가 한숨을 내쉬었다. 리수에게는 마음이 없기 때문에 불만이 없는 것이다. 하지만 산산은 어떠한가. 그녀가 눈에 띄기 때문에 오빠는 자연히 집안 대대로 내려오는 트집 잡기로 일관하여 산산에게 불만이 많은 것이다.

보아하니 가망이 없는 것 같았다. 사실 그녀는 쉐산산에 대해서도 호감을 느끼고 있었다. 그러나 리수에게는 어떻게 설명해야 할지 몰라 눈알을 굴렸다.

"오빠, 하나 물어봐도 돼? 오빠가 여자친구를 선택하는 기준이 뭐야?"

"철드는 거. 사람을 귀찮게 안 하면 돼."

펑텅은 되는대로 대충 말했다.

이것도 너무 무성의한 대답일 것이다. 펑위에는 만족하지 못하고 말했다.

"영리하고 철든 여자 애들은 많잖아? 오빠가 예전 여자친구와 헤어진 지도 오래 되었는데, 왜 올해 들어서야 산산 씨와 함께 있기로 한 거야?"

"그녀는 특별하기 때문이야."

펑위에가 즉시 캐물었다.

"어떤 점이 특별한데?"

펑텅은 즉시 대답을 하지 못했다. 그는 우아하게 손 옆에 있는 컵을 들어 가볍게 마셨다. 그런 후 비로소 느긋하게 말했다.

"그녀는…… 식욕을 돋게 해."

"어?"

펑 아가씨는 자신의 귀에 이상이 있는 건 아닌지 의심하며 멍해진 채 눈만 깜빡거렸다.

대화는 펑 아가씨가 어리둥절해진 가운데 일단락 지어졌다. 그들 화제의 여주인공이 식당에 나타났을 때 펑 아가씨는 일시적으로 정신이 바로 돌아왔다.

그녀는 얼굴에 웃음을 가득 띠고 산산에게 인사했다.

"산산 씨, 어서 와서 아침 드세요."

"펑 아가씨."

"아이, 난 당신을 산산 씨라고 부르는데 펑 아가씨라뇨. 속상해요."

"네?"

산산은 그녀가 갑자기 너무 친근하게 나오니까 어떻게 해야 할지 몰라 자신도 모르게 펑텅을 바라보았다. 그러자 펑텅이 말했다.

"앉아서 식사해요. 아침 식사 시간은 7시니까 앞으로 늦지 마요."

"네."

산산은 '앞으로' 세 글자를 인식하지 못하고 앉아서 밥을 먹었다. 하지만 펑위에는 오늘 촉각을 곤두세웠기 때문에 즉시 오빠를 향해 애매하게 웃어 보였다. 그러나 펑텅은 못 본 체했다.

그때 왕 씨 아저씨가 식사를 나르는 고용인과 함께 나타나서 펑텅에게 보고했다.

"사장님, 오늘 G성으로 가는 표는 이미 매진이 되어서 할 수 없이 내일 아침 10시 반 비행기로 예약했습니다."

펑텅이 산산을 보았다.

산산은 실망했다. 하지만 예상했던 일이어서 재빨리 고개를 끄덕이며 감사의 표시를 했다.

펑텅은 왕 씨 아저씨를 향해 고개를 끄덕였다.

"잠깐만요……."

펑위에는 자신이 비행기 표를 예약하는 것을 도와줄 수 있다고 말하고 싶었다. 그러나 막 입을 열고나자 곧 펑텅의 눈이 살짝 올라가는 것이 보였다.

그녀는 즉시 입을 막고 속으로 자신을 돼지라고 욕했다! 그녀도 표를 예약할 수 있는데 설마 오빠가 못할 리가 있겠는가? 펑텅은 일부러 그런 것이 분명했다.

펑위에는 못내 옳지 않다고 생각했다. 산산은 여기 남아서 설을 보내고 싶은 생각이 전혀 없다고! 남자가 뻔뻔해지려 하니 정말로 뻔뻔하기 짝이 없다. 더욱이 오빠는 그중 최고다. 그는 어떤 명분도 없이 산산이 집으로 돌아가서 설을 지내지 못하게 하고 있다.

식사 시간에 산산은 줄곧 마음이 편치 못했다. 물론 사장과 함께여서가 아니었다. 정말이지 보스와의 식사 같은 것은 벌써 습관이 되었다. 바로 펑 아가씨가 시도 때도 없이 자신을 보는 눈빛 때문이었다. 그 눈빛은 매우 특이했다. 마치 음식물을 보고 있는 것 같은…….

아. 당연히 착각이겠지. 펑 아가씨는 머릿속으로 음식을 생각하면서 마침 나를 보고 있었을 뿐일 것이다. 과연 곧 펑 아가씨가 이렇게 말했다.

"산산 씨, 이따가 함께 농장에 가서 야채를 골라요."

어? 산산은 멍해졌다. 그녀는 야채를 고른다는 말만 들어도 조건 반사가 일어난다. 순간 머릿속에 보스의 컴컴한 그림자가 떠올랐다. 설마 펑 아가씨도 그런 나쁜 습관이 있는 걸까?!!!

그런데 왜 농장에 가야하지? 산산은 아주 조심스럽게 펑위에에게 물었다.

"무슨 야채를 고르는데요?"

펑위에는 빙그레 웃으면서 말했다.

"우리 집 전통이에요. 제야에 식탁에 올리는 야채는 대부분 우리 집 농장에 가서 직접 골라 오죠. 이따가 오빠랑 다 같이 가요."

Part 24

"우리 집 식구는 말이죠, 하나같이 편식이 심해요. 내가 제일 무난한 셈이죠. 농장은 할아버지께서 만드신 거예요. 할아버지는 요즘 음식에는 약을 많이 쳐서 안전하지 않다고 하시면서, 아예 직접 밭을 일군 뒤 일꾼을 구해 씨를 뿌리셨어요."

아침을 먹고 잠시 쉬다가 옌칭이 오자 다같이 바로 농장으로 출발했다. 펑위에는 비밀 얘기가 있다면서 산산만 따로 끌고 가 또 다른 차로 출발했다. 그녀는 차를 운전하면서 빙그레 웃으며 산산에게 펑 씨 가문의 농장 내력에 대해서 설명했다.

"할아버지가 살아계셨을 때 자주 말씀하셨어요. 그 밭이 생기면 우리 집은 '사농공상士農工商'을 모두 갖추게 되는 거라고요."

산산은 이상해서 '어' 하고 소리를 냈다. 농과 상은 이해가 된다. 공도 그렇다. 보스 집안은 적지 않은 공사에 관련되어 있으니 그렇다고 할 수 있다. 그런데 사는 어떻게 설명되지?

펑 아가씨는 그녀가 의아하게 여기는 것을 알아채고 먼저 나서서 설명했다.

"우리 집은 대대로 학자 집안이었어요. 명나라 때 잇따라 관리가 배출되었고 청나라 때에 이르러서야 상업으로 전환했죠."

산산은 펑위에의 이야기를 들으면서 멍해졌다. 산산은 원래 보스 집안이 단지 돈이 많을 뿐이라고 생각했었지 그렇게 뼈대 있는 집안일 줄은 생각하지 못했다. 산산은 생각이 붕 떠 있다가 문득 한 가지 일이 생각났다.

"아, 펑위에 씨. 말하고 싶은 게 있어요. 당신에게 두 번째 헌혈을 한 사람은 내가 아니라 회사의 또 다른 동료예요."

산산은 연회에서의 오해를 해명했다. 펑 아가씨는 살짝 의아해하며 지난 일을 잠깐 생각하더니 말했다.

"아유! 그 일은 우리 오빠도 날 속였다고는 할 수 없어요. 그때 내가 당신이냐고 물었는데 오빠는 아예 대답도 하지 않았어요. 그래서 난 당연히 당신이라고 생각했죠."

그녀는 살짝 화를 내며 말했다.

"오빠는 아마 내가 다른 사람에게 도시락을 보낼까봐 걱정돼서 그랬을 거예요."

펑위에는 말하면서 놀리는 듯한 눈으로 산산을 보았다.

"그러고 보니 우리 집 밥은 아무나 마음대로 먹을 수 있는 건 아닌가봐요."

산산은 분명하게 해명하고 나니 안심이 되었다. 보스의 동기가 무엇인지는 생각하기도 귀찮았다. 어차피 생각해도 알 수 없다. 그녀는 펑 아가씨의 장난스런 말을 못 들은 체 걱정하며 물었다.

"수혈을 받은 지 얼마 안 됐는데 이렇게 운전해도 괜찮은 건가요?"

"괜찮아요. 괜히 놀랐겠네요. 게다가 농장은 매우 가까워요. 30분
도 안 되는 거리예요."

과연 차를 본 지 얼마 안 돼서 펑 아가씨가 말했다.

"다 왔어요."

산산이 창밖으로 바라보니 먼저 숲이 눈에 들어왔고 또 더 들
어가자 농지와 못이 보였다. 길 가에는 2층 집이 몇 채 있었으며
집 앞 공터에는 이미 몇몇 사람이 기다리고 있었다.

펑위에가 보면서 '어' 하고 놀라며 말했다.

"리수가 어쩐 일이지?"

차에서 내리자 늘씬한 단발머리의 아름다운 여자가 빙그레 웃으
면서 맞이했다.

"위에."

펑위에가 말했다.

"리수. 여긴 웬일이야?"

위안리수는 미소를 지으면서 말했다.

"위에. 우리 집 제야 음식에 쓸 야채를 언제 너희 집 채소밭에서
안 가져 간 적이 있었니. 어째 올해는 주기 아깝다는 말로 들린다?"

펑위에가 나무라며 말했다.

"난 그냥 물어본 거야. 아깝기는 무슨. 예전에는 매년 너희 집에 보
내줬잖아. 어째 올해는 못 받은 거니?"

펑 씨 집안의 그 농장에서는 평소 펑 씨 식구들이 먹을 것을 제
외하고 설 명절 때 친구나 친척에게 선물로 보내주곤 했다.

리수가 웃으면서 말했다.

"그건 벌써 다 먹었어. 네가 아까워한다면 할 수 없이 네 오빠에게 따져야겠네."

리수의 눈은 이미 뒤차에서 내리는 펑텅을 향하고 있었다. 그녀는 눈 한 번 깜빡이지 않고 스스럼없이 말했다.

"오빠, 오랜만이야."

펑텅은 고개를 끄덕였다.

"리수구나."

한쪽에 서 있던 산산은 전광석화와 같은 상황에서 평소답지 않게 모처럼 진상을 파악했다. 와, 알고보니 보스를 흠모하는 사람이군!

위안리수는 말을 매우 잘 하는 사람임이 분명했다. 그녀는 펑텅에게 크게 아첨하는 기색을 드러내지 않으면서 해외 투자에 얼마나 안목이 있는지 등에 대해 얘기했다. 어찌나 말을 잘 하는지 이와 같이 모시기 힘든 펑텅마저도 그녀의 말에 웃어 넘어갈 정도였다.

산산은 리수의 말을 들으면서 자신의 문제점을 분석했다. 봐봐. 고수란 바로 이런 거다. 그녀가 얼마나 전문성이 있는지 보라고. 또 리수는 아무리 의욕이 앞서도 기다리면서 상대방의 기분을 절정에 이르게 할 줄 안다. 그녀와 비교하면 자신은 정말로 너무 솔직하게 말하는 스타일이다.

옆에서 산산이 집중하지 못하는 모습을 보고 펑위에는 산산의 기분이 좋지 않을 거라고 생각했다. 펑위에는 오빠가 리수에게 전혀 마음이 없는 것을 안 이상 당연히 산산에게 설명해야만 했다. 위에는 낮은 목소리로 쉐산산에게 말했다.

"리수는 리 씨 할머니의 손녀예요. 리 씨 할머니는 할머니의 부모님을 따라 우리 집에서 거의 한평생을 보내셨죠. 할머니가 돌아가실 때가 되어서야 아들 집에 가서 지내셨어요. 리수는 우리와 함께 본 가에서 자랐고요. 오빠는 그녀를 여동생처럼 대하죠."

평위에 말의 중점은 당연히 마지막 구절에 있었다. 설명을 끝낸 후 그녀는 산산이 이해했는지 상관도 하지 않고 리수와 평텅에게 웃으면서 말했다.

"두 사람 회포는 다 풀었겠지. 더 이상 얘기하다가는 날 새겠어."

리수는 원망하는 모습이었다.

"위에. 너 정말. 겨우 오빠에게 조언을 구할 기회가 생겼는데."

그녀는 말하면서 평텅 손에 든 낚시 도구를 보고 기뻐하며 말했다.

"오빠 오늘 낚시할 거야? 오래전부터 정말 배우고 싶었어. 지난번에 바다낚시는 성공하지 못했는데, 오늘 괜찮다면 나 좀 가르쳐줄래?"

평위에는 한숨을 쉬었다. 그녀는 리수가 목표를 이루기 위해서라면 끝까지 달려드는 성격임을 잘 알고 있었다. 리수의 그 마음은 이미 오래전에 생긴 것이었다. 하지만 예전에는 늘 자신의 출신이 평범하다고 생각해서 평텅에 대한 마음을 그다지 대담하게 드러내지 못했을 뿐이었다. 아마 이제는 이렇게 평범한 가문의 산산이 뜻밖에도 평 씨 집안에 들어오자 그녀는 달갑지 않을 것이 당연하다. 그래서 예전과 다르게 처음으로 적극적으로 나설 것이다.

평텅이 고개를 끄덕인 것을 보고 평위에는 눈알을 굴리며 또 생각했다. 자기 오빠는 지금까지 맺고 끊는 것이 애매한 적이 없었던 사람으로 예전에는 리수가 걱정거리를 숨기고 말을 하지 않아서 거절하고 싶어도 거절할 방법이 없었다. 그러나 지금 리수는 정말로 적극

적으로 변했다고 할 수 있다. 차라리 이참에 오빠가 분명히 말하는
게 낫겠다. 그래야 그녀의 청춘을 허비하지 않을 수 있으니까. 그리하
여 더 이상 저지하지 않고 도리어 산산에게 말했다.

"산산 씨, 우리는 야채를 고르러 가요."

비록 손수 야채를 뜯겠다고는 하지만 펑 아가씨가 어떻게 정말로
밭에 가서 일을 하겠는가. 단지 다른 사람이 뜯은 야채에서 일부 고
르면 그만이다.

펑텅이 말했다.

"게으름 피울 생각이면 관 둬. 괜히 산산 씨만 일 시키지 말고."

그는 말하면서 옆에서 이미 오래전에 나무가 되어 서 있는 산산에
게 말했다.

"당신도 같이 낚시하러 가요."

그는 말을 끝내자마자 옌칭과 낚시도구를 들고 호수 쪽으로 걸어
갔다. 산산이 평위에를 보자 그녀는 골치 아픈 듯이 말했다.

"어쩔 수 없네요. 우리도 가요."

두 남자 뒤에 걸어가면서 리수는 그제야 산산을 알아본 것처럼
웃으면서 말했다.

"아직 인사를 못 드렸네요. 이 아가씨는?"

산산이 공손하게 말했다.

"저는 쉐산산이라고 합니다. 안녕하세요."

리수도 예의 바르게 미소 지으면서 말했다.

"전 리수라고 해요."

그녀는 성을 생략하고 바로 이름을 말하면서 그녀가 펑 씨 집안과

특별히 친밀한 사이라는 것을 넌지시 내비쳤다. 그리고 또 환하게 웃으면서 말했다.

"쉐 아가씨도 저처럼 야채를 얻으러 온 건가요?"

산산이 말했다.

"아니에요. 전 그냥 따라 왔어요."

위안리수가 물었다.

"쉐 아가씨는 어떤 일을 하는지 물어봐도 될까요?"

"어, 저는 재무에 관한 일을 해요."

"펑텅에서요?"

"네."

리수는 웃으면서 말했다.

"그러고 보니, 우리도 동종 업계에 종사하는 셈이네요. 하지만 저는 당신처럼 그렇게 운이 좋지 않아요. 당신은 펑텅 오빠 밑에서 일을 하잖아요."

펑위에가 대화에 끼어들었다.

"리수는 투자 금융에 종사해요. 그 밖에 나의 개인 재무 컨설턴트를 맡고 있죠."

리수가 나무라며 말했다.

"위에. 놀리지 마. 개인 재무 컨설턴트는 무슨. 네가 귀찮아하니까 내가 대신 관리해주는 걸 가지고."

그녀는 이렇게 말한 뒤 펑위에와 최근의 일부 투자와 현재의 시세에 대해서 잠시 이야기를 하다가 고개를 돌려 웃으면서 산산에게 물었다.

"쉐 아가씨는 이런 시세에 대해서 어떻게 생각해요?"

산산은 그들이 무슨 얘기를 하고 있는지 아예 진지하게 관심을 두지 않았다. 하지만 분명한 것은 투자에 관련된 것이었다. 리수는 앞에 걸어가는 펑텅과 옌칭의 뒷모습을 살펴보았다. 그들의 대화는 저들에게 아주 잘 들릴 것이다. 이 리수 아가씨도 그렇다. 표현하고 싶으면 표현하면 되지, 어째서 산산을 물에 끌고 들어가는 걸까.

산산은 고개를 저으며 말했다.

"사실 재무와 금융은 차이가 매우 커요. 저는 스스로 먹고 살 수 있으면 돼요. 또 여윳돈도 없고요. 그래서 투자는 그다지 관심 없어요. 안 그럼 궁리만 가득하고 실현시킬 수도 없으니 정말 괴로울 거예요. 아마 위험을 무릅쓰고 올인 하다가는 공금 횡령 같은 걸 하게 될지도 몰라요."

리수는 말문이 막혔다. 뭐가 '궁리만 가득하고 실현시킬 수도 없다'는 거지? 나를 빗대어 하는 말인가? '올인'은 바로 자신의 현재 심정이 아닌가. 그녀의 웃는 얼굴이 미세하게 굳어지면서 자신이 산산을 만만하게 봤다고 생각했다.

펑위에도 산산을 다시 보지 않을 수 없었다. 그러나 그녀가 진지하게 설명하는 모습을 보면서 한편으로 산산은 정작 별 뜻 없을지라도 듣는 사람은 마음에 두지 않을까 싶었다.

그때 웃으면서 옌칭과 얘기를 나누고 있던 펑텅이 몸을 돌렸다. 그의 표정은 또다시 협박하는 윗사람의 표정으로 바뀌었다.

"쒜산산 씨, 내 면전에서 공금 횡령이라고 했나요?"

산산은 깜짝 놀라 황급히 고개를 저으며 말했다.

"아니, 아니에요. 전 단지 예를 들었을 뿐이에요. 사장님, 전 결백해요!"

펑위에가 가만히 몸을 돌려 혼잣말을 말했다.

'오빠는 정말 짓궂어. 산산 씨, 당신은 역시나 착하군요. 그리고 리수…… 넌 정말 가망 없어.'

이야기하는 사이에 일행은 이미 낚시터에 도착했다. 펑텅이 낚시 도구를 내려놓고 산산에게 물었다.

"낚시할 줄 알아요?"

산산은 고개를 저었다.

"못해요."

펑텅이 그렇게 물으니 다들 그가 산산에게 낚시를 가르치려는줄 알았다. 리수는 얼굴이 굳어버렸다. 그러나 누가 알았겠는가. 펑텅은 고개를 끄덕인 후 호수 주변의 채소밭을 가리키더니 말했다.

"그럼 당신은 저기 가서 무를 뽑아요."

산산은 벼락을 맞은 것처럼 깜짝 놀랐다.

Part 25

    산산은 무 밭 옆에 쪼그리고 앉아 묵묵히 한참을 보고 나서야 손을 뻗어 무 몇 뿌리를 뽑았다. 그런 후 고개를 돌려 호수에서 낚시를 하고 있는 사람들을 보고 평정을 완전히 잃어버렸다.

    부르주아들이란 확실히 매우 부패했다. 낚시를 하러 왔으면 낚시만 하면 되지 오두막에서 추위를 피하고 있었다. 자기들은 그곳에서 차를 마시고 낚시를 하면서 담소를 나누는데 그녀는 찬바람이 솔솔 부는 가운데 무를 뽑아야만 한다! 머슴도 이렇게 부려먹지는 않는다!

    산산은 진지하게 파업의 가능성을 고려하기 시작했다.

    그러나 자신이 남의 집에서 먹고 자며 게다가 비행기 표도 사장이 대신 사준 것을 생각하자 산산은 반기를 들려던 마음이 또다시 꺼져버렸다.

    '됐다, 됐어. 이 무들은 숙박비라고 생각하자.'

    산산은 체념하며 무를 뽑았다. 그러나 자신도 모르게 수시로 저쪽을 쳐다보았다. 몇 번째 몰래 봤을 때 마침 펑텅의 시선과 마주쳤다. 펑텅이 눈빛을 번뜩이더니 놀랍게도 일어나 이쪽으로 걸어왔다.

산산은 재빨리 고개를 숙이고 열심히 무를 뽑는 척했다.

"쉐산산 씨, 이게 한나절 동안 뽑은 결과인가요?"

낮게 깔린 익숙한 목소리에 맞추어 검은색 남자 신발이 시야에 들어왔다. 산산은 속으로 억울하여 그를 본체만체하고 손가락으로 흙을 헤치면서 우울하게 대답했다.

"손이 굳어서 뽑을 수 없어요."

"쉐산산 씨."

펑텅은 살짝 몸을 구부려 마치 그녀의 표정을 관찰하는 것 같았다.

"낚시를 할 줄 모른다고 했잖아요."

"배울 수는 있어요."

"그래요?"

마치 의심이 가득 찬 것처럼 펑텅의 말끝이 살짝 올라갔다.

"하지만 큰 물고기를 잡으려면 작은 물고기를 놓아줘야 하는데, 당신은 관심 없잖아요?"

산산은 멍해졌다. 그 말은 어쩐지 어디선가 들어본 것 같았……

그런 후, 까마득하게 오래된 생선 가시의 사건이 머리에 떠올랐다.

"쉐산산 씨, 당신은 큰 물고기를 잡기 위해서 작은 물고기를 놓아 줄 줄 모르잖아요?!"

그때는 바보 같아서 이해하지 못했던 말이 지금은 문득 다른 의미가 생긴 것 같았다. 그는 왜 갑자기 지금 그 말을 꺼냈을까? 산산은 문득 어찌할 바를 몰라 밭의 무를 주시했다. 그리고 용기를 내어 말을 더듬으며 대답했다.

"지금, 지금은 관심이 생겼어요."

위안리수가 생각나자 그녀는 한편으로 마음이 우울해서 불만스럽게 말했다.

"하지만 양어장 주변에 사람이 너무 많아요……."

지금 원망하고 있는 건가? 펑텅의 양 미간이 올라가며 얼굴에 살짝 웃음기를 띠었다. 그가 갑자기 물었다.

"산산 씨. 낚시하는 다른 사람들에게 신호를 보내볼래요?"

산산은 의문스러웠다.

"무슨 신호를요?"

"사람들에게 알려줘요. 이 양어장은 이미 인수되었다고."

어?

산산은 이해가 되지 않아 머리를 들어 그를 보았다. 그런 후 눈앞이 어두워지더니 입술에 뜨거운 것이 닿았다.

그그그가, 설마……키스를?!

장대한 남자가 몸을 숙여 큰 손으로 그녀의 어깨를 잡더니 잠자리 물 스치듯이 그녀의 입술 위를 가볍게 스쳤다. 그런 후 어리벙벙해진 산산을 보면서 그가 나지막한 목소리로 웃으면서 말했다.

"이건 인수 계약서 전용 도장이에요."

"……."

산산의 손에 들려 있던 무가 밭에 떨어져 방금 탈출했던 구덩이로 다시 돌아갔다.

산산은 마지막까지 낚시를 하러 가지 못하고 무 밭에 쭈그리고 앉아서 무감각하게 무 한 더미를 뽑아 광주리 두 개에 가득 담았다.

리수는 물고기를 여러 마리 잡았다. 그러나 그녀의 얼굴에 나타난 기쁨은 아무리 봐도 억지로 즐거운 표정을 짓고 있는 것 같았다. 돌아갈 때 리수는 그들의 카풀차를 타고 여전히 생기발랄한 모습이었다. 그러나 수시로 정신이 나갔다. 하지만 그녀보다 더욱 정신이 나간 사람은 바로 산산이다. 아니, 산산은 이미 완전히 정신이 나갔다.

그녀의 머릿속에는 무밖에 없었다.

이런 상태는 심지어 제야 음식을 먹을 때까지 계속되었다. 그 대단한 집안의 풍성한 저녁 만찬도 입으로 들어가면 놀랍게도 모두 무의 맛이 되었다.

하지만 사실상 그녀를 탓할 수 없다. 무 밭에서 첫 키스를 한 불행한 어느 여자도 빨리 정상적인 사람으로 돌아오지는 못할 것이다.

나중에 펑위에가 집으로 돌아간다고 말했을 때 산산은 그제야 정신이 돌아왔다. 그녀는 무의식적으로 펑위에를 끌어당기며 말했다.

"오늘 밤 여기서 안 자요?"

예전에는 자고 갔지만 올해는 오빠가 산산과 함께 있지 않은가. 펑위에가 빙그레 웃으면서 말했다.

"네. 우린 내일 아침 7시쯤 비행기로 옌칭의 집에 가요. 아직 짐도 안 쌌어요."

"그, 그럼……."

산산은 무슨 말을 해야 할지 몰랐다. 그녀는 문득 가방을 싼 뒤 오늘 밤 공항에 가서 밤을 지내야겠다는 충동이 들었다.

평위에가 윙크를 하며 말했다.

"즐거운 시간 보내요!"

즐겁다면 이상하지! 분명히 긴장해서 혼날 것이다.

고용인들이 식탁을 정리하고 잇달아 집으로 돌아가자 그렇게 큰 집에 그들 두 사람만 남게 되었다. 산산은 뜻밖에도 서서히 애틋한 마음이 들기 시작했다.

'설 전날 곁에 가족 하나도 없으면 보스처럼 비인간적인 사람이라도 외로울 거야.'

이렇게 생각하자 혼자 남겨진 긴장감이 많이 사그라졌다. 산산은 더듬거리며 먼저 입을 열었다.

"밤에 뭘 할까요?"

평텅이 반문했다.

"뭘 하고 싶어요?"

산산은 한참을 생각하다가 말했다.

"춘완春晚(CCTV의 설 특집 종합 예능 프로그램)을 볼까요?"

평텅이 말없이 그녀를 흘끗 보았다. 그리고 두 사람은 응접실로 가서 TV를 켜고 춘완이 시작되기를 기다렸다.

산산은 벽시계를 봤다. 좋았어. 벌써 7시 45분이군. 15분만 있으면 춘완이 시작된다. 이 15분을 순조롭게 넘기기만 하면 돼. 춘완이 시작된 후에는 무슨 말을 해야 할지 몰라서 멍청하고 어색하게 보이지 않을 것이다! 오오! 요즘 세상은 춘완이 있어서 정말 다행이다.

산산은 홀가분하게 주방으로 달려갔다.

"과일을 좀 갖고 올게요."

산산은 주방에서 한참을 꾸물거리며 시간을 보내다가 8시 정각이 되자 과일이 수북하게 담긴 접시 두 개를 받쳐 들고 돌아왔다.

"과일 드세요!"

그러나 펑텅은 꿈쩍도 하지 않았다. 그는 소파에 앉아 고개를 숙인 채 시선을 손에 든 핸드폰에 두고 있었다.

"쉐산산 씨. 방금 문자 메시지를 하나 받았어요."

"네?"

산산은 그가 자신에게 왜 그 얘기를 하는지 이해가 되지 않았다.

"누가 나보고 새해 복 많이 받으라고 하네요."

산산은 여전히 아무것도 모르는 것 같았다. 설날에 그런 문자를 받는 게 정상이겠지. 보스에게 아부하는 문자 등등. 그런데 그녀는 뭔가 잊어버린 것 같았다.

펑텅은 두 글자를 내뱉었다.

"당신."

산산은 마침내 생각났다.

과일 접시를 테이블에 놓아두고 산산은 고개를 푹 떨군 채 보스의 심문을 받아들였다.

"핸드폰을 잃어버렸다고 하지 않았나요?"

"예약 문자예요."

산산은 작은 소리로 대답했다.

"언제 설정한 거죠?"

"며칠 전이요."

펑텅은 잠시 말을 멈췄다가 다시 물었다.

"이 문자를 모든 사람에게 보냈나요?"

"아니에요."

산산의 목소리는 더욱 작아졌다.

"당신한테만."

펑텅은 고개를 끄덕이고 더 이상 말하지 않았다. TV에서는 이미 춘완이 정식으로 시작되었다. 산산은 뚫어져라 TV를 쳐다보면서 머릿속이 뒤숭숭했다. 현행범으로 잡힌 것 같은 그런 느낌이었다.

갑자기, '탁' 하더니 펑텅이 TV를 꺼버렸다. 그러자 응접실은 바늘이 떨어지는 소리도 들릴 정도로 조용해졌다.

"산산 씨. 이것도 밀당인가요?

"그럼 당신은요?"

산산은 어디서 용기가 생겨났는지 대답하지 않고 반문했다.

"당신이 무 밭에서, 그것도…… 밀당인가요?"

펑텅은 그녀가 예상 밖에 반문을 하자 웃으면서 의미심장하게 말했다.

"아니. 당신을 깊숙이 유인하려는 거예요."

산산은 이미 그의 집에 있는데 설마 아직도 깊이 들어오지 못했단 말인가? 만약 펑텅은 그녀가 아직 깊이 들어오지 않았다고 생각한다면, 그렇다면…….

"펑, 펑텅 씨."

처음으로 그의 이름을 불렀다. 산산은 약간 어색했다. 하지만 이런 때에 도저히 사장님이라고 부를 수도 없을 것이다.

"난 연애를 한 번도 안 해 봤어요. 그래서 도대체 어떻게 해야 하는지 몰라요. 송년회 전에는 난 분명 이런 걸 생각해본 적이 없어요.

하지만 나중에는……."

산산은 고개를 들어 힘을 다해 그의 눈을 바라보고 있었다.

"며칠 전에 당신이 보이지 않자 기분이 안 좋았어요. 경찰서 밖에서 날 기다리는 당신을 보고 난 정말 창피했어요. 하지만 한편으로는 정말 기뻤어요. 당신이 나를 데리고 여기로 왔을 때, 난, 그래서는 안 된다고 생각했지만, 하지만 그래도, 그래도 매우 좋았어요. 방금 당신과 제야 음식을 먹을 때도, 난 여전히…… 좋았어요."

'난 당신의 비밀번호를 몰라요. 하지만 난 내 비밀번호를 당신에게 알려줄 수 있어요. 당신이 볼 수 있게 펼쳐 놓을게요. 난 당신을 좋아하는 것 같아요. 그럼, 날 똑똑히 봐요. 내가 당신이 좋아하는 그 사람인가요?'

산산은 아무것도 알지 못한다. 그래서 똑똑한 펑텅 앞에서 이렇게 어리석은 방법으로밖에 할 수 없었다.

산산은 저도 모르게 무릎을 껴안고 소파 안으로 몸을 움츠렸다. 그러나 눈 한번 깜빡거리지 않고 그를 보고 있었다. 그녀는 겁을 먹은 표정이었지만 한편으로는 용감해 보였다. 그리고 눈에는 매우 조심스럽게 기대로 가득 차 있었다. 펑텅은 늘 그녀를 보면 귀여워서 일부러 괴롭히거나 볼을 꼬집고 싶은 마음뿐이었지만 지금 처음으로 갑자기 마음이 흔들렸다.

"산산 씨."

그는 그녀의 어깨를 끌어당기며 천천히 고개를 숙여 그녀의 이마에 가볍게 키스했다.

"우리 한번 해봐요."

Part 26

그날 밤 펑텅이 '한번 해봐요'라고 말한 후 모든 것이 거짓말 같았다.

뜨거운 입술이 그녀의 이마를 떠난 후 산산은 완전히 멍해졌다. 펑텅은 계속해서 그녀에게 키스를 할 작정인 것 같았다. 그러나 그녀의 멍해진 눈빛을 마주하고는 오히려 웃음이 나왔다. 그는 살짝 물러나서 거리를 두고 말했다.

"여기까지."

천천히 해도 된다.

그는 핸드폰을 쥐고 그녀에게 물었다.

"한 줄 뿐인가요?"

산산은 고개를 끄덕였다.

펑텅은 핸드폰을 끄고 테이블 위에 던졌다. 그런 후 그녀를 데리고 자신의 서재로 갔다. 처음에는 장기를 가르쳐주고 싶었지만 그녀가 확실히 마음이 딴 데 있는 것을 보고 포기했다. 그래서 그들은 각자 책을 보았다.

간혹 과일을 준비하러 가기도 하고 차를 우려내러 가기도 했다. 때로는 쓸데없는 이야기를 하기도 했다. 산산은 고른 책을 두 손으로 받쳐 들고 몇 페이지를 뒤적였다.

12시가 되었을 때 짙푸른 하늘에 아름답고 화려한 폭죽이 터졌다.

이곳에는 빌딩이 하나도 없어서 서재의 통유리 앞에 서 있으면 매우 멀리까지 볼 수 있다. 산산은 손에 들고 있던 책을 내려놓고 창문 앞으로 달려가서 보았다.

펑텅도 다가와서 그녀의 옆에 섰다.

"불꽃놀이를 하고 싶어요?"

"펑위에 씨가 그러던데 둘 다 한 번도 안 해봤다면서요."

"네."

펑텅은 고개를 끄덕이고 시선을 거두고 산산을 바라보았다. 그리고 어떤 징조도 없이 고개를 숙여 그녀에게 입을 맞췄다.

오늘 그가 산산에게 한 세 번째 키스다.

그녀는 횟수가 좀 많은 것 같다고 생각했지만 조금도 싫지 않았다.

그런 후…….

그녀는 폭신폭신한 슬리퍼를 밟으면서 살랑살랑 방으로 돌아가 잠자리에 들었다.

정월 초하루 이른 새벽, 산산은 여전히 살랑살랑 거리는 걸음으로 아침을 먹으러 아래층 식당으로 내려갔다. 그녀는 계단에서 매우 즐거워하는 샤오주를 만났다. 샤오주는 환하게 웃으면서 말했다.

"쉐 아가씨, 새해 복 많이 받으세요."

"새해 복 많이 받으세요."

산산은 재빨리 새해 인사로 대답했다.

샤오주는 매우 즐거워하며 말했다.

"쉐 아가씨, 어서 가서 아침 드세요. 펑 사장님도 계세요. 마침 홍바오紅包(세뱃돈이나 축의금 등을 넣은 붉은 봉투)를 받아 오는 길이에요."

"홍바오라고요?"

산산은 순간 정신이 들었다. 그녀는 기뻐하며 말했다.

"제 것도 있나요?"

"분명 있을 거예요."

샤오주가 말했다.

"펑 사장님은 해마다 설날에 우리에게 홍바오를 주시거든요. 그런데 쉐 아가씨에게 안 주실 리가 있겠어요?"

샤오주의 말은 그들도 모두 받는데 산산은 펑텅과 보통 사이가 아니므로 산산의 홍바오는 당연히 훨씬 크고 두툼할 것이라는 뜻이었다.

그러나 쉐산산의 생각은.

'맞아! 나도 보스의 직원이야! 당연히 홍바오를 받아야지.'

산산의 살랑살랑 거리던 걸음이 갑자기 경쾌하게 바뀌면서 식당으로 걸어갔다.

홍바오를 나눠주는 시간은 이미 끝난 것 같았다. 응접실에는 단지 보스와 집사만 있을 뿐이었다. 펑텅은 집사에게 어떤 일을 일러주고 있는 것 같았다. 펑텅은 산산이 식당 입구에 나타난 것을 보고 집사에게 고개를 끄덕인 후 그녀에게 말했다.

"산산 씨, 이리 와봐요."

산산은 재빨리 다가갔다. 그녀는 자기도 모르게 강아지가 고기 뼈를 간절히 원하는 눈빛을 하고 있었다. 펑텅은 산산의 반짝반짝 빛나는 눈빛 때문에 말문이 막혀 잠시 멈칫했다가 물었다.

"당신 집은 가족이 어떻게 되죠?"

"네?"

가정 조사인가? 산산은 단번에 직계 친족을 모두 보고했다.

"아빠, 엄마, 할아버지, 할머니, 외할아버지, 외할머니 그리고 큰아버지, 작은아버지, 이모 두 명, 그리고 집마다 자식이 하나씩 있어요. 이상이에요."

"음."

펑텅은 고개를 끄덕이고 집사에게 말했다.

"준비해요."

집사는 고개를 끄덕인 뒤 명령을 받들고 갔다.

산산은 어리둥절해서 물었다.

"준비라뇨?"

펑텅은 편하게 말했다.

"당신은 신경 쓸 필요 없어요."

"네……."

산산은 아마 자신과 관계없는 일인 것 같아서 더 이상 묻지 않았다.

펑텅은 앉아서 아침 식사를 했다.

"비행기 표는 예약했어요. 이따가 난 일이 있어서 샤오장이 당신을 공항에 바래다줄 거예요."

공항에 도착해서 기사인 샤오장이 트렁크에서 큰 상자 두 개를 꺼냈을 때, 산산은 펑텅이 말한 '준비해요'가 무엇을 준비하라는 것인지 그제야 이해가 되었다.

"사장님이 분부하셨어요. 이것들은 쉐 아가씨 식구를 위해 준비한 설 선물이에요."

보스는 정말 세심하시다.

설 선물에 담겨 있는 불확실한 의미를 생각하면서 산산의 마음속은 어지럽게 뒤엉키기도 하고 출렁거리기도 했다. 그녀는 부피도 작지 않은 그 상자들을 보면서 그것들을 어떻게 들고 가야할지 걱정하기 시작했다. 중요한 건 어른들께 어떻게 말을 해야 하는가다. 보스의 선물은 분명 비쌀 텐데 선물의 출처를 어떻게 설명해야 할까.

샤오장은 친절하게 산산 대신 체크인과 수화물 위탁 수속 등을 처리했다. 산산은 할 수 없이 아무것도 하지 않고 뒤에서 따라다녔다. 마지막에 검색대로 들어가기 전 샤오장이 그녀에게 또 작은 상자 하나를 주었다.

"쉐 아가씨, 사장님께서 그동안 임시로 사장님의 옛날 핸드폰을 쓰라고 하셨어요."

산산은 갑자기 멍해졌다가 상자를 열어서 보았다. 과연 그 안에는 남성 스타일의 핸드폰이 들어 있었다.

산산 혼자 공항 대합실에 앉게 되었을 때 그제야 시간이 나서 자세히 핸드폰을 보았다. 핸드폰은 아직 새것이었지만 확실히 사용한 흔적이 있었다. 전화번호부를 뒤져 보니 안에는 보스의 번호밖에 없었다. 산산은 번호를 잠시 쳐다보다가 참지 못하고 핸드폰을 들고 통유리 앞으로 걸어가 펑텅에게 전화를 걸었다.

펑텅은 전화를 받자마자 말했다.

"도착했어요?"

"네. 지금 대합실이에요. 우리 집 식구들을 위해 준비한 선물 봤어요. 그리고 핸드폰도요."

"음."

펑텅이 대답했다.

"고맙다는 말은 사양하겠어요."

"누가 고맙대요. 이렇게 많은 물건을 어떻게 들고 가요."

전화기 너머로 웃음소리가 들렸다.

"도착하면 누가 마중 나온다고 샤오장이 얘기 안 했어요?"

산산은 멍해졌다. 그녀는 문득 마음이 편치 못했다.

"그러지 마요…… 난 불편해요."

"익숙해질 거예요. 알았어요. 산산 씨. 새해 복 많이 받아요."

비행기가 성도省都에 도착한 시간은 오후였다. 비행기에서 내리자 과연 누군가 출구에서 기다리고 있었다. 그는 리 씨 성을 가진 젊은 남자로 자신은 이쪽 지방에 있는 펑텅 그룹의 계열사에서 행정 일을 하고 있다고 했다. 그는 그녀에게 말끝마다 쉐 아가씨라고 불렀으며 매우 성심성의를 다했다.

산산은 매우 부담스러웠다. 하지만 여기 사람들은 단지 본사에서 내린 명령으로만 알고 있었지 펑텅이 분부한 것인 줄은 결코 모르고 있었다. 만약 알았다면 절대로 행정직원 한 사람만 보내서 접대하게 하지 않았을 것이다. 그랬으면 산산은 아마 더욱 부담스러웠을 것이다.

산산의 집은 성도 부근의 B시에 있다. 주행 거리는 약 2시간 반인데 길이 막히는 바람에 집에 도착하니 벌써 밤이 되었다. 남자는 산산을 아래층까지 배웅해주고 나서 또 그녀를 대신해 짐을 들고 위층으로 올라가려고 했다. 산산은 황급히 거절했다.

감사 인사를 하고 그가 돌아가자 산산은 집에 전화를 걸어 부모님께 내려와서 짐을 옮기는 것을 도와달라고 했다.

오는 내내 산산은 줄곧 구름 속에 있는 것처럼 모든 것이 사실이 아닌 것 같았다. 하지만 지금 자신이 어렸을 때부터 줄곧 자랐던 곳을 보면서 이제야 현실로 돌아온 느낌이 들었다. 깊게 숨을 들이쉬자 차가운 공기가 몸속으로 깊숙이 들어와 혼란스러운 마음을 몰아냈다.

Part 27

산산의 부모님은 아래로 내려오자마자 한바탕 꾸지람을 퍼부었다. 그들은 산산에게 그렇게 많은 골칫거리를 저질렀냐느니 비행기 표에 돈을 많이 썼냐느니 꾸짖었다. 또 큰 상자 두 개를 보고 일단 놀란 다음에 선물이라는 것을 알자 물건을 함부로 샀다면서 또 그녀를 나무랐다. 산산은 부모님이 나무라면서 관심을 표현하는 이런 방식에 이미 익숙한 터라 생글생글 웃으면서 듣고 있었다.

오늘은 마침 친가 친척들이 산산의 집에 모여서 식사를 하는 차례였다. 산산이 늦게 왔기 때문에 그들도 그녀를 기다리지 않고 이미 먹기 시작했다. 할아버지, 할머니, 큰아버지 가족, 작은아버지 가족이 모두 와서 십여 명이 마침 한 테이블에 모여 있었다.

산산이 온 것을 보고 다들 먹던 것을 멈추었다. 할아버지는 그녀를 보고 눈이 보이지 않을 정도로 환하게 웃으셨다.

"산산이 왔구나."

산산은 반년 이상 그들을 보지 못했다. 그녀는 단번에 달려가서 안겼다.

"할아버지, 할머니."

산산이 그들을 한 번씩 부르자 할머니는 귀여워하시면서 말했다.

"얼른 앉아서 먹거라. 비행기 타고 오느라 힘들었지. 그런 나쁜 녀석 같으니라고. 설날에 도둑질까지 하다니."

산산은 히히거리며 웃었다.

산산의 엄마는 손에 든 물건을 뒤에 놓아두고 재빨리 식구들을 불렀다.

"모두 앉아서 드세요. 산산은 신경 쓰지 마시고요."

다들 다시 앉아 음식을 먹으면서 화제는 자연히 산산이 중심이 되었다. 먼저 그녀의 일에 대한 질문으로 그들은 월급이며 상여금 등을 낱낱이 물었다. 산산은 개의치 않고 있는 그대로 말했다. 그리하여 산산은 칭찬을 받을 수밖에 없었다.

이어서 또 비행기를 타보니 어땠냐는 등 대도시의 생활은 익숙해졌는지 등등, 모두 다 묻고 나서 작은어머니가 그녀를 놀리면서 말했다.

"산산, 류류는 벌써 남자친구가 생겼는데 넌 언제 좋은 소식이 있을까?"

류류는 산산의 큰아버지 댁의 딸이다. 쉐 씨 집안의 손자 대에는 전부 세 명의 아이가 있는데 류류柳柳, 산산杉杉 그리고 작은 아버지의 아들 통통桐桐으로 이름에 모두 나무 목木 변이 들어간다.

"어, 류류 언니도……."

'도'라는 말이 입언저리까지 나오자 산산은 그 말을 억지로 무참하게 삼켜버리고 힘들게 말했다.

"류류 언니가 남자친구가 생겼다고요?"

다행히 다들 아무것도 듣지 못한 것 같았다. 큰어머니는 뿌듯해하며 말했다.

"그래, 산산. 내년에는 우리 류류도 S시에 가서 일할 거야. 이제 우리 쉐 씨 집안의 두 아가씨가 모두 능력이 있어서 대도시에 가서 일하게 되었네. 네 할아버지도 훨씬 기뻐하시겠구나."

큰어머니는 줄곧 자신의 딸인 류류가 쉐 씨 집안의 세 명의 아이들 중에서 가장 뛰어나다고 생각했다. 그러나 산산이 대도시에 가서 일을 하자 친척들은 모두 산산이 출세했다고 말했다. 그래서 큰어머니는 오랫동안 한마디도 못하고 있다가 오늘에서야 하고 싶은 말을 털어놓았다.

산산은 솔직하게 말했다.

"그거 잘 됐네요. 전 마침 새로 집을 구하려고 했거든요. 아예 류류 언니와 함께 살면 되겠어요."

말이 막 끝나자마자 산산의 엄마가 젓가락으로 그녀의 머리를 때리며 말했다.

"이 바보야. 류류가 너와 함께 살 필요가 있겠니?"

큰어머니는 내심 흐뭇해하면서 맞장구를 치며 말했다.

"맞아. 류류는 샤오준이랑 함께 갈 거야. 우리 샤오준은 S시에 큰집이 있는데 45평이 넘는다는구나."

류류는 아무 말 없이 엄마에게 반찬을 집어 드렸다.

산산은 류류를 흘끗 보고 말없이 그녀를 동정했다. 사촌 언니인 류류는 외모도 매우 예쁘고 똑똑하기까지 하다. 그래서 큰어머니는 어렸을 때부터 여기저기에 내놓고 자랑했다. 하지만 공교롭게도 류류 본인은 침착하고 겸손한 성격의 소유자여서 매우 힘들어했다. 그러나 반항할 수 없었다. 왜냐하면 류류는 큰어머니가 직접 낳은 아이가 아니라 친척집에서 입양한 아이였기 때문이다.

다른 사람들은 아이를 입양하면 아이가 자신이 친자식이 아닌 것을 알게 될까 걱정해서 애써 숨긴다. 그러나 큰어머니는 오히려 반대였다. 큰어머니는 딸이 커서 자신에게 효도하지 않을까 걱정이 되었다. 그래서 어려서부터 류류에게 내가 너를 입양하지 않았으면 너는 지금 너의 부모와 고생스런 날들을 보내고 있을 거라는 등의 말을 했다. 류류는 원래 영리하고 차분한 성격인데 그러한 양어머니한테 자라서 자연스레 더욱더 차분해질 수밖에 없었다.

지금 고등학교 1학년에 재학 중인 작은아버지의 아들인 쉐퉁퉁이 산산의 옆에 앉아 있다가 그녀의 귀에 대고 귓속말을 했다.

"누나. 류류 누나의 남자친구가 누군지 알아?"

"누군데?"

"바로 류류 누나 회사 사장의 아들이야. 원래 누나가 가려고 했던 그 회사 말이야. 만약 누나가 그 회사에 들어갔다면 누나 남자친구가 되었을지도 모르겠네?"

산산은 졸업 후 원래 고향에서 일자리를 잡았는데 현지에서 어느 정도 유명한 회사였다. 산산이 취직한 것은 원래는 경사였지만 큰어머니가 아시고 나서 야단이 났다. 그 일자리는 할아버지가 산산에게 찾아준 것이라고 그녀는 우겨댔다. 왜냐하면 회사의 인사 담당자가 할아버지의 옛 전우의 아들이었기 때문이다.

큰어머니는 할아버지에게 편애한다는 등 류류를 친손녀로 여기지 않는다는 등 큰 소리를 쳤다. 한 식구끼리 껄끄러워져 산산은 그 일을 류류에게 넘겨주고 싶었다. 하지만 직장 같은 큰 문제를 양보하도록 산산의 엄마가 놔두지 않을 것이다. 다행히 금방 산산은 개똥 밟은 셈으로 S시에 가서 일을 하게 되었다. 그래서 자연히 그 직장을 포기했다. 그런 다음 할아버지가 또다시 체면을 차리지 않고 옛 전우를 찾아가 그 일을 류류에게 하도록 하자 큰어머니는 그제야 잠잠해졌다.

산산은 통통의 말에 매우 난감해졌다.

"너 같은 철부지가 그런 생각을 해서 뭐해?"

통통은 멋쩍어서 헤헤거리며 말했다.

"우리 엄마가 집에서 그렇게 말씀하셨다고."

그는 다시 입을 삐죽거리며 말했다.

"류류 누나는 좋은데 큰어머니가 정말 얄밉다고 귀에 딱지가 앉을 정도로 들었는데도 계속 말씀하신다니까."

산산은 그에게 돼지귀 무침을 한 젓가락 집어 주었다.

"자, 귀에 보신 좀 해!"

쉐통통은 '푸' 하고 한숨을 내쉬고 눈알을 굴리면서 말했다.

"누나. 그런데 저 큰 상자 두 개에는 뭐가 있어? 나한테 줄 선물이야?"

"아, 맞다. 식구들에게 줄 선물이야."

산산은 펑텅의 선물이 생각나자 밥 생각이 사라졌다. 그녀는 그릇과 젓가락을 내려놓고 허둥대며 가위를 찾아 상자를 열었다. 식구들도 신기한 듯이 무슨 물건일지 기대하며 기다리고 있었다. 그러나 엄청 기대하며 상자를 연 산산의 눈이 휘둥그레졌다. 어, 이게 뭐야?

무 보따리잖아?

아이고!

집 안의 모든 식구가 할 말을 잃었다.

큰어머니가 웃으면서 말했다.

"아이고, 이 무가 얼마나 맛있기에 그렇게 멀리서 가지고 왔니."

큰어머니가 말하자 다들 웃음이 끊이지 않았다. 산산은 매우 난처해서 어쩔 수 없이 말했다.

"이 무는 정말 맛있어요. 진짜 달아요. 다들 맛보시라고 제가 특별히 가지고 왔어요."

보스, 무슨 뜻이에요? 설마 내가 뽑은 무이기 때문에 나더러 가지고 가라고 한 거예요? 아니면…… 기념품의 의미인가요.

산산은 보스가 고의로 그랬을 것이라고 매우 확실히 결론을 내렸다.

다행히 무 밑에는 모두 정상적인 선물이었다. 하지만 그 정상이란 것도 보스 가문 기준이다. 산산은 어른들 선물의 가격이 얼마인진 모르지만 손아랫사람들에게 주는 선물은 하나같이 최신형의 아이패드2였으니 가격은 알고 있었다.

그리하여 산산은 다소 놀랐다.

큰어머니의 얼굴에 씁쓸한 표정이 드러났다. 산산의 엄마는 겉으로는 웃고 있었지만 속으로는 애가 탔다. 딸이 돈을 얼마나 버는지는 자신이 가장 잘 알기 때문이다. 이 물건들을 사려면 몇 달치 월급을 다 써버려야 하지 않는가. 할아버지, 할머니만 시세를 잘 몰라서 가장 기뻐하셨다. 아, 그리고 통통도 아이패드2를 받고 날아갈 듯이 기뻐했다.

그는 황급히 포장을 뜯으면서 말했다.

"산산 누나. 은행을 턴 건 아니겠지."

산산은 다급한 가운데 할 수 없이 꾸며내서 말했다.

"하하, 사실은요, 이 아이패드는…… 가짜예요. 정말 비슷해 보이지만 사실은 가짜예요. 아주 싸요. 이천…… 아니 천 위안도 안 해요. 게다가 올해 회사의 실적이 좋아서 연말 상여금도 많이 받았어요."

산산은 울고 싶은 지경이었다. 보스는 자신에게는 무 한 상자를 보내고 또 핸드폰도 빌려주는 것뿐이라고 했기 때문에 산산은 내막도 모르고 가벼운 마음으로 받았다. 그런데 산산의 식구들에게는 이렇게 비싼 물건을 보내다니.

"우리 산산이 돈을 잘 버는구나."

할머니는 기뻐하며 말했다.

"하지만 다음부터는 절대로 이렇게 많이 사오지 말거라. 이 건강식품도 비싸겠지. 연말 상여금을 아무리 많이 받아도 이렇게 많이 쓰면 못써."

"건강식품은……."

산산은 도둑이 제 발 저리듯이 말했다.

"사실은 동료네 집이 이걸 해서 도매가격으로 샀어요. 하하."

산산은 말을 하면서 속으로 보스를 자신의 동료라고 말하는 것도 틀리지 않다고 생각했다. 그래서 저도 모르게 한편으로는 마음이 즐거웠다.

큰어머니가 즉시 말을 받았다.

"알고 보니 도매가격으로 산 거였군. 산산, 이것들은 건강식품이야. 뱃속으로 들어갈 건데 제대로 알고 사야 해."

그 말은 겉으로는 걱정을 하는 것 같았지만 산산이 산 물건이 아마도 가짜일 것이라는 뜻이 은근히 드러났다.

산산은 큰어머니 화법에 이미 익숙해서 화를 내지 않았다.

"큰어머니, 걱정 마세요. 제 동료도 매일 먹는 거니까 절대로 문제 없을 거예요. 게다가 지금 마트에는 채소가 너무 비싸요. 백 위안이면 되는 물건을 감히 천 위안에 팔아요. 사실 원가는 그렇게 높지 않거든요."

"이야!"

큰어머니가 말했다.

"어쨌든 대도시에 살아서 그런지 산산이 의외로 영리하구나. 우리 집 류류와 샤오준은 마트에서 살줄만 아는데. 안심하고 먹어도 된다지만 정말 비싸더구나."

다들 이십 년 넘게 참아왔던지라 당연히 오늘 큰어머니의 그런 태도 때문에 밥이 안 넘어가지는 않을 것이다. 정월 초하루의 저녁식사는 역시 시끌벅적하게 끝이 났다. 여자들은 그릇과 젓가락을 정리하고 마작 테이블을 펼 준비를 했고 가장 어린 여자 두 명이 주방에 남아 과일을 준비했다.

"산산아, 우리 엄마한테 화내지 마."

어른들이 가고 나서 류류는 작은 소리로 산산에게 사과했다.

산산이 말했다.

"화 안 났어."

류류가 웃음을 짓자 미간에 모여져 있던 우울함이 편안해졌다. 산산 자신도 방금 남자친구가 생겼기 때문에 유달리 그녀에게 관심이 갔다.

"언니, 어떻게 갑자기 S시로 갈 생각을 했어?"

류류는 가느다란 소리로 말했다.

"그가 S시로 가서 능력을 키우고 싶다고 했어. 집에 의지하기 싫다고."

"그렇구나. 언니 남자친구는 어떤 사람이야? 언니는 그 사람이 좋아?"

산산이 그렇게 물어본 이유는 류류가 매우 기뻐하는 기색을 드러내는 것을 한 번도 보지 못했기 때문이었다. 류류는 확실히 연애를 하고 있는 사람 같지가 않았다.

류류는 고개를 숙인 채 과일을 씻었다. 잠시 후에 그녀가 말했다.

"어차피 특별히 싫지도 않아. 엄마가 기뻐하시면 그만이야."

과일을 받쳐 들고 나갔을 때 어른들은 이미 마작을 하고 있었다. 산산은 잠시 보다가 곧 쌍이네 집으로 슬그머니 사라졌다. 겨울밤은 뼈가 시릴 정도로 추웠다. 짙푸른 하늘에는 눈송이가 날리고 있었다. 그녀는 거리를 걸으며 눈을 맞았다. 눈을 밟으며 구두 바닥이 내는 뽀드득 뽀드득 소리를 들으면서 산산은 문득 펑텅에게 전화를 하고 싶었다.

하지만…….

그녀는 집으로 돌아온 지 겨우 몇 시간밖에 안 되었다.

'참자. 참자. 참아야만 해.' 산산은 가는 도중 두 글자를 되뇌면서 매우 빨리 쌍이네 집에 도착했다. 쌍이의 집은 산산의 집과 단지 길 하나를 사이에 두고 있을 정도로 매우 가깝다. 쌍이네 집은 2층으로 된 낡은 집으로 아래층에는 쌍이의 아버지가 직접 빵집을 운영하고 있는데 장사가 항상 잘 됐다.

산산은 쑹이네 가게 문으로 들어가서 사람을 불러 작은 선물을 전달하고 쑹이의 방으로 끌려 들어갔다. 문을 닫자마자 쑹이는 산산의 어깨를 꽉 잡고 진지한 표정으로 물었다.

"산산, 솔직히 말해. 지난번에 네가 말한 대단한 남자에게 고백을 받았다던 그 여자가 바로 너지?"

"어?"

산산은 문득 마음이 좀 켕겼다.

쑹이는 그녀의 눈치를 살피더니 감격하여 말했다.

"아아아, 정말이야?! 나중에 생각할수록 이상했어. 너처럼 둔한 애가 할 일 없이 나한테 그런 걸 물어보겠어? 알고 보니 정말 너였구나. 빨리 얘기해봐. 그 대단한 남자가 얼마나 대단한지! 뭐하는 사람이야? 키는 커? 얼굴은? 사진은 있니?"

산산은 재빨리 두 손을 들고 항복하는 자세를 취했다.

"하나씩 물어봐. 천천히."

"좋아. 우선은, 잘 생겼어?"

산산이 고개를 끄덕이자 쑹이의 눈이 반짝반짝 빛났다.

"핸드폰에 있는 사진 좀 보여줘 봐."

"없어……."

"못 믿겠어. 핸드폰 꺼내. 내가 직접 확인해봐야겠어."

그녀는 말하면서 이미 산산의 주머니에서 핸드폰을 꺼내고 있었다. 쑹이는 핸드폰을 손에 넣자마자 이상한 느낌이 들었다.

"어, 너 핸드폰 바꿨니?"

"그 사람 거야."

"아아아!"

쌍이는 더욱 흥분했다.

"벌써 교환 핸드폰을 쓰는 사이야?"

교환 일기도 아니고 교환 핸드폰이라니, 이런 말도 있었나? 산산은 당황해하며 말했다.

"아니야. 내가 핸드폰을 잃어버려서 그 사람이 빌려준거야."

"오오오, 정말 세심하구나!"

"아 참. 네 번호 좀 보내줘. 핸드폰을 잃어버려서 전화번호가 하나도 없어."

"딴 소리 하지 말고. 그 사람은 무슨 일을 해?"

"우리 사장님이야."

"어, 네 상사라고. 좋아, 좋아!"

쌍이는 비록 직장에 다니지는 않지만 요즘 직속 상사를 사장이라고 부르는 게 유행이라는 것을 알고 있었다.

"상사보다 좀 더 높은 상사야."

"얼마나 높은데?"

산산은 대답하지 못했다.

쌍이는 떨리는 목소리로 말했다.

"설마, 설마 전설 속의……CEO?"

"응."

쌍이는 웅얼웅얼거리며 말했다.

"산산. 너 때문에 놀라 죽겠다."

잠시 후 쌍이가 정신을 차리고 말했다.

"아이, 신분은 중요치 않아. 그가 돈이 많다고 해서 깔보지 않을

게! 중요한 건 사랑의 과정이지! 너희 어떻게 사귀게 된 거야?"

산산은 멍하게 그녀를 바라보았다.

"사실 나도 잘 모르겠어……."

쌍이는 손으로 이마를 떠받치며 고민하는 표정으로 말했다.

"그럼 언젠가는 전환점이 있겠군! 누가 먼저 고백했어?"

"어, 그 사람이라고 할 수 있지."

산산은 설 전날인 그날 밤 자신이 고백한 것을 완전히 잊어버리기로 결정했다!

"와!"

쌍이는 두 손으로 얼굴을 감싸고 환상에 빠졌다.

"어떤 느낌이었어?"

"느낌?"

산산은 지난번에 쌍이가 골드 카드에 비유해서 했던 말이 생각났다.

"길을 걷다가 갑자기 돈을 주운 것 같은 느낌."

"분명 매우 기쁘겠지? 이게 웬 횡재야!"

"하지만…… 난 우선 위조지폐가 아닌지 의심했을 거야……."

어?

아마도 소설을 썼던 까닭인지 쌍이는 외모와는 달리 조심스럽고 꼼꼼한 면이 있었다. 그녀는 이상한 점을 예민하게 알아챘다.

"네 생각에 그가 네 감정을 가지고 노는 것 같아?"

"당연히 아니야. 그렇게 형편없는 사람은 아니야."

산산은 고민스럽게 말했다.

"난 단지 모든 게 진실이 아닌 것 같아."

"아, 쉐산산. 그건 이런 거야. 넌 하늘에서 떨어진 다이아몬드에 맞아서 어지러운 거야. 하지만 세상에 훌륭한 남자는 진짜 진짜 적어. 알겠어? 그러니까 좋은 남자를 만났으면 절대로 이것저것 생각하지 마. 먼저 나한테 모두 보고한 후에 다시 얘기해!"

쌍이는 주먹을 쥐고 열의에 활활 불타올라 말했다.

"산산. 두려워하지 말고 한번 해봐! 내가 너의 연애 코치와 기술 지원을 맡을게!"

Part 28

산산은 집에서 정월 초이레까지만 있다가 돌아가야 한다. 그 기간에 사장과 모두 네 번의 통화를 했다. 두 번은 산산이 두 번은 사장이 전화를 걸었다. 산산의 주요 대화 내용은 자신이 먹은 음식에 대한 종합 보고와 상대방의 식사 여부에 대한 질문이었다. 반면 보스의 주요 대화 내용은 산산의 복귀 스케줄 및 설 선물을 보낸 후 가족들의 만족도 조사였다.

양측 모두는 그 몇 번의 통화 내용에 대해 만족했다.

"비행기 타고 갈 거야? 예전에는 항상 기차를 탔었잖아."

솽이는 산산의 침대에 엎드려 그녀가 짐을 싸는 것을 보고 있었다. 산산은 말하지 않고 묵묵히 핸드폰을 꺼내 어떤 문자를 뒤져서 그녀에게 보여주었다. 솽이가 보고 말했다.

"항공사가 너한테 보낸 예약 정보네? 나한테 이걸 왜 보여주는 거지?"

"내가 예약한 게 아냐…… 그저께 갑자기 내 핸드폰으로 날아왔어."

"아이고, 너무 멋대로야. 통제 욕구가 정말 강하시군."

두 손으로 얼굴을 감싸고 있는 솽이의 눈에서는 반짝반짝 빛나는 별들이 쏟아질 것만 같았다.

산산은 입을 다물었다. 그녀는 문자를 받은 후 통제 욕구가 더욱 강한 누군가의 전화를 또 받았다는 것을 솽이에게 얘기하지 않기로 했다. 펑텅은 그녀가 비행기에서 내린 후 마음대로 가지 말고 반드시 자신의 항공편이 도착할 때까지 공항에서 기다리라고 명령했다.

솽이는 잠시 정신이 나가 있다가 말했다.

"있잖아. 돌아가서는 어떻게 할 생각이야?"

"어, 우선 그에게 비행기 티켓 값을 갚을 거야."

산산은 착실하게 자신의 생각을 말했다.

솽이는 당황하여 말했다.

"돈을 갚겠다고? 분위기를 깬다고 생각하지 않니?"

"하지만 나도 그 사람 덕을 보고 싶진 않아."

산산은 생각을 굽히지 않았다.

"돈은 당연히 갚아야지. 하지만 그냥 갚으면 너무 냉랭하다고 생각 안 해? 너희 보스가 이천 위안이 아쉽겠니? 다른 방식으로 갚아야 해!"

"그, 그럼 어떻게 해?"

산산은 솽이가 그렇게 말하자 눈이 휘둥그레졌다. 정말로 돈뭉치를 들고 보스에게 주려는 모양이었다.

"너도 알지, 설 지나고 곧 밸런타인데이잖아? 왜 선물을 줄 생각을 못하니!"

솽이가 소리쳤다. 연애소설 작가에게 어째서 이렇게 연애 숙맥인 친구가 있는 건지!

솽이의 질책 때문에 두 사람은 옷을 차려 입고 집을 나와 곧장 그 도시에서 가장 고급스런 백화점으로 달려갔다.

가는 길에 산산은 줄곧 눈썹을 모은 채 어떤 생각을 하고 있었다. 솽이는 그녀가 무엇을 살지 생각하는 줄 알았다. 그러나 백화점에 도착할 때쯤 산산이 솽이를 움켜잡고 진지하게 말했다.

"솽이. 생각해 봤는데 이천 위안짜리를 사면 안 되겠어. 생각해봐. 난 그에게 이천 위안을 빚졌어. 근데 겨우 이천 위안짜리를 산다면 선물이라고 할 수 없잖아. 그냥 빚을 갚는 거지. 그래서 이천오백 위안짜리를 사야겠어."

솽이는 맥없이 그녀를 보고 나서 깔끔하게 대화를 끝냈다.

"입 다물어!"

두 사람은 백화점을 한 바퀴 돌고 남자에게 줄 선물은 정말 사기 어렵다는 것을 알았다. 더군다나 펑텅 같은 남자에게 줄 선물은 더더욱 고르기 어려웠다.

"만년필은 어때?"

산산이 제의했다.

"넌 어떻게 갈수록 촌스러워지니?"

"그럼 가죽 벨트는?"

"역시 안 돼. 너무 저질이야."

"그게 왜…… 저질이지?"

"남자가 여자에게 옷을 선물하는 건 벗기고 싶어서라고 해. 그런데 넌 보스에게 벨트를 선물해서 뭘 할 생각인데?"

쌍이가 헤헤거리며 웃었다.

"내가 쓰고 있는 책의 여주인공이 바로 불행히도 가죽 벨트를 선물했어. 그래서 그것을 빌미로 남주인공에게 첫 번째 장에서 먹혀 버렸지."

"쌍이야 너 에로 소설 쓰니?"

두 사람은 백화점에서 꼬박 두 시간을 돌아다녀서야 간신히 만족할 만한 선물을 발견했다. 다음날, 산산은 두 사람이 정성껏 고른 2580위안짜리 선물을 들고 S시로 가는 비행기에 올랐다.

비행기가 도착한 시간은 오후 3시가 넘어서였다. 보스의 비행기는 앞으로 한 시간 뒤 같은 공항에 도착할 것이다. 산산은 여행 가방을 끌고 공항의 도착 로비 맞은편에 있는 2층 커피숍으로 곧장 달려갔다. 이것은 보스의 명령으로, 그곳에서 기다렸다가 함께 가야만 했다.

산산은 음료 한 잔을 주문하고 밑에서 여행객이 나오는 것을 볼 수 있는 자리를 찾아 앉았다. 산산은 집에 전화해서 잘 도착했다고 보고한 다음 수시로 출구를 바라보았다. 몇 번 그러고 나자 그녀는 마침내 지루해서 얌전하게 주스만 마셨다. 또 얼마 지나지 않아 몸에 지닌 작은 가방에서 보스에게 줄 선물을 꺼내 감상했다.

선물은 은으로 만든 소매 단추 한 쌍이었다. 다크 실버 금속에 검은색 보석이 박혀 있었으며 측면에는 중국풍의 느낌이 물씬 나는 무늬가 조각되어 있었다. 정교하고 섬세한 가공 기술은 겸손하면서도 화려한 느낌을 지니고 있었다.

산산은 그것들은 손바닥에 늘어놓았다.

보스에게 어떻게 줘야 하지?

2월 14일까지 기다려야 하나?

주면서 뭐라고 말해야 하지?

보스는 또 어떤 반응을 보일까?

그녀는 테이블에 비스듬히 엎드려 손안의 소매 단추를 보면서 머릿속에 각종 상상의 날개를 펼쳤다. 그러다가 점점 잠이 쏟아져 소매 단추를 움켜쥐고 잠시 눈을 감고 쉬기로 했다.

그런 다음 자기도 모르게 곧 의식이 없어졌다.

얼마나 지났을까, 몽롱한 가운데 바로 앞에서 찻잔이 가볍게 부딪히는 소리가 들리는 것 같았다. 산산이 잠이 덜 깬 채 고개를 들자 빳빳하고 구김이 없는 검은색 셔츠가 먼저 눈에 들어왔다. 머릿속이 아직 그다지 맑지 못했다. 몸을 똑바로 하고 앉자 보스의 차분하고 출중한 얼굴이 눈에 들어왔다.

그는 한 손에 흰색 머그컵을 들고 눈길은 잡지 위에 두고 있었다.

"깼어요?"

산산은 완전히 정신이 들었다.

"언제 왔어요?"

"30분 전에요."

산산은 멋쩍게 말했다.

"왜 전화 안 했어요."

"난 또 출구에서 누가 날 환영해줄 줄 알았죠."

산산은 부끄러웠다.

"나, 나도 모르게 잠들어버렸어요."

"잠은 잘 잤어요?"

펑텅이 건성으로 말했다.

"네."

"그럼 가죠. 기사가 벌써 와 있어요."

펑텅은 컵을 내려놓고 외투와 그녀의 짐을 들었다.

"어, 계산서는."

"계산했어요."

"아, 잠깐만요."

산산은 또다시 멈췄다. 그리고 다급하게 바닥에서 무언갈 이리저리 찾았다. 일어나고 보니 소매 단추가 한 개밖에 남지 않은 것을 알아차렸다.

펑텅은 산산이 정신없이 찾는 것을 보고 그제야 손을 펼쳤다.

"이걸 찾나요?"

산산은 그의 손안에 있는 소매 단추를 보면서 말했다.

"어떻게 이게 당신한테……."

"당신 발 옆에서 주웠어요."

그의 눈빛은 그윽했다.

"나머지 한 알은 어디 있죠?"

산산은 당황하며 나머지 한 알을 움켜쥐고 있는 손바닥을 펼쳤다. 에이, 원래는 분위기가 좋을 때 그에게 주려고 했는데 지금 어떻게 된 게 지주에게 재산 납부를 독촉 받는 것처럼 되었지?

"보아하니 나한테 줄 건가 보군요."

"네. 바로 당신 거예요."

"선물인가요?"

"네."

평텅은 더 이상 말하지 않고 걸음을 내디뎌 커피숍을 나갔다. 전 재산을 바친 산산은 묵묵히 그를 따라갔다. 엘리베이터에 도착했을 때 평텅이 갑자기 입을 열었다.

"왜 갑자기 나한테 이걸 주죠?"

"어, 곧 있으면 그날이잖아요……."

"밸런타인데이?"

평텅이 웃으면서 말했다.

"난 여태껏 서양 명절을 기념한 적이 없어요. 우리 집 전통이에요."

어? 산산은 아연실색했다. 그렇다면 선물을 괜히 샀단 말인가?

"우리 부모님은 유학 중에 만나셨는데 두 분 모두 그날을 매우 소중히 생각하셨어요. 하지만 할아버지께서는 그런 서양 명절을 대단히 싫어하셨죠. 우리 부모님에게 훈계하신 게 한두 번이 아니었어요. 그래서 어릴 때부터 밸런타인데이만 되면 우리 부모님은 나와 평위에를 데리고 놀러 가는 척 하면서 우리를 보모에게 맡겨 두고 두 분은 몰래 데이트를 하셨어요."

산산은 그의 부모님이 뜻밖의 차 사고로 함께 돌아가신 것을 알고 있었다. 그가 부모님 얘기를 할 때 말투에는 어떤 감정도 드러나지 않았지만 아마 마음은 분명 견디기 힘들었을 것이다.

산산은 문득 그의 손을 잡고 싶었지만 한편으로는 부끄러웠다. 그러나 결국 천천히 손을 내밀었다. 그녀가 손가락을 겨우 그의 손등에 갖다 대자 그가 도리어 손을 뒤집어 산산의 손을 움켜잡았다.

입맞춤은 여러 번 했지만 공공장소에서 이렇게 손을 잡기는 처음이라 산산의 마음은 긴장과 불안감으로 가득 찼다. 그녀는 할 수 없이 주의력을 다른 곳으로 돌려 태연한 척하며 그에게 말했다.

"그럼 우리는 어떻게 해요? 밸런타인데이 때 우리도 몰래 만날까요?"

펑텅은 고개를 돌려 산산을 슬쩍 보고는 그의 손안에서 달아나려고 하는 작은 손을 꽉 움켜쥐었다. 그리고 아랫입술을 살짝 올리며 말했다.

"좋아요."

그의 손바닥이 너무 뜨거워서일까, 아니면 그가 손을 잡는 모습이 그녀의 마음을 어지럽힌 것일까, 산산은 주차장에 도착해 기사를 보고 나서야 생각이 나서 물었다.

"우리 어디로 가요?"

"우선 시내에 있는 우리 집으로 가서 얼굴을 익히고, 밥 먹으러 가요."

얼굴을 익히다니…… 산산은 당혹스러워서 어색하게 할 말을 찾았다.

"음, 맞다! 우선 이동통신 대리점에 들려요. 유심 카드를 재발급 받아야 하거든요."

"그러죠."

펑텅은 그가 쥐고 있는 손을 들어 입술에 대고 가볍게 입을 맞추었다.

"말썽쟁이."

저녁 식사를 할 때까지 산산은 손에 아직도 그 촉감이 남아 있는 것 같았다. 저도 모르게 고개를 들어 바로 앞에서 눈을 아래로 향한 채 식사하고 있는 남자의 몸을 몰래 주시했다. 펑텅은 집에 들렀을 때 옷을 갈아입었는데 자신이 그에게 준 단추를 벌써 소매에 달고 있었다. 원래는 매우 섬세하고 반짝거리는 소매 단추라고 생각했다. 그런데 그가 달고 있으니 초라하기 그지없었다.

"왜요? 선물이 아까워서 그래요?"

"아니에요, 아니에요."

산산은 황급히 시선을 거두고 멋쩍게 고개를 숙여 음식을 먹었다. 그런 후 그녀는 문득 지금 이것이 그들이 정식으로 사귄 후 첫 번째 데이트라는 것을 깨달았다.

어느 모로 보나 흠잡을 데가 없는 첫 번째 데이트였다.

하지만 쉐산산은 끝내 자신을 과소평가했다.

식사가 끝나고 펑텅은 그녀를 동창의 집 아래층까지 바래다주었다.

펑텅이 차를 세우고 말했다.

"내일 아침에 데리러 올게요."

산산은 손을 내저으며 말했다.

"괜찮아요. 여긴 지하철이 다녀서 편리해요. 여기까지 오려면 너무 멀잖아요. 차도 막힐 테고."

펑텅의 시내에 있는 집은 바로 회사 근처다. 그녀를 데리러 여기까지 왔다 가면 너무 힘들 것이다.

펑텅은 고개를 끄덕이며 강요하지 않았다.

"내일 점심 때 잊지 말고 밥 먹으러 올라와요."

"안 돼요."

산산은 나오는 대로 말해버렸다.

"왜죠?"

연이어 퇴짜를 맞자 펑텅의 목소리가 가라앉았다.

"예전에는 밥 먹으러 가도 상관없었어요. 우리가 아무 사이도 아니었고. 하지만 지금은 연인 사이잖아요. 그러면 당신이…… 모범을 보여야죠?"

펑텅의 미간이 살짝 찌푸려졌다.

"모범이라뇨? 알아듣게 얘기해봐요."

"어, 몰랐어요?"

산산은 놀라서 그를 보며 말했다.

"우리 회사는 사내 연애를 금하고 있잖아요!"

Part 29

산산이 줄곧 밥을 먹으러 올라오지 않았기 때문에 펑 사장은 기분이 좋지 않았다. 설 명절에 펑텅은 산산과 서로 사랑을 확인하지 않았던가?

그의 그러한 모습은 일관되게 고효율을 추구해온 펑 사장의 스타일과는 맞지 않았다.

월요일 이사회에서 팡 특별보좌관은 흠잡을 데 없이 완벽한 특별보좌관으로서의 모습을 유지하고 있었다. 주주 대표의 쓸데없고 장황한 소리를 듣는 팡 보좌관의 마음은 저 멀리 안드로메다에 날아간 지 오래였다.

아니나 다를까, 회의가 끝난 뒤 그는 사장실로 불려갔다. 팡 보좌관이 옻칠이 된 사무용 책상 앞에 앉자 펑텅이 한참을 주저하다가 물었다.

"우리 회사가 사내 연애를 금하고 있었나?"

팡 보좌관은 표정 변화 없이 말했다.

"아마 그럴 겁니다."

"왜 나는 그런 규정이 있는지 몰랐지?"

"아마도 직원들 사이에 잘못된 소문이 퍼진 것 같습니다."

팡 보좌관은 펑텅의 마음을 짐작하여 말했다.

"제가 적당한 시기에 분명하게 하겠습니다."

"그럴 필요 없어."

펑텅은 손가락을 테이블에 가볍게 두드리면서 표정 없이 말했다.

"회사 이익에 더욱 부합하도록 온 힘을 기울이게."

펑텅은 자신의 연애가 순조롭지 못해 다른 사람이 잘 되는 꼴을 보고 싶지 않은 모양이었다. 팡 보좌관은 여전히 표정 변화 없이 말했다.

"알겠습니다."

산산은 자신의 말 한마디로 인해 사내의 모든 연인이 강제로 비밀 연애를 할 수밖에 없게 된 것을 의식하지 못한 것이 분명했다. 그녀는 저녁에 밥을 먹을 때 이 연인들의 고통을 전혀 모른 채 펑텅 앞에서 자신의 작은 고민거리를 얘기했다.

"나 서둘러 집을 구해야 해요. 동창의 남자친구가 돌아오면 지내기가 불편하거든요."

펑텅의 손이 멈칫했다.

"동창의 남자친구라고 했나요?"

"네. 대학원 3학년인데 외지에서 인턴 실습 중이에요. 그래서 내가 잠시 지내고 있는 거구요."

펑텅은 정색을 하고 말했다.

"쉐산산 씨, 당신 동창이 남자친구와 함께 살고 있다는 소리를 어째서 내가 예전에 못 들었을까요."

산산은 어리둥절했다.

"얘기 안 했어요? 하지만 일부러 말할 필요도 없어요. 그는 지금 S시에 없거든요."

"좋아요."

펑텅은 식사를 멈추고 말했다.

"궁금한 게 하나 있어요. 다른 남자가 누웠던 침대에 내가 당신을 눕게 할 것 같나요?"

산산은 입이 딱 벌어졌다. 도대체 뭐가…… 다른 남자가 누웠던 침대에 눕다니!

보스, 너무 많이 생각하셨어요!

산산이 해명했다.

"동창과 같이 지내는 건 정상이에요. 게다가 그녀의 남자친구도 없잖아요."

펑텅이 고개를 끄덕였다. 이미 그녀와 계속해서 말씨름을 할 생각이 없었다. 그는 마음 먹은 대로 밀어붙였다.

"그동안 내 집에 와서 지내요. 당신이 집을 구할 때까지."

산산은 반사적으로 거부했다.

"안 돼요. 어떻게 거기서 지내요."

산산은 보스의 표정이 확실히 온화하지 않다는 것을 알아차리고 매우 조심스럽게 물었다.

"그럼, 침대 시트와 이불은 제 걸 쓸게요."

표정을 보아하니, 아직 부족한가?

산산은 계속해서 물었다.

"그럼 소파에서 잘까요?"

"아니면 바닥에 이불을 깔고?"

평텅은 다시 밥을 먹기 시작했다. 그는 적절한 속도로 식사하면서 갑자기 입을 열었다.

"산산 씨, 당신 동창과 남자친구는 결혼을 했나요?"

"안 했어요."

"그런데 그렇게 함부로 같이 살아요?"

평텅은 살짝 눈살을 찌푸리며 일부러 말투 속에 확실히 그래서는 안 된다는 뜻을 덧붙였다. 과연 산산은 친구를 위해 즉시 해명했다.

"뭐 어때서요. 내 친구는 정말 올바른 아이예요. 게다가 남자친구와 함께 지내는 건 정상이라고요. 요즘 연인들도 다 그렇게 해요."

평텅은 고개를 끄덕였다.

"당신이 그렇게 생각한다니 잘됐군요. 그렇다면 집을 구하기 전까지 당신은 당신 남자친구 집에서 지내요."

산산은 멍해져서 그제야 자신이 속아 넘어갔다는 것을 깨달았다. 저절로 눈물이 앞을 가렸다. 사장님, 제발 하루라도 덫을 설치하지 않으면 안 될까요!!!

"내가 틀렸어요. 장담하건데 사흘 안에 집을 구할 거예요. 괜히 옮겨 다닐 필요 없다고요."

산산은 합장을 하며 간절히 바라는 눈빛을 드러냈다.

"하루."

평텅이 굳은 얼굴을 하고 말했다.

"내일 못 구하면 이사해요."

산산은 재빨리 고개를 끄덕였다.

"좋아요. 내일."

내일 가면 또 내일이 있나니 내일은 얼마나 많은가. 산산은 이마의 땀을 닦고 우선 오늘은 그럭저럭 넘기고 다시 얘기해야겠다고 생각했다.

식사가 끝난 후 펑텅은 항상 해왔던 대로 그녀를 동창 집 아래층에 데려다주었다. 산산은 그가 마음이 변할까 걱정되어 급하게 인사하고 위층으로 줄달음질 쳤다. 펑텅은 차 안에 앉아서 그녀가 올라가는 것을 보며 핸드폰을 꺼냈다. 그런 후 자신의 재무 설계사에게 전화를 걸었다.

산산은 이상한 생각이 들었다.

집을 구한다고 등록하고 중개소를 나와 이제 겨우 몇 백 미터를 걸었는데 뜻밖에도 집주인에게 전화가 온 것이 아닌가?

"여보세요. 쉐 아가씨입니까?"

"네. 누구시죠?"

"아가씨 안녕하세요. 제 성은 장이에요. 그냥 샤오장이라고 불러주세요. 집 구하시는 거 맞죠? 마침 세를 놓은 집이 있는데 조건이 당신 요구에 아주 잘 맞아요."

"어, 제 전화번호는 어떻게 아셨죠?"

"인터넷에서 봤는데요."

"하지만 전 인터넷에 정보를 올리지 않았는데요?"

"하셨어요."

잠시 조용해졌다가 상대방이 딱 잘라 말했다.

그랬나? 산산은 확신이 없었다. 설마 중개소에서 자신의 정보를
그렇게 빨리 인터넷에 올렸단 말인가?

"하지만 이런 일은 중개인이 연락하지 않나요?"

"아…… 하하하. 사실은 중개소에서 당신의 번호를 몰래 봤어요."

상대방은 더 이상 그 문제를 잡고 늘어지기 싫은 것처럼 재빠르게
물었다.

"언제 집을 볼 시간이 있나요?"

산산은 망설이며 말했다.

"지금 시간 돼요."

그녀는 집을 구하기 위해 휴가 날짜도 바꿨다.

"정말 잘 됐네요. 저도 지금 시간이 돼요. 그럼 제가 차로 당신을
모시고 집을 보러 갈까요?"

'사기꾼 같으니!' 산산은 두말없이 결단력 있게 전화를 끊었다.

얼마 지나지 않아 펑텅이 전화를 해 집을 구하는 일은 어떻게
되었느냐고 물었다. 산산은 조금 전의 상황을 모두 얘기했다.

"사기꾼 맞죠?"

"아닐 텐데."

펑텅은 서류에 결재를 하면서 말했다.

"이렇게 하죠. 나한테 그 사람의 핸드폰 번호를 알려줘요. 아니면
내 기사한테 당신을 차로 바래다주라고 할까요?"

"참! 내가 그 사람에게 그의 번호를 친구에게 알려줬다고 말했어
요. 당신 기사님은 번거롭게 오실 필요 없어요. 난 아파트 경비원이
많이 지나다니는 곳에 있어요. 음, 내가 수시로 당신한테 문자를 보
낼게요."

산산은 주도면밀하게 계획을 마련해두고 있었다.

"잠깐만요. 우선 그 사람 번호를 당신에게 보낼게요."

잠시 후 펑텅은 산산이 발송한 익숙한 핸드폰 번호를 보면서 웃음을 참지 못하고 고개를 저었다. 과연 기술에는 전공이 있다고 재테크의 고수라고 해도 부동산 중개를 반드시 잘 한다고는 할 수 없다.

장 씨에게 경고를 암시한 후 산산은 안심하고 그와 집을 보러 갔다.

집의 조건은 예상 밖으로 좋았다. 방 하나 거실 하나에 30제곱미터가 넘었고 주방, 화장실, 욕실에 발코니까지 모두 있었으며 아담하고 배치도 고상했다. 게다가 회사에서도 가까워서 산산은 모든 것이 마음에 들었다.

"이 집은 한 달에 얼마인가요?"

자칭 샤오장이라는 집주인 아저씨는 잠시 생각하다가 말했다.

"사천…… 이천 오백?"

솔직히 말해서 집에 비해 너무 낮은 가격이었다. 그래서 산산은 그가 사기꾼이라는 의심이 재차 들었다. 혹시 열쇠를 위조해서 사기를 치려는 건 아닌지 생각되어 물었다.

"집문서를 볼 수 있을까요?"

장 씨는 난처해하며 말했다.

"사실 이 집은 제 것이 아니라 외국에 있는 친구 거예요. 줄곧 세를 놓지 않다가 어제 전화해서 나한테 마음대로 몇 천 위안에 세를 놓으라고 하더군요. 집문서는 제가 안 가지고 있어요. 만약 못 믿겠으면……."

샤오장 아저씨는 비장한 얼굴로 말했다.

"그럼 이렇게 합시다! 일단 들어와서 살다가 나갈 때 돈을 주세요!"

산산은 놀라서 입이 딱 벌어졌다.

산산은 결국 그와 계약하고 두 달 치 집세를 미리 지불했다. 상대방이 그렇게까지 나오는데 더 이상 의심하기가 미안했다. 장 씨가 가고 나서 산산은 집 안을 이리저리 돌아다녔다. 보면 볼수록 마음에 들어 핸드폰을 꺼내 펑텅에게 전화를 했다.

"펑텅 씨, 방금 그 집을 계약했어요. 정말 예쁘고 비싸지도 않아요. 회사하고도 가깝고. 퇴근하고 이사 좀 도와줘요."

산산은 놀랍게도 그에게 짐을 나르라고 했다. 펑텅은 전화를 끊고 마침내 얼굴이 환해졌다. 30분 후 펑텅은 린다를 들어오라고 해서 결재한 서류를 그녀에게 넘겨주었다.

"오늘 스케줄이 아직 남았나요?"

린다는 스케줄 표를 펴 보고 나서 말했다.

"오늘은 더 이상 없습니다."

펑텅은 고개를 끄덕이고 노트북의 전원 버튼을 누른 뒤 일어났다.

린다가 서류를 안은 채 물었다.

"사장님, 오늘은 일찍 퇴근하시려는 건가요?"

"네. 이사해요."

린다는 그를 따라 사장실을 나오면서 속으로 약간 의아했다.

'사장님이 또 이사하신다는 얘기는 못 들었는데. 설마 훨씬 고급스런 호화 주택으로 이사하시려는 건가? 안 그럼 어쩜 저렇게 즐거운 표정일까.'

Part 30

산산의 짐은 많지 않았다. 게다가 설 전에 짐을 한 번 쌌기 때문에 정리하기가 매우 쉬웠다. 새로 임대한 집은 의외로 깨끗해서 전혀 청소할 필요가 없었다. 그래서 매우 빨리 정리를 끝냈다. 산산은 소파에 앉아 산뜻하고 깨끗한 작은 집을 바라보면서 매우 만족해했다.

"이렇게 적당한 집을 구하기란 정말 어려워요."

펑텅도 동의하며 고개를 끄덕였다. 그의 명의로 그렇게 작은 집을 구하기란 확실히 너무 어려웠다. 펑텅은 그녀의 옆에 앉아서 귀띔해 주었다.

"시간 있을 때 동창과 그녀의 남자친구를 초대해서 함께 식사해요."

"네?"

"당신이 친구 집에 그렇게 오래 지냈는데 내가 감사 표시는 해야죠."

'왜 당신이…….' 산산은 가슴이 출렁거렸다.

"그럼 돈은 내가 낼게요."

"집세를 냈는데 돈이 있어요?"

하긴 그렇긴 하다.

"그럼 당신이 내요…… 아참! 오늘 저녁 먹을 돈도 없어요. 말이 나온 김에 오늘 저녁 좀 사줘요."

밤이 되고 보스를 정중히 보내드린 후 산산은 침대에 누워 다화에게 전화를 걸었다. 산산의 동창인 다화는 기본적으로 밥순이여서 먹는다는 소리만 들어도 기뻐한다.

"좋아, 좋아, 그럼 글피에 봐. 우리 다차오도 돌아오니까 다 같이 먹자. 근데 왜 갑자기 한턱내는 거지? 큰돈이라도 생겼어?"

"너희 집에 그렇게 오래 있었는데 고마움의 표시는 해야지."

"아이고, 동창끼리 무슨. 네가 언제 나한테 이렇게 예의를 차리는 사람이었니."

"어, 내 남자친구가 말한 거야."

산산은 아직도 다른 사람 앞에서 펑텅을 자신의 남자친구라고 부르는 것이 익숙하지 않았다. 그녀는 자신의 집에서 전화를 하고 있으며 아무도 없는데도 머리를 베개 속으로 파묻었다.

"네 남자친구도 온다고?!"

다화는 펑텅과 만난 적은 없지만 산산과 오랫동안 방을 함께 쓰면서 남자친구가 생긴 것을 짐작으로 알고 있었다. 그녀는 즉시 흥분하면서 말했다.

"정말 잘 됐다. 아직 그 사람을 못 만났지만 고마워할 필요 없다고 해. 이번에는 너희 쪽에서 내고 다음엔 우리가 낼게!"

"응."

산산이 대답했다.

"뭐 먹고 싶니?"

"오호, 나보고 주문하라고. 내가 먹고 싶은 건 정말 많지. 코끼리 조개며 우럭바리, 상어 지느러미, 또 제비집, 마음대로 시킨다……."

다화는 먹을 것을 청산유수로 늘어놓았다.

"잠깐, 메모 좀 할게."

"메모는 무슨? 농담이야. 그냥 편한 데 가서 먹으면 돼. 중요한 건 네 남자친구를 보는 거지. 여보세요?"

산산은 이미 펜과 종이를 찾아 침대에 엎드렸다. 그래서 다화가 하는 소리를 아예 듣지 못했다.

그리하여 사흘 후, 다화는 눈앞에 한 상 가득히 차려진 맛있는 음식을 보면서 언어 기능을 완전히 상실했다. 산산은 아직도 메모지를 들고 맞춰보고 있었다. 펑텅이 그녀 손안의 메모지를 뺏어 보고는 곧 그의 예쁜 눈썹이 한데 모아졌다.

"어떻게 코끼리 조개도 쓸 줄 몰라요?"

설마 병음拼音(중국어 한자음을 로마자로 표기하는 발음 부호─옮긴이)으로 적은 건가?

산산은 억울했다.

"어떤 한자인지 잘 몰라서요. 다화가 말할 때 급하게 적었어요."

"앞으로는 어디 가서 우리 직원이라고 하지 마요."

"네. 당신 여자친구잖아요. 무슨 말인지 알겠어요…… 에이, 다화, 이것 좀 먹어봐. 정말 맛있어."

다화는 자신의 이름을 듣고 나서야 시선이 맞은편의 잘생긴 남자의 몸으로 옮겨졌다. 그러면서 방금 입구에서 봤던 그가 몰고 온 차가 생각났다. 얼마 뒤 그녀는 핑계를 대고 산산을 화장실로 끌고 갔다.

"저 사람이 네 남자친구야?"

"응."

"너희 사장님?"

"응."

다화는 산산의 회사를 떠올렸다. 그는 바로…… 그녀는 저도 모르게 입에 경련을 일으키며 말했다.

"솔직히 얘기해봐. 너 무슨 사이비 종교조직에 들어간 건 아니겠지?"

"뭐?"

"아니면 먀오장苗疆(쓰촨, 윈난, 후난, 구이저우의 일부분을 포함하는 중국의 서남부 지대. 험준한 산악 지형으로 이루어진 묘강은 외부와의 접근이 쉽지 않다─옮긴이)에라도 들어갔니?"

다화는 휘청거리며 화장실을 나갔다가 잠시 후 다시 휘청거리며 돌아왔다.

"우리가 초대하겠다고 한 일 말이야. 네 남자친구에게 얘기 안 했겠지?"

"아직 안 했어."

"다행이군."

다화는 한숨을 돌리고 나서 산산의 어깨를 잡고 두 눈으로 진지하게 그녀를 응시했다.

"그 말은 잊어버려! 우리 남편을 부양할 돈은 남겨둬야 해!"

어리둥절해하며 다화를 따라 자리로 돌아온 산산은 섬뜩한 장면을 보았다. 보스가 젓가락을 들고 산산의 국그릇에서……고수를 골라내고 있는 것이 아닌가?! 그는 경제학을 전공하는 다화의 남자친구와 경제 이야기를 하면서 아무렇지 않은 듯이 우아한 동작으로 고수를 골라내고 있었다. 편안하고 자연스러운 그 모습은 마치 수천 번은 해본 듯했다.

다화는 이상해서 펑텅에게 물었다.

"고수가 신선하지 않아서 그래요?"

펑텅은 웃으면서 고수를 다 골라낸 국을 산산의 앞에 놓고 말했다.

"산산 씨가 고수를 안 먹어요."

이봐요! 사장님, 연기도 참 잘하시네요! 분명 평소에는 항상 내가 그를 위해 고수를 골라주지 않았던가! 게다가 내가 언제 고수를 안 먹었단 말인가. 편식하는 사람은 바로 본인이면서!

'요것 봐라. 편식하는 척도 하네'라는 듯한 다화의 경멸에 찬 눈빛을 견뎌내며 산산은 울고 싶을 지경이었다. 그러나 슬그머니 한편으로는 기분이 제멋대로 풀어지며 마음 깊은 곳에서 저도 모르게 머슴에서 해방되는 듯한 허황된 기분이 생겨났다. 감동을 하자마자 산산은 그릇에 가득한 국을 후후 불며 다 마셔버렸다.

이튿날 아침 출근한 산산은 뒤틀리는 배를 움켜쥐고 화장실로 벌써 두 번째 달려갔다. 하필이면 화장실은 아직 청소 중이어서 그녀는 또다시 배를 움켜쥐고 아래층으로 달려갔다.

화장실 문을 열고 들어가서 산산은 겨우 한숨을 돌렸다. 느낌이 설사 같지는 않았다. 그래서 단순히 많이 먹어서 그렇겠지 하고 생각했다.

산산이 괴로워하고 있는 사이 문 밖에서 또각또각 하이힐 소리가 점점 가까워지더니 여자 직원 두 명이 화장품 얘기를 하며 들어왔다.

"최근에 썼던 샤넬 파우더 어때요?"

"그럭저럭이요. 그냥 대충 쓸 수밖에요. 아! ○○에서 나온 신제품이 괜찮던데요."

산산은 아직 배가 꼬일 듯이 아팠지만 그들의 얘기를 들으면서 마음이 분산되었다. 최근 화장품에 약간 관심이 생겼지만 타고난 소질이 부족한 걸 어쩌겠는가. 산산은 아직 화장 순서조차도 잘 모른다. 그래서 얘기를 들으면서 좀 배우려는 생각이었는데 그들은 화제를 돌려버렸다.

"근데 위층에 그 직원 말이에요. 22층의 그분과 헤어졌다면서요?"

"그럴걸요. 요즘은 밥 먹으러 안 올라간대요."

콤팩트를 여는 소리가 들렸다.

"그리고 헤어졌다고도 할 수 없죠. 아마 진지하게 시작하지도 않았을걸요."

"그건 그래요. 사람은 착실하고 좋아 보이던데. 높은 사람과 사귀는 게 어디 그리 쉽나요? 게다가 좀 높아야 말이죠."

"그러게 말이에요. 버려진 심정은 오죽하겠어요. 회사에 보는 사람이 얼마나 많은데. 작년 송년회 때 그 인사과 직원 말이에요. 저우샤오웨이 씨요. 지금쯤 좋아 죽겠죠."

"나라면 회사 다니기 힘들어서 아마 관둘 거예요."

십여 분 뒤, 산산은 엉금엉금 화장실을 나와 위층으로 올라갔다.

자신의 자리로 돌아와서 잠시 후 오히려 아무 생각 없이 일을 시작했다.

말이 나와서 말이지, 그들이 아주 심한 말을 한 것도 아니다. 또 누구도 나와 보스를 본다면 다들 그렇게 생각할 것이다. 쌍이는 비록 나를 격려하고 지지하지만 때로는 약간 걱정하는 눈빛을 드러내기도 했다. 하지만 쌍이는 똑똑해서 쓸데없이 나를 격려하지는 않을 것이다.

산산은 문득 다른 사람들의 생각을 간절하게 알고 싶었다. 다화는 또 어떻게 생각할까? 잘 어울린다고 생각하고 축복해줄 사람이 반드시 있겠지? 산산은 다화가 웨이보를 시작했다고 한 것 같아서 참지 못하고 핸드폰으로 인터넷에 접속했다.

웨이보에 접속하니 과연 다화가 어제 일에 대해 쓴 글이 있었다.

다화 : 어제 엄청 비싼 서양 요리를 먹었다. 이게 꿈이야 생시야! 이 마나님은 위가 아플 정도구나! 헤헤, 여기서 얘기 좀 해야지. 우리 대학 동기인 모모 양이 재벌을 꼬셨는데 젊고 잘 생기고 외제차도 있다! 대박 잘 생기고 대박 세련됐다!

아래에는 이미 댓글이 몇 개 달려 있었다.

주미 : 요리 사진 올려주삼!
다화 : 찍기 곤란했음. 상대방이 너무 고급스러운 느낌이어서 Orz. 동창한테 망신당할까봐.
손 안에 비친 그림자 : 누군지 밝혀라.

샤오추 : 같은 도시에 살면 S시겠네. 우리 동기 중에 재벌을 꼬실 만한 애는 아무리 생각해도 우리의 미녀 페이밖에 없지. 다들 나를 명탐정 코난이라 부르도록.

다화 : 페이는 아니야. 제대로 밝혀봐.

샤오추 : 뜸들이지 말고 누군지 빨리 말해.

다화 : 남의 프라이버시라 말 못해. 결혼할 때 알게 되지 않을까.

리우산 : 결혼을 할지 안 할지 누가 알아? 재벌이 그렇게 꼬시기 쉽냐? 너희 여자들 머릿속에는 재벌 꼬실 생각만 있지.

산산은 말없이 페이지를 닫았다.

그녀는 다화가 말한 '재벌 꼬시기'는 나쁜 뜻이 아니란 걸 알고 있다. 그 말은 요즘에 사람들이 서로 놀릴 때 자주 사용하는 말이다. 게다가 다화도 매우 조심스럽게 누구인지는 말하지 않았다. 하지만 친구가 무심코 한 그 말 때문에 그녀는 무언가 말할 수 없는 우울한 느낌이 들었다.

"산산 씨, 왜 이렇게 정신을 놓고 있어요? 기차표에 대한 일은 생각하지 마요. 나도 잊어버렸으니까."

아지아가 컵을 받쳐 들고 휭하니 다가와서 그녀의 칸막이에 기대어 의심스러운 듯이 물었다.

"아니면 사장님과의 애정 전선에 이상이 생긴 거예요? 내가 계책을 좀 알려줄까요?"

"내가 언제 사장님과 사귀었다고 그래요."

'재벌 꼬시기'라는 말 때문에 민감해진 산산은 자기도 모르게 말이 튀어나왔다. 그러나 분명히 더 큰 이유는 상대가 '펑텅'이기 때문이었다.

이들 뒤의 멀지 않은 곳에서 매끈하게 양복을 차려 입은 건장한 남자가 갑자기 걸음을 멈추자 뒤따르던 사람들도 바로 멈춰 섰다. 그런 후 그는 곧 걸음을 돌려 표정 변화 없이 또 다른 방향으로 걸어갔다. 그를 수행하는 최고재무관리자도 서둘러 그 뒤를 따라갔다.

아지아는 원래 컵을 고이 받쳐 들고 한가하게 차를 마시고 있었는데 갑자기 시선을 멈추더니 '맙소사'라고 외치며 쏜살같이 자신의 자리로 내뺐다.

산산은 아지아 때문에 깜짝 놀라 무의식적으로 그녀의 시선을 따라 쳐다보았다. 그러자 펑팅의 장대하고 늘씬한 뒷모습이 보였다. 그녀는 가슴이 '쿵쿵'거리며 두려워지기 시작했다.

'그가 어째서 재무과에 왔지?'

아지아는 목소리를 낮춰 동료에게 물었다.

"사장님이 왜 내려오셨죠? 어째서 우리 사무실에 계시는 거죠?!"

옆 자리의 동료가 말했다.

"10여 분 전에 와 계셨는데, 몰랐어요?"

"난 탕비실에 갔었어요. 산산 씨도 몰랐어요?"

그녀는 화장실에 가 있었다.

산산은 멀어져가는 그의 늘씬하고 차분한 뒷모습을 바라보면서 불안해지기 시작했다. 보스가 방금 내 말을 들은 건 아니겠지?

다행히 저녁 식사를 할 때 펑팅의 표정은 차분하고 침착했지만 안 좋은 표정은 아니었다. 산산은 살짝 마음을 놓고 도둑이 제 발 저리다고 그에게 유달리 정성스럽게 대했다.

"나 다음 주에 미국 가요. 아마 일주일 정도 있을 거예요."

"네."

"당신도 함께 가도 돼요."

"미국에요? 난 여권도 없어요."

펑텅은 여전히 차분한 표정으로 말했다.

"그럼 어쩔 수 없죠."

식사 후 그는 산산을 집으로 데려다주었다. 그녀가 위층으로 올라 갈 때 펑텅이 갑자기 그녀를 불렀다.

"산산 씨."

"네?"

산산이 고개를 돌리자 펑텅이 그녀를 바라보고만 있었다. 그는 얼 마 동안 바라보다가 말했다.

"올라가요."

Part 31

펑텅이 출국한 지 어느덧 이틀이 되었지만 전화 한 통도 오지 않았다. 산산은 아무래도 뭔가 이상하다고 생각했다. 주말 밤, 산산은 침대에 누워 뜬눈으로 천장을 쳐다보고 있었다. 그녀는 어떻게 해도 잠이 오지 않았다.

설마 그날 내가 한 말을 펑텅이 들은 건가? 하지만 들었다면 보스는 이렇게 쉽게 나를 놓아줄 리가 없다. 평소에 일이 없어도 일을 찾아서 나를 괴롭히지 않는가.

어쩌면 그냥 너무 바빠서? 미국은 지금 몇 시인지 모르겠다. 전화를 해야 하나.

산산이 손가락을 꼽아가며 시차를 계산하고 있는데 갑자기 핸드폰이 울렸다.

보스의 전화는 아니겠지. 그녀는 슬리퍼를 신을 틈도 없이 핸드폰을 가지러 갔다. 그러나 한 낯선 번호로 걸려온 전화에는 S시의 지역 번호가 찍혀 있었다. 산산은 살짝 실망하며 전화를 받았다. 하지만 놀랍게도 전화기에서 엄마의 매우 기뻐하는 목소리가 들려왔다.

"산산, 우리 지금 S시 역이야!"

산산의 식구가 집단으로 기습 공격을 한 셈이다. 산산의 부모님, 류류의 부모님 그리고 할아버지까지 모두 5명이 올라왔다. 산산은 기차역에서 그들을 맞으며 원망스러운 어조로 말했다.

"오시기 전에 전화 한 통이라도 하시지 그러셨어요?"

산산의 엄마는 싱글벙글 웃으면서 말했다.

"놀라게 해주려고 했지."

산산은 말은 하지 않았지만 정말로 기뻤다.

"너랑 류류도 있으니 너희들도 볼 겸 해서 왔어. 원래는 날이 좀 따뜻해지면 오려고 했는데 요즘 네 할아버지가 줄곧 몸이 좋지 않으셔서. 그쪽 병원에선 무슨 원인인지도 알 수 없고 말이야. 그래서 일찍 대도시에 있는 병원에 가서 보려고."

"할아버지가 왜요?"

산산은 깜짝 놀랐다. 그녀는 큰 문제가 아니라는 엄마의 대답을 듣고 나서야 한시름 놓았다.

"어느 병원에서 보실 거예요? 큰 병원은 접수하기 어려우니 제가 먼저 가서 줄을 설게요."

"그럴 필요 없단다. 류류 남자친구가 너보다 능력이 없을까봐? 네 큰엄마가 그에게 알아보라고 한다고 하셨어."

하지만 류류는 S시에 없는데……

산산은 엄마를 흘끗 보고 결국 아무 말도 하지 않고 자신이 시간을 내서 미리 접수해야겠다고 결심했다. 산산은 S시로 돌아온 지 얼마 안 되어 류류의 전화를 받았다. 그녀는 처음부터 S시에 오지 않았으며 항저우로 갔다. 그리고 산산에게 그 사실을 숨겨 달라고 했다.

산산이 한창 생각하고 있는데 류류가 매우 급한 걸음으로 나타났다. 그녀는 큰어머니와 식구들에게 몇 마디 하고나서 다급하게 산산을 한쪽으로 끌어당기더니 말했다.

"산산, 부모님께 내가 항저우에 있다는 거 얘기하지 않았지?"

"안 했어. 지금 항저우에서 쫓아온 거야?"

"응."

산산은 어찌된 영문인지 알 수 없었다.

"언니, 도대체 어떻게 된 거야. 나한테는 얘기해야지."

류류는 입을 오므리며 말했다.

"설 지나고 바로 그 사람이랑 헤어졌어."

산산은 놀라며 말했다.

"왜?"

류류는 평소에도 남에게 속사정을 잘 털어놓지 않는다. 그러나 지금은 뜻밖에도 말을 쏟아 내고 있다.

"엄마가 그에게 아부하는 꼴이 정말 보기 싫어. 나보고 그 사람한테 순종하고 잘 보여서 그를 화나게 하지 말래. 난 사람도 아니니? 산산, 나 정말 못 참겠어."

"그럼 집은 왜 나온 거야?"

"벌써부터 나오고 싶었어. 난 평생을 나 자신을 위해 살아본 적이 없어. 어차피 거기 일도 계속 할 수 없게 되었고. 마침 인터넷에서 항저우에 있는 일자리를 찾았어."

산산은 걱정스럽게 말했다.

"하지만 이건 숨길 수 없는 일이야. 만일 언니 엄마가 그 사람한테 전화하면……."

"그는 S시로 왔어. 여기 번호로 바꿨을 거야."

류류는 입술을 깨물었다.

"오랫동안 숨길 수 없다는 건 나도 알아. 숨길 수 있을 때까지 숨겨야지."

줄곧 참고 견뎌왔던 언니가 이렇게 큰 결심을 하자 산산은 당연히 그녀를 지지할 수밖에 없었다. 산산은 고개를 끄덕이며 그녀를 위해 끝까지 숨기기로 결심했다.

그러나 엄마만큼 딸을 잘 아는 사람은 없다고 식구들이 S시에 온 다음날 큰어머니에게 그 일을 들켜버리고 말았다.

이번에 큰어머니는 그야말로 노여움을 참지 못했다. 그녀는 큰길에서 류류에게 자식 키워봤자 소용없다느니 평생 따라지 신세를 면치 못한다느니 하면서 고래고래 소리를 질렀다. 결국에는 말리는 류류의 아빠에게까지 불똥이 튀어 그가 못나서 이날 이때까지 호강 한번 못해보고 살았다고 욕을 해댔다.

이미 많은 사람이 둘러싸서 지켜보고 있었다. 산산의 부모님은 황급히 말리기도 하고 설득하기도 했다. 그러나 큰어머니의 치밀어 오르는 화를 어떻게 당해낼 수 있겠는가. 결국 할아버지가 버럭 소리를 지르셨다.

"일이 있으면 집에 가서 얘기해. 여기서 소란 피우지 말고!"

큰어머니는 그래도 끝까지 트집을 잡으려고 했지만 할아버지의 얼굴이 온통 붉어지면서 거동이 심상치 않은 것을 보고 멈추었다. 그러고 나서 할아버지는 '쿵' 하면서 쓰러지셨다.

식구들은 여간 놀란 게 아니었다. 이 상황에 어디 싸움에 신경 쓸 겨를이 있겠나. 바짝바짝 타 들어가는 마음으로 할아버지를 병원으로 옮겼지만 병원에서는 입원을 거부했다.

응급실의 의사가 어쩔 수 없이 수화기를 내려놓고 고개를 저으며 말했다.

"우선 응급실에서 링거를 맞으시죠."

입원실에서 받으려 하지 않으니 그도 방법이 없었다. 초조해하는 가족들의 표정을 보고 그가 위로했다.

"여기 계시나 거기 계시나 마찬가지예요. 우선 오늘은 링거를 맞고 상황을 지켜보도록 합시다."

산산의 할아버지는 이미 깨어나 있었지만 아직 정신이 흐릿해 완전히 의식을 차리지 못하고 있었다. 방금 병원으로 오는 길에, 가족들은 그제야 할아버지의 온몸이 불덩이처럼 뜨겁고 허리에는 큰 붉은 반점이 있으며 심지어 부분적으로는 거무스름한 물집이 생긴 것을 발견했다. 화로 쓰러져서 생긴 것 같지는 않았고 할아버지가 이미 불편을 느낀 지는 한참이 지났을 것이다. 그는 자식들에게 부담을 주고 싶지 않아서 견딜 수 없을 정도가 될 때까지 말을 하지 않으려고 했다. 그러나 결국 큰어머니가 그렇게 소란을 피워대는 바람에 화가 폭발하여 증상이 발작한 것이다.

응급실의 의사가 그렇게 말하는 이상 가족들은 할 수 없이 따를 수밖에 없었다. 벌써 오후가 되었다. 할아버지는 한차례 검사를 마친 뒤 정말로 견딜 수 없는 상태인데다, 또 다른 병원으로 이동한다는 말에 괴로워하셨다. 하물며, 그곳에 간다고 해서 여기보다 좋을 리가 있을까?

산산은 대도시에서 병원의 진찰을 받기란 어려운 일이라는 말을 심심찮게 들었었다. 그러나 정작 자신에게 이런 일이 닥쳐서야 비로소 그 '어렵다'는 말의 의미를 깨달았다.

응급실의 의사는 그래도 친절한 편이었다. 그는 몇 차례나 할아버지를 보러 왔으며 또 퇴근 전에는 가족들에게 주의사항을 일러주고 갔다. 밤에 링거를 다 맞고 할아버지께서 편안하게 잠이 드시자 가족들은 그제야 겨우 마음을 놓았다. 이튿날도 마찬가지로 링거를 맞았는데 상태는 좋지도 나쁘지도 않았다. 그러나 의사의 매우 침착한 태도는 병이 나을 수 있다는 믿음을 주었다.

내일은 월요일이라서 산산의 엄마는 산산에게 출근하라고 했다. 그녀는 마음이 놓이지 않았지만 식구들이 많이 있으니 본인은 잠시 없어도 되겠다고 생각했다. 이미 휴가를 많이 써서 일이 있을 때 쓸 수 없을까봐 즉시 고개를 끄덕이고 출근하기로 결정했다. 그러나 월요일 아침 출근하는 길에 산산은 엄마의 다급한 전화를 받았다.

"산산, 빨리 오거라. 응급실 의사가 여기 못 있게 해."

응급실은 매일 새로이 처방전을 쓴다. 오늘 응급실에 당직 의사가 바뀌었는데 아침에 산산의 아빠가 링거를 처방 받았을 때만 해도 아무 일 없었다. 그런데 뜻밖에도 얼마 지나지 않아 그 의사가 오더니 산산의 할아버지에게 침대를 비워주고 앉아서 링거를 맞으라고 했다.

할아버지는 아직도 열이 있었으며 허리의 붉은 반점도 없어지지 않았는데 어떻게 앉아 있을 수 있겠는가. 산산의 가족들은 따지며 팽팽히 맞섰다. 그러나 의사는 줄곧 나 몰라라 하는 표정으로 응급실에서는 원래 밤을 지내면 안 되는 것이라 했다.

산산의 엄마는 화도 나고 다급해서 눈물을 훔치며 산산에게 말했다.

"원래는 아무 일 없었어. 근데 그 의료 브로커라는 놈이 의사에게 무슨 말을 하더니 이렇게 돼 버렸지 뭐니."

응급실 주위에는 많은 중년 남성들이 빈둥거리고 있었다. 그들이 브로커라는 것을 산산도 어제서야 알았다. 어제 한 의료 브로커가 산산의 가족에게 다가왔지만 그들은 그를 상대하지 않았다. 결국 오늘 이렇게 보복당할 줄은 생각도 못했다.

그때 큰어머니가 결단력을 보여주었다.

"우리가 안 나가면, 내쫓는지 보자고!"

안 그래도 그렇게 하는 수밖에 없었다.

산산은 옆에 있는 의자에 천천히 앉으면서 마음 한편이 시린 동시에 맥이 빠졌다.

이 세상이 현실적이고 속물적이라는 것은 알았지만 그녀의 평범한 삶에서는 이렇게 노골적으로 멸시를 당하는 일이 그리 많지 않았다. 그러나 이런 일이 생생하게 자신한테 벌어지자 이렇게 뼈저린 고통을 받아도 서민들은 어찌해 볼 도리가 없다는 것을 깨달았다.

산산은 돌연 예전의 자신을 원망하기 시작했다. 어떻게 그렇게 순진하게 살 수 있었을까? 어떻게 그렇게 아무 근심이 없을 수 있었을까? 산산의 마음속은 갑자기 막다른 골목에 다다른 것 같은 절망감으로 가득 찼다.

산산은 원래 할아버지의 병이 빨리 완쾌될 것이라고 생각했다. 첫날 응급실 의사도 그녀에게 믿음을 주었다. 하지만 지금은 자신이 없어졌다. 어떡하지, 어떡하면 되지? 오늘은 의사가 이미 퇴근해버려서 병원이 그들을 내쫓지는 못할 것이다. 하지만 내일은, 내일 다시 병상을 빼라고 하면 어떡하지?

식구들의 표정이 마음 졸이다 못해 무감각해진 것을 보면서 산산은 핸드폰을 움켜쥐었다. 결국 그녀는 바다 저편으로 전화를 걸었다.

신호가 여러 차례 가고 나서야 연결이 되었다. 그런 후 익숙한 목소리가 들렸다.

"펑텅 씨……."

그의 이름만 불렀을 뿐인데 산산은 와락 눈물이 쏟아질 뻔했다. 가까스로 억누르고 있었던 모든 감정이 마치 일순간에 터져 나오는 것 같았다. 그녀는 괴로워서 말이 나오지 않았으며 질식할 것처럼 마음이 갑갑했다.

"쉐산산 씨."

보스가 이름에 성을 붙여서 그녀를 부르는 것은 종종 기분이 좋지 않다는 것을 의미한다. 만약 평상시라면 산산은 무서워서 벌벌 떨었을 테지만 지금은 문득 위로를 받는 것 같은 느낌이 들었다.

"나……."

산산은 다시 흐느껴 울었다.

전화기 반대편이 조용해졌다.

"산산 씨, 어디예요?"

산산이 말했다.

"나 지금 병원이에요."

Part 32

전화를 끊은 지 한 시간도 안 돼서 팡 특별보좌관이 산산의 앞에 나타났다. 그는 즉시 그녀의 할아버지를 다른 병원으로 옮겼다. 비록 일반 3인실이었지만 이번에는 마침내 병실이 있었다.

이번에는 팡 보좌관의 능력이 부족해서가 아니라 펑텅이 전화로 지시한 내용이 바로 이랬다. '가장 좋은 의사를 찾고 병실은 일반실로.'

그 말은 팡 보좌관이 산산의 지위에 대해 다시 새로운 평가를 내리는 계기가 되었다. 돈은 쓰기 쉬우나 마음을 쓰기는 어렵다. 그는 펑텅이 그러한 지시를 내린 건 펑 사장이 쉐 아가씨에게 정말로 마음을 쓴 것이라고 생각했다.

그 후 모든 일은 수월하게 이루어졌다. 산산의 가족들은 갑자기 신경 쓸 일이 전혀 없어졌다. 병실이며 침대며 의사와 전문 의료진까지 모두 있었다. 게다가 그들은 너무나 상냥하고 친절했다. 가족들은 할아버지만 성심껏 돌봐주면 됐다.

얼마 지나지 않아 펑 아가씨도 번개같이 달려왔다. 그녀는 오자마자 왜 자신에게 연락하지 않았냐고 산산을 탓하고 나서 환자와 가족들을 친절하게 위문했다. 애석하게도 큰어머니와 큰아버지가 하는 보통화(현대 중국어의 표준어)를 그녀는 거의 알아듣지 못했다. 그래서 할 수 없이 이야기를 그만둘 수밖에 없었다.

펑 아가씨는 산산에게 상황을 전해 듣고 가족들이 모두 여관에 묵고 있다는 것을 알고 즉시 말했다.

"계속 여관에 묵으면서 바깥 음식을 먹어서야 되겠어요? 우리 집 부근에 아마 비어 있는 집이 있을 거예요."

그녀는 즉시 위안리수에게 전화를 걸었다. 팡 보좌관이 옆에서 말릴 틈도 없었다. 팡 보좌관은 속으로 중얼거렸다.

'아가씨. 구태여 사장님의 일을 가로챌 필요가 있습니까?'

줄곧 펑 아가씨를 대신해 각종 재무에 관한 일을 처리하는 위안리수는 펑위에가 전화를 하자마자 얼마 안 되어 차를 몰고 왔다. 그녀는 열쇠를 주면서 이미 가사 도우미를 불러 집을 깨끗이 청소했으니 밤에 즉시 묵을 수 있다고 말했다.

산산의 가족은 지금까지 일어난 일련의 일로 그야말로 놀라서 어리둥절했다. 산산의 엄마는 산산의 손을 끌고 가서 몰래 물었다.

"산산. 너 어디서 이렇게 대단한 친구들을 알게 되었니?"

산산은 멍해져서 말했다.

"회사 동료들이에요."

산산의 엄마는 믿지 못했다.

"동료가 이렇게까지 할 리가 있니? 그 펑 아가씨라는 사람도 네 동료니?"

"그분은 아니에요."

산산은 생각을 하고 나서야 말했다.

"작년에 제가 펑 아가씨에게 수혈을 해준 적이 있어요. 그녀도 저와 같은 혈액형이거든요."

산산의 엄마는 문득 깨달았다는 듯이 말했다.

"그럼 그들이 말한 그 펑 사장이라는 사람이 그녀의 오빠란 말이니? 어쩐지 우리를 그렇게 도와준다 했지. 모두 좋은 사람들이구나. 나중에 제대로 감사 표시를 하려무나."

산산은 잠시 머뭇거린 후 대답했다.

"네."

모든 것이 다 잘 처리되자 펑 아가씨와 위안리수가 먼저 갔다. 팡 보좌관도 좀 더 앉아 있다가 작별 인사를 했다. 산산은 그를 병원 밖까지 배웅했다. 그가 말했다.

"이곳 상황을 사장님께 보고할 겁니다. 쉐 아가씨, 혹시 더 필요한 것이 있나요?"

"없어요."

산산은 생각하다가 살짝 부끄러워하며 말했다.

"사장님은 모레 돌아오시는 거죠. 보좌관님과 함께 마중하러 공항에 가도 될까요?"

팡 보좌관은 미소를 지으며 말했다.

"당연히 되죠. 펑 사장님이 분명 기뻐하실 겁니다."

아마도 약을 제대로 쓴 이유에서인지 할아버지의 상태는 매우 빨리 개선되었고 가족들도 크게 한시름 놓았다.

그들의 긴장이 풀어지자 산산이 바로 봉변을 당했다. 그녀의 큰어머니는 팡 보좌관이 단지 산산의 동료일 뿐이라는 말을 믿지 못하고 사뭇 그녀에게 꼬치꼬치 캐물었다. 산산의 엄마는 그가 펑 아가씨 오빠의 명령을 받았을 뿐이라는 것을 알았지만 엄마의 눈엔 팡 보좌관이 정말 인물이 훌륭했다. 그래서 산산에게 적극적으로 행동해서 좋은 남자를 놓치지 말라고 강력하게 부추겼다.

산산은 펑텅 얘기를 하고 싶었다. 그러나 한편으로는 지금 그런 얘기를 하는 건 아무래도 시기에 맞지 않는 것 같아서 그녀는 고개를 흔들며 간단히 부인했다.

"정말로 그냥 동료예요."

산산은 사실을 말하지 않은 것을 다행스러워했다. 엄마와 큰어머니는 그야말로 너무 깊이 들어가 팡 보좌관에 관해 캐물었지만 산산이 그걸 알 리가 있겠는가. 할 수 없이 대충 둘러댈 수밖에 없었다. 이렇게 그녀들은 이미 흥분을 가라앉힐 수 없었다.

다행히 보스 얘기를 하지 않았다. 아니면 정말로 어떻게 되었을지 모르겠다.

사흘째 오후, 산산은 휴가를 낸 뒤 팡 보좌관의 차를 타고 서둘러 공항으로 갔다. 비행기가 도착하기까지는 아직 시간이 있어서 팡 보좌관은 산산에게 출구 맞은편에 있는 커피숍에 가서 기다리자고 했다. 산산은 지난번에 커피숍에서 잠든 일이 생각나 황급히 고개를 저었다.

"전 여기서 기다릴게요. 팡 보좌관님 먼저 가서 쉬는 게 어때요?"

그는 당연히 갈 리가 없다.

"아닙니다. 곧 도착할 때가 되었네요."

사실 도착하기에는 아직 일렀다. 30분이 지나고 나서야 전광판에 펑텅이 탄 항공편의 도착 정보가 나타났다. 산산은 까치발을 하고 계속해서 출구 쪽을 보기 시작했다. 팡 보좌관은 그녀에게 벌써부터 볼 필요 없다고 일러주고 싶었지만 곰곰이 생각해보고 나서 말을 하지 않았다. 그는 펑텅이 그녀의 이러한 모습을 본다면 아마 더욱 기뻐할지도 모르겠다고 생각했다.

얼마 지나지 않아 멀리서 나타난 펑텅 일행이 시선에 들어왔다. 그는 고개를 숙인 채 일행과 얘기를 하면서 걸어오고 있었다. 훤칠한 키와 준수한 외모를 갖춘 그는 사람들 사이에서 유달리 눈부셨고 동작 하나하나에서 드러나는 타고난 기품은 잇달아 주위 사람의 시선을 끌었다. 산산은 멀리서 그를 바라보며 자기도 모르게 빠져 들었다. 그는 대화에 열중하느라 마중 나온 사람을 알아차리지 못하고 바로 앞에까지 와서야 산산을 알아보았다. 그는 자기도 모르게 의외라는 표정을 드러냈다.

"당신이 어떻게 와 있죠?"

"어…… 땡땡이 쳤어요."

산산은 그렇게 많은 사람 앞에서 그를 마중하러 일부러 왔다고 말하기가 부끄러워 엉뚱하게 대답했다.

펑텅은 아직 아무 말도 하지 않았는데 수행원들 중 한 젊은 사람이 농담으로 말했다.

"아이고, 남자친구가 사장님이라서 좋겠어요. 우리는 이런 복지도 못 누리는데. 근무 시간에 가족까지 마중 나오고 말이에요."

펑텅은 과연 기분이 매우 좋은지 덩달아서 농담을 했다.

"걱정 마요. 월급을 그만큼 공제할 거니까."

산산은 기어들어가는 목소리로 한마디 덧붙였다.

"그러지 마요. 사실은 오늘 휴가 냈어요."

다들 일시에 깔깔 웃어댔다. 하지만 그들은 모두 분위기 파악을 할 줄 알기 때문에 더 이상 농담을 하지 않고 서로 신호를 보낸 후 눈치껏 앞으로 걸어갔다.

펑텅은 한 손에는 옷을 들고 한 손으로는 산산의 손을 잡은 채 느린 걸음으로 걸어갔다.

"오늘은 사내 연애를 들킬까봐 걱정이 안 되나 보죠?"

산산은 잊고 있었다.

펑텅은 그녀가 부끄러워서 그런 것이라고 여기고 살짝 웃어 보이며 화제를 바꾸었다.

"좀 좋아졌어요?"

"많이 좋아지셨어요. 붉은 반점도 많이 없어졌고요. 의사 말이 큰 문제는 없을 거래요."

"당신 말이에요."

"나요? 난 계속 좋았는데요."

좋았다고? 펑텅의 눈썹이 치켜 올라갔다. 그럼 전화기에 대고 말도 못할 정도로 울었던 사람은 또 누구란 말인가?

"좀 있다가 먼저 당신 할아버지를 뵈러 가죠."

"네?"

산산은 어찌할 바를 몰랐다.

"무슨 문제라도 있나요?"

"아니, 아니에요."

산산은 황급히 손을 내저었다.

"그럼 먼저 엄마한테 말할게요."

펑텅은 산산의 태도가 그다지 자연스럽지 않음을 예리하게 알아차리고 미간을 찌푸렸다.

"왜 그래요?"

산산은 긴장해서 많이 생각할 겨를도 없이 말해버렸다.

"아, 아직 집에 얘기 안 했어요."

펑텅이 갑자기 걸음을 멈추었다.

그가 몸을 돌리자 방금까지 얼굴에 띠고 있던 웃음기는 이미 완전히 사라졌다.

"안 했다고요? 내 얘기를?"

"아니, 그게 아니라, 왜냐하면……."

산산은 할아버지가 아프시고 또 류류가 남자친구와 헤어져서 그얘기를 한다는 것이 시기에 맞지 않다고 변명하고 싶었다. 하지만 말이 입언저리까지 나왔지만 또 한편으로 그 이유는 너무 억지스러운것 같았다. 아마도 그것은 진정한 이유가 아닐 것이다.

그녀는 말을 할 수 없어서 고개를 숙였다.

펑텅의 목소리는 완전히 차가워졌다.

"쉐산산 씨, 당신 부모님이 오셨는데 왜 나한테 말하지 않았나요?"

산산은 황급히 해명했다.

"당신이 출국하고 나서 갑자기 오셨어요."

그는 고개를 끄덕이고 차가움이 가시지 않은 목소리로 말했다.

"할아버지가 아프신 건요? 왜 처음부터 나한테 전화 안 했죠?"

"당신은 외국에서 회의 중이니까, 난, 난……."

펑텅은 그녀를 뚫어져라 바라보다가 갑자기 말했다.

"산산 씨, 당신은 우리가 반드시 헤어질 거라고 생각하나요?"

산산은 아무 말도 하지 못한 채 그를 바라보고만 있었다.

주차장으로 가서 차에 오르자 기사가 목적지를 물었다. 펑텅은 덤덤하게 명령했다.

"우선 쉐 아가씨를 병원으로 모셔."

Part 33

한 명의 둔한 화성인으로서 산산은 문득 깨달았다.

원래 나의 잠재의식 속에 사장과 헤어질 거라는 생각이 있었던 건 아닐까? 그래서 더 이상 그의 사무실로 밥을 먹으러 갈 수 없었던 것일까. 또 동료가 알게 할 수 없었으며 심지어 식구들과 다화에게까지 알릴 수 없었던 것은 아닐까. 만약 펑텅이 먼저 식사 얘기를 꺼내지 않았다면 나는 아마 다화에게도 말하지 않았을 것이다.

알고 보니…… 놀랍게도 나에게 그런 생각이 있었단 말인가?

산산은 연속해서 며칠 동안 잠을 제대로 잘 수 없었다.

나흘 후 산산의 할아버지가 퇴원하셨다.

할아버지의 병은 급속도로 퍼졌지만 약을 알맞게 쓰니 효과도 매우 빠르게 나타났다. 산산의 엄마를 비롯한 식구들은 S시에서 기진맥진한 상태가 되어 집으로 돌아가고 싶은 마음이 굴뚝같았다. 그들은 한순간도 이곳에 더 머무르고 싶지 않았다. 산산이 부지런하게 퇴원 수속을 밟고 기차표를 예매해서 순조롭게 그들을 배웅하고 나자 온몸에 힘이 쑥 빠진 것 같았다.

하지만 산산은 아직 쉴 수 없었다. 펑위에의 집을 청소하고 나서 열쇠를 돌려줘야 했다. 물론 감사의 표시를 하기 위해 그녀와 위안리수에게 식사 대접도 해야 했다.

펑위에에게 전화하기 전, 산산은 문득 생각났다. 사실 이번에 가장 고마워해야 할 사람은 바로 보스다. 하지만…….

'내일 출근할 때까지 기다리자!'

펑위에는 항상 시간이 있는 매우 한가한 사람이다. 산산이 식사 대접을 하겠다고 하자 그녀는 사양하지 않고 시원스럽게 말했다.

"오늘 시간 돼요. 마침 오후에 아기 옷도 살 겸 쇼핑하러 갈 생각이었거든요. 리수는 내가 부를게요."

그리하여 세 사람은 한 유명한 대형 쇼핑몰에서 만났다. 산산이 한턱낸 뒤 다 함께 쇼핑을 했다. 펑 아가씨의 쇼핑 스타일은 시종 대범하고 에너지가 넘쳐흘렀다. 잠깐 사이에 그녀의 손에는 네다섯 개의 큰 쇼핑백이 들려져 있었다.

위안리수는 줄곧 기분이 좋아 보였다. 하지만 산산은 그녀의 눈빛이 어쩐지 이상한 것이 마치 자신을 비웃고 있는 것 같았다.

꼬박 세 시간을 돌아다니고 나서야 펑 아가씨는 쇼핑을 끝냈다. 그녀는 전화해 기사를 불렀으나 잠시 후 기사에게 다시 전화가 왔는데 오는 중에 작은 접촉 사고가 나서 금방 올 수 없다고 했다.

펑위에는 시무룩해졌다. 하지만 택시는 타고 싶지 않았다. 그녀는 시내에 있는 펑텅의 집이 이곳에서 멀지 않은 것이 생각나자 바로 그에게 전화를 했다.

"오빠. 산산 씨하고 리수랑 쇼핑 중인데 기사가 못 온대. 오빠가 데리러 올래?"

"오빠가 금방 온대요."

평위에는 전화를 끊고 시간을 보았다.

"아이, 이렇게 쓸데없이 기다리느니 다시 쇼핑하러 가요."

그리하여 셋은 또다시 1층을 돌아다녔다.

평위에는 금세 한 신발 매장에서 단화를 점찍었다. 하지만 매장에는 그녀에게 맞는 사이즈가 없어서 점원이 5층에 있는 창고로 신발을 가지러 달려갔다. 평위에는 기다리기 심심해서 환절기 할인 코너를 둘러보다가 갑자기 두 눈을 번뜩였다.

"산산 씨, 이 부츠 좀 신어봐요. 당신이 신으면 참 예쁠 거 같아요."

산산은 평팅이 온다는 것을 알고부터 마음이 편치 않았지만 평위에가 신어보라고 해서 힘껏 한 발을 밀어 넣었다.

거기까지는 아주 좋았다. 하지만 벗겨지지가 않았다.

산산과 그들은 모두 멍해졌다. 산산은 그제야 생각나서 신발 밑창의 사이즈를 보았다. 놀랍게도 무려 두 사이즈나 작았다. 도대체 어떻게 발을 쑤셔 넣었지?

평위에가 산산을 도와 힘껏 부츠를 잡아당겨 보았지만 소용없었다. 평위에는 땀을 닦으면서 말했다.

"안 되겠어요. 난 못 벗기겠어요. 점원이 올 때까지 기다리죠."

하지만 점원은 아직도 돌아오지 않고 오히려 평팅에게서 전화가 왔다. 펑위에가 핸드폰을 받았다.

"오빠 우리 아직 안 끝났어. 주차장에서 잠시만 기다려."

갑자기 그때 줄곧 한쪽에 서서 고소해 하던 위안리수가 제안했다.

"아직 한참은 더 있어야 할 거 같은데, 지하 주차창의 공기가 얼마나 안 좋니. 펑팅 오빠보고 올라와서 우리랑 같이 있자고 해."

펑위에도 생각해보니 그런 것 같았다. 산산이 입을 열어 막 저지하려고 했으나 펑위에는 이미 말을 해버렸다.

"오빠. 아니면 올라올래? 우린 1층에 있는 ○○ 구두 매장에 있어."

리수는 이때 내심 대단히 만족했다.

아무것도 모르는 펑위에와는 달리 리수는 산산의 이상한 점을 민감하게 알아챘다. 그녀는 매우 빨리 정확한 판단을 내렸다. 그들 사이에 문제가 생긴 것이 분명했다. 게다가 그녀는 또 전에 산산의 할아버지가 입원해 있을 때 펑팅이 한 번도 문병을 가지 않았다는 사실을 다른 경로를 통해 알게 되었다. 리수는 내심 시종일관 산산이 마음에 들지 않아서 당연히 펑팅도 산산을 싫어할 것이라 여겼다. 아마 펑팅은 산산 집안의 친척들을 돕는 일이 견딜 수 없었을 것이다. 펑팅은 그들을 감당할 수 없다고 생각할 것이 분명한데, 만약 지금 산산이 매우 난처해하는 꼴을 다시 본다면 그는 더욱 그녀를 공식석상에 내보이지 못할 게 분명하다.

부츠가 벗겨지지 않는 것은 별일 아닌 것 같지만 매우 난처한 일이다. 만약 펑팅이 원래부터 산산을 못마땅하게 여겼다면 지금 이 모습은 분명 그녀에 대한 그의 혐오감을 깊어지게 할 것이다. 메울 수 없는 모든 불화는 처음에는 아주 작은 감정이 쌓여서 생기지 않는가?

여기까지 생각하자 리수는 그야말로 몹시 애타게 펑텅이 나타나기를 기다리고 있었다.

산산은 리수를 슬쩍 보고나서 아무 말 없이 고개를 숙여 자신의 부츠를 보고 있었다. 산산은 어수룩한 사람이었다. 하지만 펑텅과 사귀고부터 그와 관련된 모든 일에 대해 갑자기 민감해졌다.

산산은 위안리수의 아랑곳하지 않는 듯한 행동에 숨겨진 악의를 거의 바로 알아챘다. 하지만 그렇다 한들 어떤가. 그들 사이의 문제는 여태껏 다른 사람 때문이었던 적이 없었다.

금세 펑텅이 짜증스런 걸음을 내딛으며 나타났다. 펑위에는 손짓하여 그를 불렀다.

"오빠. 여기야."

펑텅은 그들을 보고 산산에게 잠시 시선을 멈추었다. 그리고 걸음을 돌려 다가와서 살짝 짜증을 내며 말했다.

"왜들 이렇게 오래 있어?"

펑위에가 산산을 흘끗 보고 더듬더듬 말했다.

"어, 점원이 신발을 가지러 가서 기다리고 있는 중이야."

산산이 시무룩하게 말했다.

"부츠를 신어 봤는데 벗겨지지가 않아요. 점원이 오면 도와달라고 하려고요."

펑텅이 산산을 바라보자 그녀는 고개를 푹 숙인 채 매우 풀이 죽어 있는 모습을 취했다. 펑텅은 불만스러운 듯 흥 하더니 산산에게

다가갔다.

리수는 두근거리는 가슴으로 눈을 크게 뜨고 재밌는 구경거리를 기다리고 있었다. 그러나 펑텅이 산산의 앞으로 걸어오더니 놀랍게도 갑자기 한쪽 무릎을 굽히고 앉는 것이 아닌가. 그리고 그녀의 종아리를 손바닥으로 떠받치고 또 다른 한 손으로 살짝 힘을 주어 부츠를 벗겼다.

그 모습에 리수는 넋을 잃었다.

펑위에도 깜짝 놀라 눈이 휘둥그레졌다. 맙, 맙소사! 오빠가 놀랍게도 공공장소에서 산산의 부츠를 벗겨주다니! 아, 아니, 이것은 중요하지 않다. 중요한 건 그 자세가 어쩜 그렇게 청혼하는 것 같을까! 아이고, 하지만 백화점에서 이러는 건 너무 로맨틱하지 않아…….

펑위에의 생각은 이미 순식간에 먼 곳으로 흩어지고 있었다.

원래 머리를 숙이고 있던 산산도 고개를 들어 놀란 표정으로 눈 앞에 있는 넓은 어깨를 쳐다보았다. 그가 입고 있는 빳빳하게 다려진 양복은 몸을 굽힌 자세 때문에 주름이 잡혀 있었으며 그의 따뜻하고 힘 있는 손바닥은 아직 그녀의 종아리를 잡고 있었다.

산산은 멀뚱멀뚱 쳐다보고만 있었다. 펑텅이 일어나려고 하는 것 같았다. 그러자 그녀는 자신의 신발을 신을 생각조차 못하고 급히 손을 뻗어 그가 일어서기 전에 그의 목을 껴안았다. 그리고 작은 소리로 말했다.

"아직 화났어요?"

펑텅이 눈살을 찌푸리며 말했다.

"손 놓고 신발 신어요."

산산은 웬일로 그의 말을 듣지 않고 고집스레 그를 껴안았다. 펑텅은 몸을 잠시 움칠했다가 손을 내밀어 그녀의 허리를 감싸 안고 일어섰다.

"정말 여기서 그 얘기를 하겠다고요?"

산산은 침묵했다. 펑텅이 차 키를 펑위에에게 던져 주며 말했다.

"네가 운전해서 가."

펑위에는 열쇠를 받아 쥐고 얼떨떨하게 대답했다.

"어어."

펑위에는 환상에 빠진 표정이었다. 그리고 떨떠름한 리수를 끌고 혼이라도 나간 것마냥 홀쩍 사라졌다. 자신이 사려던 신발을 아직 받지 않은 것조차도 잊어버릴 정도였다.

매장에는 그들 두 사람만 남게 되었다. 펑텅이 고개를 숙여 그녀를 보며 말했다.

"이제 신발을 신을 수 있겠죠?"

산산은 얼굴이 '확' 붉어졌다. 그녀는 아직 맨발인 채로 펑텅의 신발을 밟고 있었다. 황급히 그를 놓고 그의 손에 지탱해 신발을 신었다. 그때 온 얼굴이 땀투성이가 된 점원이 마침내 나타났다. 그는 매장에 그들만 남아 있는 것을 보고 저도 모르게 울상이 되어 물었다.

"신발을 사려고 했던 아가씨는 갔나요?"

산산은 펑텅의 소매를 끌어당기며 말했다.

"위에 씨가 사려고 했던 신발이에요."

카드를 긁고 나서 펑텅은 쇼핑백을 들고 앞에 걸어갔다. 산산은 그를 따라가다 참지 못하고 물었다.

"우리 어디로 가요?"

펑텅은 대답이 없었고 산산은 할 수 없이 묵묵히 뒤따라갔다. 얼마 가다가 그가 갑자기 손을 잡아당겨 그녀를 사람이 없는 구석으로 끌고 갔다.

"자, 이제 하고 싶은 말 있으면 해봐요."

펑텅이 덤덤하게 말했다.

구석은 쇼핑몰의 분잡함이 전혀 없이 매우 조용했다. 잠시 후 산산은 나지막한 목소리로 말했다.

"이번에 고마웠어요."

"하고 싶은 말이 겨우 그건가요?"

그가 못마땅해 하는 모습을 보고 산산은 황급히 말했다.

"아니에요. 내, 내가 하고 싶은 말은, 미안해요."

펑텅은 아무런 움직임도 없었으며 산산 혼자서 말을 이어 갔다.

"난 한 번도 당신과 헤어질 거라고 생각해본 적이 없어요. 하지만 나중 일도 생각해 본 적이 없어요."

"난 많이 생각할 수 없어요. 또 집에도 말할 수 없고요. 동료들한테도 알리고 싶지 않아요. 왜냐하면 내 마음 깊은 곳에 우리가 오래가지 못할 거라는 생각이 있기 때문이에요. 난…… 당신과 너무 차이 나니까요. 난 확신이 없어요."

"난 다른 사람들이 우리가 너무 안 어울린다고 말할까봐 두려워요. 그래서 숨겨왔어요. 그런 말을 듣지 않으려고."

"요 며칠 많은 생각을 했나보군요."

펑텅이 산산을 주시하며 냉혹하리만큼 가차 없이 말했다.

"그래서요. 어떻게 할 생각이죠? 쉐산산 씨, 우리 사이의 차이는 계속 존재할 거예요."

산산은 그를 쳐다보더니 갑자기 결연한 표정을 지으며 주먹을 쥐고 말했다.

"그래서 난, 이번에 꼭 CPA 시험을 통과하고 말 거예요."

펑텅은 정신을 집중했다. 순간 자신의 귀를 살짝 의심하며 천천히 그 알파벳 세 글자를 반복했다.

"C P A?"

"네. 바로 공인회계사 시험이요."

산산은 무겁게 고개를 끄덕였다.

"예전에 시험을 치겠다고 한 건 사실 농담이었어요. 하지만 이번에는 진짜예요. 나중에는 또 국제 공인회계사 시험도 칠 거예요!"

"좋은 생각이군요."

펑텅은 자신의 이마를 쓰다듬으며 말했다.

"쉐산산 씨, 설명 좀 해줄래요. 우리의 대화가 어떻게 당신의 직업 계획으로 옮겨갔는지."

"안, 안 되나요?"

산산은 더듬거리며 설명했다.

"내 생각은 이래요. 내 됨됨이는 당신보다 못하지 않아요. 이건 특별히 노력할 필요 없죠. 외모와 집안은, 그건 좀, 차이가 많이 나긴 해요. 하지만 그건 타고난 거라 나도 어쩔 수 없어요. 성형하고 다시 태어난다 해도 어렵겠죠. 그래서 난 일로서 노력하는 수밖에 없어요. CPA, 그 시험에 합격하면 회계사가 돼요. 어쨌든, 어쨌든 '사' 자가 들어가는 직업이잖아요. 난, 난 분명 최고가 될 수 없어요. 하지만 난, 최고의 나는 만들 수 있어요."

'난 분명 당신에게 가장 어울리는 사람이 될 수 없어요. 하지만 난 최고의 내가 되어 당신과 함께 할 거예요.'

펑텅은 쉐산산의 진지한 눈동자를 마주하자 애초에 있었던 화가 순간 누그러지며 마음이 뒤죽박죽이 되었다. 그는 예전에 여동생이 산산을 왜 좋아하는지 물었던 것이 생각났다.

아마도 처음에는 그렇게 좋아하지 않았던 것 같다.

그저 그녀가 재미있고 귀여웠으며 하얗고 보드라운 피부를 보면 만지고 싶었고 그녀를 보면 매우 편안해지는 느낌이었을 뿐이었다. 미모도 아름답고 교양 있고 사리에 밝으면서 지식도 풍부한 명문가 규수를 숱하게 봤어도 그는 이렇게 마음이 끌린 적이 없었다. 이렇게 참하고 귀여운 모습도 예뻐 보였다.

펑텅은 자신이 줄곧 언제나 떠날 수 있다는 태도를 유지하고 있었다고 생각했다. 심지어 한동안은 그녀의 신중하고 조심스러운 모습을 보면서 냉정하게 방관했다. 그러나 바로 이때 그는 알아차렸다. 자신은 결코 한발 물러서고 싶지 않으며 좀 더 앞으로 나아가고 싶었다. 그리고 눈앞의 그녀를 품에 안았다.

산산은 그의 단단한 품속으로 들어갔다. 산산은 갑자기 어리둥절했지만 곧 조심스럽게 손을 펴 그를 껴안았다.

"사실 또 하나 결심한 게 있어요."

잠시 후 산산이 그의 품안에서 말했다.

"응?"

"내일 말해줄게요."

이튿날 정오, 점심시간이 되자 동료들은 산산을 불렀다.

"식당 같이 갈래요?"

산산은 고개를 저었다.

"아니에요. 난 다른 곳에 가서 먹을래요."

"어디서요?"

사실 동료들은 그냥 물어본 것이었다.

"사장실에서요."

산산은 태연하게 대답했다.

동료들은 할 말을 잃었다.

동료들의 경악스럽고도 애매한 시선 속에서 산산은 도시락을 들고 22층으로 올라갔다. 린다와 다른 비서들은 아직 일을 하고 있었다. 산산이 앞으로 나아가서 물었다.

"린다 씨. 사장님은 사무실에 계신가요?"

린다는 살짝 주저했다. 산산이 올라오지 않은 지가 오래 되었는데 지금 그녀를 들여보내도 되는 건가?

마침 팡 보좌관이 나와서 산산을 보고 친절하게 그녀의 할아버지 상태를 물었다. 사장과 가장 가까운 팡 보좌관이 이렇게 나오는데 더 확실한 것이 뭐가 있겠는가. 린다는 팡이 정보를 알려주지 않은 것을 속으로 원망하며 마음에서 우러난 말을 했다

"계세요. 제가 알려드릴까요?"

산산은 완곡하게 거절했다.

"제가 직접 갈게요."

산산은 사장실 밖에 서서 오래간만에 마주하는 문을 두드렸다.

"들어와요."

묵직한 남성의 목소리에서 근무에 집중하고 있는 듯한 엄숙한 기운이 느껴졌다. 산산은 문을 밀어 열었으나 들어가지 않고 도시락을 안은 채 문 앞에 서서 물었다.

"여기 와서 밥 먹어도 되나요?"

서류에 시선을 두고 있던 남자가 의아해하며 눈을 들었다. 그리고 그녀를 보고 엷은 미소를 지으며 펜을 내려놓았다.

"환영합니다."

Part 34

산산이 다시 22층에서 밥을 먹게 되었다는 소식은 매우 빠르게 회사 전체로 퍼져 나갔다. 직원들은 말로 표현할 수 없을 정도로 흥분했으며 소문 제조기들의 속이 활활 타오르는 가운데 뜻밖에도 각 부서의 업무 효율이 적지 않게 향상되었다. 물론 각종 버전의 유언비어는 피할 수 없었다. '옛정이 다시 불타오르다' 버전, '사랑을 나누다' 버전. 하지만 가장 사람들의 관심을 끈 것은 그들이 어떻게 다시 사귀게 되었냐는 것이 아니라 이것이다. '산산은 매일 점심시간 사장실에서 그렇게 오랫동안 도대체 뭘 하는 거지?!'

무수한 목격자가 본 바로는 산산은 매일 원기 왕성하게 올라갔다가 축 쳐져서 내려왔다. 또 두 눈은 풀어져 있었으며 걸음도 제대로 걷지 못하는 모습이었다. 아이고, 정말 너무나 분명하지 않은가?

후, 이렇게 혈기 왕성한 사장은 정말로 직원의 복이다. 직원들은 만약 개인 투자자들이 이 내막을 안다면 펑텅 그룹의 모든 계열사 주식이 큰 폭으로 오를 것이라고 분분히 생각했다.

그러나 진상은 어떠한가?

진상은 바로, 쉐산산은 매일 사장실에서 CPA 시험을 보았다는 것.

산산은 다소 해이해졌지만 지금껏 결심한 일은 이루어내고야 말
았다. 이왕 CPA 시험을 보겠다고 말한 이상 그녀는 즉시 CPA 학원
에 등록했다. 매주 주말 이틀에 걸쳐 아침 8시에서 저녁 6시까지 수
업이 있었다. 그야말로 출근하는 것보다 고생스러웠다.

며칠 후 펑위에가 신발을 가지러 온 김에 펑텅과 밥을 먹다가 그
사실을 알게 되었다. 펑위에는 정말로 이해가 가지 않았다.

"오빠. 산산 씨한테 무슨 CPA를 보라고 해. 지금도 이렇게 힘든데.
산산 씨가 회계사 자격증은 따서 뭐하게?"

펑텅은 매우 흐뭇한 표정으로 말했다.

"많이 배워서 나쁠 거야 없지. 앞으로 우리 집을 위해서도 필요하
고."

펑위에는 어이가 없었다. 확실히 그들 집안에는 투자 자산과 관련
해서 처리해야 할 일이 많기는 했다. 하지만 설 명절 때는 아직 결혼
생각은 없다는 오빠가 이제 산산 씨에게 집 관리까지 시킬 생각을
한다니?

펑위에는 생각했다. '세상 남자들은 너무 빨리 변해!'

하지만 펑텅은 바로 후회했다.

왜냐하면 그는 결국 자신이 이미 CPA 뒤로 밀려났다는 사실을
알아차렸기 때문이다. 예전에는 산산이 그의 사무실에서 공부를 할
때 고통을 호소하는 표정이었는데 지금은 어떤가. 그녀는 밥을 먹자

마자 책을 꺼내 보기 시작해 오로지 공부에만 몰두했다. 마지막에는 또 온통 감격한 표정으로 그를 보면서 말했다.

"감사해요. 당신이 사준 교재는 정말로 너무 완벽해요!"

펑텅은 책으로 제 발등을 찍었다는 걸 알았다.

이따금 산산이 그에게 말을 걸기도 했지만 역시 그에게 CPA 교재에 있는 문제를 가르쳐 달라는 것이었다. 설령 아이비리그를 졸업했다고 할지라도 중국의 공인회계사 시험을 완전히 이해할 수 있는 것은 아니다. 그리하여 몇몇 문제들에 대답을 해주고 나서 질문에 말문이 막힐 것을 방지하기 위해, 펑텅은 재빨리 CPA, CIA, ACCA 등 몇 개의 자격증을 가지고 있는 부하 직원을 불러 그녀를 지도하게 했다.

어쨌든 펑텅 그룹에서 차고 넘치는 것은 인재다. 노동자를 착취하여 잉여가치를 얻는 것에 대해 부르주아는 여태껏 가차 없었다.

결국 며칠 안 되어 산산은 숭배하는 듯한 눈빛을 반짝이며 말했다.

"여러모로 정말 대단해요. 모르는 문제가 없네요."

산산이 이렇게 말하자 펑텅은 배가 아팠다. 그리하여 그 인재는 완전히 해방되었다. 펑 사장은 조금의 양심도 없이 새로이 싸움터로 나갔다. 어쨌든 간혹 잘못 가르쳐줘도 산산은 모를 것이다.

아, 또 있다. 빌어먹을 학원.

겨우 보름 지나고 펑텅이 말했다.

"이제 수업 듣지 말고 집에서 독학해요."

산산은 즉시 반대했다.

"그럴 수야 없죠. CPA가 얼마나 어려운데, 선생님들은 비교적 경험이 있잖아요."

산산은 말하면서 결연하게 주먹을 힘껏 움켜쥐었다.

"보스, 안심하세요! 난 고생은 두렵지 않아요! 당신에게 조금이라도 어울리는 사람이 되기 위해서 되도록 빨리 회계사가 되겠어요!"

그리하여 어느 주말 저녁, 펑텅은 학원 입구에 나타나 친구와 저녁을 먹는 자리에 산산도 같이 가자고 했다.

"누구랑 먹는데요?"

산산은 궁금해서 물었다.

"친구예요."

식사 장소는 개인 별장이었다. 듣기로 이곳의 어떠어떠한 요리가 매우 유명하다고 했다. 하지만 산산은 별다른 맛을 느끼지 못하고 단지 분위기만은 확실히 괜찮다고 생각했다.

상대방은 남녀 커플이었다. 남자가 소개하기를 자신은 보스와 집안 대대로 친분이 있는 사람이라고 했다. 성은 바이였으며 그의 가족도 상업에 종사한다고 했다. 또 여자 쪽은 그의 부하 직원이었는데 두 사람도 일하면서 알게 되었다가 나중에 감정이 생겨 결국에는 부부가 되었다고 한다. 그 여자는 용모가 수려했다. 얼굴이 예쁘면 뭘 해도 예뻐 보인다고 그녀는 말투와 태도도 아름다웠다.

즐거운 저녁 식사가 끝난 후 돌아가는 차 안에서 펑텅이 갑자기 말했다.

"바이 씨 부인은 스탠퍼드를 졸업했어요. 자격증도 아주 많대요."

'보스, 무슨 뜻이죠…… 날 무시하는 건가요?'

산산은 기어들어가는 목소리로 말했다.

"난 CPA를 취득하고 나면 나중에 한 단계 더 높은 시험을 칠거예요."

펑텅은 그녀를 흘겨보고 말했다.

"하지만 결국 그녀는 지금 집에서 애를 보고 있죠."

"네?"

산산은 눈을 동그랗게 뜨고 말했다.

"대체 무슨 말을 하고 싶은 거죠?"

"내 말은, 그렇게 자격증이 많아도 소용없다는 거예요. 당신도 결국에는 집에서 애를 보고 있지 않겠어요?"

"당신이 몰라서 그래요! 자격증은 말이에요. 미리 가지고 있기만 하면 아무리 오래 되어도 쓸모가 있다고요. 그녀는 스탠퍼드를 졸업했고 결혼 전에는 최고 마케팅 책임자였어요. 다들 그녀가 매우 대단해서 당신 친구와 어울린다고 생각했을 거예요. 그래서 나도 반드시 자격증을 따야겠어요. 난 사람들이 내가 당신에게 안 어울린다고 말하는 걸 듣기 싫거든요."

설득이 아무 소용없자 그는 답답했다.

"산산 씨, 대체 나를 어떻게 자격증과 연결시킬 수 있죠. 당신은 내가 직원 채용을 한다고 생각하나요?"

산산은 황급히 펑텅의 비위를 맞추었다.

"그게 아니라, 뭐냐면요. 예를 들어 보스 당신은 한 연애 게임 속의 대 보스에요. 보스를 쟁취하려면 당연히 먼저 기술을 익혀야 해요."

침묵이 흘렀다.

펑텅이 소름끼치는 목소리로 말했다.

"산산 씨, 날 만날 시간은 없으면서 게임을 할 시간은 있나 보죠?"

"아니, 아니에요."

산산은 황급히 변명했다.

"그냥 마음대로 비유한 거예요."

펑텅의 표정이 살짝 밝아졌다.

"음, 지금 몇 관문까지 깼죠?"

"네?"

"연애 게임이요."

"어…… 방금 입문했는데요?"

펑텅이 낮은 소리로 읊조렸다.

"빨리해요. 기다리다 죽겠으니까."

산산은 순간 말문이 막혔다.

"네, 최대한."

"보스가 직접 깨도 되나요?"

펑텅이 물었다.

"그럼 버그에 걸려요……."

"음, 그럼 미리 관문 돌파 보상을 해야겠군요."

괴상한 대화는 잠시 중단되었고 신호등이 빨간불로 바뀌었다. 그는 그 틈에 몸을 기울여 그녀에게 입을 맞추었다.

산산은 이미 보스를 설득했다고 생각했다. 하지만 이틀 후 보스는 또다시 그녀를 식사 자리에 데리고 나갔다.

이번에도 여전히 남녀 커플이었다. 남자 측은 역시 보스의 집안과 대대로 친분이 있는 명문가 출신으로 품위가 있었다. 음, 키가 좀 작은 게 흠이었다. 그리고 여자 측은, 와!

산산은 진중한 모습을 유지하고 있었다. 하지만 속으로는 이미 미

친 듯이 외치고 있었다. '그그그녀는! 바바바로! 대스타잖아!'

여전히 식사 후 돌아가는 차 안이다.

펑텅이 말했다.

"봤죠? 이번엔 스탠퍼드도 아니고 최고 마케팅 책임자도 아니고 아무 자격증도 없어요."

"그녀는 대스타잖아요. 대스타!!!"

산산은 극도로 흥분하고 있었다. 그녀가 자격증은 있어서 뭐하겠는가. 얼굴이 바로 자격증이 아닌가.

펑텅이 '흥' 하고 콧방귀를 뀌었다.

"대스타가 당신보다 뭐가 잘났죠?"

산산은 그의 말이 매우 염치없다고 생각했지만 속으로는 은근히 기뻤다. 하지만 입으로는 성의껏 대답했다.

"적어도 나보단 예쁘잖아요."

그 말을 듣고 펑텅은 곁눈으로 그녀를 슬쩍 보더니 말했다.

"하긴 그렇기는 해요."

산산이 갑자기 분노했다.

뭐라고! 사실이 어떻든 간에 자신은 그렇게 말할 수밖에 없는데 남자친구라는 사람이 이렇게 말하다니, 정말 너무한 거 아닌가! 산산은 몸을 돌려 말했다.

"난 화장을 안 했을 뿐이에요! 어디 맨 얼굴로 대결해 보자고요!"

펑텅은 산산 때문에 너무 웃겨서 차를 길가에 세웠다. 그리고 그녀의 맑고 하얀 얼굴에 들이대고 깨물려는 동작을 하며 말했다.

"어디, 정말로 맨 얼굴인지 확인해볼까요."

며칠 건너 또 다른 식사 자리에서 산산은 침착함을 유지하고 있었다. 이번에는 보스가 틀림없이 차이가 매우 많이 나는 커플을 데리고 와서 그녀를 설득할 것이다. 이번의 아가씨는 아마 자격증도 없고 대스타도 아니겠지.

하지만 보스, 당신은 대체 나를 위로하는 건가요, 아니면 인신공격을 하는 건가요. 산산은 내심 벌써부터 울고 싶을 지경이었다. 그러나 예상 밖으로 이번에는 최고급이었다!

좋은 의미의 최고급이다!

우선, 상대방 여자는 화장을 하지 않았는데도 매우 아름다웠다. 또, 그녀는 놀랄만한 가문의 자제였다. 다음으로 그녀도 명문대를 졸업했다. 또 그녀는 아직도 가족 기업에서 일을 하고 있었으며 지위도 매우 높았다.

식당으로 들어갈 때 산산의 모습이 활활 타오르는 횃불과 같았다면 식사 후 나갈 때는 성냥개비가 그어내는 미약한 불꽃으로 변해버린 모습이었다. 산산의 자신감은 풍전등화처럼 약한 바람이 '획' 하고 한 번만 불어도 곧 꺼질 것만 같았다.

펑텅이 말했다.

"봤죠?"

산산은 풀이 죽은 모습으로 말했다.

"링링 씨는 그렇게 예쁘고 대단한데 누구한테든 안 어울리겠어요."

펑텅이 잠시 침묵했다가 말했다.

"링링 씨 남자친구 말이에요."

어?

산산은 링링의 남자친구에 대한 기억을 되돌려보았다. 그런데 그가 어떻게 생겼는지 이미 기억이 나지 않았다. 확실히 그는 매우 존재감이 없는 사람이었으며 경력도 보통이었던 것 같다.

그래서 보스가 이번에 그녀에게 보여준 참고 인물은 링링의 보조 역할…… 아니, 외조를 담당하는 남편이란 말인가?

산산의 그 풍전등화와 같은 작은 불꽃은 '훅' 하며 완전히 소멸되고 말았다.

보스가 네 번째로 그녀를 데리고 친구를 만나러 가려고 했을 때, 산산은 단호하게 거절했다. 그녀는 평위에와 쇼핑하기로 했다고 핑계를 댔다. 웃기고 있네. 계속해서 그렇게 먹다가는 소화 불량에 걸리고 말 것이다.

보스를 거절한 후, 산산은 황급히 평위에에게 전화해 함께 저녁을 먹자고 했다.

밥을 먹을 때 산산은 참지 못하고 평위에에게 하소연했다. 그녀는 평텅의 악랄한 행동에 대해 과장해서 말했다. 결국 평위에는 몹시 흥분하며 자신이 다이어트 중이라는 사실도 잊어버린 채 홍사오러우(돼지고기를 살짝 볶은 다음 간장을 넣어 다시 익힌 요리—옮긴이)를 연속해서 여러 점 집어 먹었다.

밤에 잠자리에 들었을 때 평위에는 옌칭에게 이 일을 말하면서 자신도 모르게 탄식했다.

"알고 보니 내가 오빠를 잘 모르고 있었나봐."

"무슨 말이야?"

"오빠는 사실 어린아이 같이 천진하다는 걸 알았어."

평위에는 베개를 베고 예전 기억을 떠올리며 말했다.

"어렸을 때 오빠는 날 데리고 다니면서 남한테 장난치는 걸 좋아했어. 게다가 늘 시치미를 떼곤 해서 남을 괴롭혀도 진지한 모습이었지. 그래서 아무도 오빠를 의심할 수 없었어. 대신 사촌오빠와 언니들은 오빠 때문에 여러 번 누명을 뒤집어썼고. 나중에 할아버지께서 아빠에게 실망하시고 오빠를 키우기 시작하셨지. 할아버지는 오빠가 아주 어렸을 때부터 오빠를 협상 테이블에 데리고 나가셨는데 그제야 오빠는 놀리려고 하는 마음을 접게 되었어. 내가 이 사실을 잊고 있었지 뭐야. 내가 여동생으로서 자격이 없는 걸까?"

옌칭이 그녀를 위로하며 말했다.

"이게 어떻게 당신 탓이야. 당신이 말하지 않았으면 형이 어렸을 때 그런 아이였다는 걸 나도 몰랐을 거야."

"그러게."

펑위에가 말했다.

"그래서 오빠와 산산 씨가 사귀는 것도 일리가 있어. 당신도 봐봐. 오빠가 얼마나 즐거워하는지. 오빠가 리수를 놀리는 모습은 상상도 할 수 없어."

그녀는 옌칭의 품에 머리를 묻었다.

"옌칭, 나 질투 나려고 해. 오빠 예전 여자친구들한테는 이런 느낌이 안 들었는데 말이야. 오빠는 언제나 내 오빠라고 생각했어. 하지만 지금은, 오빠는 완전히 나만의 오빠가 아닌 것 같아."

옌칭이 일부러 미간을 찌푸리며 말했다.

"뭐야, 당신. 엘렉트라 콤플렉스(딸이 아버지에게 애정을 품고 어머니를 경쟁자로 인식하여 반감을 갖는 경향—옮긴이)야?"

"절대 아니야!"

평위에는 앙탈을 부리며 그를 때렸다.

옌칭이 말했다.

"너무 깊이 생각하지 마. 두 사람이 사랑하면 우리한테도 기쁜 일이지."

"난 정말 기뻐."

단지 약간 질투가 나긴 했다. 어렸을 때부터 자신만 아꼈던 오빠는 이제는 정말로 완전히 다른 사람의 남자가 되었다.

"지난번에 오빠가 자기가 아주 까다롭다고 말했을 때 난 생각했어. 산산 씨의 조건은 너무 평범한데 오빠처럼 까다로운 사람이 어떻게 산산 씨를 선택했을까 하고. 하지만 지금은 드디어 이해가 돼."

오빠가 원하는 사람은 그를 편안하고 즐겁게 해줄 수 있는 흰 토끼다. 봉황이든 공작이든 아무리 예쁘고 존귀해도 소용없다. 왜냐하면 그것들은 흰 토끼가 아니기 때문이다.

"응, 결혼은 적당한 사람과 해야지, 최고가 아니라. 봐, 나도 최고가 아니지만 당신은 나를 선택했잖아."

평위에가 웃으며 말했다.

"그럼 난? 난 적당한 사람이야 아니면 최고야?"

옌칭이 말했다.

"당신은 최고이면서도 가장 적당한 사람이지."

결국 CPA 학원의 일은 이렇게 해결이 되었다.

어느 날 퇴근길, 산산은 보스에게 인터넷에서 본 가십거리 기사에 대한 얘기를 했다.

"오늘 인터넷에서 글 하나를 봤는데요, 어떤 남자가 두 사람의 미래를 위해 매우 열심히 노력했어요. 근데 결국 여자친구는 그가 자신과 데이트할 시간이 없다고 원망하면서 그와 헤어졌지 뭐예요. 댓글에는 다들 그의 여자친구가 철이 없다고 했어요."

펑텅은 즉시 사장 모드로 진입했다.

"근무 시간에 인터넷을 했다고요?"

무심결에 사실을 폭로한 산산은 그를 무시하고 계속해서 자신의 생각을 피력했다.

"같은 이치예요. 여자친구가 두 사람의 미래를 위해 열심히 고군분투하고 있을 때, 남자친구는 옆에서 자신과 놀아주지 않는다는 둥하면서 원망하는 게 가장 철없는 짓이라고요."

펑텅이 말했다.

"우리의 미래를 위해서요?"

산산이 고개를 끄덕였다.

펑텅은 잠시 말이 없었다.

"계속 수업을 들어요. 우리의 미래를 위해서."

산산은 합장을 하며 말했다.

"이해해주셔서 감사합니다!"

펑텅이 길게 한숨을 쉬며 말했다.

"나 펑텅의 미래가 학원 강사의 손에 달려 있을 줄이야."

Part 35

산산이 또다시 솽이의 황당한 전화를 받았을 때, 그녀는 그제야 자신이 펑텅과 사귄지도 이미 반년이 넘었음을 알아차렸다.

전화기 속 솽이는 매우 흥미진진한 듯이 말했다.

"산산, 내가 글쓰기에 정진하는 동안 두 사람 사이에 무슨 일 없었어? 다른 사람한테 말할 수 없는 그런 거."

산산은 당황스러웠다.

"다른 사람한테 말할 수 없는 일을 왜 물어봐? 넌 사람 아니니?"

"어, 산산, 말주변이 늘었네! 너희 보스도 말주변이 좋지?"

"그럼."

보스 덕택에 산산은 최근에도 소위 성공한 사람들을 적지 않게 만났다. 그녀는 성공한 사람들의 보편적인 특징을 발견했다. 바로 남을 속이는 능력이 아주 끝내준다는 것이다. 솽이는 산산이 '성공한 사람들을 가까이 해서' 그녀의 입 재주가 늘었다고 칭찬하는 걸까?

산산이 이렇게 생각하고 있는데 전화기 너머의 솽이가 감격하여 말했다.

"과연, 과연! 키스를 하면 상대방의 말주변 능력을 얻을 수 있구나! 후, 너 말주변이 이렇게 빨리 늘었는데, 그럼 그것도 열심이었겠구나!"

산산은 부끄러워서 펄펄 뛰며 화를 냈다.

"야!"

솽이는 헤헤거리며 웃었다.

"진정해. 부끄러울 게 뭐 있니. 참나, 솔직히 아무 일도 없었어? 내가 이론과 기술을 겸비해서 지도했는데 어떻게 아무 일도 없을 수 있지? 라이벌이라던가 막장 인물도 없었단 말이야? 아, 아니지, 입방정을 떨어선 안 되지. 이 말은 취소. 그럼 우발적 사고는? 헤헤, 있어? 응?"

개뿔 있기는 뭐가 있어.

산산의 얼굴이 어느새 붉어졌다.

우발적 사고는…… 아닌 게 아니라 여러 번 일어났다가는 자칫하면 상대방에게 우위를 내주게 된다. 그러나 이러한 일은 아무개 씨의 소설 소재가 되어서는 안 된다! 즉 절대로 솽이에게 알릴 수 없다!

그래서 산산은 유달리 단호하게 말했다.

"없다고!"

솽이는 산산에게 패배하자 한스럽게 탄식했다.

"후, 산산, 너 알아? 너희들처럼 이런 상황이 우리 같이 소설 쓰는 사람들한테는 가장 원망스러워. 작가는 간단히 언급만 하고 지나갈 수밖에 없다고. 예를 들면 이렇게 처리하지. 아아, 눈 깜짝할 사이에 몇 개월이 지나갔다. 여주인공은 여전히 처녀다……."

아아, 눈 깜짝할 사이에 몇 개월이 지나갔다. 그녀는 여전히 학원에 가야만 한다.

하지만 아마도 쌍이의 방정맞은 소리 탓인지 이날은 산산의 삶에서 각별한 날이 되었다.

산산은 회계 수업 쉬는 시간에 화장실에 갔을 뿐이었다. 그런데 돌아와서 교재를 펼쳐 보니 놀랍게도 분홍색 봉투가 끼워져 있었다.

연애편지?

그리고 곧, 여자친구가 놀아주지 않아 고위층 인사들에게 하소연해 같이 공을 차며 우정을 쌓고 있던 평 사장은, 부들부들 떨리는 목소리로 걸려온 여자친구의 전화를 받았다.

"어, 어떡해요. 내내내가 연애편지를 받았어요!"

평팅은 침착하게 공 차기를 마치고, 침착하게 차를 몰아 여자친구를 데리고 점심을 먹으러 가서, 침착하게 입을 열었다.

"꺼내봐요."

산산이 즉시 연애편지를 바쳤다.

"난 결백해요. 절대로 남자를 유혹하거나 바람을 피우지 않았다고요."

평팅은 태연하게 듣고 있었다. 그리고 가늘고 긴 손가락으로 편지지를 집고는 침착하게 검열하듯이 읽기 시작했다.

"글씨는 괜찮군…… 그 사람은 당신 이름도 모르나 보죠? 왜 고개를 안 들어요?"

산산은 자신의 결백을 강력히 입증하기 위해 굴하지 않고 말했다.

"그가 내 이름을 알 턱이 없죠. 난 다른 남자와 말을 섞지 않으니까요!"

보스는 그녀의 결백에 대해서는 분명 관심이 없었다. 그는 단번에 편지를 읽고 나서 불만스러운 말투로 말했다.

"어떻게 한 장 뿐이에요?"

저기요! 여자친구가 다른 남자한테 연애편지를 받았는데 이게 정상적인 남자친구의 반응인가요! 산산도 불만스러웠다.

"자기는 한 장도 안 줬으면서."

펑텅은 그녀의 말을 무시해버렸다.

"어떻게 처리할 거죠?"

"어, 안 받은 걸로 할까요?"

"내 경험상 당신이 그런 방식으로 처리한다면 나중에 끊임없이 연애편지를 받을 거예요."

산산은 코웃음을 치며 즉시 이야기를 옆길로 돌렸다.

"당신은 연애편지를 끊임없이 받아봤나 보죠?"

펑텅이 '당연한 것 아니냐'는 눈빛으로 그녀를 힐끗 보자 산산은 김이 빠져버렸다.

"오후에 바로 가서 거절해요."

산산은 계속해서 고개를 끄덕였다.

"아, 그리고, 거절하는 김에 물어봐요. 당신의 어떤 점에 반했는지."

펑텅은 턱을 쓰다듬으면서 말했다.

"이 문제로 골치 아픈 지가 오래됐거든요."

모처럼 동지가 생겼으니 이 기회에 서로 교류하는 것도 나쁘지 않겠다.

산산은 아무개 씨의 '괴롭힘'에 대해서는 벌써 오래전에 생활화되어서 못 들은 걸로 쳤다. 연애편지에 관해서는, 보스가 이미 처리하라고 명령을 내렸기 때문에 산산도 본격적으로 식사를 하기 시작했다. 몇 젓가락 먹지 않고 산산이 불평했다.

"왜 이걸 시켰어요. 이 집은 맛이 별로네요."

펑텅이 웃으면서 슬쩍 산산을 보았다. 산산 본인도 알아차리지 못한 것 같았다. 예전에는 그녀가 이런 곳에 오면 맛이 있든 없든 조심스러운 모습이었지 어떻게 감히 맛에 대해 평가를 할 수 있었겠는가. 그러나 지금은 마침내 이것저것 가릴 줄 알게 되었다. 펑텅은 절로 성취감이 들었다.

식사가 끝난 후 펑텅이 산산을 학원에 데려다주었다. 차에서 내리기 전에 산산은 결국 참지 못하고 더듬거리며 물었다.

"저기, 물어볼 게 있어요. 이 일에 대해 당신은 어떤 느낌이 들어요?"

펑텅이 눈썹을 치켜들었다.

"내 느낌이요?"

산산은 계속해서 고개를 끄덕였다.

"내 느낌은⋯⋯."

펑텅은 잠시 머뭇거리다가 흐뭇한 말투로 말했다.

"우리 산산이 마침내 다 컸구나."

저기요! 당신 여자친구가 연애편지를 받았다고요! '우리 집 딸이 다 컸구나' 하는 그 표정은 대체 뭐죠!

산산은 기절초풍했다.

오후에는 모두 4교시의 수업이 있다. 산산은 기다리고 기다리다 결국 2교시 수업이 끝난 후 목표 인물이 나가자 황급히 따라가서 그를 불렀다. 그런 후 사람이 없는 모퉁이로 가서 거절했다.

"어, 당신의 편지를 봤어요."

산산이 아직 할 말을 생각하고 있는데 상대방 남자는 의아한 표정으로 말했다.

"무슨 편지요?"

"네? 오전에 당신이 제 책에 두었던 거 말이에요."

상대방은 이상하다는 표정이었다. 산산은 어디가 이상한지 알 수 없어서 그 편지를 꺼냈다. 그는 편지를 보자마자 표정이 매우 안 좋아지더니 대단히 불친절하게 물었다.

"이 편지가 어떻게 당신한테 있죠?"

"네?"

산산은 멍해졌다.

같은 시간, 펑텅은 옌칭이 훗술을 들이키는 것을 보고 있었다. 펑텅은 원래 오후에 쉬면서 잡지를 좀 보다가 정시에 산산을 마중 나가서 저녁을 먹으려고 했다. 그러나 옌칭이 근심거리가 가득한 모습으로 찾아왔다. 그는 아무 말도 하지 않고 술을 연속해서 세 잔을 들이부었다.

펑텅이 물었다.

"무슨 일 있어?"

옌칭은 처음에는 말하지 않으려 했지만 나중에는 결국 참지 못하고 속사정을 털어놓았다.

"형도 블레인 알지?"

그는 펑위에의 전 남자친구다. 펑텅은 약간 이해가 되었다.

"왜 그래. 귀국했어?"

옌칭은 고개를 떨군 채 풀이 죽어 있었다.

"최근에……."

그가 말을 하다 말고 멈추었다.

펑텅이 그를 대신해서 말했다.

"위에한테 또 치근덕거리는 거야?"

옌칭은 묵인했다.

펑텅은 그가 사랑 때문에 괴로워하는 모습을 보고 정말이지 화가 나면서도 한편으로는 우습기도 했다. 둘은 아이까지 낳았으면서 아직도 이런 일로 괴로워하는 모습을 보고 펑텅은 매제가 과연 자신의 여동생과 천생연분이라는 생각이 들었다.

"뭐가 걱정이야? 위에가 어떤 사람인지 아직도 몰라서 그래?"

"위에를 못 믿어서가 아니야. 후."

옌칭은 자신의 느낌을 말하고 싶었지만 표현하지 못하고 길게 탄식하며 말했다.

"형, 산산 씨는 쫓아다니는 사람이 없으니 형은 내 기분을 이해 못할 거야."

펑텅의 얼굴이 갑자기 어두워졌다. 산산을 쫓아다니는 사람이 없기는 왜 없어. 오늘 어떤 사람이 연애편지를 전해줬었는데. 그러나 펑텅은 도량이 넓고 품격 있는 사람이기 때문에 조용히 계획을 꾸며 성패를 결정지을 것이다. 펑텅은 그를 위로하지 않기로 했다.

옌칭은 술을 물인 양 들이마신 탓에 부지런히 화장실을 들락거렸다. 펑텅은 그가 화장실에 간 틈에 산산에게 문자를 보냈다.

"잘 처리했어요?"

그런데 몇 분 후, 산산은 그에게 겨우 말줄임표를 보내왔다.

무슨 뜻이지? 펑텅은 눈살을 찌푸렸다.

옌칭이 돌아오자 펑텅은 이미 외투를 입고 있었다. 옌칭이 이상해서 물었다.

"외출해?"

펑텅이 고개를 끄덕였다.

"산산 씨 마중 가야 해."

그는 차 키를 들고 말했다.

"술 마셨으니까 운전하지 말고 위에가 데리러 올 때까지 기다려. 내가 전화해뒀어."

펑텅은 차를 학원 입구 맞은편의 도로에 세워두었다. 그는 산산이 머리를 늘어뜨린 채 걸어와서 힘없이 차 문을 여는 것을 보고 있었다.

펑텅은 산산의 책가방을 받아 뒷좌석에 던진 후 말했다.

"해결했어요?"

"해결할 필요 없어요."

산산이 시무룩하게 말했다.

"오해였어요. 그 연애편지는 내 옆 자리에 앉았던 아가씨에게 준 거였어요."

펑텅은 산산이 풀이 죽어 있는 모습을 보고 갑자기 기분이 언짢아졌다.

"오해라서 속상해요?"

"아니에요."

산산이 화를 내며 말했다.

"그 남자 정말 너무해요. 분명히 자기가 잘못 두었으면서 내가 함부로 그의 연애편지를 가져갔다는 거예요. 뭘 잘못 알고 있다고요! 내가 뭣 하러 남의 연애편지를 가져가겠어요. 그런데도 그는 기어코 자기가 교재에 쓰여 있는 이름을 보고 두었다고 딱 잘라 말하더군요. 안경을 맞춰야 할 것 같다니까요."

펑텅은 손가락으로 가볍게 핸들을 두드리며 말했다.

"잠깐, 이름을 보고 편지를 뒀다고 했어요?"

"그렇다니까요. 교재에 적힌 이름를 제대로 보고 뒀대요."

"그가 거짓말을 하는 게 아니라면, 산산 씨. 그 교재 주인인 미스 위라는 사람이 당신 책 안에 두었다는 생각은 안 해봤나요."

산산은 멍해졌다.

"그럴 리가요. 받기 싫으면 쓰레기통에 버리면 될 것을 뭣 하러 내 책 안에 두겠어요?"

그러나 펑텅은 천성적으로 의심하는 버릇 때문에 불분명한 다른 사람의 동기를 깊이 생각했다. 그리고 곧 더 이상 여러 말을 하지 않았다. 한바탕 해프닝이라면 그 남자도 볼 필요가 없었다. 그가 차를 몰아 출발하려고 할 때 마침 산산의 핸드폰이 울리기 시작했다.

산산은 가방에서 핸드폰을 꺼내 화면에서 깜박거리는 이름을 보며 의문이 들었다.

"누구예요?"

"정식 연애편지를 받아야 할 미스 위예요. 나한테 왜 전화했지?"

"받아요."

"네."

산산은 통화 버튼을 눌렀다.

"여보세요…… 네. 남자 친구가 데리러 왔어요. 아직 안 갔어요. 길 건너편이에요……아, 정말로 당신이 둔 건가요. 왜요…… 네. 그렇군요. 괜찮아요, 상관없어요…… 네? 이쪽으로 온다고요?"

산산은 차창을 내리고 차창 밖으로 고개를 내밀어 돌아보았다. 과연 옆자리에 앉았던 미스 위가 사뿐거리며 걸어왔다.

산산은 전화를 끊고 펑텅에게 말했다.

"자기가 실수했다고 나한테 사과한대요."

펑텅이 눈썹을 치켜올렸다.

"나도 들어봐야겠군요."

두 사람은 차에서 내렸다. 그녀는 하늘하늘한 자태를 유지한 채 이미 그들 앞에까지 걸어왔다. 그녀는 먼저 펑텅을 흘끗 보았다.

"산산 씨. 이 분이 당신 남자친구예요?"

산산은 고개를 끄덕였으나 상대에게 서로 소개를 시켜주지 않았다. 미스 위가 기다리다가 펑텅을 향해 웃으면서 먼저 자신을 소개했다.

"안녕하세요. 전 산산 씨와 같은 반 친구인 위민링이라고 해요."

펑텅은 오랜 전투에서 얻은 경험으로 이미 상대방을 훤히 꿰뚫고 있었다. 그는 미온적인 태도로 짧게 대답했다.

"안녕하세요."

위민링의 눈빛이 펑텅의 몸에 멈추었다. 그러나 그가 아무 반응이 없자 그녀는 산산에게 고개를 돌려 금방이라도 울 것 같은 표정으로 말했다.

"산산 씨 정말 미안해요. 화난 거 아니죠?"

산산은 그녀의 눈에서 터져 나올 듯한 눈물을 놀랍게 쳐다보면서 속으로 매우 난감했다. 그렇다고 울 것까진 없잖아? 어떻게 된 게 그녀가 피해자인 것 같았다.

"그 편지가, 그가 나한테 준 건지 정말 몰랐어요. 전 그를 아예 모르거든요. 말을 해본 적도 없고요. 내 기억에 당신들이 비교적 잘 아는 것 같아서, 그래서 그가 사람을 잘못 본 줄 알고 내가 당신 책에 둔 거였어요."

산산은 참지 못하고 물었다.

"내가 언제 그와 잘 알았다고 그래요?"

위민링은 펑텅을 살짝 보고나서 진상을 감추려는 것처럼 말했다.

"아, 내가 잘못 말했어요. 당신들도 잘 모르는 사이죠."

펑텅이 살짝 웃었다. 그런 후 무거운 표정을 하고 말했다.

"내가 잘못 들었나요. 쉐산산 씨, 그 편지가 뭔가요?"

위민링의 표정에 놀라움과 두려움이 드러났다.

"산산 씨. 아직 말 안 했어요? 미안해요. 난, 난 고의는 아니었어요."

산산은 아직도 이해가 가지 않았다…….

정말로 인재로다.

수업 사이의 겨우 몇 분 안 되는 그 짧은 시간 그녀는 이미 순식간에 그 연애편지를 이용해 어떻게 기회를 만들 것인지를 궁리한 것이다. 그러면서 은근히 그들을 방해해서 오해를 만들어냈다. 비록 반드시 효과가 있지는 않지만 기회는 많고 실패해도 손해볼 것이 없을 테니까.

젠장, 이런 인재가 무슨 CPA를 공부한다고. 당신이 가야할 곳은 베이징 영화학원이라고! 산산은 눈앞에 있는 연약한 여자를 훑어보면서 자신이 너무 많이 생각한 건 아닌지 살짝 의심이 들었다.

하지만 많이 생각했건 아니건 간에 산산은 그녀와 여러 말을 하고 싶지 않았다. 그녀는 고약한 취미가 발작한 펑텅을 쏘아본 후 목청을 가다듬고 말했다.

"봤죠. 우린 오해가 있어서 풀어야겠으니 먼저 갈게요."

위민링이 다급하게 한발 앞으로 나와서 말했다.

"산산 씨. 내가 두 사람에게 저녁 살게요. 사과의 뜻으로요."

"괜찮아요. 편지에 관한 오해는 분명하게 풀렸잖아요. 당신들이 잘되길 빌게요!"

차가 출발하고 위민링이 차 뒤로 멀어지자 산산은 몹시 분노하며 아무개 씨의 손을 깨물었다.

"바람둥이!"

돌이켜 생각해보니 사실 벌써 그런 기미가 있었다. 처음에 나는 위민링과 결코 잘 알지 못했다. 하지만 지금 생각해보면 아마 보스가 학원 입구에서 나를 기다린 뒤부터 가까워진 것 같다. 언젠가부터 공교롭게도 위민링이 내 옆에 앉거나 일찍 도착하면 내 자리를 맡아주었다.

게다가 위민링은 본의 아닌 척 여러 차례 펑텅을 화제 삼아 이야기를 했다. 얼마 전에는 나를 마중 나오는 사람이 한 사람이 맞냐고 묻기도 했다. 왜냐하면 차가 달랐기 때문이다.

정말로 대단한 관찰력이다.

당시에 보스를 차를 파는 사람이라고 설명했던 것 같다. 하지만 보스의 전신에서 풍기는 엘리트다운 분위기는 어떻게 해도 감출 수 없었겠지.

산산은 생각할수록 우울했다.

"당신이 중고차를 파는 사람이라고 했는데도 그녀는 어떻게 당신한테 관심이 있을까요."

"날 뭐라고 했다고요?"

말문이 막힌 산산은 즉시 화제를 돌려 씩씩거리며 말했다.

"수업을 듣는데도 라이벌이 나타나다니. 흥, 안 다닐래요!"

Part 36

　산산은 정말로 다시 수업을 들으러 가지 않았다. 하지만 학원 수업이 이미 막바지에 이르렀기 때문이기도 했다. 시험 전에 예상 문제를 찍어주는 마지막 한 시간 수업을 제외하고 나머지 수업은 가지 않아도 큰 상관이 없었다.

　순식간에 시험을 치르는 9월이 되었다. 시험 첫 날은 펑텅이 기사를 담당했고 둘째 날은 그가 일이 있어서 기사에게 그녀를 데려다 주라고 하려 했다. 하지만 시어머니께서 아들을 데리고 놀러가셨기 때문에 한가해서 좀이 쑤신 펑 아가씨가 자진해서 기사를 맡겠다고 했다.

　둘째 날 오후, 산산의 시험이 끝나는 시간에 맞춰 펑 아가씨가 그녀를 마중 나왔다.

　"세 과목 모두 끝났죠. 느낌이 어때요?"

　산산은 기뻐하며 고개를 끄덕였다.

　"거의 다 써냈어요. 합격할 수 있을 거 같아요. 하지만 CPA는 정말 장난 아니잖아요. 그러니 또 모르죠."

위에는 신이 나서 말했다.

"정말 잘 됐어요. 우리 축하해야죠."

"어, 그냥 느낌이 좋을 뿐이에요. 아직 성적도 안 나왔는데, 만일……."

"뭐가 걱정이에요. 성적이 나오면 또 한번 축하하면 되죠. 가요, 가요. 어디 보자."

펑위에는 시간을 보고 나서 말했다.

"우선 어디 가서 저녁부터 먹고 그 다음에 쇼핑해요. 그런 다음 밤에 오빠와 옌칭이 회의가 끝나면 함께 불러서 야식 먹어요."

"좋아요. 당신이 알아서 해요. 난 먹고 마시고 노는 거라면 자신 있으니까."

산산은 한참 시험에 억눌리기도 했고 시험이 끝나서 긴장이 풀어진 터라 쇼핑할 기운도 없었다. 결국 두 사람은 어두워질 때까지 쇼핑을 했다. 펑팅, 옌칭과는 8시 반에 약속을 했는데 그녀들이 약속 장소로 서둘러 갔을 때는 이미 9시 15분이었다.

위에는 지각을 다반사로 했기 때문에 아무런 죄책감도 느끼지 않았다. 그러나 산산은 다소 멋쩍어하며 펑팅에게 끌려 그의 옆에 앉았다.

"시험은 잘 봤어요?"

"합격할 것 같아요."

펑팅이 고개를 끄덕이며 말했다.

"한 과목도 통과하지 못하면 앞으로 시험 보지 마요."

산산은 퉁명스럽게 말했다.

"내가 세 과목 모두 통과하지 못하길 바라는 건 아닌가요."

펑텅이 성의 없이 말했다.

"그럴 리가요. 내 미래가 CPA 손에 달려 있는데."

위에가 키득거렸다. 펑 씨 집안의 도련님과 아가씨가 둘 다 메뉴판도 보려 하지 않자 옌칭이 한쪽에서 고생스럽게 요리를 주문했다. 그가 메뉴를 보고 일일이 물어보자 펑 아가씨가 짜증스럽게 말했다.

"그냥 아무거나 시켜. 아, 술도 시키고. 축하 자리에 술이 빠질 수 없지."

산산이 그녀를 저지했다.

"아니에요. 난 술을 못 마셔요."

위에가 말했다.

"못 마신다니 잘 됐네요. 억지로 술을 먹인 후에, 오빠?"

펑텅이 내키지 않는 듯이 말했다.

"내가 술을 먹여야 해?"

산산은 테이블을 엎고 싶었다.

"저기요, 적당히 좀 하시죠!"

펑텅이 산산을 달래며 말했다.

"알았어요. 술 안 먹일게요."

그는 와인 리스트를 들고 마음대로 뒤적이다가 웨이터를 불러 산산에게 음료를 주문해주었다. 산산은 이곳에 와 본 적이 있었는데 요리는 매우 괜찮지만 유일한 단점은 있어 보이는 척 한다는 것이다. 메뉴의 대부분이 거의 영어라 그녀는 번역 없이는 알아볼 수 없었다. 산산은 펑텅이 말한 몇몇 단어에서 "티tea"자만 듣고 엉겁결에 과일

차의 한 종류라고 생각해서 재빨리 고개를 끄덕이며 말했다.

"전 그 차를 마실래요."

펑텅이 웃음을 지었다.

산산에게 술을 먹이는 일을, 그만큼 잘 하는 사람이 누가 있을까.

한 시간 남짓 후.

위에는 수심이 가득한 얼굴로 펑텅이 산산을 거의 껴안다시피 하여 차에 태우는 것을 보고 있었다. 그녀는 돌아서서 옌칭에게 말했다.

"오빠가 산산 씨를 어떻게 하지는 않을까?"

옌칭이 말했다.

"당신은 형이 어떻게 하길 바라는 거야, 안 하길 바라는 거야?"

위에는 멀리 앞날을 내다보며 탄식했다.

"우리 아기도 사촌동생이랑 놀 때가 된 것 같아."

펑텅은 차를 몰고 시내에 있는 아파트로 갔다.

산산은 술에 취해 흐리멍덩한 눈으로 문을 보고 이상해서 물었다.

"왜 당신 집이죠?"

"이렇게 취해서 어딜 가려고요?"

산산은 '아' 하고 고개를 끄덕였다. 그리고 얼굴빛을 바로잡아 정색을 하고 말했다.

"그럼 약속해요. 술김에 아무 짓도 하지 않겠다고."

펑텅은 실소를 금치 못했다. 그런 말도 할 줄 알다니 산산이 정말로 만취했나 보다. 펑텅은 건성으로 그녀를 달래며 말했다.

"알았어요. 약속 안 해요."

산산은 그 말 속의 논리적 모순 때문에 더욱 어지러워졌다. 그녀는 바보스럽게 그를 보면서 눈살을 찌푸리고 잠시 생각하다가 비로소 눈살을 펴고 즐거워하며 말했다.

"그럼 나도 약속 안 해요."

그런 후 매우 기뻐하며 평텅의 몸으로 달려들어 두 손으로 그의 목을 끌어안고 거칠게 그의 입술로 돌진했다.

평텅은 처음 얼마 동안은 웃을 수도 울 수도 없었다. 그는 그녀의 서투른 키스를 내버려둔 채 산산이 떨어질까 봐 허리를 꼭 껴안고 있어야만 했다. 그러나 달콤한 과일주의 맛이 두 사람의 입 안 가득 퍼지면서 그녀의 말캉말캉한 작은 혀가 서서히 그의 혈기를 자극했다.

그는 한 손으로는 그녀를 안은 채 한 손으로는 호주머니에서 열쇠를 꺼내 문을 열었다. 그리고 그의 몸에서 마구 비벼대고 있는 어떤 녀석을 안고 집으로 들어갔다. 그런 후 몸을 뒤로 젖혀 발을 차서 문을 닫았다. 막 주객이 전도되려고 하던 때에…….

산산이 일을 마무리했다.

그녀는 입술을 떼고 작게 하품을 했다. 그리고 살짝 싫은 티를 내며 말했다.

"그만할래요. 졸려요. 자야겠어요."

선포를 완료한 후 산산은 평텅의 어깨에 엎드렸다. 그리고 어느새 가볍고 고른 숨소리가 들려왔다. 이미 만반의 준비를 갖추고 있던 남자는 헛되이 남겨지자 그녀를 안은 채 부득부득 이를 갈았다.

후, 술에 취한 후 보스를 화나게 하는 것을, 산산만큼 잘 하는 사람이 누가 있을까.

아침에 깨어나보니, 산산은 보스의 벌거벗은 건장한 가슴 안에서 뒹굴고 있는 자신을 발견했다. 그의 팔을 벤 상태로 입술은 단단한 근육에 거의 닿아 있었으며 손으로는 그의 허리를 더듬고 있었다. 어떡하지?

산산의 반응은.

'얼른 눈을 감고 좀 더 만져야겠다. 아이고, 어째서 꿈을 꾸고 있을까? 이렇게 진짜 같은데. 모처럼의 기회이니 눈을 감고 더 자야겠다. 이 꿈을 더 오래 꿔야지.'

그리고 점점 정신이 들었다⋯⋯.

정신이⋯⋯.

산산은 깜짝 놀랐다.

그녀는 부들부들 떨며 손을 움츠린 뒤 조심조심 머리를 들어 조금씩 몸을 옮기면서 범죄 현장을 떠나려 했다. 그러나 한쪽 다리가 미처 떨어지기 전에 그가 뒤에서 껴안아 세차게 잡아 당겼다.

이번엔 더 잘 됐다. 대놓고 그의 몸에 엎드리게 되었으니.

"어딜 도망가요?"

막 깨어난 남자의 목소리는 나지막하고 잠겨 있었다.

"내, 내가 언제 도망갔어요."

펑텅이 이 문제에 대해 잡고 늘어지는 걸 방지하기 위해 산산은 선제공격을 하듯 그에게 따졌다.

"어떻게 옷도 안 입고 자요!"

펑텅이 반쯤 눈을 뜨고 엷은 미소를 띠었다.

"안 입기는, 못 느꼈어요?"

말을 하면서 그는 실하고 힘 있는 긴 다리를 살짝 움직여 산산을 즉시 한층 더 곤란한 상황으로 빠뜨렸다.

저기. 내가 말한 건 잠옷이지 잠옷 바지가 아니라고요. 게다가 당신의 그 행동은 도대체 나더러 당신의 잠옷 바지를 느끼라는 건지 아니면…….

진격 명령을 기다리고 있는 그의 후끈후끈한 그것이 느껴지자 산산의 두 뺨이 뜨겁게 달아올랐다. 그녀는 작은 소리로 그에게 상기시켜주었다.

"술김에 아무 짓도 안 하겠다고 어제…… 약속했잖아요."

"아직 기억하는군요."

그녀의 엉덩이 위에 머물러 있던 손바닥이 아무 거리낌 없이 그녀의 엉덩이를 여러 차례 때렸다.

"어제 먼저 시작한 사람이 누구죠?"

"상관없어요. 말을 했으면 책임을 져야죠."

"당연히 책임졌죠."

산산은 그제야 안심이 되었다. 아무개 씨가 다시 태연하게 말했다.

"근데 산산 씨, 우리 지금은 술이 깬 거 같아요."

산산은 할 말을 잃었다. 경험상 오늘 그가 목적을 달성하지 않으면 그는 그녀를 놓아주지 않을 것이다. 산산은 순순히 운명으로 받아들이고 그의 벌거벗은 단단한 가슴에 뺨을 바싹 붙이고 말했다.

"그럼 하세요. 빨리요."

사실 마지막에는 아무 짓도 하지 않을 걸 알기 때문에 산산은 그가 원하는 대로 하도록 놔두는 거겠지…….

침실과 연결되어 있는 화장실에서 산산은 온통 새빨개진 얼굴을 씻고 있었다.

방금 보스는…… 전혀 만족하지 못했겠지. 말이 나와서 말이지, 사실 보스는 아주 군자다웠다. 계산해보니 그들이 사귄 지도 반년이 넘었다. 그녀는 폭발 직전인 그의 욕망을 여러 번 느꼈었지만 결국에는 아무 일도 일어나지 않았었다. 산산은 펑텅이 왜 참는지 알 수 없었다. 하지만 그러한 펑텅은 확실히 산산에게 더할 나위 없이 안심을 느끼게 했다.

산산은 얼굴의 거품을 씻어 내고 고개를 들어 두 눈이 반짝반짝 빛나는 거울 속 자신을 보고 있었다.

어제 CPA 시험을 끝내고 아직 집에 알리지 않았다. 중요한 건…… 이제 아빠, 엄마에게 그녀와 보스의 일을 말할 때가 되었다는 것이다.

부모님께 알리기로 결심했지만 산산은 어떻게 말할지 궁리만 하다가 하루를 보냈다. 산산은 펑텅의 집에서 밤까지 꾸물대다가 그가 위층 서재에서 미국 측 바이어와 화상회의를 하는 틈에 집으로 전화를 걸었다. 엄마에게 CPA 시험의 상황을 건성으로 보고한 다음, 긴장하며 본론으로 들어갔다.

"참, 엄마, 말씀 드릴 게 있어요."

"또 무슨 일인데?"

"저 남자친구가 생겼어요."

산산은 말을 하자마자 무의식적으로 핸드폰을 멀리 떨어뜨렸다. 과연 핸드폰 속 엄마의 목소리가 갑자기 커졌다.

"뭐라고?!! 남자친구가 생겼다고?"

산산의 엄마는 기뻐하며 말했다.

"그때 동료라던 그 팡 보좌관이니?"

봤지! 보스를 피해서 전화를 한 건 과연 현명한 일이었다!

"아니에요! 하지만 역시 동료인 셈이죠……."

산산의 엄마는 납득할 수 있었다.

"아니어도 좋구나. 팡 보좌관은 보면 정말 좋긴 한데, 너무 잘나서 너하고는 별로 안 어울려. 역시 평범한 동료가 좋지. 조건이 비슷한 사람을 만나야 한단다."

산산은 침묵했다.

산산의 엄마는 하하 호호거리며 잔뜩 말을 늘어놓았다. 그러나 딸 쪽에서 아무 소리도 나지 않자 자연히 이상했다.

"여보세요. 왜 아무 말도 없니. 엄마가 몇 마디 했다고 쑥스러운 게야?"

"그게 아니라, 저, 엄마, 뭐냐면……그는 팡 보좌관님보다 더 높은 사람이에요. 우, 우리 사장님이에요."

이번에는 엄마 쪽에서 말이 없었다. 산산의 사장이라고…… 한참 후 산산의 엄마가 말했다.

"산산아. 너 사기꾼을 만난 건 아니겠지?"

"엄마! 제가 우리 사장님도 몰라보겠어요?"

"그건 단언하기 어렵지. 네가 어렸을 때 큰길에서 엄마를 잘못 알아봤었잖아."

산산은 당황했다.

"그때는 너무 어렸었잖아요! 전 기억도 안 나요."

"세 살 버릇이 여든까지 간다고!"

"사기꾼은 정말로 아니에요."

한참을 말했는데도 엄마가 끝내 믿으려 하지 않자 산산은 방법이 없었다.

"알겠어요. 그 사람보고 직접 말하라고 할게요. 끊지 마세요."

화상회의는 지금쯤이면 끝났겠지. 산산은 펑텅의 서재로 달려가서 그에게 핸드폰을 들이밀었다.

"우리 엄마예요. 제발 당신이 사기꾼이 아니라고 증명해줘요."

펑텅은 핸드폰을 받아 들고 산산 엄마와의 통화를 서두르지 않고 우선 산산에게 분부했다.

"아래층에 가서 커피 좀 내려줘요."

한밤중에 무슨 커피람. 분명히 내보내서 산산이 듣지 못하게 하려는 것이다. 산산은 그의 말을 듣는 척하며 몰래 서재 밖에 쪼그리고 앉아 문에다 귀를 바싹 댔다. 하지만 애석하게도 아무 소리도 들을 수 없었다.

잠시 후 산산은 갑자기 생각났다. 예전에 할아버지의 병원을 옮기도록 도와줬던 사람이 사실은 펑텅이었다고 말하지 않은 것이다. 아이고! 어떻게 그 사실을 잊어버렸을까. 좀 전에는 정말이지 엄마의 성화 때문에 얼이 빠져 있었다.

산산은 황급히 문을 열고 들어가 펑텅에게 일깨워주려고 했다. 그러나 펑텅이 핸드폰을 내려놓는 것을 보니 이미 전화를 끊은 것 같았다.

산산은 잔뜩 기대를 모으고 물었다.

"어떻게 됐어요? 우리 엄마가 당신을 믿어요?"

"모르겠어요."

"네?"

산산은 보스가 그녀의 신임을 깊이 저버렸다고 생각했다.

"하지만 이건 중요하지 않아요."

"어떻게 중요하지 않아요! 우리 엄마는 당신을 사기꾼이라고 생각하신다고요!"

"쉐산산 씨, 지금 몇 시죠?"

시간은 물어서 뭐하지. 산산은 벽시계를 보았다.

"10시 22분이에요."

"밤?"

"허튼 소리!"

펑텅이 고개를 끄덕였다.

"이해했어요?"

"뭐를요?"

산산은 모기향 모양처럼 뱅글뱅글 돌아가는 눈을 하고 있었다.

"밤 10시가 넘은 시간에 당신이 내 집에…… 그러니까, 지금 내가 사기꾼인지 아닌지는 이미 중요하지 않게 되었어요."

펑텅은 침착하게 말했다.

"당신 어머니는 이미 아실 거예요. 내가 사기꾼이라 할지라도 속일 건 이미 다 속였을 거라고."

산산은 마침내 이해했다. 그런 후 반사적으로 자신의 핸드폰을 향해 돌진했다.

"아아아, 당장 돌아갈래요. 아니지. 분명히 얘기해야겠어요. 난 아직 순결하다고!"

펑텅이 손을 뻗어 난폭하게 달아나려는 아무개 씨를 붙잡아 안고

서 그의 무릎 위에 앉혔다.

"그럴 필요 없어요. 곧 순결하지 않게 될 테니까."

"네?"

산산은 문득 위험을 감지했다. 그녀의 허리춤에 있는 그 나쁜 손은 지금 유달리 힘이 쎘다. 산산은 꼼짝도 할 수 없었으며 성숙한 남성의 숨결이 그녀의 귓가로 뿜어져 나왔다.

"쉐산산 씨, 당신 어머니한테 당신이 마침내 날 믿게 되었다고 말씀 드릴래요?"

산산이 미약한 소리로 반박했다.

"내가 언제 당신을 안 믿었다고 그래요."

펑텅은 '음' 하고 그녀의 명치 부근에 손바닥을 왔다 갔다 하며 가볍게 쓰다듬었다.

"여기가 안 믿었잖아요."

비록 옷을 사이에 두고 있었지만 그의 손바닥은 마치 다리미처럼 매우 뜨거워서 산산은 온몸의 기운이 다 빠져버렸다.

'안 돼. 이 기회에 못된 짓을 하게 둬서는 안 돼.' 산산은 허둥지둥 그의 손을 붙잡았지만 결국 옷은 엉망이 되고 단추가 두 개나 풀어졌다.

펑텅이 웃으며 못된 손을 멈추었다.

"들어와서 살아요."

"네?"

"오늘 들어와요."

"벌써 한밤중이잖아요."

"사람 먼저."

마지막 네 글자는 이미 모호했다. 뜨거운 입술이 그녀의 목을 가볍고 느리게 빨기 시작했다. 산산은 곧 무슨 일이 생길 거라는 걸 직감했지만 온몸에 힘이 풀리면서 저항할 힘을 잃어버렸다.

사실 펑텅이 지금보다 더 지나치게 한 적이 여러 번 있었다. 하지만 그때마다 그는 마지막 결정적인 순간에 이르러서 즉시 그만두었다. 바로 아침에 그랬던 것처럼. 하지만 이번에는 아마도……

다른 것 같다.

보스는 줄곧 이 날을 기다리고 있었는지도 모르겠다. 그는 그녀가 마침내 모든 우려를 날려버릴 때까지 그녀를 기다려주었다. 그러고 나서 그는 드디어 마음을 놓고 대담하게 모든 사람을 향해 그들이 연인 사이임을 선포했다. 사실 그는 자부심이 매우 강한 사람이다.

"펑텅 씨……"

친밀한 관계를 갖는 사이에 산산이 간신히 가쁜 숨을 할딱거리며 그를 불렀다.

"음?"

"내일 이사하는 거 도와줘요. 집도 빼야겠어요."

이게 그에게 할 말인가? 펑텅이 웃으며 말했다.

"그럴 필요 없어요. 당신 집주인은 나니까."

뭐, 뭐라고? 산산은 한참이 지나서야 반응을 했다. 이렇게 친밀한 상황에 처해 있는데도 산산은 분노를 참지 못하고 펑텅을 질책했다.

"과연 부르주아야. 못됐어! 어떻게 내 월급의 삼분의 일을 몰래 회수해갈 수 있죠!"

펑텅이 살짝 웃었다.

"이제 부르주아가 사람과 돈을 모두 가져가도 될까요?"

산산은 조용해졌다. 그리고 그의 품에 얼굴을 묻고 말했다.

"서재에서는 싫어요."

그런 후 그녀는 가느다란 목소리로 말했다.

"가져가요."

Part 37

어깨 위에 갑자기 습한 열기가 느껴지자 산산은 온몸이 파르르 떨렸다. 그녀는 비몽사몽간에 한참 동안 그가 하는 대로 내버려뒀다가 비로소 졸린 눈을 뜨고 항의했다.

"그만 해요. 늦겠어요."

"토요일인데 늦긴 뭐가 늦어요?"

어, 또 토요일이야?

하지만 펑텅은 신뢰도가 매우 떨어지기 때문에 산산은 그를 믿지 않았다. 얼마 전에 한번은 이런 일이 있었다. 역시 이른 새벽이었는데 그날도 그에게 눌린 채 일을 치르고 있었다. 산산은 월요일이어서 출근을 해야겠다고 생각했지만 펑텅은 일요일이라고 우겨댔다. 아직 잠이 덜 깬 상태라 정신이 맑지 않아서 그녀는 속고 말았다. 결국 그에게 머리부터 발끝까지 괴롭힘을 당한 다음 정오까지 늦잠을 잤다. 그리고 깨어나서야 알아차렸다.

정말로 월요일이었다. 아아아!

그는 비행기를 타고 출장을 가야해서 출근할 필요가 없었다. 그러나 그의 모함으로 그녀는 지각했다. 아아아!

이번 달 개근상은 어떡하라고!

산산은 분노하며 펑텅에게 개근상이 날아가게 생겼다고 항의했다. 결국 그에게 뜻밖의 대답을 들었다.

"개근상이요? 내가 당신에게 직접 줄게요. 세금도 공제할 필요 없어요."

"좋아요. 합리적인 탈세인 셈이네요."

산산은 그가 너무 뻔뻔한 것 같았다.

아침에 야수의 본성을 드러낸 그러한 일을 하고도 이런 실없는 소리를 할 수 있다니.

가장 끔찍한 것은 펑텅이 무슨 생각에 잠긴 듯했다가 꺼낸 다음 말이었다.

"산산 씨, 우리 다른 종류의 개근상을 받으면 안 될까요?"

산산은 침대에서 손을 뻗어 그를 마구 꼬집고 때렸다. 그러다가 시계가 만져지자 그의 손목을 들어 날짜를 확인했다. 정말로 토요일이었다. 펑텅도 서두르지 않고 그제야 나직이 웃으며 물었다.

"이제 허락하는 건가요?"

산산은 애정을 표시하며 저항했다.

"목만 계속 깨물지 마요."

"아, 부르주아는 모두 흡혈귀에요."

한참 동안, 방안에서는 이상한 소리가 들렸다.

"어디서 들어본 말 같은데……."

아침에 세무국도 관여하지 않는 합리적인 탈세를 처리한 후, 펑텅은 매우 만족해하며 샤워를 하러 갔다. 산산은 그와 함께 씻고 싶지 않았기 때문에 침대에서 몸을 두 바퀴를 굴린 뒤 일어나 물건을 정리했다.

산산의 물건을 옮겨온 지 이미 여러 날이 지났다. 계속해서 정리하다보니 이제는 풀지 않은 옷만 남아 있었다. 산산은 옷을 일일이 정리해 옷장에 걸면서 옷장의 옷들을 보고 저도 모르게 시무룩해졌다.

본가에는 남녀의 드레스 룸이 나눠져 있다. 하지만 시내의 집은 그렇게 격식을 따지지 않아서 산산과 펑텅의 옷을 함께 넣게 되어 있다. 안 봤으면 몰랐겠지만 보고 나니 깜짝 놀랐다. 알고 보니 보스의 옷은 예상 외로 대단히 많고 장관이었다. 대조적으로 산산의 얼마 안 되는 옷은 그야말로 불쌍한 수준이었다.

산산은 줄줄이 열을 지어 걸려 있는 빳빳하게 다려진 양복 위에 손가락으로 금을 그었다. 그리고 무슨 생각이 들었는지 모르겠지만 갑자기 얼굴이 붉어졌다.

머리를 닦으며 욕실에서 나온 펑텅이 옷장을 휘둘러보더니 미간을 찌푸렸다.

"오후에 위에를 불러서 쇼핑해요. 그리고 여기를 가득 채워요."

그는 아내보다 옷이 많은 남자는 되고 싶지 않았다.

펑텅은 또 한 가지 일이 생각나자 그녀에게 일깨워주었다.

"쉐산산 씨, 내가 준 가족 카드는 언제 쓸 거죠?"

아주 오래전에 펑텅은 산산에게 가족 카드를 줬다. 그러나 그의 카드 명세서에서 여태껏 산산의 소비 내역이 나타난 적이 한 번도 없었다. 그가 때때로 말을 꺼내기도 했지만 한번은 산산이 당시에 반짝 반짝 빛나는 눈으로 갑자기 아부를 하며 말했다.

"전 전혀 쓸 데가 없어요. 우리 사장님이 매우 대단하시거든요. 돈도 잘 벌고 인색하지도 않아요. 월급과 상여금도 아주 많이 주시기 때문에 한 푼도 쓰지 않았어요!"

그래…….

펑텅은 명색이 그녀의 남자친구로서는 만족하지 못했지만 그녀의 사장으로서는 허영심에 사로잡혀 대단히 만족했다. 그는 칭찬하는 척하는 산산의 후림에 속아 넘어가 더 이상 추궁하지 않았다.

하지만 이제 산산은 옷을 더 사야만 한다. 아마 그녀의 사장이 주는 월급으로는 충분하지 않을 것이다.

그가 갑자기 카드 얘기를 꺼내자 산산의 머릿속에 가득 찬 아름다운 생각은 놀라 달아나버렸다. 산산은 얼른 손을 움츠려 계속해서 옷 정리에 몰두했다. 정리하면서 그녀가 말했다.

"당신 카드는 쓰기 싫어요."

펑텅은 얼굴이 어두워지며 마음이 언짢아졌다. 산산이 지금에 와서 자신과 이렇게 정확히 계산을 하려고 들 줄은 생각지 못했다. 그가 침울한 표정으로 막 입을 열려고 할 때, 산산이 옷을 쌓아놓고 고개를 돌렸다. 그녀는 벌컥 화를 내며 말했다.

"왜 당신이 직접 결제하면 안 되는 거죠!"

산산은 오랫동안 이게 불만이었다고!

"매번 위에 씨랑 쇼핑하라고 했잖아요! 말해봐요! 우리가 사귀고 나서 지금까지 당신이 날 데리고 쇼핑하러 간 적이 있었나요? 네?"

말이 떨어지기가 무섭게 펑텅이 산산을 틀어쥐고 잔뜩 화가 난 볼을 약하지도 세지도 않게 어루만졌다. 그리고 나지막이 웃으며 말했다.

"셔츠 좀 골라줘요."

"네?"

"내가 결제하길 원하잖아요."

비록 셔츠 고르기가 또 한 번의 수습할 수 없는 그 무엇으로 변화 발전하지는 않았지만 출발할 때는 이미 오후가 되었다. 보스와 처음으로 함께 가는 쇼핑이어서 산산은 매우 흥분했다. 산산은 펑텅이 자신을 얼마나 중요하게 생각하는지 확인하기 위해 가는 도중에 조사를 시작했다.

"내가 어떤 스타일의 옷을 입었을 때 예쁜 거 같아요?"

"다 똑같아요."

무슨 대답이 이렇지. 산산은 그의 말에서 조심스럽게 증거를 찾았다.

"다 똑같이 예쁘다고요?"

"산산 씨. 운전할 때는 함부로 농담하지 마요."

그리하여 산산은 예감했다. 보스가 친히 나서서 카드를 긁도록 한 일로 아마도 쓰라린 대가를 지불하게 되리란 걸……

과연 겨우 첫 번째 매장에서 보스의 트집 잡기 본성이 발작했다.

"이거 예뻐요?"

"음……."

그의 양 미간이 살짝 모아졌다.

산산은 묵묵히 피팅룸으로 들어가 옷을 벗었다.

"이건요?"

"이……"

다시 벗었다.

"그럼 이건 어때요?"

산산은 이번에는 요령이 생겨 서둘러 갈아입지 않고 먼저 펑텅에게 보여주었다. 결국 그가 훑어보더니 마침내 온전한 한마디를 했다.

"당신한테 안 맞아요."

그는 한마디도 지지 않으려고 한다!

산산은 즉시 피팅룸으로 들어갔다. 몇 분 후…… 산산이 나왔다. 하지만 그녀가 입고 있는 것은 원래 자기 옷이었다. 직원의 친절한 눈빛을 받으며 산산은 헛기침을 하고 옷을 돌려주었다.

"저한테 안 어울려요."

고개를 돌리자 웃음을 참지 못하는 보스의 눈빛이 보였다. 산산은 부끄럽고 약이 올랐다!

눈물을 머금고 첫 번째 매장을 나와 산산이 간절하게 제안했다.

"당신은 어디 가서 좀 쉬는 게 어때요."

펑텅은 동의하지 않았다.

"같이 쇼핑하러 가자고 한 사람이 누구죠?"

바로 스스로 화를 자초하지 않고는 살 수 없는 어떤 멍청이다. 산산은 묵묵히 하늘에 맡기고 다음 매장으로 발을 들여놓았다. 산산은 흉악스러운 표정으로 아무개 씨에게 경고했다.

"이따가 결제할 때 말고는 아무 짓도 해서는 안 돼요."

말을 하고 바로 고개를 돌리자 매장 입구에서 손님을 맞이하는 아가씨가 경외의 눈으로 그녀를 보고 있었다.

평텅은 한쪽에 앉아 빽빽하게 걸려있는 옷들 사이에서 활기차게 왔다 갔다 하는 산산을 보고 있었다. 잠시 후 그녀는 입어볼 옷을 몇 벌 받쳐 들고 하나하나씩 거울에 비춰보았다. 그런 후 돌아서서 점원에게 어떤지 물어보았다. 점원 아가씨는 당연히 한결같이 고개를 끄덕이며 전부 예쁘다고 했다.

산산은 망설여져서 고개를 돌려 그를 보았다. 아마 의견을 묻고 싶은 것 같았다. 그러나 곧 토라진 것처럼 몸을 돌렸다.

평텅은 내심 웃지 않을 수 없었다. 사실 먼젓번 매장에서 산산이 입었던 옷들도 모두 예뻤지만 일부러 온갖 트집을 잡았다. 그는 자신을 기쁘게 하기 위해 애써 고민하는 그녀의 모습을 보는 것이 즐거웠을 뿐이었다.

평텅이 한창 고약한 악취미로 좀 전에 침울해하던 산산의 모습을 회상하다가 눈을 들어 보니 트렌치코트를 받쳐 들고 달려오는 그녀가 보였다.

"평텅 씨, 이거 당신이 입으면 괜찮을 것 같아요!"

산산은 정말 뒤끝이 없다. 토라진 지 3분도 안 지났는데 말이다. 평텅은 실소하며 옷을 입어보지도 않고 점원 아가씨에게 바로 구매 의사를 나타냈다.

"사이즈가 맞는지 안 입어봐도 돼요?"

"당신이 골랐는데 안 맞을 리가 있겠어요?"

그의 말 속에는 깊은 뜻이 있었지만 애석하게도 눈앞의 사람은 분명 이해를 하지 못했다. 산산은 자신이 눈썰미가 있다고 칭찬하는 줄로 여기고 뿌듯해했다.

"앞에 매장에서 입었던 옷들도 다 예뻤어요."

펑텅이 말했다.

"네?"

"이따가 사러 가죠."

"네?"

"안 들어갔던 것 빼고."

산산은 마음이 놓였다. 보스는 과연 정상이었다.

갑자기 보스가 아주 심하게 트집을 잡지 않는 것 같았다. 산산은 재빨리 기회를 포착해 여러 벌을 샀다. 오후가 다 갔지만 큰 성과를 얻은 셈이었다. 하지만 옷장을 가득 채우기에는 터무니없이 모자랐다.

쇼핑몰을 나오기 전에 펑텅은 산산이 산 옷이 아직도 부족한 것 같아 산산 대신 닥치는 대로 몇 벌의 옷을 골라 함께 계산했다.

"입어 보지도 않았잖아요. 안 맞으면 어떡해요?"

"안 맞으면?"

펑텅은 잠시 생각하는 척하더니 말했다.

"그럼 벗으면 되죠."

산산은 이번에는 이해했다. 그녀는 멀리 있는 점원 아가씨를 불안하게 쳐다보고는 그를 끌고 잽싸게 매장을 나왔다.

점원 아가씨는 분명 듣지 못했을 것이다. 하지만 산산은 당분간 이 매장에 오지 않을 것이다!

오후 내내 쇼핑을 했더니 진수성찬을 먹을 힘도 없었다. 그래서 보스를 끌고 소고기 국수를 먹으러 갔다. 집에 갈 때는 완전히 날이 어두워졌다. 차가 아파트 단지로 진입하자 경비원이 공손하게 그들을 가로막았다.

"펑 사장님, 펑 부인, 잠시만 기다리세요. 택배가 있습니다."

그는 금방 네모난 소포 상자를 받쳐 들고 나와 본인 확인을 했다.

"펑 부인의 성이 쉐인가요?"

"저······."

산산은 난처했다.

펑텅이 고개를 끄덕이며 말했다.

"맞아요."

"그럼 맞네요."

경비원은 소포를 산산에게 건네주고 순박하게 웃으면서 말했다.

"펑 부인께서 전화를 안 받는다고, 택배 기사가 여기에 놓고 갔어
요."

산산은 귀가 뜨거워졌다.

"나갈 때 깜빡하고 핸드폰을 안 가져갔어요. 감사해요."

차는 다시 출발했고 펑텅이 눈썹을 치키며 말했다.

"누가 보낸 거예요? 펑 부인."

산산은 말없이 그를 흘겨보았다.

사실 산산도 누가 보낸 소포인지 알지 못했다. 발송인은 이미 흐릿
해져서 잘 보이지 않았다. 산산은 집에 들어와서 상자를 뜯었다. 알
록달록한 소설책의 커버를 보고 나서야 생각이 났다. 바로 쌍이가 보
낸 '교재'였다.

며칠 전 산산은 QQ에서 채팅을 하던 중 실수로 흔적을 보였다.
그래서 그 일은 곧 쌍이의 민감한 레이더망에 걸리고 말았다. 그리하

어 간사한 쌍이는 대단히 흥분했다.

"마침내 기술 지도에 나 루쌍이가 등장할 차례가 되었군. 하하하!"

그리하여 오늘, 쌍이가 말한 '교재' 꾸러미를 받게 된 것이었다.

산산은 한 권을 들었다. 쌍이가 선택한 책은 그들에게 딱 맞는 맞춤형 교재였다. 제목은 『잔혹한 사장과 흰 토끼』다.

우선 직업이 정확하지?

정선된 교재지?

하지만 아무 데나 펼치자마자 나오는 각종 낯 뜨거운 장면은 뭐지!

산산은 개의치 않고 두 눈으로 교재를 주시했다. 그녀는 소설 속 고난도의 자세에 큰 충격을 받고 저도 모르게 숭배하는 마음으로 계속 읽어나갔다. 보면 볼수록 얼굴이 귀밑까지 빨개졌지만 한편으로는…… 눈을 뗄 수가 없었다.

산산이 한창 몰입하여 보고 있는데 갑자기 누가 손에 든 책을 빼앗아 갔다.

건장한 남자가 그녀 앞에 서서 손이 가는대로 책을 펼쳤다. 그런 후 그의 아름다운 눈썹이 살짝 치켜 올라갔다.

산산은 너무 부끄러워 머리를 푹 떨군 채 아무 말도 하지 않았다. 망했다, 망했어. 보스는 틀림없이 나를 색정광이라고 생각할 거야. 엉엉엉……

산산의 마음속에는 갖가지 눈물이 흘렀다. 눈물은 바다로 거세게 흘러 들어가 다시는 돌아오지 않았다.

펑텅은 아주 작은 그 책을 단숨에 읽고 나서 나지막이 속삭였다.

"산산 씨, 뜻밖에도 당신이 이런 걸 좋아할 줄은 몰랐어요."

그는 진지한 표정으로 자책했다.

"내가 직무를 게을리 했군요."

산산은 나쁜 예감이 들었다.

"내, 내가 뭘 좋아한다고요?"

펑텅은 곰곰이 생각하다 말했다.

"당신은 내가 더…… 음, 잔혹하게?"

산산은 그의 말을 이해할 겨를도 없이 그에게 덥석 안겨 침실로 들려 들어갔다. 그리고 밤새 '잔혹하게' 고문당했다.

그러게 친구는 신중하게 사귀어야 한다더니. 연애소설 작가 같은 부류의 친구가 가장 위험하다고!

Part 38

날이 서서히 서늘해지자 산산은 나중에 두 차례 더 옷을 사러 갔
다. 하지만 옷장 안에서 그녀는 여전히 절대적 약세를 면치 못하고
있었다. 그러나 사실 너무 많이 사도 입을 수 없다. 산산은 매일 곱게
차려 입고 출근하기는 싫었다.

아, 말하자면, 최근에 산산은 사랑과 일에 있어서 둘 다 대단히 만
족스럽다고 할 수 있었다. 사랑은 말할 것도 없는 게 그야말로 몸이
견딜 수 없을 정도로 대단히 만족스러웠다. 일에 관해 말하자면 비
록 개근상은 이미 뜬구름이 되었지만 그녀는 펑텅 그룹에 정식 입사
한 지 이미 일 년이 되었다. 다시 말하면, 마침내 임금이 다소 인상될
수 있다는 얘기다.

이번에 임금 인상이 얼마나 이루어질지는 알 수 없었지만 산산은
흥분하며 기대를 모으고 있었다.

들떠 있는 그녀와는 달리 이 일을 주관하는 회사의 고위급 간부
들은 이 일로 고민하느라 머리가 빠질 지경이었다. 지금 펑텅에는 위

아래 할 것 없이 쉐산산 사원과 펑 사장의 관계를 모르는 사람이 아무도 없었다. 그러니 임금 인상을 도대체 얼마나 해야 적합할까?

재무과 과장은 한결같이 매우 정직한 사람으로 그는 산산의 평소 업무 태도에 근거하여 공정하게 평가했다. 그래서 그녀에게 측정해준 임금 인상폭은 중간을 약간 웃도는 수준이었다. 그러나 더 높은 임원의 손에 결재 서류가 보내졌을 때 그들은 많은 생각을 하게 되었다.

임금 인상폭이 중간을 약간 웃도는 수준이라면 산산과 사장이 언짢아할까? 하지만 만약 단번에 최고 등급을 주면 아부하는 게 너무 확연히 드러나지 않을까?

불쌍한 임원들은 마음속으로 옳지 않다고 여겼다. 정말이지, 남편이 아내에게 임금을 인상해주는 이런 집안일을 그들이 고민해야 하다니. 젠장, 그들도 임금 인상을 원한다고!

결국 그들은 결심했다. 이러나저러나 결국 당신들 집 돈이니까 많이 준들 무슨 상관이겠냐고 생각했다. 그리하여 그들은 일필휘지하여 최고 등급으로 조정했다.

하지만 며칠 후, 임금 인상표가 각자 개인에게 전송되었다. 그러나 산산의 임금 인상폭은 변함없이 재무과 과장이 준 그대로였다. 어, 누가 낮췄지?

임금 인상을 둘러싸고 벌어진 고민스런 그 작은 에피소드를 산산은 당연히 모를 것이다. 임금이 많이 오르자 산산은 매우 만족했다.

개근상의 부족한 부분은 벌충한 셈이었다.

펑텅 그룹은 최근 몇 년간 줄곧 실적이 좋았다. 그래서 이번 임금 인상폭에 대해 다들 보편적으로 만족했고 사무실 분위기가 바로 활

기차졌다. 동료들은 저녁 축하 파티 장소에 대해 얘기하고 있었다. 산산은 귀를 쫑긋 세우고 그들의 얘기를 듣고 있다가 펑위에의 매우 다급한 전화를 받았다.

"산산 씨. 지금 회사죠? 나 지금 회사 밑이니까 빨리 내려와요."

산산은 다급해하는 위에 때문에 놀라서 생각할 겨를도 없었다. 산산은 과장에게 말하고 회사 밑으로 돌진했다. 과연 회사 밑에는 펑 아가씨의 차가 기다리고 있었다. 산산이 차를 타자마자 펑 아가씨는 바로 시동을 걸었고 달리기 시작했다.

가는 도중, 그제야 펑위에가 일의 전후 맥락을 설명했다.

"내가 지난번에 수술하고 나서 우리 시에 있는 희귀 혈액형 모임에 가입했거든요. 그 모임의 대표가 바로 내가 수술했던 병원의 간호사예요. 방금 그녀한테서 전화가 왔는데 고가 도로에서 연쇄 추돌 사고가 났대요. 근데 한 모녀가 둘 다 RH-AB형이래요. 그녀는 병원에 피가 부족해서 매우 위급한 상황이라면서 멤버들에게 헌혈해달라고 호소했어요."

"아."

산산은 그녀를 재촉했다.

"빨리 가요."

하지만 좋은 차라고 S시의 도로 상황에서 얼마나 빨리 가겠는가. 두 사람은 허둥지둥 서둘러 병원으로 갔다. 그 모임의 대표인 간호사가 이미 입구에서 초조하게 기다리고 있었다.

그들이 도착하자 간호사는 허겁지겁 그들을 데리고 검사실로 갔다.

"빨리, 빨리, 우선 피 검사부터 해요."

간호사가 걸어가면서 말했다.

"평위에 씨, 당신 상황은 내가 아는데, 당신은 큰 수술을 받은 지 아직 만 일 년이 안 됐기 때문에 헌혈을 할 수 없어요. 이 아가씨도 RH-죠?"

산산은 고개를 끄덕였다.

"맞아요. 전 건강해요. 마지막 헌혈을 한 지도 반년이 넘었어요."

얼굴이 둥근 간호사가 말했다.

"그럼 됐어요. 절 따라오세요."

요즘 사람들은 매우 열성적이다. 산산과 평위에 외에도 동호회에서 또 두 사람이 와서 모두 세 사람이 함께 검사를 받았다.

피 검사를 끝내고 나와보니 평위에가 마침 그곳에서 침울하게 전화를 받고 있었다. 그녀는 산산이 나오는 것을 보고 재빨리 핸드폰을 산산에게 들이밀었다. 그리고 소리 없이 입 모양으로 말했다.

"오빠예요."

산산이 전화를 받자 평텅은 과연 화가 나 있었다. 그는 엄격한 목소리로 말했다.

"어떻게 나한테 한마디 말도 없이 이렇게 큰일을 하러 갈 수 있죠?"

"헌혈하는 게 무슨 큰일이에요."

산산은 대수롭지 않게 여겼다.

"쉐산산 씨."

그가 목소리를 낮게 깔고 이름에 성을 붙여 부르자 산산은 즉시 태도를 바로 잡았다.

"내가 잘못했어요. 다음부터는 큰일이 생기면 반드시 바로 보고할

게요."

전화기 너머에서 누군가가 펑텅에게 회의에 들어가야 한다고 귀띔해주는 소리가 들리는 것 같아 산산은 재빨리 말했다.

"알겠어요. 회의 들어가요. 우리는 신경 쓰지 말고요. 참, 어쩌면 저녁에 펑위에 씨랑 외식할지도 몰라요."

"안 돼요."

펑텅이 코웃음을 쳤다. 그는 전화를 끊기 전 위협하는 목소리로 말했다.

"저녁에 집에 와서 돼지간을 먹도록 해요."

돼지간이라는 말에 산산은 절망하며 오래간만에 그 맛이 생각나자 괴로운 표정으로 전화를 끊었다.

저녁에 돼지간을 먹지 않기 위해 산산은 원래 펑위에와 외식을 하고 들어갈 생각이었다. 하지만 피 검사 결과가 나오기도 전에 펑위에는 급한 일이 생겨서 먼저 가야만 했다.

"혼자서 괜찮겠어요?"

"괜찮으니까 어서 가요."

펑위에가 가고 난 지 얼마 안 되어 간호사가 검사 결과를 가지고 나왔다. 간호사는 먼저 다른 두 사람에게 헌혈을 하도록 조치했다. 그런 다음 몸을 돌려 살짝 나무라는 투로 산산에게 말했다.

"쉐 아가씨, 임신했으면서 어떻게 헌혈을 하러 왔어요. 우릴 곤란하게 할 생각이에요?"

산산은 잠시 멍해졌다가 비로소 그녀가 무슨 말을 하는지 정신이 들었다. 하지만 언어 시스템이 따라잡을 리 없었다. 그녀는 어리벙벙하게 말했다.

"임신이요? 제가요?"

얼굴이 둥근 간호사가 검사 결과표를 그녀에게 건네주었다.

"보세요. 당신의 HCG 수치가 매우 높아요. 이게 임신이 아니면 뭐겠어요."

그녀가 웃으면서 말했다.

"하하, 어쨌든 잘 됐네요. 축하해요!"

얼굴이 둥근 간호사가 가자 산산은 그 자리에서 족히 15분을 멍하게 서 있다가 겨우 정신을 차렸다. 산산은 기계적으로 핸드폰을 꺼내 기계적으로 전화를 걸었다.

받지 않았다.

회의실에 핸드폰을 가져가지 않은 모양이다. 산산은 다시 기계적으로 몇 글자를 입력하여 전송했다.

"큰일 났어요."

30분 후 펑텅에게서 전화가 왔다. 옆에서 대화를 하는 몇몇 임원진의 목소리가 들렸다.

"산산 씨. 무슨 일이에요?"

산산은 병원 앞뜰의 벤치에 앉아 무겁게 입을 열었다.

"별일은 아니고…… 그게, 나 임신인 것 같아요."

펑텅은 임원진들을 제쳐두고 이십 분 후, 다급하게 걸어와 병원 입구에 나타났다.

멍하게 벤치에 앉아 있는 산산이 무슨 생각을 하고 있는지 알 수 없었다. 펑텅은 멀리서 그녀를 보며 마음속에 문득 말로 설명하기 어려운 야릇한 감정이 생겨났다.

산산, 아기…….

걸음걸이가 느려진 적이 없었다. 그는 그녀에게 다가가서 그녀의 차가운 손을 꼭 잡고 오는 길에 이미 여러 번 반복해서 생각했던 말을 꺼냈다.

"산산 씨, 우리 결혼해요."

산산은 고개를 들어 눈앞에 있는 건장한 남자를 보았다.

"네? 어."

펑텅이 눈썹을 찌푸리며 말했다.

"내가 청혼하는데 무슨 반응이 그래요?"

산산이 묵묵히 그를 보았다.

"아기까지 생겼는데 결혼이 뭐가 신기해요."

펑텅은 아무 말도 할 수 없었다.

산산이 간신히 정신을 차리고 말했다.

"저녁에 돼지간을 안 먹어도 되나요?"

펑텅이 웃음을 참지 못하고 그녀를 품속으로 끌어안았다.

"두려워하지 마요. 내가 있잖아요."

펑텅에게 들켜버린 걸까. 산산은 정말로 당황스러웠고 어떻게 해야 좋을지 도무지 알 수 없었다. 이 모든 것이 너무나 갑작스러웠다. 분명, 분명히 그들은 계속 예방을 했었다.

"우선 자세히 검사하도록 하죠."

펑텅은 그녀를 안고 있는 자세 그대로 손을 들어 시계를 보았다.

"오늘은 너무 촉박하니 내일 내가 데리고 갈게요. 결과가 모두 나온 후에 다시 생각하기로 하고 지금은 우선 밥부터 먹어요."

그가 나지막한 목소리로 차근차근 준비하는 것을 보면서 산산은 점차 마음이 진정되었다. 그녀는 그의 품에서 고민스러운 목소리로 말했다.

"그럼 당신에게 모두 맡길게요."

펑텅은 그녀의 머리를 쓰다듬으며 웃었다.

"안 그럼 누구한테 맡기려고요?"

차를 몰고 집으로 갈 때 펑텅은 위에에게 전화해서 또 사정없이 그녀를 꾸짖었다. 역시 자신에게 한마디 말도 없이 위에가 산산을 끌고 헌혈하러 간 그 일 때문이었다. 펑텅은 지금 생각하니 겁이 났다. 만일 그 간호사가 그리 꼼꼼하지 않았다면 산산은 아이를 가진 상태에서 헌혈을 해야 했고, 그럼 그 결과는 어땠을지 생각만 해도 끔찍했다.

웬만큼 꾸짖고 나서 펑텅이 말했다.

"나 가까운 시일 안에 결혼할 생각이야. 저녁 7시에 옌칭하고 같이 해당원으로 저녁 먹으러 와."

그는 말을 하고 바로 전화를 끊었다. 산산은 저도 모르게 펑위에에게 동정심이 들었다. 지금 그녀는 분명 어리둥절할 것이다.

빨간 신호등을 하나 지나고 펑텅이 말했다.

"결혼 준비는 펑위에한테 맡겨요. 아니면 다른 생각이라도 있어요?"

"네? 아니에요."

산산은 자신을 매우 잘 알고 있었다. 자신은 절대로 그들 집안의 결혼식 수준을 맞추지 못할 것이다.

펑텅이 고개를 끄덕이더니 갑자기 말했다.

"임신한 일은 일단 사람들한테 말하지 마요."

산산은 생각이 많은 터라 시무룩하게 물었다.

"왜죠?"

"다른 사람들이 우리가 아이 때문에 결혼한다고 생각하면 좋겠어요?"

산산은 자기도 모르게 고개를 저었다.

"그럼 아무 말도 하지 마요."

산산은 왠지 마음이 훈훈했다. 이 세상은 남녀에게 있어서 선천적으로 불공평하다. 속도위반 결혼은 남자에게는 아무 일도 아니지만 여자는 남들의 흉을 살 수가 있다. 더군다나 그들처럼 이렇게 차이가 나는 경우에는 더욱 그러하다.

'나를 보호하려고 그러는 거겠지.'

보스는 산산을 위해 그녀가 생각지 못한 일까지 생각했다. 산산은 그의 소매를 잡아당겨 흔들면서 고마운 마음을 드러냈다.

저녁에 식사할 때 펑텅은 과연 한 치의 말실수도 하지 않았다. 그는 흥분하여 꼬치꼬치 캐묻는 펑위에게 별로 힘도 들이지 않고 화제를 돌렸다. 펑위에는 결혼식은 어떻게 준비하며 옷은 어디에서 맞출지 등에 대해 말하기 시작했다. 그녀의 열정은 사흘 밤낮을 얘기해도 끝나지 않을 것 같았다. 위에는 금세 그들이 왜 갑자기 결혼하려고 하는지에 대해서는 까맣게 잊어버리고 말았다.

이튿날 이른 아침, 펑텅은 산산을 데리고 예약한 병원으로 갔다.

Part 39

비용이 매우 비싼 사립병원의 가장 좋은 점은 사람이 적어서 줄을 설 필요가 없다는 것이다. 진료를 안내하는 아가씨가 일대일 서비스를 하기 때문에 검사와 결과 안내 등은 모두 매우 빠르게 진행되었다.

그리하여 금세, 의사는 매우 확신 있는 말투로 그들에게 말했다.

"쉐 아가씨는 임신이 아닙니다."

산산은 멍해졌다.

"하지만 그저께 제가 헌혈을 하러 갔는데, 피 검사를 했던 간호사는 제가 임신이라고 했어요. HCG 수치가 매우 높다고 하면서요."

"검사 결과표를 가져왔나요?"

"여기 있어요."

산산은 집을 나서면서 가방에 넣은 검사 결과표를 꺼내 그에게 보여주었다. 의사가 보고 나서 말했다.

"HCG 수치가 높은 것은 꼭 임신 때문만은 아니에요. 오늘 검사 결과로는 HCG 수치가 정상으로 돌아왔어요. 당시에는 아마도 체내에 호르몬이 지나치게 높아서 그런 걸 겁니다. 혹시 호르몬을 복용하고 계신가요?"

산산은 고개를 저었다.

의사가 곰곰이 생각하더니 말했다.

"요즘 식품은 그다지 안전하지 않죠. 잘 생각해 보세요. 그날 검사하기 전에 무엇을 먹었죠?"

산산은 곰곰이 돌이켜 생각했지만 막막하기만 했다.

"특별히 먹은 건 없어요. 그저 동료가 준 계란 파이를 몇 개 먹었을 뿐이에요. 아, 포장이 아주 조잡한 것 같았어요."

의사가 고개를 끄덕이며 말했다.

"바로 그것 때문인 것 같군요. 요즘 식품이 그렇다니까요!"

산산은 그래도 믿지 못했다.

"정말 임신이 아닌가요? 하지만 요즘 항상 피곤했거든요."

의사가 두 사람을 주시하더니 안경을 치켜 올렸다. 그리고 기침을 한 뒤 말했다.

"때로는 적당히 할 줄도, 절제할 줄도 알아야 해요."

산산은 병원에서 나올 때 쥐구멍이라도 찾고 싶은 심정이었다. 그리고 어떠한 상황에서도 한결같이 침착함을 유지하던 펑텅도 걸음걸이가 평소보다 다소 빨라진 것 같았다.

차에 타고 나서 펑 사장이 한마디로 결론을 내렸다.

"다음에 당신이 임신하면 여기는 오지 맙시다."

산산은 계속해서 고개를 끄덕였다.

"절대로 안 올 거예요!"

음식을 잘못 먹고 임신으로 생각하다니…… 이것보다 더 큰 오해가 있을까! 산산은 저도 모르게 다행스러워하며 가슴을 두드렸다.

"다른 사람에게 알리지 않아서 다행이에요."

안 그랬으면 의사 앞에서 창피를 당한 것에 그치지 않고 어째서 임신이 아니게 된 것인지 사람들에게 일일이 설명해야만 했을 것이다. 상상력이 풍부한 사람들은 아마 그녀가 유산이 되었다고 생각할 것이다.

펑텅도 동의했다.

"음, 안 그랬으면 내가 아주 힘들었을 거예요."

"당신이 뭐가 힘들어요?"

설마 보스가 일일이 사람들의 입을 막으려고? 산산은 속으로 툴 툴거렸다.

"당연히 힘들죠. 있지도 않은 애를 진짜로 만들려면 당신을 임신 시키기 위해 노력해야 하는데, 이게 안 힘들어요?"

다행이다. 사장의 성격으로 보아 만약 널리 알리고 나서 임신이 아니라는 것을 알았다면 분명 산산을 서둘러 임신시키려는 그런 일을 했을 것이다.

이렇게 생각하자, 산산은 더욱더 다행이라고 생각했다.

하지만 다행스러운 마음이 지나가고 금세 한편으로는 은근슬쩍 실망감이 들었다. 사실 뱃속의 아기는 아예 존재하지 않았다. 하지만 그 짧은 시간 안에 산산은 그 가공의 작은 생명에게 애정을 쏟았던 것 같다.

밤에 침대에 누워 고요한 분위기가 감돌자 그 약간의 실망감은 한층 더 커지기 시작했다. 산산은 살짝 고민스러웠지만 어찌 된 셈인지 보스는 조금도 실망하지 않았다. 아이가 없어서 그는 홀가분한 걸까?

"당신은 아이를 안 좋아해요?"

"왜 그렇게 물어보죠?"

"당신은 전혀 마음에 두지 않는 것 같아서요."

"쓸데없는 생각 마요."

그는 그녀를 안아서 그의 몸에 앉혀놓고 말했다.

"아이가 있으면 좋겠지만 없어도 좋아요. 난 아이 때문에 결혼하고 싶지 않아요. 또⋯⋯."

펑텅이 말을 잠시 멈추었다가 다소 난처한 표정으로 말했다.

"당신은 아직 너무 어려요. 당신이 이렇게 빨리 엄마가 되는 걸, 난 차마 볼 수 없을 거예요."

산산은 앞의 말은 이해가 되었다. 하지만 뒤의 말은⋯⋯ 산산은 황당했다.

"내가 대학을 졸업했을 때가 벌써 22살이었어요. 지금은 23살이 되었다고요. 네!"

"너무 어려요."

펑텅이 그녀의 머리를 쓰다듬으며 말했다.

"당신이 몇 년 더 놀았으면 좋겠어요."

"사실은 자기가 놀고 싶으면서!"

흥, 평계를 대다니. 산산은 자신이 그의 속을 꿰뚫어 보았다고 생각했다.

펑텅이 실소를 지었다.

"맞아요. 나도 놀고 싶어요. 근데……."

그의 말끝이 길게 늘어지면서 애매한 분위기가 느껴졌다.

"뭐하고 놀까요?"

"저기요!"

산산은 이제 반응이 매우 빨라졌다. 하지만 밤낮으로 예방해도 집안 도둑은 막기 어렵다고 갑자기 달려드는 그를 막을 수 없었다. 그리하여 그녀는 어쩔 수 없이 눈물을 머금고 그에게 붙잡혀 물리고 뜯기고…….

나중에 펑텅이 뭔가 생각난 듯 산산에게 물었다.

"지난번에 당신보고 표를 환불해달라고 했던 동료가 누구죠?"

"아지아 씨예요."

"이번에 당신에게 계란 파이를 준 사람은요?"

"역시 아지아 씨예요."

펑텅이 고개를 끄덕이자 산산은 불안했다.

"무슨 짓을 하려는 건 아니겠죠. 아지아 씨는 정말 좋은 사람이에요. 일도 열심히 해요."

펑텅은 무표정한 얼굴로 말했다.

"아무 것도 아니에요. 그녀는 승진할 때가 되었군요."

"네?"

과연 며칠 후 상부에서 명령이 내려왔다. '퉁스지아(아지아) 사원은 재직 기간에 보여준 태도가 매우 우수하며 근면하고 성실한 태도로 업무에 임했다. 이에 한 단계 승진과 함께 약간의 임금 인상이 있겠으며 계열사로 전근하여 재무과의 부 팀장을 맞는다.' 공교롭게도 그

계열사는 본사보다도 아지아의 집에서 훨씬 가까운 위치에 있다.

승진과 임금 인상에 회사도 집에서 가까운 곳으로 옮기자 아지아는 여러 가지로 매우 기뻐했다. 모든 사람들에게 일일이 축하를 받고 나서 아지아가 슬쩍 산산을 찾아갔다. 그녀는 확신을 갖고 말했다.

"산산 씨, 당신이 사장님한테 내 칭찬을 한 거죠. 맞죠?!"

산산은 말하기가 곤란했다.

"……글……쎄요?"

아지아는 감동하며 그녀를 껴안았다.

"착한 사람은 반드시 복을 받잖아요. 산산 씨, 당신과 사장님은 반드시 결혼에 골인할 거예요!"

사실 아지아에게 축복을 받았지만 산산은 도리어 매우 걱정되었다.

결혼에 대해 한 가지 문제가 생각났다. 처음 그들이 결혼하기로 한 것은 아이가 생겼기 때문이었다. 하지만 결국 임신이 아니라는 것을 알게 되었다. 그럼 이 결혼은 어떻게 되는 거지?

펑텅은 결혼 일을 잊어버리고 있는 것 같았다. 그는 결혼에 대해 언급도 하지 않았고 펑 아가씨도 보이지 않았다. 산산은 이틀을 고민하다가 이 문제를 생각하지 않고 순리에 맡기기로 결심했다.

그런데 이틀 후 밥을 먹을 때 펑텅이 갑자기 말을 꺼냈다.

"산산 씨. 내일 오후에 내 사무실로 와요."

"왜요?"

펑텅이 그녀를 보며 말했다.

"혼전 합의서에 사인하려고요."

Part 40

다음날 오후, 산산은 정시에 펑텅의 사무실 문을 밀어젖혔다.

"이리 와요."

펑텅이 손짓하여 산산을 불렀다. 그리고 소파에 앉아 있는 어른을 소개했다.

"이 분은 장 선생님이에요. S시에서 가장 유명한 변호사시죠. 장 선생님, 이쪽은 산산 씨입니다."

산산은 얌전하게 인사했다.

"장 선생님, 안녕하세요."

"아가씨, 안녕하세요. 음, 아주 훌륭하군요."

그 어르신은 엷은 미소를 띠고 산산을 잠시 살펴보더니 감개무량한 얼굴로 말했다.

"내가 자네 집의 변호사를 맡은 지도 벌써 수십 년이 되었군. 자네도 드디어 가정을 이루게 되다니, 자네 할아버지가 보셨으면 기뻐하셨을 텐데."

평텅이 말했다.

"며칠 후면 할아버지 기일인데 산산 씨를 데리고 할아버지를 뵈러 갈 생각입니다."

장 선생은 고개를 끄덕인 뒤 다시 웃으며 말했다.

"어쨌든 경사야. 이 늙은이가 분위기를 깼군. 자, 아가씨, 이제 본론으로 들어갑시다."

말하면서 그는 앞에 있는 테이블 위의 서류를 산산의 앞으로 내밀었다.

산산은 그제야 그 작은 산 같은 서류 더미를 주목했다. 어, 이게 모두 혼전 합의서는 아니겠지? 몇 장 안 될 거라고 생각했는데 어째서 이렇게 많은 걸까?

장 선생이 설명하기 시작하자 산산은 그제야 그 서류의 대부분이 놀랍게도 증여 합의서라는 것을 알았다. 어디어디의 건물과 상가, 보석류들 그리고 주식, 지분, 펀드 등등, 오랜 시간에 걸쳐 장 선생은 겨우 설명을 끝냈다.

"아가씨, 이것들은 아가씨가 우리 평 사장과 결혼하고 나서 단시간 내에 획득할 수 있는 모든 것이에요."

평텅은 장 선생의 그러한 표현 방식이 다소 불만스러워 가볍게 기침을 했다.

어렸을 때부터 평텅이 성장한 모습을 봐왔던 변호사는 그를 보더니 내심 흐뭇해하며 말을 이어갔다.

"아, 당신이 얻을 수 있는 건 모든 부동산 그리고 당연히 우리의 동산인 평 사장이죠."

"어, 저기, 장 선생님. 제가 알기로 주식과 펀드는 동산인 것 같은데요?"

산산이 가느다란 목소리로 질문했다. 사실 그 변호사 선생은 매우 권위적이고 전문가다웠기 때문에 산산은 자신의 전문 분야에 대해서도 의심이 들기 시작했다.

그는 매우 침착하게 설명했다.

"주식과 펀드는 전통적 의미에서는 분명 동산이에요. 하지만 지금은 특수한 상황이라 이 동산들은 펑 사장과 비교하자면 부동산과 같다고 할 수 있죠."

산산의 눈은 모기향처럼 동그라미를 그리고 있었다.

"왜죠?"

"어떤 의미에서 보자면 우리 펑 사장이 주식과 펀드의 집합체이기 때문이죠. 펑 사장은 태어날 때부터 돈을 가지고 있었으니 당연히 유동성이 더 크다고 할 수 있어요."

장 선생은 농담을 하면서 유달리 의미심장하게 말했다.

"아가씨가 잘 관리해야 해요."

장 선생의 깊은 뜻이 담긴 유머에 산산은 웃지 않을 수 없었다. 펑 텅도 입꼬리가 살짝 올라갔다.

장 선생이 말을 이어갔다.

"이것들에 대해서는 나도 대략적으로 말한 거니까 아가씨가 직접 천천히 보는 게 낫겠어요. 의문점이 있으면 나한테 물어보도록 해요."

이렇게 두꺼운 서류인데 천천히 봐야만 한다. 산산은 가장 앞부분에 있는 주 합의서를 들고 고개를 숙여 보기 시작했다. 사실 주 합의서의 내용은 이미 어제 펑텅이 산산에게 대략적으로 말을 해주었다. 주요 내용은 그녀를 회사의 이익과 분리시키는 것이다. 하지만 증여 합의서에 대해서는 어제 언급도 하지 않았다.

방금 변호사가 설명했을 때 산산은 듣고도 상당히 얼떨떨했으며 펑텅이 도대체 자신에게 어떤 것들을 주려고 하는지 잘 이해가 가지 않았다. 하지만 지금, 문서에 써진 명백한 증거를 보고 나서야 확실히 이해가 되었다.

그리하여 산산은 깜짝 놀랐다.

산산은 계약서를 꼼꼼하게 넘겨보지 않고 아래에 있는 증여 합의서에서 몇 부를 빼낸 뒤 펑텅을 보며 말했다.

"주 합의서에 대해서는 이견이 없어요. 하지만 증여 합의서는, 이것들만 사인해도 되죠?"

장 선생은 의아스러워했고 펑텅은 쉐산산을 보면서 침묵했다. 그리고 잠시 후 그는 변호사 쪽으로 몸을 돌려 말했다.

"장 선생님. 산산 씨하고 다시 상의를 하고 싶은데요."

변호사는 일어서서 흐뭇하게 웃으며 말했다.

"젊은 부부가 잘 상의해보게. 이 늙은이는 골초라 나가서 담배 좀 태워야겠네."

펑텅은 소파에 앉아 산산이 선택한 몇 장의 합의서를 펼쳐 보고 있었다.

"가까이 와봐요."

산산은 재빨리 펑텅의 곁으로 몸을 옮겼다.

"내가 이런 데 사인하라고 해서 화났어요?"

그럴 리가! 이건 지나친 오해라고. 산산은 황급히 고개를 저으며 장담했다.

"절대 아니에요."

"그럼 왜 사인을 안 해요?"

산산은 더듬거리며 말했다.

"내 생각에, 너무 많은 거 같아요. 당신은 어제 주 합의서에 대해서만 말했잖아요. 다른 건 아무 얘기도 안 했어요."

펑텅은 손 안의 서류를 테이블에 던지고 말했다.

"주 합의서는 펑위에가 결혼할 때 할아버지께서 만드신 거예요. 이걸 작성하는 이유는 어떠한 상황에서라도 회사는 영향을 받지 않게 하려는 거죠. 이 증여 재산들은 내 개인 재산이에요."

산산이 입장을 밝혔다.

"주 합의서에 대해선 이견이 없어요."

"산산 씨, 어떤 일이든 합의서에 따라 해결해야 할 때가 있을 거예요. 그때는 이미 가장 최악의 상황에 이르렀을 때죠. 혼전 합의서의 역할은 바로 여기에 있어요. 주 합의서가 회사의 이익을 보장한다면 난 당신의 이익을 보장해야 해요. 이 증여 합의서에 사인하면 당신은 최악의 상황에서도 최소한 이것들은 얻을 수 있어요."

그가 이렇게 하는 것은 그 자신도 계산에 넣어서 자신을 지키려는 것인가? 산산은 이렇게 이해를 하고 다소 마음이 상했다.

"당신이 이것들을 준비할 때, 당신 자신을 나와 대립되는 위치에 두었나요? 당신이 나중에 나를 홀대할까봐 걱정돼서 그래요?"

"아니에요."

펑텅이 한숨을 지었다.

"내가 장담하건데 이 서류들은 기본적으로 휴지일 뿐이에요. 하지만 산산 씨, 인생은 길어요. 내가 바라는 건 당신이 최소한 이것들을 가시면 어떠한 상황에서도 두려움을 덜 수 있다는 거예요."

산산은 문득 눈시울이 뜨거워졌다. 하지만 잠시 생각하고 나서 여전히 자신의 입장을 고수했다.

"난 모두 받지 않겠다는 게 아니에요. 단지 조금만 받고 싶어요."

평텅은 아무 말도 하지 않았다. 산산은 그의 눈빛을 보며 살짝 불안해졌다. 산산이 너무 고집을 피운 걸까? 하지만 그 증여 재산의 가치는 정말로 산산의 예상을 너무 벗어났다.

어제 보스가 말한 이후 산산은 이미 마음의 준비를 하고 있었다. 아마도 엄격한 혼전 합의서에 정식 서명을 하게 될 것이라는 걸. 그녀는 결코 받아들이기 어렵다고 생각지 않았다.

산산은 여태껏 평텅이 가혹하고 인색한 사람이라고 생각한 적이 없었다. 또한 산산 자신에게도 가혹하고 인색하게 대할 거라고 생각하지 않았다. 그래서 그녀는 아주 조금은 평텅이 이해가 갔다. 그는 아마 이성적으로 가장 최고의 준비를 할 것이다.

서로를 사랑한다고 해서 상대방의 재산이 당신의 것이라는 의미는 아니다. 무슨 근거로 상대방 가족이 몇 대를 고생해서 얻은 재산을 산산이 아무런 이유도 없이 누릴 수 있겠는가. 그녀는 이러한 생각이 매우 바보 같다는 것을 안다. 아마도 많은 사람은 산산이 순진하다고 비웃을 것이다. 하지만 이렇게 하고 나니 그녀는 도리어 한시름 놓을 수 있었다.

곧 결혼할 사람으로서 사실 산산도 요즘 진지하게 삶에 대해 깊이 생각했다.

그런 후 부부가 된다는 것은 아마도 친구와 같을 것이라고 생각했다. 가장 중요한 것은 평등해야 한다. 그 평등은 지위나 수입이 아니라 서로의 노력이다.

그녀가 그에게, 그리고 그가 그녀에게 들인 노력은 반드시 같아야 한다. 그래야 오래오래 살 수 있다. 한 사람이 다른 한 사람보다 훨씬 많은 노력을 들인다면 오랜 세월이 지난 후에 심리적인 균형을 잃어버릴 것이다.

그리고 만약 한 사람이 다른 한 사람에게 아주 많은 돈을 준다면, 그 사람은 자신의 노력이 이미 충분할 거라고 생각해서 상대방을 덜 사랑하게 되지 않을까?

그렇다면 차라리 거꾸로 되는 게 낫다.

물론 이 역시 청렴하다고는 할 수 없다. 다소 모순적인 말을 하자면, 보스와 결혼을 하면 산산은 돈이 아쉬운 것도 아닌데 그렇게 많은 돈이 무슨 필요가 있겠는가.

아, 이상은 모두 그녀의 잡생각이었음.

펑텅은 여전히 산산의 설명을 기다리고 있었다. 산산이 가까이 다가와서 그의 어깨에 머리를 기댔다.

"사실 당신에게 하나 물어보고 싶은 게 있어요."

"뭐죠?"

"만약 내가 임신이라고 오해하지 않았다면, 그래도 나한테 청혼했을 건가요?"

"쒜산산 씨."

"네?"

"최근에 우리는 본가에 가지 않았어요. 왜일 것 같아요?"

"3층이 수리중이니까요."

"왜 수리를 하겠어요?"

"어……."

순간, 산산은 여태껏 이때처럼 이렇게 마음속이 가득 채워진 적이 없었던 것 같았다. 지난번에 그가 결혼하자고 했을 때조차도 이런 느낌은 들지 않았다. 그때는 매우 당황했으며 게다가 마치 그가 응급조치를 하는 것 같았다. 그러나 지금, 도리어 그가 이렇게 전혀 낭만적이지 않는 말투로 반문하는 모습이 훨씬 청혼과 가까웠다.

여전히 그의 몸에 기댄 채 산산이 말했다.

"봐요. 당신은 날 위해 무엇이든 생각할 수 있잖아요. 당신이 있으면 모든 걸 가지는 거지만, 당신이 없으면 이것들도 아무 소용이 없어요."

사무실 안은 아주 고요했다.

"알겠어요."

펑텅이 갑자기 손을 뻗어 테이블 위에 쌓여있는 서류 더미를 전부 쓰레기통으로 던져버렸다.

이게 어떻게 된 일이지?

산산이 의아해하고 있을 때 바로 펑텅이 말했다.

"갑자기 이런 생각이 들었어요. 당신과 이렇게…… 결혼하는 데도 혼전 합의서가 필요하다면, 그건 내 아이큐에 대한 모독이라고."

산산은 할 말을 잃었다. 보스, 당신은 지금 나의 아이큐를 모독하고 있나요?

"산산 씨, 여기에 사인을 하지 않으면 나중에 당신은 아무것도 얻을 수 없을지도 몰라요."

산산이 말했다.

"약간 후회가 되네요."

펑텅이 웃었다.

"늦었어요. 당신은 나만 가지게 됐어요."

산산이 머리를 돌려 대담하게 그의 입술에 입을 맞췄다. 펑텅이 웃으며 손을 뒤로하여 그녀를 꼭 안았다. 그리고 깊이깊이 키스를 했다.

1분 후, 딥키스를 하던 중 산산이 갑자기 놀라며 그를 밀쳤다.

"잠깐만요. 방금 내가 아무것도 얻지 못할 거라고 했는데 무슨 뜻이죠?! 내가 뽑은 그 몇 가지는 원한다고요!!! 당신이 전부 회수해가선 안 돼요!!!"

Part 41

주말에 펑텅은 신혼방의 수리 상황을 보기 위해 산산을 태우고 본가로 갔다. 이참에 산산도 자신의 새 자산을 살펴볼 생각이었다. 그것은 바로 호랑이 입에서 먹이를 빼앗듯 마지막에 그녀가 매우 용감하게 얻어낸 몇 가지 자산 중의 하나다.

아름다운 것을 좋아하는 여성의 천성을 십분 발휘하여 산산이 선택한 것은 모두 반짝거리는 장신구였다. 사실 그녀는 순전히 증여 합의서 안에 첨부되어 있던 사진 몇 장에 눈이 부셔서 그것들을 선택한 것이었다.

그 몇 가지 장신구를 어루만져본 뒤 산산은 매우 만족해하며 펑텅에게 돌려주었다.

"나 대신 보관해줘요!"

펑텅은 그 장신구들을 한 번 휘둘러보고 나서 그녀의 손목에 아무 팔찌나 하나 집어서 채웠다. 그런 후 결론을 내렸다.

"안목을 키울 필요가 있겠군요."

그는 청산유수로 그녀에게 지식을 전수했다. 유구한 집안이니 이 정도 문장 구사는 자유자재로 가능했다. 하지만 불쌍한 산산은 알아듣지 못하고 그를 치켜세우며 좋아하는 척을 해야만 했다. 산산은 왠지 모르게 비참했다.

다행히 금방 왕 씨 아저씨가 오더니 펑 아가씨와 옌칭이 왔다고 했다. 산산은 재빨리 앞장서서 달려갔다.

산산이 내려오자 '쿵' 하는 소리와 함께 펑 아가씨가 두툼한 묶음의 자료를 산산 앞에 내리쳤다. 위에는 호탕하게 말했다.

"이것들은 결혼식 시작 단계의 계획서예요!"

산산은 충격을 받지 않을 수 없었다. 그 두께는 그야말로 먼젓번에 보스가 준 혼전 합의서보다도 전혀 뒤처지지 않았다. 그 둘은 과연 오누이였다.

산산이 그중 아무거나 집어 의상 목록인 것 같은 알록달록한 책자를 보자 펑 아가씨가 그녀를 저지했다.

"아, 이건 안 봐도 돼요. 이건 결혼식 때 내가 입을 옷이에요."

"……"

"이것도 볼 필요 없어요. 내 신발이에요."

"……"

위층에서 내려온 펑텅이 퉁명스럽게 말했다.

"네가 결혼해?"

한쪽에 있던 옌칭이 걱정스런 얼굴로 말했다.

"여보, 당신의 재혼 상대도 역시 나겠지?"

펑위에가 옌칭을 노려보고 원망스러운 어조로 말했다.

"나도 방법이 없어. 아무리 솜씨 좋은 주부라도 쌀 없이는 밥을 지을 수 없다고. 결혼식 날짜도 정해지지 않았는데 어떻게 호텔을 예약하며, 호텔이 정해지지 않았는데 어떤 분위기인지 어떻게 알아. 또 분위기를 모르는데 식장은 어떤 식으로 장식하며……."

"그만."

평텅은 골치가 아파 그녀의 말을 끊었다.

"우선은 고민하지 마. 산산 씨 부모님과 상의한 후에 다시 얘기하자고. 왕 씨 아저씨가 물건도 거의 다 준비했으니까 다음 주에 G성에 갈까요?"

마지막 말은 산산에게 물어본 것이었다.

산산의 입이 쩍 벌어졌다.

"저기, 갑자기 생각났어요…… 아직 부모님께 결혼에 대한 일을 말씀드리지 않은 것 같아요."

다들 침묵했다.

"핸드폰 줘봐요."

평텅은 굳은 얼굴로 산산의 핸드폰을 들고 전화번호부를 뒤져 통화 버튼을 눌렀다. 전화는 금방 연결되었고 평텅이 침착하고 예의 바르게 입을 열었다.

"어머님, 안녕하세요. 평텅입니다."

물론 산산은 나중에 엄마의 꾸지람을 면하기 어렵다. 결혼식 한 달 전에서야 딸이 결혼한다는 얘기를 들은 어떤 엄마라도 극도로 흥분할 것이다. 그러나 산산은 자신도 죄가 없다고 생각했다. 임신으로 오해한 후에 이렇게 갑작스레 결혼하게 될 줄 누가 알았겠는가. 나도 최근에야 알았다고!

하지만 딸이 시집을 간다고 하니 산산의 엄마는 아무래도 기쁜 모양이었다. 이튿날 신이 난 엄마에게 전화가 왔다.

"산산아, 엄마가 예전에 좋은 옷감을 보관해뒀는데 네 남자친구 키가 얼마인지 알려다오. 아빠한테 양복 한 벌 지어달라고 해야겠구나."

"네?"

산산은 잠시 멍해졌다가 바로 거절했다.

"그럴 필요 없어요. 그는 있는 옷도 다 못 입어요. 게다가 모두 맞춤 제작이라서 아빠가 만든 옷은 별로 안 어울릴 거예요."

산산은 자신이 완곡하게 거절했다고 생각했다. 하지만 남편의 솜씨를 자기 딸이 천대하자 산산의 엄마는 화가 났다.

"네가 뭘 안다고 그러니. 네 아빠 솜씨가 얼마나 좋은데. 백화점에서 파는 터무니없이 비싼 양복이 네 아빠가 만든 것처럼 견고할 리가 있겠니. 엄마가 네 아빠에게 시집 온 건 네 아빠가 엄마한테 치마를 만들어서 보내줬기 때문이란다."

산산의 엄마는 흥이 나서 얘기했다. 그리고 이야기 마지막에는 아빠의 양복을 입는 것은 그야말로 쉐 씨 집안의 사위가 되는 필수 조건이라고 했다. 엄마가 이렇게 강경하게 나오자 산산도 방법이 없어 마지못해 동의했다. 그러면서 마음속으로 생각했다. 어쨌든 아빠가 양복을 만들어도 고향 집에 둘 것이다. 그리고 그때 가서 보스가 입고 있는 옷을 보면 바로 이해하실 것이다. 설마 그에게 억지로 갈아 입게 하시지는 않겠지. 우선 이 상황을 그럭저럭 넘기고 다시 말해야겠다.

허지만 만약 엄마가 보스에게 결혼식에서도 아빠가 만든 옷을 입게 하신다면…….

흥.

친부모라고 해도 반항할 것이다!

"내일 네 남자친구의 옷 치수를 알려다오. 네 아빠보고 좀 일찍 시작하시라고 해야겠구나."

"알겠어요."

그리하여 밤. 욕실에서 나온 펑텅을 영접하고 있는 것은 바로 줄자였다.

"자, 당신 사이즈 좀 재야겠어요."

펑텅이 눈썹을 찌푸렸다.

"뭐 하려고요?"

산산이 근엄하게 말했다.

"당연히 당신을 더 이해하기 위해서죠!"

펑텅이 실눈을 뜨고 말했다.

"어? 아직 더 이해할 게 있나요? 내 사이즈 몰라요?"

이 말은 듣기에 어쩐지 좀 이상한 것 같다. '내가 순결하지 않다는 말인가?' 산산이 의심을 품고 있는데 그가 그녀를 덥석 끌어 당겼다. 곧, 줄자는 침대 밑으로 내던져졌다. 또 잠시 후, 방안에는 들릴락 말락 반항하는 소리가 터져 나왔다.

"잠깐…… 거기는 재는 게 아니…….'

다음날 이른 아침, 산산은 이불을 둘러쓴 채 침대에 앉아 울상인 얼굴로 침대 밑의 줄자를 보고 있었다. 치수는 틀림없이 있다. 하지만 손으로 잰 치수가 무슨 소용이 있겠는가!

설마 오늘 다시 한 번 재야하나?

산산은 속으로 신음 소리를 내며 꼿꼿이 침대로 엎어졌다. 그리고 이불을 끌어당겨 이불 속에 몸을 파묻었다.

산산이 어떤 힘든 방법으로 사이즈를 손에 넣었는지는 당분간 상관하지 말자. 어쨌든 마지막에 그녀는 엄마가 알려준 임무를 순조롭게 완성하여 보스의 사이즈를 엄마에게 알려드렸다.

그런 후 산산은 이 일을 마음에 두지 않았다. 그런데 얼마 지나지 않아 그녀는 뜻밖에도 집에서 부친 택배를 받았다. 그리고 택배와 함께 엄마의 전화도 받았다.

"산산, 옷은 받았겠지. 원래는 너희들이 오면 그때 주려고 했는데, 나중에 생각해보니 네 아빠가 만든 옷을 사위가 입고 온다면 얼마나 좋을까 해서, 하하. 아이고, 택배비가 정말 비싸구나. 옷 한 벌 보내는데 30위안이나 받다니. 정말 너무하구나."

산산은 받쳐 들고 있는 양복을 보며 울상이 되었다. 어머니, 당신이야말로 너무하다고요!

산산은 어쩔 수 없었다. 그래서 분위기가 좋을 때를 찾아 보스에게 날씨 얘기를 하면서 터놓고 말했다.

"저기, 내가 얘기했었나요? 우리 아빠가 예전에 재봉사였다고."

펑텅이 의심스러운 듯 그녀를 힐끗 보았다.

"안 한 것 같은데요."

"그럼 지금 알게 되었네요."

산산은 어색하게 웃었다. 그리고 쭈뼛거리며 개어놓은 옷을 받쳐 들었다.

"우리 아빠가 당신을 위해 만든 양복이에요……."

펑텅은 그녀의 손에 있는 양복을 말없이 보고 있었다. 산산이 용기를 내어 말을 마무리했다.

"그래서 말인데, 우리 집에 갈 때 아빠가 만든 옷을 입고 가요."

이번 산산의 고향 방문에 펑위에도 함께 따라가기로 했다. 그녀의 남편과 아이까지 데리고. 이유는 매우 충분하다.

"산산 씨의 부모님이 보시는 건 오빠만이 아니야. 오빠의 가정까지 보시는 거지. 손아래 시누이로서 나도 당연히 가야한다고! 그리고 봐봐. 나와 옌칭이 얼마나 사이가 좋으며, 또 우리 아기는 얼마나 귀여운지. 얼마나 좋은 본보기야. 아마 어른들께서는 기뻐하시며 즉시 산산 씨를 오빠에게 줄지도 모른다고."

펑텅은 당시에는 아주 거만하게 콧소리를 냈다.

"어른들이 주셔야만 해?"

그럼에도 불구하고 그는 펑위에의 말도 분명 일리가 있다고 생각했다. 그래서 산산의 집에 가는 그날 이른 아침에 펑위에가 펑텅의 집에 나타났다. 위에는 펑텅이 입고 있는 양복을 보고 인정사정없이 인신공격을 퍼부었다.

"오빠. 옷 고를 줄 몰라? 너무 품위 없잖아! 이 양복은 스타일이며 재봉 기술도 너무 평범해. 어느 양복점에서 만든 거야?"

산산은 한쪽에서 얼굴을 가린 채 말없이 있을 수밖에 없었다.

펑텅이 표정 없이 말했다.

"타이산泰山(장인의 별칭) 맞춤 제작이야."

타이산 맞춤 제작?

각종 트렌드에 밝은 펑 아가씨도 번뜩 떠오르지 않았다.

"못 들어봤는데. 새로 개업한 집이야? 장담하건대 금방 망할 거야!"

이미 오래 전에 망했다고! 산산은 계속 얼굴을 가리고 있었다.

오히려 옆에 있던 옌칭이 눈치를 채고 잠시 생각했다. 그는 또 옆에서 얼굴을 가린 채 자신은 존재하지 않는다는 표정을 하고 있는 산산을 보고 곰곰이 생각하다 웃으며 말했다.

"타이산, 바로 장인어른을 말하는 거죠?"

산산이 천천히 손을 들며 말했다.

"맞아요. 바로 우리 아빠예요."

비행기를 탈 때까지 펑위에는 줄곧 농담을 멈추지 않았다.

"아이, 난 어째서 옷을 만드실 줄 아는 시어머니도 없는 걸까. 정말 유감이야."

산산은 펑텅의 품에 얼굴을 파묻었고 그는 그녀를 토닥거렸다. 자신이 입고 있는 옷은 온 몸이 편해지는 않았다. 하지만 그렇다고 해서 여동생이 그 옷을 가지고 그들을 놀려도 된다는 의미는 아니다.

"옌칭. 들었어? 위에가 원망하고 있다고."

옌칭이 말했다.

"들었어, 들었다고. 후, 만약 위에가 우리 어머께서 만드신 옷을 입으려고 한다면 훨씬 먹여 살리기가 쉬울 텐데."

"그렇게 골치 아파할 필요 없어요."

산산이 펑텅의 품에서 고개를 들고 열의를 보이며 말했다.

"위에 씨, 우리 아빠보고 당신 옷도 만들어달라고 할게요."

"다들 정말!"

펑위에는 그들의 장난에 화가 났다.

비행기가 G성의 성도에 도착하자 예전처럼 계열사의 직원이 마중을 나왔다. 이번에는 행정 직원이 아니라 계열사의 총지배인으로 그는 공항에서 오래 전부터 기다리고 있었다. 하지만 펑텅은 그에게 배웅해달라고 하지 않고 자신이 직접 운전을 했다. 산산의 집에 도착하자 이미 오후가 되었다. 산산의 아빠와 엄마는 벌써부터 아래층에서 기다리고 있었다.

천천히 들어오는 차를 보면서 그들은 저도 모르게 목을 내밀었다. 차가 천천히 멈추자 건장하고 눈이 부신 젊은이가 침착한 모습으로 차에서 발을 내딛었다. 그는 그들의 눈에 익은 양복을 입고 있었는데 양복 그 자체에서는 절대 없었던 강한 포스를 내뿜고 있었다.

나란히 서서 지켜보던 산산의 아빠와 엄마는 그의 모습에 눈이 부실 지경이었다.

산산의 아빠는 거실에서 펑텅의 가족과 차를 마시며 그들을 접대하고 있었고 산산의 엄마는 산산을 끌고 주방으로 가서 과일을 씻었다.

"산산아, 봤지. 네 아빠 솜씨가 아직 녹슬지 않았다는 걸. 펑텅이 그 옷을 입으니 정말 훤칠하구나."

아무리 엄마라고 하지만 산산도 보스를 위해 정의를 지키지 않을 수 없었다.

"엄마, 그가 얼굴도 잘 생기고 키가 커서 그런 거예요. 옷은 묻어 가는 거라고요."

산산의 엄마는 평상시와는 다르게 화를 내지 않고 걱정이 태산인 표정으로 과일을 씻으면서 말했다.

"후, 너무 잘 났어."

이렇게 훌륭한 젊은이를 딸이 휘어잡을 수 있을까?

산산의 엄마는 걱정스러운 눈으로 산산을 보았다. 그러다가 문득 딸이 자신의 기억 속의 딸과는 달라진 것 같은 느낌이 들었다. 산산의 엄마는 생각났다. 방금 산산이 차에서 내려 그렇게 기세 좋은 젊은이 옆에서 걸어올 때 어울리지 않는다는 느낌은 없었던 것 같았다.

산산이 입고 있는 옷이며 손에 차고 있는 것을 보면서, 산산의 엄마는 문득 자신의 딸은 이미 그들이 키울 수 없는 딸이라는 느낌이 들었다.

그러한 느낌은 거실에 돌아와서 결혼 예물을 보았을 때 한층 더 심해졌다. 알고보니 이 딸은 키울 수 없을 뿐만 아니라 정말이지 시집도 보낼 수 없었다.

산산의 엄마는 미래의 사위 집안이 풍족하다는 것을 모르지는 않았다. 심지어 신랑 측 결혼 예물이 아주 대단할 거라는 예상도 했었다. 하지만 놀랍게도 이렇게 예상을 뛰어넘을 줄은 결코 생각지 못했다.

산산의 엄마도 안다. 앞으로 딸이 지닐 세상은 그들이 사는 세상과 완전히 다르다는 것을 말이다. 신랑 측 결혼 예물의 많고 적음은 앞으로 그녀의 체면과 관련이 있을 것이다. 하지만 그렇다 할지라도 산산의 엄마는 여전히 마음이 불안했다.

산산의 아빠와 눈을 맞추고 엄마가 말했다.

"이건…… 혹시……."

산산은 엄마가 난처해하는 것을 알아차리고 엄마를 힘껏 위로 했다.

"엄마, 괜찮아요. 어차피 이것들은 저한테 주시면 돼요."

펑텅이 낮게 깔린 목소리로 말했다.

"쉐산산 씨."

경고했잖아요…… 산산이 펑텅을 보며 눈을 깜빡였다. 제발 엄마, 아빠 앞에서 체면 좀 세워 달라고요.

"그럼 혼수는……."

산산의 엄마는 현기증이 나려 했다. 엄마는 산산을 위해 삼십만 위안 치의 혼수를 준비해뒀다. 예전에 가끔 이웃에게 그 말을 하면 부족한 혼수라고 하는 사람이 아무도 없었다. 하지만 지금 이 결혼 예물과 비교하면 그야말로 전혀 비교가 되지 않는다. 이러니 어떻게 내놓을 수 있겠는가.

"혼수는 걱정하지 마세요. 이 사람이 알아서 할 거예요."

산산은 조금도 걱정하지 않았다.

"쉐산산!"

이번에는 산산의 엄마가 호통을 치셨다.

결국, 산산은 혼사를 상의하는 자리에서 쫓겨났다.

산산은 문 밖 계단에 앉아 방안에서 들려오는 말소리를 듣고 있었다. 두 손으로 턱을 받친 채 생각하며 자기도 모르게 웃음이 나왔다.

"누나, 왜 혼자 웃고 있어?"

갑자기 어린아이의 목소리가 나서 보니 위층 이웃집의 꼬마 스파이가 고무공을 안고 계단 입구에 서 있었다. 꼬마는 그녀를 신기하게 쳐다보고 있었다.

산산이 부끄러워서 얼굴을 만지며 막 말을 하려고 할 때, 뒤에서 나지막이 웃으며 말하는 남자의 목소리가 들렸다.

"왜냐하면 이 누나가 시집을 가기 때문이지."

문이 언제 열렸는지 알 수 없었다. 산산이 몸을 돌려 보니 펑텅이 문에 기댄 채 자신을 보고 있었다. 그는 그다지 정교하지 않은 양복을 입고 있었지만 그 자체에서 드러난 미끈한 자태는 조금도 숨길 수 없었다.

산산은 저도 모르게 또 웃음이 나왔다.

그렇다. 그녀가 시집을 가기 때문이다.

그로 인해, 곧 더욱더 행복해지기 때문이다.

꼬마 스파이는 큰 눈을 깜빡거리면서 말없는 어른들을 의아스럽게 보고 있었다. 그리고 곧 고무공을 안은 채 달아났다. 산산이 펑텅을 향해 손을 흔들었다. 펑텅은 눈썹을 치켜 올리고 트집 잡는 눈으로 바닥을 내려다보고는 산산의 옆으로 걸어와서 앉았다.

"펑텅 씨."

산산이 그의 이름을 불렀다.

"내가 말했던가요. 당신은 이 옷을 입을 때가 가장 멋있어요."

"그래요?"

펑텅이 깊이 생각하는 척하더니 말했다.

"그럼 결혼식 때도 이걸 입을까요?"

"안 돼요!"

산산이 벌떡 일어났다.

"그럼 더 멋있어지잖아요!

에필로그

산산과 펑텅의 결혼식은 펑텅이 펑위에에게 전권을 위임한 가운데 대단히 성공적으로 끝났다. 하지만 산산은 심신이 피폐해졌고 쉬면서 정돈할 겨를도 없이 바로 신혼여행으로 끌려갔다. 그리하여 한 달 동안 또 다른 방식으로 '피폐'해졌다.

돌아오니 곧 설이 다가왔다. 산산이 새색시가 되고 나서 맞는 첫 설이었다. 그녀는 눈코 뜰 새 없이 바쁜 일로 멘붕이었다! 산산은 마음이 울적해졌다. 분명 작년에 보스 집에서 설을 보낼 때는 한산했는데, 올해는 어떻게 된 게 갑자기 어디서 이렇게 많은 친척이 생겨났을까? 게다가 각종 크고 작은 연회에서 사람들과 교제를 하다보니 산산은 사장의 와이프 노릇을 하려면 별도의 월급을 받아야 한다는 생각까지 절로 들었다.

마침내 한가해지자 벌써 정월 초닷새가 되었는데 그날은 재물신의 생일이었다. 산산은 자연스럽게 아주 중요한 일이 생각났다. 그리하여 아무개 씨의 앞으로 달려가 손을 내밀었다.

"내 홍바오는요!"

"아, 새해 복 많이 받아요."

펑텅이 엉겁결에 대답했다.

산산은 조용히 다음 말을 기다렸다. 그러나 기다리고 기다렸지만 결국 다음 말은 없었다.

"그게 다예요?"

산산은 분노했다.

"너무 무성의해요!"

결혼한 지 아직 얼마 되지도 않았는데…….

"최소한 홍바오는 주면서 성의 표시를 해야죠."

분명히 위아래 할 것 없이 온 가족들에게 홍바오를 나눠주었으면서 왜 나만 없는 거지? 산산은 매우 억울했다.

펑텅이 들고 있던 잡지를 내려놓고 말했다.

"쉐산산 씨, 작년에 내가 당신에게 홍바오를 줬던가요?"

"아니요!"

그러한즉 당신의 악행은 어제오늘 일이 아니라고요.

"설 선물은요?"

"역시 안 줬어요!"

유일하게 산산에게 줬던 것은 핸드폰으로, 그것도 빌려주는 것이었다. 게다가 그가 사용하던 중고폰이었다. 펑텅이 웃음을 지었다.

"그러니까 작년 설에 내가 당신에게 아무것도 안 줬다는 거죠? 근데 기억해요? 당신이 공항에 있을 때 내가 새해 복 많이 받으라고 했던 거."

아마도 그랬던 것 같다. 하지만 이게 무슨 문제란 말인가?

펑텅이 산산을 보며 말했다.

"이게 바로 내가 당신에게 주고 싶은 거예요. 산산 씨, 그 말은 축복이 아니에요. 바로 맹세죠."

산산은 눈을 깜빡거렸다. 그리고 또다시 깜빡거렸다. 펑텅이 멋쩍어서 자리를 뜨려는 모양인지 한번 기침을 하고 일어섰다. 산산은 마침내 반응을 보이며 능글맞게 캐물었다.

"올해도 맹세하는 건가요?"

"네."

"내년에도요?"

"내년에 다시 얘기해요."

어떡하지, 산산은 감동한 것 같다. 산산은 뒤에서 펑텅의 허리를 껴안고 그의 등에 머리를 기댔다.

"당신도 새해 복 많이 받아요."

편안하고 따스한 숨결이 넘쳐흘렀다. 잠시 후.

산산이 말했다.

"아 참, 빨리 홍바오 줘요."

"……"

다시 산산이 말했다.

"당신이 그랬잖아요. 새로운 한 해가 될 때마다 날 계속 행복하게 해주겠다고. 지금 난 홍바오를 받아야 행복하다고요."

부록
산산과 펑텅의 결혼생활 이모저모

01. 핸드폰 벨소리

결혼 후 어느 날, 펑텅은 산산의 핸드폰 속 자신의 벨 소리가 뜻밖에도 다른 남자들의 벨 소리와 같다는 사실을 발견했다!

펑텅은 곧바로 분노했다. 그래서 산산에게 즉시 남들과 다른 벨 소리로 바꾸라고 명령했다. 산산은 불같이 화를 내는 그에게 전전긍긍하며 말했다.

"내 핸드폰은 두 가지 벨 소리가 있어요. 하나는 남자 거, 하나는 여자 거. 보스, 당신은 제 3의 젠더가 되길 원하나요?"

02. 산산의 초콜릿 집

산산은 초콜릿 집을 갖는 것이 어릴 적 꿈이었다.

초콜릿 굴뚝, 초콜릿 담, 초콜릿 창문, 초콜릿 침대, 가장 좋기로는 이불까지도 초콜릿으로 만든 것이어야 한다. 한밤중에 배가 고파 깨면 이불을 안은 채 뜯어먹고 다음날 깨어나면 뜯어먹은 초콜릿은 다시 스스로 자라난다.

더 자라 중학교에 다니게 되면서 산산은 청춘 드라마를 보기 시작했고 시대의 흐름에 따라 꿈도 조정했다. 집은 아주 아주 커야 했고 학교에서는 아주 아주 멀어야 했다. 가장 좋기로는 문 앞에 반시간을 걸어도 벗어날 수 없는 구불구불한 큰 가로수길이 있는 것이다. 그러면 아침 읽기 수업에 늦어도 핑계거리가 있는 셈이다.

대학에 가서는 기숙사 생활을 하기 시작했다. 학교에서 위생 검사를 할 때마다 산산은 청소를 하느라 허리며 등이며 안 아픈 데가 없이 파김치가 되었다. 겨우 게딱지만한 작은 기숙사일 뿐인데도! 만약 더 크다면…….

산산은 큰 집에 대한 꿈을 무자비하게 짓밟아버렸다.

나를 용서하자!

무산 계급인 산산의 머릿속에는 '고용인'이라는 그 단어가 나타난 적이 한 번도 없었다.

산산은 졸업 후에 상하이로 가서 일을 하게 되었다. 상하이의 땅값은 상상을 초월했기 때문에 산산은 낡은 집을 임대했다. 그래도 너무 비싸다고 생각해 종종 원망스러워했다. 침대만 빌릴 수는 없을까!

한번은 동료의 집에서 잡지를 보다가 호텔식 아파트가 소개된 것을 보고 눈이 부셨다. 빛이 잘 들어오는 통유리, 포근한 카펫, 귀여운 침대와 쿠션…… 결정적인 것은 24시간 온수가 나와 직접 물을 데울 필요가 없다는 것이다. 퇴근 후 집에 돌아와서 시체처럼 바로 침대에 눕기만 하면 된다. 만약 더 고급 아파트라면, 벨만 누르면 맛있는 음식을 문 앞까지 무료로 가져다줄 것이다. 산산은 공상과학영화를 떠올리듯이 머릿속으로 그림을 그려봤다. 그런 다음 계산기를 두드려 보았다. 제곱미터 당 다섯 자리 수.

놀랍게도 그 꿈들이 하나하나씩 현실로 이루어질 날이 있을 줄 누가 알았겠는가. 그러나 유일한 흠이라면 흑마왕 보스가 함께 산다는 것이다.

물론 큰 방이든 작은 방이든 모두 보스가 그녀에게 준 '혼수'다. 그러나 초콜릿 집의 꿈은 펑 아가씨가 이루어주었다. 펑위에는 자신의 새언니가 어렸을 때 이러한 꿈을 가지고 있었다는 것을 알고는 정말 로맨틱하다고 호들갑을 떨었다. 그리하여 산산의 생일인 그날 펑위에의 진두지휘 아래 유명 호텔의 초콜릿 전문가가 왔다. 그들은 펑씨 집의 응접실에서 1미터 높이의 초콜릿 집을 만들었다.

펑 아가씨가 전문가를 시켜 만든 초콜릿 집은 당연히 아주 섬세하고 정교했다. 마트에서 파는 것과는 완전히 달랐다. 그 초콜릿 집에는 굴뚝과 울타리, 침대와 이불도 있었을뿐만 아니라 화이트 초콜릿으로 만든 산산과 블랙 초콜릿으로 만든 보스도 있었다.

비록 집은 작아서 사람이 살 수는 없지만 펑위에의 마음이 전해져 산산은 대단히 감동했다. 이 일로 펑텅은 은근히 화가 났다. 미리 일러주지 않은 것은 그렇다 치더라도 펑위에가 뽐내기를 좋아하는 펑텅의 공을 빼앗았기 때문이다.

보스의 기분이 좋지 않았기 때문에 결국 뒤탈이 나고 말았다. 펑위에 내외는 식사가 끝나자마자 쫓겨났고, 남은 시간 동안 산산은 초콜릿 집을 만져볼 여유가 아예 없었다.

생일이 지난 후 산산은 그제야 초콜릿 집을 먹기 시작했다. 먼저 필요 없는 보스를 먹어 치우고 이불을 뜯어 먹었다. 이어서 울타리를 해체했다.

며칠 뒤……

굴뚝을 너무 세게 부러뜨려서 집이 무너졌다. 결국 주방장이 집을 녹여 여러 종류의 간식을 만들었다. 그리하여 초콜릿 집과 초콜릿 보스는 모두 산산의 뱃속으로 들어갔다. 그것들은 산산의 일부분이 되어 영원히 사라지지 않을 것이다.

03. 양메이에 대한 기록

산산이 가장 좋아하는 과일은 모두 봄, 여름에 나오는 것인데 삼사월에는 딸기가 나오고 뒤이어 양메이가 나온다. 딸기는 산산이 정말 좋아하는 과일이다. 새빨간 딸기를 하나 입에 넣으면 향기롭고 달콤하며 수분도 많다. 그러나 그녀는 양메이에 대해서는 편집증이 있다.

산산이 고등학생이던 어느 해, 양메이가 일찍부터 시장에 나왔다. 산산은 학교에서 자전거를 타고 집으로 돌아가다가 길 가의 작은 노점에서 파는 양메이를 보고 군침이 돌았다. 집에 가서 엄마에게 사달라고 했지만 엄마의 대답은 이러했다.

"시장에 나온 지 얼마 안 돼서 너무 비싸. 좀 지나거든 사줄게."

산산은 항상 말을 잘 들었다. 자기 집 형편이 그리 부유하지 않음을 알기 때문에 한 근에 10여 위안이나 하는 양메이는 사치라는 것을 알았다. 그래서 떼를 쓰지 않고 가격이 내려가면 그때 사야겠다고 생각했다.

고등학생으로서 학습의 임무가 중요했기 때문에 산산도 그 일을 마음에 두지 않았다. 얼마 후 산산은 문득 생각이 나서 엄마에게 물었다.

"양메이는요? 언제 사요?"

엄마가 대답했다.

"지금 양메이가 어디 있니. 벌써 철이 지났는데."

그때 이후로 산산은 양메이에 대해 편집증이 생겼다.

분명 가장 좋아하는 과일이 양메이가 아닌데도 양메이를 보기만 하면 사고 싶었다. 대학에 다닐 때는 생활비가 많지 않았음에도 불구하고 양메이가 시장에 나오기만 하면 비싸든 말든 양메이를 샀다. 보스에게 시집온 산산은 놀랍게도 집 뒤뜰에 양메이 나무가 한 그루 있는 것을 발견했다.

그 양메이 나무는 아마 좀 오래된 것 같았다. 집사의 말에 의하면 매년 몇 백 근의 양메이가 달린다고 한다. 하나같이 크고 달았으며 펑 씨 식구들은 다 먹을 수가 없어서 일부는 술로 담그고 일부는 상자에 담아 선물을 한다고 했다.

산산은 양메이가 막 익을 때부터 6월 말까지 하루도 빠짐없이 계속 먹었다. 먹는 산산은 정작 별 느낌이 없었지만 오히려 보는 펑텅의 입이 시큼했다. 밤에 산산과 키스를 할 때도 그녀의 입에서 달콤한 양메이의 맛이 나는 것 같았다.

"당신은 시지 않아요?"

"괜찮은데요."

산산은 펑텅에게 기대 자신의 편집증에 대한 얘기를 들려주었다. 그리고 얘기를 끝낸 다음 스스로 총정리를 했다.

"과연 가질 수 없는 것이 최고예요. 당신에게 시집온 나는 그저 그런 사람일까요?"

펑텅은 살짝 감고 있던 눈을 떠 곁눈으로 그녀를 보았다.

"어려서부터 지금까지 내가 가진 건 모두 최고였어요."

04. 돼지간 사건의 진상

결혼 후 어느 날, 산산은 펑위에와 수다를 떨다가 지난 일을 회상했다. 산산은 자신이 오늘날 이렇게 '극심한 고통'의 나날을 보내는 것은 전적으로 펑위에가 보낸 돼지간 때문이라고 생각하여 시무룩하게 말했다.

"당신이 한 달 동안 보낸 돼지간 때문에 정말 힘들어 죽을 뻔했어요."

펑위에가 이상하다는 듯이 말했다.

"내가 한 달 동안 돼지간을 보냈다고요? 며칠밖에 안 보냈어요."

산산은 한참 생각하다가 노발대발하며 말했다.

"너무해요. 오늘 반드시 그를 서재에서 자게 하고 말 거예요."

펑위에는 의심에 찬 눈으로 산산을 보았다. 위에는 자신의 오빠를 가장 잘 안다. 오빠는 어려서부터 음흉하고 교활해 지금까지 위에가 유리한 고지를 차지해본 적이 한 번도 없었다. 그런데 산산이 가능

할까?

이미 자연 발화한 산산은 펑 아가씨의 의심에 찬 눈을 보면서 대단히 결연한 태도로 분개하며 고개를 끄덕였다. 다음날 이른 아침이 되자마자 위에가 산산에게 전화했다.

"어떻게 됐어요? 네? 어제 오빠가 서재에서 잤어요?"

그녀의 오지랖을 용서해주자. 세상에서 가장 무료한 직업이 가정주부가 아니겠는가.

"어……."

산산은 전화기에 대고 얼버무리다가 한참 후에야 애매하게 대답했다.

"그랬어요."

"근데 왜 이렇게 목소리에 힘이 없어요?"

"어……회의 가야해서요. 끊을게요."

전화기에서 바로 뚜뚜 소리가 들려왔다. 위에는 잠시 멍하게 있다가 호기심을 참지 못하고 용기를 내어 다시 오빠에게 전화를 했다.

"오빠. 어제, 있잖아. 산산 씨가 많이 화난 것 같던데, 싸운 건 아니지?"

"안 싸웠어."

펑텅의 목소리는 부드럽고 평온했다.

"하하."

위에가 억지웃음을 지었다.

"뭐냐면, 산산 씨가 오빠를 서재에서 재우겠다고 했거든. 그게 말이 돼? 하하."

"나 어제 정말로 서재에서 잤어."

"뭐?"

위에가 깜짝 놀라 소리쳤다.

전화기 너머의 펑텅은 희미하게 웃고 있는 것 같았다.

"가끔은 장소를 바꾸는 것도 재미있지."

위에는 어리둥절했다. 서재에서 자는 게 재미있다고? 게다가 오빠의 웃음소리는 아무래도 너무 괴상했다. 그녀는 기다렸다가 다시 물었지만 오빠는 더 이상 대답하지 않았다.

"이 말 하려고 아침부터 전화한 거야? 그렇게 한가해? 회의 들어가야 하니까 끊어."

다시 한 번 전화기에서 뚜뚜 소리가 들려왔다.

또 회의야? 펑위에는 전화기를 던져버리고 꿀꿀해졌다. 하지만 오빠가 출근 시간에 그녀와 이렇게 잡담을 많이 하기는 오랜만이었다. 아이를 돌보고 나서 위에는 그래도 기분이 꿀꿀해 다시 산산에게 물어봤다. 산산은 여전히 어물어물 둘러대고 재빨리 전화를 끊어버렸다.

전화기 반대쪽의 산산은 사무실 책상에 엎드려 소리 없이 통곡하고 있었다. 후. 어제는 어쩜 그렇게 생각이 짧았을까. 감히 혼자 힘으로 보스를 서재로 보내려 하다니. 하지만 결과는…….

결국 어젯밤에 보스는 분명 서재에서 잤다. 하지만 산산도 거기에서 잤다…….

산산은 어젯밤 일이 생각나자 얼굴이 몹시 뜨거워졌다. 갑자기 핸드폰에서 문자 알림음이 들렸다. 산산이 핸드폰을 들어서 보니 오늘 매우 많은 회의가 있다고 스스로 떠벌리고 다닌 보스에게서 문자가 와 있었다.

"산산 씨, 오늘 밤엔 주방에 가둬줄래요?"

05. 여러 차례의 아이디 변경이 가져온⋯⋯

이야기는 이러하다. 아주 오래전에 산산의 아이디가 무엇이었는지는 이미 알아낼 방법이 없다. 하지만 펑텅 그룹에 입사한 후 산산은 자신의 QQ 아이디, 게임 아이디, 웹사이트의 로그인 아이디 등등, 모든 아이디를 위풍당당하게 '보스 때려눕히고 꿀잠 자기'로 통일했다.

이 아이디는 그 자체로는 아무 문제가 없다. 심지어 한동안은 산산의 심신 건강에 지대한 공헌을 했다. 그러나 결혼 후 산산은 여전히 약간의 위기의식도 느끼지 못하고 아이디를 고치는 일을 잊어버렸다. 그리하여⋯⋯.

신혼여행에서 돌아온 첫날밤, 산산은 샤워를 끝낸 후 침대에서 노트북을 받쳐 들고 쌍이와 QQ로 채팅을 했다.

즐거운 나의 집에서 노는 쌍이: 사진 좀 많이 보내봐. 경치만 있고 사람은 없는 걸로. 그런 게 더 좋지. 소재로 써야겠어~~

보스 때려눕히고 꿀잠 자기: 응, 아직 정리 못했어. 우선 몇 장만 보내줄게.

즐거운 나의 집에서 노는 쌍이: 좋아. 참, 네가 찍은 사진 말고. 너

사진 진짜 못 찍잖아.

보스 때려눕히고 꿀잠 자기: 근데 너 사람 없는 거 원한다고 했잖아.

즐거운 나의 집에서 노는 쌍이: 응, 풍경만 있는 거.

보스 때려눕히고 꿀잠 자기: 그이가 찍은 건 전부 나야.

아무 말이 없었다.

보스 때려눕히고 꿀잠 자기: 쌍이야? 나갔어?

즐거운 나의 집에서 노는 쌍이: 아니. 방금 갑자기 전신이 마비되고 손가락에 쥐가 나서 키보드를 칠 수 없었어.

보스 때려눕히고 꿀잠 자기: 연애를 안 해봐서 저항력이 떨어지는구나.

즐거운 나의 집에서 노는 쌍이: 너너너, 너희 보스와 부부생활을 하더니 정말 사악해졌구나.

산산은 쌍이가 말한 '부부생활'이란 네 글자 때문에 깜짝 놀랐다. 심오한 그 의미가 간단명료한 화면이 되어 산산의 머릿속에 저절로 떠올랐다. 그때 마침 욕실 문이 열리더니 자욱한 수증기 속에서 보스가 작은 수건만 걸친 채 걸어 나왔다. 그는 손에 흰 수건을 들고 머리를 닦으면서 산산을 향해 걸어갔다. 마르고 건장한 몸통에는 아직 물방울이 남아 있었다. 또한 물방울은 머리끝을 타고 똑똑 떨어졌다. 아주 애매하고 느리게 목젖을 타고 내려와 가슴, 배를 지나 최종적으로 실오라기 하나 걸치지 않은 그곳으로 들어갔다. 산산은 힐끗 보았을 뿐인데도 바로 심장이 두근거리고 혈압이 급상승했으며 얼굴은 저녁노을처럼 붉어졌다. 보스가 옷을 입지 않은 모습을 이미 여러 차례 보긴 했지만, 하지만……

산산은 황급히 시선을 거두고 더욱더 진지하게 샹이와 채팅을 했다.

산산은 자신이 무슨 말을 하는지도 모른 채 몇 글자를 두드렸다. 침대의 다른 한쪽이 내려앉더니 잠시 후 바로 누군가가 그녀를 껴안았다. 그는 강력한 손길로 그녀를 가둔 채 단단한 가슴으로 그녀의 볼을 바싹 끌어안았다. 산산은 순식간에 전신이 몹시 뜨거워지는 느낌이 들었다. 마치 몸 안에 기름 방울이 있어서 불이 붙는 느낌이 들면서 현기증이 나려 했다.

"머리 좀 말려줄래요?"

마치 수증기를 머금고 있는 듯한 나지막한 목소리는 사람의 정신을 미혹시키는 매력이 있었다. 그러나 산산은 그 목소리를 듣자마자 아름다운 생각이 모두 사라졌다. 그녀는 즉시 그의 품에서 발버둥치며 빠져나와 엄숙한 목소리로 말했다.

"머리를 말려주지 않을래요!!!"

펑텅이 눈썹을 치켜 올렸다.

산산은 빨개진 얼굴로 다시 말했다.

"어쨌든 싫어요!"

산산이 머리를 말리는 일 하나에 민감한 반응을 보이는 이유는 순전히 신혼여행의 기억 때문이다. 그때 경험한 좌절로 지금은 지혜가 생겼다.

신혼여행을 간 산산은 즉흥적으로 보스에게 머리를 말려주겠다고 자처했다. TV 드라마에서는 모두 이렇게 하지 않는가. 남자나 여자 주인공이 상대방의 뒤에 서서 애정이 가득한 마음으로 머리를 말려 준다. 호텔 창문 밖의 짙푸른 하늘과 푸른 바다가 부각되는 그 화면을 보면 얼마나 낭만적이고 사랑스러운가. 그러나 진짜로 직접 해보고 나서야 알았다. 이러한 화합의 시대에 TV 드라마는 너무 순수해서 믿을 수 없다는 것을.

TV 속 남자 주인공은 여자 주인공이 그의 머리를 말려주는 기회를 틈타 여자의 단추를 풀고 어깨를 물어뜯지는 않을 것이다. 또 최종적으로 그녀가 그에게 안겨 얼굴을 맞댄 채 그의 다리 위에 앉아 있는 그런 자세로 발전하지도 않을 것이다.

"당신이 이러면 내가 머리를 말려주기가 힘들잖아요. 손을 계속 높이 들고 있어야 해서 힘들어요."

산산은 항의하는 것이지만 남자의 귀에는 애교를 떠는 소리로 들릴 줄 누가 알았겠는가. 펑텅이 나지막이 웃으며 말했다.

"그럼 내가 고개를 숙일게요."

그는 고개를 숙여 원래 밑에서 주무르고 있던 손으로 그녀를 떠받쳐 높이 들어 올렸다. 그는 마치 그의 입으로 배달된 맛있는 음식을 물고 있는 것 같았다. 마지막에는 그래도 잊지 않고 자상하게 물었다.

"이제 편해요?"

신이시여!

산산은 보스의 덜 마른 머리를 볼 때마다 아마도 남은 평생 그 장면이 생각 날 것이다. 여기까지 생각하자 산산은 문득 자신과 쌍이가 한창 이야기했던 '부부생활'이 생각났다. 어, 만일 보스에게 들키

기라도 한다면…….

산산은 쌍이에게 서둘러 작별 인사를 하고 켕기는 구석이 있어 노트북을 닫았다. 그리고 이어서 말했다.

"나 잘래요."

그녀는 신속하게 이불 속으로 파고들었다. 아무튼 산산은 머리를 말린 뒤라 잠을 청할 수 있다. 머리를 말리지 않은 누군가가 어떻게 잘지에 대해서는 산산은 신경 쓰지 않았다.

그나저나 보스는 당연히 못 봤겠지. 그렇지 않고서야 그가 아무 반응도 없을 리가 있겠는가. 산산은 자신에게 최면을 걸면서 점점 꿈나라로 들어갔다. 정신이 혼미한 와중에 종이 넘기는 소리가 들리는 것 같았다. 음, 보스는 당연히 서류를 보고 있겠지. 신혼여행에서 돌아온 펑텅은 바로 바빠지기 시작했다.

산산은 자신도 모르게 종이 넘기는 소리에 집중했다. 한 장, 두 장…….

"자요?"

어? 산산은 눈을 꼭 감고 안정된 호흡을 유지하며 깊은 잠에 빠진 척했다. 또 한 장이 넘어갔다.

"방금 봤어요."

아아아, 그가 과연 부부생활 그 네 글자를 봤단 말인가? 산산은 비밀이 탄로 나자 누운 채 몸을 돌려 펑텅을 마주 보고 말했다.

"그건 내가 한 말이 아니에요."

그러니까 산산의 머릿속에 그 단어는 없다는 것이다. 즉 그녀가 어떤 걸 하고 싶어 한다고 오해하지 말라는 것이다.

"그래요?"

평텅이 건성건성 반문했다. 그런 후 매우 부드러운 어조로 말했다.

"보스 때려눕히고 꿀잠 자기, 이게 당신이 아닌가요?"

……망했다. 어째서 그걸 잊어버렸을까. 솔직하게 자백하면 용서해주겠지 하는 마음으로 황급히 더듬거리며 말했다.

"맞아요. 그냥 장난으로 한 거니까 신경 쓰지 않겠죠."

"당연히 신경 안 써요."

평텅이 서류를 보고 있던 눈을 들어 무해한 눈빛으로 그녀를 보았다. 그런 후 우아한 동작으로 손에 있던 서류를 간추린 뒤 한쪽에 놓고 점잖게 물었다.

"근데 산산 씨. 오늘은 아직 안 때렸는데 어떻게 잠을 자죠?"

어?

산산이 그의 말 속에 담긴 뜻을 아직 이해하기도 전에 평텅이 몸을 옆으로 기울여 왔다. 잠시 후 산산은 평텅에게 덥석 안겨 이미 그의 몸 위에 앉아 있게 되었다. 산산은 평텅이 자신의 손가락을 잡고 입 안으로 넣어 깨무는 것을 멍하게 쳐다보고 있었다. 산산을 바라보는 평텅의 동공에 지진이 일어났다.

"산산 씨, 날 무엇으로 때릴 건가요? 이걸로?"

−나는 야근 5분 대기조−

−나는 부르주아에게 밤새도록 억압받고 야근하는 노동자−

밤새 수차례의 격투도 모자라, 산산은 보스의 강요에 못 이겨 어쩔 수 없이 리드를 했다. 이튿날 산산은 부끄러우면서도 화가 나서 아이디를 '보스는 무뢰한'으로 변경했다. 하지만 불행히도 그 아이디도 보스에게 발각되고 말았다.

보스는 수많은 고급 인재를 통솔하는 변태급 보스라고 할 만하다. 그는 아이디 안에 '숨어 있는 깊은 뜻'을 신속하게 이해했다. 그리고 문득 깨달았다는 듯이 미소 지으며 말했다.

"당신은 내가 리드해 주길 바라는군요."

그가 리드해주길 바란다고?

대체 어떻게 그런 결론을 내렸지!

무뢰한…… 리드……

무뢰한…… 리드……

이어지는 시간 동안 산산은 계속해서 그 둘 사이의 논리적 관계를 찾고 있었다. 그러는 동시에 그녀는 깊이깊이 리드 당했다.

산산은 할 수 없이 계속해서 아이디를 변경했다. 자신의 분노를 표현하기 위해 이번에는 '보스는 비인간'으로 바꾸었다. 이전 아이디 '보스는 무뢰한'을 토대로 새 아이디가 나왔기 때문에 쌍이는 풍부한 상상력을 발휘하여 경탄하며 말했다.

"우와, 하룻밤에 일곱 번 한다는 소설 속의 그 비인간?"

산산은 눈물이 앞을 가렸다. 쌍이마저도 변태 같은 생각을 하는데 보스는 훨씬 더 변태일 것이다. 그는 정말로 나를 끌고 '비인간'의 한계에 도전할지도 모른다. 역시 고치는 게 낫겠다. 다시 한 번 '밤낮으로 일하며 참고 견디고' 싶지 않았다.

고쳐야만 해. 고쳐야만 해. 반드시 고쳐야만 한다. 하지만 무엇으로 고쳐야 하지?

산산은 심사숙고 끝에 그래도 안전이 제일이라고 생각했다. 그리하여 아이디에서 보스의 존재를 철저히 없애버렸다. 새 아이디는 '33은9'으로 간단하고 기억하기 쉬우면서도 독특했다. 이번에는 보스가 아이디를 구실로 아무 짓도 못하겠지.

아이디를 바꾼 그날 밤, 산산은 일부러 보스의 앞에서 쌍이와 채팅을 했다. 보스가 보더니 과연 아무 반응이 없었다. 산산은 그래도 안심이 되지 않아 캐물었다.

"내 새 아이디 괜찮죠?"

보스가 전혀 아랑곳하지 않고 말했다.

"내가 없어졌네요?"

산산이 재빨리 고개를 끄덕였다.

"이번 아이디에는 당신이 존재하지 않아요!"

펑텅은 '음' 하더니 바로 본인의 일에 몰두했다. 산산은 완벽히 한시름 놓았다. 통과했다. 드디어 통과했어. 하하하.

그러나 산산은 사실 부르주아와의 투쟁 경험이 부족하다. 아직 밤이 지나지 않았는데 어떻게 관문을 통과했다고 말할 수 있겠는가. 역시 잠자리에 들기 전, 보스는 '우리, 존재의 문제에 대해서 생각해보죠'라고 말했고 산산은 그 문제로 밤새 시간을 보냈다. 그녀는 기진맥진한 상태가 되고 나서 깨달았다.

'존재'란 무엇인가에 대해.

산산은 예전의 아픈 기억을 되새겨본 후에 패배를 인정하고 항복했다. 벌써 알고 있었던 사실이 아닌가. 보스와 싸우는 것은 매우 바보 같은 짓이라는 걸. 아부야말로 왕도다.

그리하여 최종적으로 '보스는 정말 위대해'라는 신선한 아이디가 나왔다. 보스도 존재하면서 위대하기까지 하니 이번에는 되겠지. 산산은 밤에 보스에게 정중히 보여드렸다. 보스는 과연 매우 만족해하셨다. 산산은 보스가 만족해하시자 자신도 매우 만족했다. 그러나 그 후에 발생한 일에 대해서는 다소 받아들이기 힘들었다. 보스가 뜻밖의 질문을 했다.

"근데, 당신이 생각하기에 나의 어떤 점이 위대한 것 같아요?"

좋다. 이런 질문은 정상이라고 할 수 있지. 보스가 나의 손을 잡고 강제로 어떤 곳으로 데려가지만 않는다면. 아아아!!!

그리하여……

또 한바탕의 ○○을 피할 수 없었다.

산산은 숨넘어가는 소리로 말했다.

"다시는 아이디를 안 바꿀 거예요."

펑텅이 눈썹을 치켜 올렸다.

"정말 안 바꿔요?"

상당히 아쉬워하는 말투였다.

"안 바꿔요!"

산산은 그에게 기댄 채 숨이 넘어갈 듯했지만 매우 단호하게 말했다. 그녀는 이미 깊이 깨달았다. 보스에게 있어서 아이디를 바꾼다는 것은 무언가를 바꾼다는 것을…….

"상관없어요."

그는 손가락으로 방금 견뎌냈던 그의 그곳을 쓰다듬는 듯한 모습이었다. 펑텅이 느긋하게 말했다.

"당신이 바꿀 때마다 난 조건반사가 일어나죠. 당신이 자꾸 바꾸면 나도 힘들어요."

산산은 거의 눈물이 날 지경이었다.

"힘들어하지 않아도 돼요."

사욕을 채운 아무개 씨가 웃었다. 그는 곧 울음이 터져 나올 것 같은 반짝거리는 그녀의 눈 위에 가볍게 입을 맞췄다.

"난 기꺼이 원해요."

어? 산산은 물끄러미 그를 쳐다보았다. 결혼한 이후로 보스의 키스는 매번 모두 강렬한 정욕의 기운으로 가득 차 있었다. 하지만 방금 그 키스는 다른 것 같았다. 표면상으로는 가벼워 보였지만 예전의 어떤 키스보다도 강렬한 울림이 있었다. 마치 그가 여태껏 쉬이 털어놓지 않았던 모종의 감정을 지니고 있는 것 같았다.

멍하게 그를 바라보고 있는 산산의 모습을 보고 펑텅이 또다시 웃으며 말했다.

"산산 씨, 앞으로 내 머리를 말려줘요. 거절하면 안 돼요."

06. 산산이 사치를 하게 된 계기

절약하다가 사치를 부리기는 쉽고 사치를 부리다가 절약하기는 어렵다고 했다. 하지만 학생일 때는 생활비가 500위안, 직장에 다닌 후에는 1000~2000위안(집세 제외)이었던 쉐산산에게 있어서 갑자기 사치를 부리는 것은 간단한 일이 아니었다. 산산이 펑 부인이 된 지 여러 주가 지났으며 가방에는 카드를 여러 장 쑤셔 넣고 보스가 눈 하나 깜짝 안 하고 외상 거래를 하는 것을 여러 차례 지켜보았지만 산산 본인은 아직도 함부로 돈을 쓰지 못했다. 펑위에가 지독하게 쇼핑을 하는 것을 보면 산산은 여전히 살이 떨렸다.

이번 일요일에 펑텅은 아침 일찍 공을 차러 나갔다. 산산은 방금 그에게 한바탕 학대를 당한 터라 또 볼보이는 되고 싶지 않았다. 그래서 침대에서 버틴 산산은 도저히 일어날 수가 없었다. 펑텅은 보통 욕구가 충족된 뒤에는 상냥해진다. 그는 강요하지 않고 고용인에게 산산을 방해하지 말라고 분부한 뒤 상쾌한 기분으로 혼자서 집을 나갔다.

산산은 단숨에 정오까지 자면서 실컷 잠을 보충할 생각이었지만 쇼핑을 가자는 펑 아가씨의 전화가 왔다. 쇼핑이라는 두 글자만 들어도 머리를 베개 속으로 묻고 죽은 척을 하고 싶었다. 펑 아가씨의 쇼핑은 정말이지 공포스럽지만 거절할 구실은 없었다. 아침부터 피곤하다고 말할 수도 없겠지. 그러면 펑 아가씨의 웃음을 살 것이다. 그래서 산산은 어쩔 수 없이 일어나 기사에게 최신 유행의 상점들이 한데 모여 있는 ○○빌딩으로 태워 달라고 해서 펑위에와 합류했다.

산산은 펑위에와 여러 번 쇼핑을 했었다. 그때마다 산산은 심신으로 이중의 고통을 당했는데 손발이 피곤했으며 마음이 매우 아팠다. 비록 줄줄 흘러나오는 그 돈이 산산의 것은 아니지만, 하지만······.

가치가 있을까? 별로 대단해 보이지도 않는 가방 하나가 어째서 몇만 위안이나 하지? 신어보니 별로 예쁘지도 않은 신발 한 켤레도 어째서 몇만 위안이나 할까? 어째서, 어째서······저것들은 모두 만 단위나 하는 걸까?

재무 담당 산산은 매번 그 엄청난 가격들을 볼 때마다 항상 '원가' 생각을 하지 않을 수가 없었다. 그리고 서양놈들이 돈을 벌게 내버려

둘 수 없다는 애국심을 품으며 결연한 의지로 그 물건들을 다시 제자리에 갖다 놓았다.

오늘도 전혀 예외가 아니었다. 펑 아가씨는 계속 카드를 긁으면서 지나갔고 산산은 계속 보면서 지나갔다. 쇼핑을 마치고 두 사람은 맨 윗층에 있는 찻집에 앉아 휴식을 취했다. 펑위에는 자신이 구매한 한 무더기의 물건과 대비되는 산산의 텅텅 빈 두 손을 보면서 문득 마음속에 느껴지는 바가 있었나 보다.

"산산 씨. 내가 좀 낭비했죠?"

펑 아가씨는 집에 있는 상표도 떼지 않은 한 무더기의 옷이 생각나자 처음으로 마음이 찔렸다. 산산은 차를 마시면서 진심으로 고개를 흔들었다.

"아니에요. 아니에요."

펑 아가씨. 당신은 좀 낭비한 게 아니라 엄청나게 낭비했어요. '좀 낭비했다'라고 말하다니, 정말로 너무 겸손하시군요.

펑위에가 한숨을 쉬었다.

"아이, 우리 오빠가 돈을 잘 버니 다행이지. 안 그럼 내가 이렇게 편한 생활을 할 수 있겠어요."

남편인 옌칭은 고위층 간부지만 평범한 집안 출신이다. 그러니 위에의 이러한 씀씀이를 감당할 수 있겠는가. 펑위에가 지금 이렇게 돈을 물처럼 쓰는 것은 펑텅 그룹이 매년 그녀에게 주는 배당금 덕분이다.

산산은 하하 웃고서 창밖의 경치를 바라보았다. 그러면서 머릿속에 뜬금없이 아침에 두 사람이 침대에서 했던 대화가 생각났다. 당시에 산산은 그가 자신의 잠을 깨우는 건 너무 지나치다고 분노했지만 펑텅은 이렇게 말했다.

"우리가 처음 만난 그날, 병원 밖에서 당신이 날 부르주아라고 욕했죠?"

산산은 깜짝 놀랐다.

"어……어떻게 알았어요?"

펑텅은 콧소리를 낸 뒤 못된 손가락을 그녀의 옷 속으로 찔러 넣었다. 그와 동시에 몸을 구부려 약하지도 강하지도 않게 그녀의 목을 깨물었다.

"부르주아가 제일 잘하는 게 뭔지 알아요? 당신의 마지막 남은 피한 방울까지 짜내는 거죠."

잠시 후…….

그녀는 피를 다 빨리지는 않았다. 하지만 거의 그런 셈이었다.

헐!

'나는 벌건 대낮에 왜 이런 생각을 하는 거지?' 산산은 뺨이 화끈거리는 것 같아 황급히 컵을 들어 얼굴을 가렸다. 하지만 펑위에가 이미 알아차리고 이상하다는 듯이 말했다.

"산산 씨. 얼굴이 왜 갑자기 빨개졌죠?"

펑위에는 난처한 산산의 모습을 보자마자 눈치를 채고 막 산산을 놀려주려던 참이었는데 누군가가 부르는 소리가 들렸다.

"이게 누구야. 펑 아가씨와 펑 부인이시네요."

산산과 펑위에가 함께 눈을 들어 보니 귀부인 차림의 여자 네다섯 명이 그들을 향해 걸어오고 있었다. 그들은 펑위에와 친한 사이였는지, 부르지도 않았는데 옆에 와서 앉았다. 펑위에는 산산 옆으로 자리를 옮겨 아무도 못 본 틈을 타 산산의 귀에 대고 귓속말을 했다.

"저기 클로에 신상을 입고 있는 사람이 ○○○의 처제인데, 예전에 오빠한테 끊임없이 추파를 던졌던 여자예요. 얼굴은 예쁜데 집안이 별로죠. 어디 우리 오빠 눈에 차기나 하겠어요."

'펑 아가씨, 집안이 훨씬 별로인 사람이 여기 있다고요!' 산산은 당황한 얼굴을 하고 한편으로는 라이벌을 스캔했다. 그들을 한 바퀴 휘둘러보고 산산도 사람들이 주의하지 않는 틈을 타 펑 아가씨에게 귓속말을 했다.

"어떤 게 클로에 신상이죠?"

펑위에는 말을 잃었다.

잠시 앉아 있다가 그들이 함께 쇼핑을 하자고 제안했다. 산산도 별다른 이견이 없었다. 하지만 그렇게 많은 사람과 함께 쇼핑을 하는 것은 아무래도 펑위에와 단둘이 하는 것과는 달라 한 벌도 사지 않고 보고만 있기가 곤란했다. 그러다가 아무 치마를 골라 입어 봤는데 뜻밖에도 괜찮았다. 가격표에는 1800위안이 적혀있었다.

산산은 매우 감격했다.

'겨우 1800이잖아!'

그녀가 '겨우'라고 말한 걸 용서하자. 800위안의 치마도 비싸다고 생각한 산산이었다. 하지만 이 치마는 오늘 산산이 본 옷 중에서 아주아주 저렴했다.

그래서 산산은 그 치마를 사기로 한다. 아무튼 면목이 서는 셈이다. 어디까지나 부잣집에 시집간 셈인데 너무 인색하게 굴면 보스가 다른 사람들의 비웃음을 살지도 모른다. 산산은 매우 시원시원한 태도로 점원에게 그 치마를 담아 달라고 했다. 정교하게 화장을 한 점원이 미소를 지으며 말했다.

"아가씨는 정말 운이 좋으시네요. 이 옷은 우리 사장님이 막 영국에서 가져오신 건데. 이게 마지막 한 벌이에요."

점원은 계산기를 누르고 나서 말했다.

"원래 가격은 1800파운드인데 할인하고 잔돈을 빼면 인민폐로 2만이에요."

산산은 자신이 잘못 들은 건 아닌지 의심이 들었다. 1800……

파운드?!

인민폐로 2만?!

산산의 얼굴이 굳었다.

주위의 사람 모두 똑똑히 들었다. 클로에 신상을 입은 그 여자가 사뿐사뿐 다가오더니 점원의 손에 있는 치마를 보며 말했다.

"아이, 이 치마 정말 괜찮네요. 아쉽다. 쉐 아가씨가 운이 좋으세요. 난 어째서 못 봤을까……."

이때 옷을 사지 않는다면 보스의 체면은 아마 저 멀리 태평양으로 내던져질 것이다. 산산의 얼굴은 단지 0.1초만 굳어 있었을 뿐 즉시 얼굴에 미소를 띠고 피를 토하는 심정으로 카드를 건네주었다. 산산은 전혀 신경 쓰지 않는 것으로 보였지만 사실은 매우 비통해하며 말했다.

"맞아요. 제가 운이 좋았어요."

집에 돌아온 산산은 활기가 하나도 없었다. 자발적으로 벽을 마주한 채 삶에 대해 고찰했다.

2만이라고 2만! 보잘것없는 옷을 사는데 놀랍게도 2만 위안이나 썼다니.

그것은 산산의 수개월 치 월급이다. 그것은 산산 아빠의 일 년 수입이다. 그것은…….

산산은 끝없는 우울함 속으로 빠져들었다. 또 동시에 후회하기 시작했다. 역시 사지 말았어야 했다. 펑 아가씨는 그때 산산이 사지 않을까 봐 정말로 걱정했다는 말을 나중에 들려주었다. 하지만, 하지만……

2만 위안이다.

그런 의기소침한 상태는 잠자리에 들 때까지 지속되었다. 원래 그걸 하고 싶어 했던 보스는 산산이 모든 의욕을 상실한 채 매우 슬퍼하는 모습을 보고 모처럼 원인 분석을 하기 시작했다. 횟수가 너무 잦았었나? 비록 신혼이긴 하지만.

펑텅이 한숨을 쉬었다.

"그렇게 괴로워요?"

"괴로워 죽겠어요."

펑텅의 얼굴이 어두워졌다. 설마 나의 테크닉이 부족해서?

"2만 위안이라고요!"

산산의 목소리는 슬픔이 극에 달해 있었다. 원래 아주 화가 나 있던 보스는 마침내 산산의 생각이 자신과 같은 선상에 있지 않다는 것을 알아차리고 찡그린 얼굴로 물었다.

"2만 위안이라뇨?"

"후……."

자신의 하소연을 들어줄 사람이 절박하게 필요했던 산산은 그 대상이 적합한지 아닌지 생각조차 하지 못하고 있었던 일을 사실대로 다 털어놓았다.

"오늘 펑위에 씨랑 ○○ 빌딩에 갔었는데……어떤 매장에서……가격표를 잘못 보고……."

펑텅은 화를 내야 할지 웃어야 할지 정말 알 수 없었다. 이런 일이 ○생활의 질에 영향을 미치지 않도록 하기 위해……앞으로 유사한 일이 발생하지 않도록 하기 위해, 펑텅은 잠시 생각하고 나서 말했다.

"○○ 빌딩이라고 했죠?"

산산이 고개를 끄덕였다.

"그 건물은 내 명의로 된 부동산이에요."

"네?"

"빌딩 상점은 매년 나에게 적지 않은 임대료를 지불해야 하죠."

"아!"

"그러므로 치마를 산 그 2만 위안 중 일부 이윤은 나한테 오는 셈이에요."

산산은 멍하니 바라보았다.

"얼마나요?"

"음, 아마 5000 정도."

펑 사장은 무책임하게 거짓말했다.

"그러니까 앞으로 당신이 물건을 사면 곧바로 30퍼센트 할인된 가격으로 사게 되는 거예요. 예를 들어 당신이 오늘 산 치마는 실제로는 1만5000위안에 산거라 할 수 있어요. 5000위안을 절약한 셈이죠."

"그런가요?"

"그래요."

펑텅은 계속해서 속이 빤한 거짓말을 했다.

"그러니까 앞으로 당신이 많이 사면 살수록 할인도 많이 받게 되고 돈도 훨씬 절약하게 되는 거죠."

"그, 그래요?"

뭔가 이상한 것 같다. 분명히 뭔가 이상해! 하지만 보스 자꾸 다가오지 좀 말아요. 내가 생각을 할 수 없잖아요!

"그럼요."

보스는 그녀를 세뇌시키고 미소를 지으며 말했다.

"그럼, 우리 이제 다른 걸 시작해도 되겠죠?"

07. 금귤나무

왕 씨 아저씨가 서쪽 응접실로 들어왔을 때, 산산은 벽난로 앞에 앉아 노트북을 받쳐 들고 게임을 하고 있었다. 모니터에 펼쳐진 풍경은 아름답고 진짜 같았으며 인물 묘사는 화려하고 세밀했다. 바로 '몽유강호2'이다.

'몽유강호2'는 출시된 지 이 년이 지난 지금까지도 열풍이 가시지 않고 있다. 접속자 수의 기록을 끊임없이 갱신하고 있으며 각종 대형 게임에서 랭킹 상위를 유지하며 시종 고공 행진을 이어가고 있다. 투자자인 보스의 부인으로서 당연히 산산도 충실한 지지자 중 하나다.

그녀는 두터운 카펫에 앉아 폭신폭신한 쿠션에 등을 대고 왼손 옆에는 간식 상자를, 오른손 옆에는 따끈따끈한 유자차를 놓아둔 채 따뜻한 벽난로에 바싹 달라붙어 보스를 때리며 차를 마셨다. 눈이 내리는 겨울에 그곳에 있으니 정말로 편안했다.

왕 씨 아저씨가 가벼운 발걸음으로 다가와서 산산에게 보고했다.

"사모님. 펑 아가씨와 사위가 왔습니다."

산산은 왕 씨 아저씨가 매번 '사모님'이라고 부를 때마다 매우 난 감했다. 물론 사위라고 불리는 옌칭은 산산보다 더 난감해했다. 하지 만 왕 씨 아저씨는 펑 씨 집안에서 할아버지뻘 되는 어르신이라 다 들 어쩔 수 없이 그의 습관을 존중할 수밖에 없었다.

"이렇게 일찍이요?"

이제 겨우 정오인데. 예전에는 네다섯 시는 돼서야 왔었다. 산산은 노트북을 내려놓고 일어나 기쁜 마음으로 맞이하러 갔다. 서쪽 응접 실 입구로 걸어가자 빙그레 웃으면서 걸어오는 손아래 시누이가 보였 다. 손에는 아들인 옌위를 안고 있었고 옆에는 옌칭이 따라오고 있었 다. 옌칭은 무성하게 자란 금귤나무 화분을 안고 있었다.

"새해 복 많이 받아요. 부자 되시고요."

"와, 정말 예쁜 금귤 화분이네요."

산산은 기뻐하며 옌칭이 건네준 분재 화분을 받았다. 참으로 예쁜 금귤나무였다. 푸른 잎 사이에 황금색의 과일이 가득 달려 있었는데 하나같이 반들반들하고 귀여웠으며 새해를 경축해주는 모습 같았다.

펑위에가 웃으며 말했다.

"우리 또 밥 얻어먹으러 왔어요."

펑위에는 매년 오빠 집에 와서 제야 음식을 먹고 다음날이 되어서 야 비행기를 타고 옌칭의 집으로 간다. 몇 년 동안 이렇게 하다보니 관례처럼 굳었다.

뽀얗고 부드러운 아기 피부를 가진 옌위가 산산을 보더니 엄마 품에서 가만있지 않고 버둥거리면서 애기 목소리로 외쳤다.

"산산 외뚝모."

옌위는 산산을 부르며 손을 벌려 안아달라고 했다.

산산의 두 눈에서는 금방이라도 하트가 튀어나올 것 같았다. 그녀는 금귤 화분을 내려놓은 뒤 펑위에의 손에서 뽀얗고 귀여운 아기를 받아 그의 보드라운 볼에 쪽쪽 입을 맞췄다. 그리고 그를 안고 가서 맛있는 음식을 찾아주었다.

펑위에와 옌칭은 편하게 앉았다. 펑위에가 사방을 둘러보더니 말했다.

"오빠는요?"

"방금 쉬러 올라갔어요."

산산은 아기에게 간식을 먹이면서 말했다.

"잠깐만 기다려요. 내가 불러올게요."

"그럴 필요 없어요."

펑위에가 황급히 그녀를 저지했다.

"우리가 남인가요."

산산도 생각해보니 그런 것 같아 내버려두었다. 보스도 정말 안됐다. 그는 연말만 되면 유달리 바쁘다. 회사일 외에도 복잡한 사교 모임이 있어서 마음껏 쉴 수 없는데 겨우 오늘이 돼서야 한가해졌다.

옌칭은 산산의 노트북에서 게임을 보고 저도 모르게 호기심이 생겨 자꾸 보게 되었다.

"이건 '몽유강호2'네요?"

"맞아요."

"게임 반응이 상당히 좋아서 정말 엄청나게 수입이 들어오고 있어요. 하지만 개발자에게 가는 몫이 더 많아지죠."

옌칭은 유감스러운 듯 고개를 저었다. 옌칭이 보기에 최초의 '몽유강호'는 매우 큰 수익을 낸 사업이었고 새로운 게임을 단지 기존의 토대에서 변경만 하면 된다고 생각했다. 펑텅 과학기술의 기존 연구 개발 능력이 충분한데 구태여 다른 기업과 합작해서 이익을 나눌 필요가 없었다.

펑위에가 못 듣겠다는 투로 말했다.

"설 연휴에 사업 얘기 좀 안 하면 안 될까."

옌칭이 싱겁게 웃었다. 산산은 게임이 하고 싶어서 근질근질해하는 옌칭의 모습을 보고 바로 말했다.

"한번 해보실래요? 저 대신 레벨 좀 올려주세요. 전 몇 시간이나 했더니 지치네요."

옌칭은 온라인 게임 담당이 아니기 때문에 그 게임을 접해본 적이 없었다. 그는 소위 천재가 개발한 게임은 어디가 다른지 경험을 해보고 싶었다. 그래서 산산의 말에 사양하지 않고 게임을 하기 시작했다.

펑위에는 그를 쏘아보고 나서 산산과 수다를 떨었다. 자연히 설에 관한 얘기를 빼놓을 수가 없다. 펑위에는 옷과 보석에서부터 시작해 제야 음식의 메뉴는 무엇일지까지 계속해서 얘기를 나눴다. 산산이 부모님이 부쳐준 몇 가지 특산물을 얘기하자 펑 아가씨가 호기심을 보였다. 그래서 산산은 즉시 옌위를 안고 펑위에와 특산물을 보러 주방으로 갔다.

주방은 한창 분주했다. 펑위에는 특산물을 보고 난 후 오늘밤의 메뉴를 보니 자신이 좋아하는 요리가 있어 속으로 만족했다. 두 사람은 신선한 간식을 가지고 되돌아왔다. 걷다가 갑자기 펑위에가 말했다.

"산산 씨, 우리가 금귤을 보낸 의미가 뭔지 알아요?"

어, 이상하다. 그냥 부자 되라는 뜻일 뿐이잖아? 설마 다른 속뜻이라도 있는 걸까?

보아하니 산산이 이해를 못하는 것 같아 펑위에가 말했다.

"과일이 주렁주렁 열리는 것처럼 자손을 많이 낳으라는 뜻이에요."

산산은 이해했다.

펑위에는 아들의 작은 얼굴을 만지작거리며 말했다.

"봐요. 얼마나 귀여운지. 근데 왜 아이를 원치 않는 거죠?"

내가 원치 않기는! 산산은 고민하며 말했다.

"나도 이제 갖고 싶어요. 하지만……."

산산과 펑텅이 결혼한 지 삼 년이 넘었지만 아직도 아이가 없다. 처음 이 년간은 결혼 전에 임신으로 오해한 그 사건 때문에 산산은 아이를 가져야겠다는 생각이 들지 않았었다. 하지만 옌위가 갈수록 귀여워지는 모습을 보고 마음이 움직였다. 하지만 보스가 원치 않는데 혼자서 어떻게 아이를 낳을 수 있겠는가.

펑위에는 산산의 고민이 무엇인지 자연스레 이해했다. 얼마 전 이사회에 참석한 위에는 이사회를 마친 뒤 오빠에게 그 문제에 관해 물어보니 산산이 아직 어려서 서두르지 않는 것이라 했다.

참나, 산산이 어디가 어리다고. 벌써 스물여섯인데. 지금 안 낳으면 못 낳을 거라고.

후!

위에는 자신의 새언니를 좋아하기 때문에 유달리 불안했다. 아이가 없으면 친척들 사이에서 이러쿵저러쿵 말이 많을 것이다. 하지만 펑텅의 지위에 눌려 산산의 면전에서는 말하지 못할 뿐이다. 오빠는 도대체 어떻게 생각하는 걸까. 두 사람만의 생활이 좋다 해도 삼 년이면 충분할 것이다! 펑위에는 정신을 차리고 말했다.

"하지만, 하지만 뭐예요! 오빠가 원하든 말든 무슨 상관이에요. 아이를 낳는 건 여자의 일이라고요. 산산 씨, 당신이 평소에 오빠 말을 잘 듣는다는 걸 알아요. 설마 침대에서도 오빠 말을 듣는 거예요?"

이미 유부녀 된 펑위에였기에 매우 거리낌 없이 말했다. 물론 펑텅이 현장에 없을 때의 얘기다. 오빠가 있을 때는 감히 그런 말을 할 수 없다. 그러나 같은 유부녀인 산산은 펑 아가씨의 솔직한 말에 부끄러워서 얼굴이 빨개졌다.

"어떻게, 어떻게 상관이 없어요. 그, 그가, 뭐냐면, 조치를, 어쨌든……."

펑 아가씨가 이해했다는 듯이 말했다.

"오빠가 조치를 한다고요?"

산산은 재빨리 고개를 끄덕였다. 보스의 머리는 마치 정밀한 기계 같다. 그는 언제 방호 조치가 필요하고 언제 불필요한지 정확히 판단하여 한 번도 착오를 일으킨 적이 없었다.

펑위에는 산산의 무기력에 정말로 화가 났다.

"산산 씨. 오빠 유혹할 줄 몰라요? 오빠 머리를 어지럽게 해서 그 일을 잊어버리게 하면 되잖아요!"

"유, 유혹이요?"

산산의 얼굴이 붉어졌다.

"하지만……내, 내가 항상 유혹 당했는데요."

펑 아가씨의 패배였다.

두 사람이 막 서쪽 응접실로 돌아와 앉자 위층에서 펑텅이 내려왔다. 회색 스웨터를 입고 나타난 그는 막 잠에서 깨어난 부스스한 모습이었다. 펑위에는 몇 년간 그의 스마트한 모습을 많이 봐왔기 때문에 부스스한 오빠의 모습에 낯선 느낌이 들었다.

옌위가 그를 보자마자 산산의 품에서 발버둥 친 뒤 몸을 질질 끌며 내려갔다. 그리고 '조르르' 달려가 통통한 손으로 펑텅의 다리를 껴안았다.

"외땀촌, 외땀촌."

펑위에는 몹시 창피했다. 옌위가 펑텅을 보자마자 하는 행동이 어쩜 이렇게 알랑거리는 모습처럼 보일까.

펑텅이 허리를 굽혀 아기를 안고 펑위에에게 말했다.

"언제 왔어?"

펑위에가 말했다.

"방금. 일기예보를 보니까 밤에 큰눈이 내릴 거라고 해서 좀 일찍 출발했어."

펑텅은 아기를 안고 산산의 옆에 앉았다. 산산은 그에게 따뜻한 차를 건네주었다. 펑텅은 그녀가 들고 있는 컵에 입을 대고 한 모금 마신 뒤 인상을 썼다.

"이게 무슨 차예요?"

그의 질문에 산산은 말문이 막혔다.

"몰라요."

펑텅의 표정에는 '당신도 모르는 차를 나한테 마시게 하나'라고 분명하게 쓰여 있었다. 산산은 난처해서 찻잔을 멀리 두었다. 그걸 본 평위에가 몰래 눈을 흘겼다. 오빠가 산산과 결혼한 후로 편식하는 버릇이 갈수록 심해졌는데 지금은 고작 차 한 잔으로도 까다롭게 굴고 있다. 어째서 오빠의 이러한 모습을 밖에서는 보지 못했을까!

결론적으로 말하자면 오빠는 산산을 괴롭히고 싶어서다. 누구는 낯간지러운 말로 애정을 표현하지만 오빠는 괴롭히는 행동으로 산산에게 애정 표현을 한다. 그러나 자신만 그렇게 할 수 있을 뿐, 만약 위에가 산산에게 무슨 일을 시킨다면 오빠는 분명 즉시 죽으려는 눈빛을 할 것이다.

옌칭은 손위 처남이 내려오자 게임을 내버려두고 다가왔다. 그는 앉아서 차를 마시며 말했다.

"'몽유강호2'는 확실히 예전에 내가 했던 게임과는 달라. 보아하니 샤오나이 쪽에 많은 수익이 돌아가도 억울하지 않겠어."

평위에가 말했다.

"오빠는 밑지는 장사를 한적 없잖아."

평텅이 웃으며 말했다.

"없기는. 밑지는 장사를 한 번도 안 해본 사람이 어디 있겠어."

산산은 평텅의 품에 안겨 있는 아기의 손을 잡고 놀다가 문득 생각이 났다.

"큰 창호지를 샀는데 아직 안 붙였어요. 펑 아가씨, 나랑 같이 할래요?"

"좋아요."

두 사람은 일어나 창호지를 바르러 갔다. 산산은 매우 적극적이었다. 설날에는 이런 일을 해야 행복하다. 평위에는 상대적으로 이런 일에 흥이 나지 않았다. 하지만 거실에 있는 두 남자를 보니…… 어쨌든 그들의 얘기를 듣는 것보다는 나았다. 사실 안 그래도 매우 행복했다. 펑위에는 유리창에 비친 자신을 보고 미소를 지었다.

그녀는 이러한 집안에 태어나 이익을 위해 가족끼리 싸우고 등을 돌리는 일을 많이 봐왔다. 그래서 '대단한' 새언니가 시집오면 자신과 오빠의 사이가 소원해질 거라고 일찍이 걱정했다. 다행히 산산이 새언니가 되었다.

펑위에는 산산이 펑 씨 집안에 시집온 뒤 자신과 오빠 사이가 오히려 더 가까워졌다고 생각했다. 예전의 오빠는 이렇게 친근하지 않았다. 아니, 지금도 친근하다고는 할 수 없다. 예전보다 아주 조금 나아졌을 뿐이다. 그녀는 생각을 하면서 고개를 돌려 거실을 보았다. 옌위가 이쪽저쪽으로 왔다갔다 기어오르며 두 남자 어른들을 못살게 굴고 있었다. 펑위에는 자기도 모르게 웃음이 나오면서 마음 가득 따뜻한 행복감을 느꼈다.

하지만…… 밖에 나가서 창호지를 바르는 산산을 보며 또 걱정이 되었다.

오빠는 결혼 뒤에 점점 내성적이고 매력적으로 변했다. 이런 남자는 여자들에게 상당히 치명적이다. 산산은 어째서 전혀 위기의식을 느끼지 않는 걸까! 오빠의 인품에 문제는 절대 없지만 아무래도 아이가 있어야 더 안전하다. 펑위에는 펑텅 그룹 빌딩에 자주 가지는 않지만 회사 안의 헛소문들에 대해서 아주 정확히 알고 있었다. 회사에는 산산의 자리를 노리는 사람이 부지기수라고! 자신이 최고의 시누이라 자랑하는 펑위에는 눈알을 굴리며 생각하다 아이디어가 떠올랐다.

그리하여 저녁에 제야 음식을 먹으며 펑위에는 산산에게 끊임없이 술을 권했다. 펑텅이 그녀를 여러 번 흘겨봤지만 펑위에는 못 본 체했다.

흐흐흐, 펑위에는 산산이 말해준 오빠와의 연애사에 대해 들었을 때 알아차렸다. 산산은 주량이 약할 뿐만 아니라 취한 후에는 간이 특히 커진다는 점이다. 오빠의 말에 의하면 당시 산산은 술에 취해 감히 오빠의 청혼을 거절했다고 한다! (산산: "어떻게 오빠 말을 믿어요. 그게 무슨 청혼이라고……".) 즉, 정신이 맑은 상태에서는 감히 하지 못하는 일이지만 취하면 어떻게 될지 모른다는 것이다.

10시가 되자 자고 가려 했던 펑위에가 두 볼이 빨개지고 눈이 풀린 산산을 보고 그녀의 귀에다 한마디 말을 남겼다. 펑위에는 공을 세운 뒤 흡족해하며 물러갔다.

함께 밤을 새며 새해를 맞는 것이 행복하다. 하지만 밤을 새는 것보다 훨씬 중요한 일도 있다.

하하, 훼방꾼이 되면 안 되지.

정월 초하루 아침 10시, 설 전날 한밤중에 서둘러 원고를 마감한 솽이가 매우 신이 나서 산산의 핸드폰으로 전화를 했다. 솽이는 산산이 고향에 언제 가는지 물어보려 했다. 한참 신호가 가도 받지 않자 산산의 집으로 전화를 다시 걸었다. 역시 받지 않았다. 설을 쇨 때 펑텅의 본가에 가서 지낼 거라는 산산의 말이 기억났다.

후~ 부자는 너무 귀찮겠어!

솽이는 핸드폰에서 주소록을 한참 뒤져 전화를 걸었다. 이번에는 과연 전화를 받았다. 전화를 받은 매우 공손한 노인이 잠깐 기다리라더니 산산의 남편인 보스가 전화를 받았다.

"새해 복 많이 받으시고 부자 되세요."

쑹이는 새해 인사를 하고 나서 물었다.

"산산 있어요?"

펑텅이 대답했다.

"아직 자고 있어요."

잔다고?!

쑹이는 깜짝 놀랐다. 벌써 10시인데 산산이 돼지도 아니고 아직까지 자고 있다니. 게다가 새해 첫날부터 어떻게 늦잠을 잘 수가 있지. 산산은 새해 첫날에 방문하는 사람이 너무 많다고 불평을 하기도 했다.

아~ 맞다. 많은 사람이 방문한다면 분명 바쁠 것이다. 아마 어제는 연회 같은 것도 했겠지. 상상력이 풍부한 쑹이는 즉시 머릿속에 재벌집의 저녁 연회를 그려냈다. 아름다운 자태의 여자들, 술잔이 왔다 갔다 하는 떠들썩한 술자리. 음, 알겠다. 산산이 어젯밤은 정말 힘들었을 거야. 그래서 지금까지 못 일어나는 거야. 에에, 그러니까 부잣집에 시집가서 좋을 게 하나도 없다고. 역시 편한 게 좋지!

10시 반, 산산이 천천히 눈을 뜨자마자 누군가 뺨을 가볍게 깨물었다. 그리고 웃음을 띠고 있는 나지막한 남자의 목소리가 귓가에 울렸다.

"푹 잤어요?"

느릿느릿 눈동자를 굴리는 산산은 아직 완전히 잠이 깨지 않았다.

한참 후 침대 옆에 서 있는 남자를 보고 그녀는 이불 속에서 손을 내밀었다.

"훙바오!"

펑텅이 웃으며 말했다.

"올해는 없어요."

악덕 사장! 산산은 화를 내며 말했다.

"작년에는 있었잖아요!"

작년에 받은 그 훙바오는 산산이 가까스로 얻어낸 것이었다. 결국 겨우 삼 년만 주고 끝이란 말인가?

펑텅은 산산의 화난 얼굴을 보고 내심 재미있어 했다. 그는 일부러 한숨을 쉬며 힘들어하는 얼굴로 말했다.

"주기 싫어서가 아니라 어젯밤에 정력 적자가 나서 그래요."

그가 '적자'라고 말할 때 그의 목소리는 잠긴 것 같기도 하고 애매하기도 했다. 산산은 못 알아들은 척하고 싶었지만 마음대로 되지 않고 얼굴이 '확' 붉어졌다!

어젯밤……

그그그녀는 정, 정말로……

"펑 부인이 이렇게 열정적으로 나오니 내가 정말 기뻐요. 하지만 음주 후에 절제를 안 하면 몸 상해요. 앞으로는 이러지 않는 게 좋겠어요."

이득을 봤다고 또 잘난 체 하는 사람을 본 적 있나?

실컷 먹고 마시고 나서 다시 점잔 빼는 사람을 본 적 있나?

바로 여기 있다고!

산산은 그를 상대하지 않고 눈알을 굴려 여기저기 살펴보기 시작했다. 어제는 정신이 없어서 그가 안전 조치를 했는지 안 했는지 알 수 없었다. 펑텅은 산산이 무엇을 찾고 있는지 당연히 알고 있으면서도 사실을 말하지 않고 묻기만 했다.

"산산 씨, 어제가 며칠이었는지 기억해요?"

"25일이잖아요. 몰라서 물어요?"

섣달 그믐날이잖아!

펑텅은 말없이 미소 지으며 그녀를 보고 있었다. 산산은 그가 그렇게 쳐다보자 머리카락이 쭈뼛거렸다. 매번 보스가 그렇게 웃을 때마다 좋은 일은 없었기 때문이다. 설마 어제가 특별한 날이란 말인가?

25일? 25일……

아아아, 산산은 갑자기 생각이 났다! 어제, 어제는 산산의 가장 안전한 날이었다. 비록 다른 사람들의 안전한 날은 반드시 정확하지는 않지만 그녀의 그날은 정말로 아주 정확하다!

다시 말해서…… 산산은 헛고생을 했다!

산산은 울음이 터져 나올 것 같았다. 펑 아가씨!

술이 용기를 주는 건 분명하다!

하지만, 술은 일을 더 망친다!

08. 예비 장모 산산의 고민

베이징 즈이과학기술은 펑텅 그룹의 계열사인 펑텅과학기술의 합작 파트너다. 바로 그 회사의 대표인 샤오 내외가 상하이를 경유해 특별히 펑텅을 만났다.

산산은 '몽유강호2'의 제작자가 자신의 집에 온다는 것을 안 이후로 대단히 기대를 하고 있었다. 그녀는 궁금해서 펑텅에게 물었다.

"샤오 사장님을 본 적 있겠죠. 듣기로는 아주 잘 생겼다고 하던데요."

펑텅이 그녀에게 눈을 흘기고 말했다.

"봤는데 잘 기억이 안나요. 그의 부인은 정말 예쁘던데요."

분명 산산에게 정상적인 반응을 기대하기는 어렵다. '오오' 하는 소리와 함께 산산의 눈이 더욱 빛났다.

"정말요? 환상의 커플이네요!"

산산은 말을 하며 조급하게 머리를 내밀어 밖을 바라보았다.

"왜 아직 안 오는 거야."

오후 1시, 샤오 사장과 그의 부인이 정시에 도착했다. 샤오 사장은 과연 외모가 준수했다. 그는 고상한 멋이 있었으며 아름다운 자태를 뽐내고 있었다. 샤오 부인 역시 감동적일 정도로 아름다웠으며 눈부시게 빛났다. 두 사람이 함께 서 있으니 마치 서로 태양과 달이 되어 유달리 밝은 빛을 사방으로 비추고 있는 것 같았다.

하지만! 중요한 건 이게 아니다!

중요한 건 샤오 사장과 샤오 부인이 각각 한 명씩 데리고 있는 아이들이다!

아아아, 세상에 이렇게 귀여운 작은 동물들이 어디 있을까! 산산의 눈이 커다래졌다. 사장과 부인의 외모가 아무리 뛰어난들 산산은 그 아이들에게서 시선을 뗄 수가 없었다.

조금 더 큰 아이가 산산에게 먼저 인사했다.

"이모, 안녕하세요. 난 총총이에요."

산산은 아이의 인사를 받고 너무 기뻐 쪼그리고 앉아 말했다.

"안녕. 총총."

총총은 고개를 끄덕이고 진지한 표정의 작은 얼굴로 샤오 사장에게 안겨있는 아기를 가리켰다.

"쟤는 내 동생 위에량이에요."

샤오 사장의 품에 안겨 있는 동생 위에량은 예쁜 얼굴에 아무 표정이 없었다. 그는 마지못해 산산을 힐긋 보았다. 그런 후 오만하게 몸을 돌려 자신의 말랑말랑한 작은 엉덩이를 보였다.

아름다운 샤오 부인이 난처해하며 말했다.

"위에량이 부끄럼을 타서 그래요."

이건 부끄럼을 타는 게 아니라 분명 오만한 것이다. 하지만 그게 무슨 상관인가! 포동포동한 작은 엉덩이도 너무 귀엽지 않은가!

"괜찮아요, 괜찮아요."

산산이 계속해서 손사래를 쳤다.

인사를 나눈 뒤 두 사장은 남자들만의 일 얘기를 하러 갔다. 산산은 정원에서 부인과 차를 마시며 경치를 감상했다. 물론 중요한 일은 두 귀염둥이를 돌보는 것이었다.

주방에서 아이들이 좋아하는 각종 간식을 내왔다. 왕 씨 아저씨는 어디에서 산더미 같은 장난감을 꺼내왔는지 모르겠다. 산산은 손에 말랑말랑한 동생 위에량을 안고 눈으로는 뽀얗고 보드라운 형 총총을 보면서 문득 인생이 원만하다는 느낌이 들었다.

그러나 그 원만함은 끝내 오래가지 못했다. 두 시간 정도 지난 뒤 사장과 부인이 작별을 고했다. 산산은 헤어지기 아쉬워 현관까지 그들을 배웅했다.

"다음에도 총총이랑 위에량을 데리고 놀러 오세요."

그들의 차가 보이지 않자 산산은 그제야 어쩔 수 없이 시선을 거두었다. 그녀는 그 자리에 잠시 멍하게 서 있다가 흥분하며 방으로 달려갔다.

"펑텅 씨, 만약 나중에 우리한테 딸이 생긴다면 총총이나 위에량한테 시집 보내요…… 근데 대체 누구한테 보내는 게 좋을까요?"

산산은 선택하기가 매우 어려웠다. 총총은 똑똑한 데다 귀엽기까지 하고 위에량은 좀 오만하긴 하지만 정말 예뻐서 아까웠다. 아이고! 산산은 아직 딸도 낳지 않았는데 벌써 고민하고 있다니.

그러나 뜻밖에도 펑텅이 한마디로 거절했다.

"안 돼요."

산산은 화가 났다.

"왜 안 돼요?"

펑텅이 콧방귀를 뀌었다.

"내 딸은 시집 안 보내요. 그들이 데릴사위로 들어와야지."

줄곧 몸이 건강했던 샤오 부인이 비행기에서 갑자기 재채기를 하더니 의심스러운 듯이 말했다.

"누가 내 얘기를 하고 있는 건 아니겠죠?"

신문을 들고 있는 샤오 사장이 전혀 신경 쓰지 않고 말했다.

"감기 걸렸어요? 어젯밤 발코니에서……."

말이 끝나기도 전에 샤오 부인은 부끄럽고 화가 나서 비스킷으로 그의 입을 틀어막았다.

한편 펑 씨 집에서는……

산산의 입이 쩍 벌어졌다가 다시 닫혔다. 악덕 사장의 사고는 역시 남다르다.

"좋아요. 데릴사위도 괜찮아요. 하지만 누굴 데릴사위로 삼을까요."

"딸을 두 명 낳으면 되죠."

펑텅이 무심하게 말했다.

"그건 고난도 기술이 필요해요."

산산은 나오는 대로 말을 하고 나서 갑자기 정신이 들었다. 잠깐, 방금 보스가 뭐라고 했지?! 산산은 껑충 뛰어오르며 매우 감격했다.

"당신, 드디어 낳기로 결정했군요!"

펑텅은 당황한 얼굴이었다.

"당신이 낳아요."

물론 내가 낳을 것이다!

산산은 감격해서 임신 준비를 하기 시작했다.

우선, 집에 있는 그것들을 싹 없애버리자! 적어도 일 년은 쓸 수 없다! 버리지 않았으면 몰랐을 걸 버리려고 보니 깜짝 놀랐다. 어쩜 이렇게 많지? 그리고 배란기를 계산했다. 또, 음식도 조심해야 하지 않을까?

마지막으로 산산은 엄청난 양의 자료를 수집했다. 그리고 하는 김에 펑텅에게도 한 부 복사를 해주었다. 그러나 펑 사장은 쳐다보지도 않고 한쪽에 내버려두었다. 산산이 항의했다.

"당신도 봐요. 거기에는 예비 아빠가 주의해야 할 사항도 있단 말이에요."

"뭘 그렇게 번거롭게 해요. 여러 번 노력하면 되는데."

그리하여 몇 번의 노력 끝에 파김치가 된 산산이 말했다.

"당신 요즘……"

펑텅이 침착하게 말했다.

"쌍둥이를 낳고 싶어했던 거 아니었어요? 당연히 두 배의 노력을 해야죠."

산산의 얼굴에 주룩주룩 눈물이 흘러내렸다.

산산은 금세 임신이 되었는데 이번에는 틀림없었다. 역시 보스의 능력과 근면함은 알아줘야 한다.

그런데,

3개월 후 처음으로 초음파 검사를 했는데 놀랍게도 정말 쌍둥이였다! 펑 씨 집안의 모든 사람이 기뻐했다! 산산은 보스의 여러 면모에 대해 숭배하게 되었다! 다시 2개월 후 펑텅이 가장 중요한 합작 파트너를 만나러 잠시 미국에 갔기 때문에 산산은 펑 아가씨와 산전 검사를 하러 갔다. 그런데 놀랍게도 남녀 쌍둥이였다!

펑 아가씨는 대단히 기뻐하며 즉시 핸드폰을 꺼내 산산에게 주었다.

"빨리 오빠한테 알려요."

회의실 안, 펑텅은 통화를 끝냈다. 상대방이 그의 표정을 살피더니 웃으면서 물었다.

"아주 좋은 일이라도 있나 보군요?"

펑텅이 웃으며 말했다.

"네. 최근에 투자한 게 있는데 두 배의 수익을 얻었거든요."

상대방이 즉시 축하하자 펑텅이 겸손하게 말했다.

"별말씀을요. 노력도 많이 들였지요. 결코 거저먹은 건 아니랍니다."

얼마 전을 돌이켜 생각해보면 그는 정말로 적지 않은 노력을 들였다……

이쪽에서는 펑 사장과 합작 파트너가 여전히 비밀스럽게 투자에 대한 얘기를 하고 있다. 물론 '사업 기밀'이기 때문에 구체적으로 무슨 투자인지는 말할 수 없다.

한편 병원에서는 한참 기뻐한 후에 임신부인 산산이 또다시 걱정을 하고 있었다.

남녀 쌍둥이라면 딸은 하나라는 말인데, 총총과 위에량 중에 대체 누구에게 시집을, 아, 아니지, 대체 누구를 데릴사위로 삼아야 좋을까?

번외
웨이웨이와 산산의 연합 -1

쉐산산은 게임에 있어서 초보다.

얼마나 초보냐고? 음…… 그녀는 스스로 임무를 수행해서 레벨 업을 할 뿐이지 다른 사람들과 팀을 구성해 던전에 들어갈 엄두를 내지 못한다. 자신의 풍부한 상상력으로 위치 선정을 잘못하여 누구 도 예측하지 못한 엄청난 스킬에 당할까봐 두려웠기 때문이다. 그렇 게 되면 팀원들은 한 소굴에서 죽게 된다.

그러니까, 그녀는 펑텅과학기술의 보스 부인과 친분을 맺어 그 덕 으로 현재 가장 눈에 띄는 장비를 손에 넣었다. 하지만 그녀는 고급 던전 입구에 조용하게 서서 남의 주목을 끌고 있을 뿐 어떤 대열에 도 들어가지 않고 있다.

하지만 그녀가 갖추고 있는 장비는 여전히 유저들의 관심을 끌었 다. 캐릭터며 너무나 조용하고 쓸쓸하게 서 있는 자세며 마치 고수가 자신의 실력을 감추고 있는 모습이었다. 그래서 유저들은 끊임없이 그녀를 끌어들였다. 산산은 일일이 거절하려니 마음이 좋지 않았다.

그래서 할 수 없이 스스로 닉네임을 지어 머리 위에 붙여 두었다.

여섯 글자인 그 닉네임은 바로—돼지 같은 멤버.(민폐 캐릭터를 뜻하는 중국 게임 유행어—옮긴이)

세상은 즉시 안정되었다.

산산이 베이웨이웨이와 잘 알게 되기 전까지는!

그야말로 신과 같은 존재였다고!

"웨이웨이 씨. 정말로 날 리드할 거예요?!"

"그럼요."

"전 굼떠서 팀이 전멸할 거예요!"

"괜찮아요. 당신은 움직이지 말고 서 있기만 하면 돼요."

"웨이웨이 씨. 당신은 정말 친절해요. 당신을 좀 더 일찍 알았으면 좋았을 텐데요!"

사실 산산은 게임을 다시 시작한 것이다. 그녀는 임신 기간 철저하게 인터넷을 끊었었다. 지금은 아이도 젖을 뗐고 보스는 아직도 산산의 출근을 막고 있다. 그래서 산산은 무료함을 달랠 길 없어 아이가 엄마의 손길이 필요하지 않을 때 인터넷을 돌아다니며 잠시 논다.

누군가가 인도해주니 산산은 정말로 너무 행복했다! 쉐산산은 예전에는 한 번도 이런 재미를 느껴보지 못했었다. 풍경을 보면서 걷기만 하는데도 금화가 '좍좍' 올라가지, 만약 걷는 것도 내키지 않으면 그냥 따라다니면서 컴퓨터를 주시한 채 멍하게 있기만 해도 된다.

어느 날, 마침 두 사람이 모두 시간이 나서 웨이웨이는 또 산산을 데리고 던전을 뚫으러 들어갔다. 그러다 웨이웨이의 아바타가 갑자기 움직이지 않았다.

〔팀원 채널〕
갈대 같은 웨이웨이: 33(산산) 미안해요. 일이 좀 있어서 자리를 잠시 떴어요.
보스와 아기: 괜찮아요. 어서 가요.

분명 웨이웨이의 남편이 돌아온 것이 틀림없다. 산산의 경험으로 미루어 보아 웨이웨이는 잠시 후에 돌아와서 오늘은 먼저 나가야 한다고 할 것이다.

산산은 모니터의 시간을 보았다. 짜증나, 벌써 시간이 이렇게 됐잖아. 웨이웨이의 남편은 벌써 퇴근했는데 왜 내 남편은 아직도 회의 중인 거지. 야식이라도 보내야 하나 고민하고 있는데 갑자기 화면에서 웨이웨이가 움직였다.

보스와 아기: 왔어요? 오늘 계속할 거예요?
갈대 같은 웨이웨이: OK

산산은 회의 중인 보스를 즉시 생각의 뒷전으로 던져버리고 즐겁게 웨이웨이를 따라다니며 공짜 경험을 했다. 웨이웨이를 따라다니며 아이템을 주우니 그렇게 즐거울 수가 없었다. 팀원 채널에서 갑자기 한 줄의 문장이 나타났다.

"이모, 뒤에서 줍지 마요. 곧 내가 보스를 때릴 거예요. 너무 멀리 떨어져 있으면 경험을 못하잖아요."

이모?!

산산은 멍해졌다. 한참 후 머릿속에 무서운 추측이 들었다.

"설마…… 너…… 총총이니?"

"네!"

"엄마는?"

"아빠가 와서 엄마는 아빠랑 놀아요. 총총은 동생이랑 놀았는데, 동생이 잠들어서 총총은 컴퓨터랑 놀아요."

산산은 힘들게 타자를 쳐서 칭찬했다.

"총총이 정말 착하구나. 정말 똑똑하고. 작은 손으로 글자도 많이 칠 줄 알고……."

"네! 할머니가 그러는데, 총총이랑 동생이랑 아빠랑 똑같이 똑똑하대요. 외할머니는 총총이랑 동생이 엄마보다 똑똑하댔어요!"

'웨이웨이 씨. 집안에서 당신 지위는 정말 문제없는 건가요?!'

〔팀원 채널〕

갈대 같은 웨이웨이: 이모! 다 해치웠어요.

산산은 쓰러진 보스를 보면서 묵묵히 걸어갔다. 그리고 무감각한 표정으로 폭발한 보스의 장비를 더듬으며 지나갔다.

두 사람의 격차는 실로 너무 크다. 웨이웨이의 아들조차도 자신을 인솔하고 게임을 할 수 있다니.

평텅이 방에 들어왔을 때, 산산은 반짝반짝 빛나는 눈으로 컴퓨터를 주시하고 있었다.

"또 게임해요?"

평텅이 외투를 벗고 다가왔다.

"빨리, 빨리 와봐요. 너무 멋져요!"

산산은 고개도 돌리지 않고 컴퓨터를 주시하고 있었다. 그녀는 평텅이 다가오자 그를 끌어당겼다. 그리고 종횡무진으로 화면을 누비며 싸우고 있는 멋진 형체를 가리키며 말했다.

"봐요! 웨이웨이 씨의 남편이 상대를 죽이고 있어요. 동작이 정말 멋져요!"

평텅은 힐끗 쳐다보기만 했을 뿐 바로 묵묵히 컴퓨터 화면에서 자신의 아내 얼굴로 시선을 옮겼다.

잠시 후⋯⋯

어떻게 이런 상황이 되었지? 산산은 책상 옆에 쪼그리고 앉아 턱을 책상 위에 올려놓은 채 이미 보스의 손에 들어간 자신의 노트북을 힘겹게 보고 있었다.

보스도 참 타락했지. 그는 놀랍게도 그녀의 게임을 뺏어서 하고 있었다.

게다가 하자마자 최고난도에 도전했다! 놀라운 건 그는 게임을 처음 하는데도 바로 샤오나이를 찾아 대결을 하는 것이 아닌가?

어떻게 걸고, 어떤 스킬들이 있는지 보스는 이제야 겨우 알았다고! 그런데도 그는 거침없이 돌진했다!

과연 엄청 빨리 죽었다.

산산은 차마 볼 수 없어서 고개를 돌렸다. 펑텅은 산산을 흘겨보고 냉담하게 콧방귀를 뀌었다. 그는 시선을 집중하여 스킬 코너를 보며 스킬들을 다시 파악했다. 그런 후 일소내하(웃고 넘긴다는 뜻의 샤오나이의 아이디—옮긴이)를 지정해 두 번째 대결을 했다.

이번에는 훨씬 더 오래인 삼 분이나 했다.

세 번째. 놀랍게도 더욱 오랫동안 지속되었다!

네 번째. 그렇게나 오래했는데 아직도 지지 않았다?!

산산은 긴장하며 화면을 주시했다. 잠시 후 산산은 깜짝 놀라 눈이 커다래졌다. 그리고 감격하며 외쳤다.

"아아. 일소내하는 매직 포인트가 없어요. 당신이 이기겠어요!"

"나도 없어요."

펑텅의 침착한 말이 떨어지자마자 우아한 동작으로 활약하며 화면을 가득 메웠던 두 형체는 신속하게 갈라섰다. 그리고 각자 한쪽에 앉아 회복을 하고 있었다.

"그럼 무승부네요!"

산산은 대단히 감격했다.

"일소내하와 비겼다고요!!!"

일소내하가 얼마나 신비로운 존재인데 보스가 이렇게 빨리 그와 무승부를 이룰 수 있다니! 산산은 보스가 정말 대단하다고 생각했다. 그녀는 펑텅의 다리 옆에 쪼그리고 앉아 있었는데 그대로 그의 허벅지를 껴안으며 숭배하는 마음으로 말했다.

"당신은 정말 강해요!"

아내의 반짝반짝 빛나는 눈은 결국 펑텅 자신에게 되돌아왔다. 하지만 세 판을 내리 지고서야 간신히 무승부를 이뤘으니 펑 사장과 같은 인생 승리자에게 있어서는 그야말로 치욕이 따로 없었다.

그리하여 그는 침착하게 한 줄을 쳤다.

"방금은 내 와이프였습니다."

옆에 있던 산산이 할 말을 잃었다.

반대편의 샤오나이도 침착하게 답을 보내왔다.

"방금은 내 아들이었소."

웨이웨이도 옆에서 보며 할 말을 잃었다.

웨이웨이는 그들이 어떻게 사업 파트너가 될 수 있었는지 이해가 갔다. 저들의 뻔뻔함은 하늘을 찔렀다!

웨이웨이가 말했다.

"괜찮겠어요? 펑 사장님은 우리 회사의 가장 큰 투자자인데⋯⋯."

샤오나이가 침착하게 말했다.

"괜찮아요. 펑텅에서 투자한 자금은 벌써 다 써버렸으니까."

또 다른 쪽에서는.

산산이 원망스러운 어조로 말했다.

"당신이 졌네요. 그러게 누가 당신보고 애를 늦게 낳으래요? 안 그랬음 우리도 애가 했다고 말할 수 있었잖아요."

펑텅은 매우 침착한 표정으로 아무 생각 없이 대답했다.

"그러네요."

산산이 말했다.

"무슨 생각해요?"

펑텅이 말했다.

"갑자기 생각났어요. 오랫동안 즈이의 프로젝트에 관심을 안 가졌는데 시간을 내서 관심을 좀 가져야겠군요."

어떻게든 꼬투리를 찾아서 회사 일로 복수를 하려는 거겠지.

웨이웨이와 산산의 연합 -3

펑텅과학기술의 상무는 최근 전례 없는 스트레스에 시달리고 있었다.

지금까지 경영 상황에만 관심을 가졌던 펑 사장이 별안간 계열사의 온라인 게임까지 세세한 관심을 가지기 시작했다. 이게 무슨 일이지? 심지어는 구체적인 언급도 했는데, '어떤 직업이 너무 강하니 반드시 약화시켜서 캐릭터 간의 균형을 맞추라'는 지시였다.

상무는 신속하게 부하 직원들을 소집해 부서 회의를 열었다.

"여러분들 생각에 거문고 악사가 너무 강력한 것 같지 않습니까? 좀 약화시킬까요?"

부하 직원들은 서로 얼굴을 쳐다보며 어리둥절했다.

"거문고 악사는 예전에는 분명 아주 강했는데 몇 번 조정하고 나서 스킬이 많이 약해졌습니다. 지금은 불만이 들끓고 있어요. 만약 재차 약화시킨다면 바로 폐기해야 할지도 모릅니다."

상무도 몹시 고민스러웠다.

"이건 펑 사장님의 명령이에요. 펑 사장님은 그동안 게임에 대해서 이렇게 세세하게 물어본 적이 없었는데, 어째서 갑자기……."

그때 갑자기 한 부하 직원이 말했다.

"만약 제 기억이 맞는다면 즈이의 샤오 사장이 거문고 악사일 텐데요. 설마, 펑 사장님이 그와 대결을 한 건 아닐까요?"

놀랍게도 진상을 알고 있는 사람이 있었다!

동료들은 놀라서 서로 얼굴만 쳐다볼 뿐이었다. 생각할수록 그런 것 같았다. 우선, 뜻밖에도 펑 사장이 그런 캐릭터들을 알고 있다는 건 그가 분명 게임을 해봤다는 것이다. 만약 게임을 해봤다면 그는 샤오 사장과 함께 게임을 했을 가능성이 매우 크다. 그리고 펑 사장은 분명히 졌을 것이다.

상무가 단호하게 말했다.

"다들 회의실을 나가는 순간 이 일은 잊어버리도록!"

우리의 보스가 합작 파트너에게 패배한 일을 절대로 외부 사람들이 알아서는 안 된다!

부하 직원들은 잇달아 고개를 끄덕이고 문제를 제기했다.

"그럼 거문고 악사를 약화시켜야 할까요?"

상무가 말했다.

"그럴 필요 없어요. 약화시킨다 해도 이길 수 없으니까. 헛수고 하지 맙시다."

"상무님이 이렇게 바로 결정해도 괜찮습니까?"

"이 말도 회의실을 나가는 순간 다들 잊어버리도록 하세요."

며칠 후 펑텅과학기술의 상무가 그룹 회의에 다녀오고 나서 비틀거리는 걸음으로 자신의 부서로 돌아왔다. 그는 측근 부하 직원에게 눈물을 머금고 하소연했다.

"샤오한. 난 오래가지 못할 것 같네."

샤오한은 질겁했다.

"방금 회의에서 무슨 일이 있었습니까?"

"회의에서가 아니라 회의 이후였네. 펑 사장님이 나를 단독으로 남으라고 하시더니, 거문고 악사를 약화시키는 일에 대해 또 물으셨어."

"어…… 어떻게 대답하셨나요?"

"약화시켜도 소용없으니 내가 사장님께 치팅 프로그램을 만들어 드리겠다고 했지."

샤오한은 말문이 막혔다.

어째서 속마음을 다 털어놓으셨나요. 상무님은 과학기술 회사로 옮겨온 이후 기술 오타쿠 남자들과 너무 오래 지냈어요. 그 탓에 예전의 간사한 모습은 모두 없어져버렸다고요!

상무가 근심스럽게 말했다.

"샤오한, 이래도 내가 오래 다닐 수 있을 것 같은가?"

샤오한이 단호하게 말했다.

"상무님, 전 반드시 상무님을 따라가겠습니다!"

다른 한쪽인 B건물.

위공이 어슬렁거리며 샤오나이의 사무실로 들어왔다.

"어떻게 된 일이야? 펑텅과학기술 쪽에서 왜 갑자기 세세하게 따지고 들지. 세부 사항에 대해 의견이 너무 많아."

샤오나이가 컴퓨터에서 시선을 떼었다가 잠시 후 다시 돌아섰다.

"아무것도 아니야. 최근에 내가 그쪽 펑 사장하고 게임에서 대결을 좀 많이 했거든."

위공이 말했다.

"그러니까 우리의 투자자를 사정없이 때려눕혔단 소리야?"

샤오나이는 얼렁뚱땅 넘어가려했다.

"그런 건 아니고. 거의 내가 비켜줬거든. 근데 며칠 전에 대결하고 나서 펑 사장이 나한테 물어보더라고. 자신의 실력이 어떠냐고."

"어떻게 대답했는데? 난 왜 문득 절망감이 들까? 돌이킬 수 없는 말을 한 건 아니겠지?"

"안심해. 난 항상 완곡하게 말하니까."

위공은 더욱더 절망감이 들었다.

"대체 어떻게 말한 거야?"

"그게, 사모님과 비슷한 수준이라고 했어."

위공은 벽을 짚으면서 사무실을 떠났다.

웨이웨이와 산산의 연합 -4

펑텅이 아내의 유혹에 빠져 게임에 입문한 이후, 그는 계열사의 게임에 대해 관심을 갖기 시작했다. 그 모습이 구체적으로 나타난 것은 다음과 같다. 첫째, 그는 캐릭터 간 밸런스 조정을 제의하기를 좋아했는데 이는 그다지 건설적인 의견이 아니었다. 때문에 펑텅과학기술의 상무는 펑 사장이 하루 빨리 게임을 관두기를 절실하게 희망했다. 둘째, 새로운 확장팩이 출시될 때마다 그는 항상 가족을 대동하고 베타 테스트에 나섰다.

최근에 '몽유강호2'의 새로운 확장팩인 '대전현무전'이 출시되었다. 펑 사장은 확장팩이 출시된 직후 아내를 데리고 직접 전장에 나섰다. 물론 같은 팀에는 샤오 사장과 샤오 부인, 그리고 몇몇 고정 멤버가 있었다.

제1차 테스트, 21분이 지나자 산산이 쓰러졌다. 펑 사장은 불만을 표시하며 투자자를 대표해 의견을 제시했다.

"안 되겠어요. 이 새로운 던전은 난이도가 너무 낮아요."

제2차 테스트, 10분 만에 산산이 쓰러졌다. 투자자 대표 펑텅이 말했다.

"음, 역시 좀 낮아요."

그리하여 세 번째로 다시 게임을 했다. 산산이 입장하자마자 쓰러졌다. 펑 사장은 드디어 만족하며 말했다.

"이제 된 것 같군요."

산산은 그야말로 너무 분했다. 남편 인간성에 문제가 있는 거 아니야? 아아아! 산산과 펑텅이 만약 웨이웨이와 샤오나이처럼 게임 속에서 알게 된 사이라면 절대로 연인으로 맺어질 리가 없다!

유일하게 따뜻함을 주는 사람은 충충이었다.

〔팀원 채널〕

침대 앞의 밝은 달: 이모, 내가 일으켜줄까요?

보스 때려눕히고 꿀잠 자기: 충충, 이모가 탕위안을 먹고 나거든 다시 일으켜줘!

침대 앞의 밝은 달: 네, 이모. 근데 '매번 시체처럼 누워 있는 아내'가 누구에요?

보스 때려눕히고 꿀잠 자기: 펑 삼촌이야······.

침대 앞의 밝은 달: 아······ 근데 펑 삼촌은 어제는 그 아이디가 아니었던 것 같은데요.

보스 때려눕히고 꿀잠 자기: 아이디를 바꾸는데 돈이 안 드는 걸 믿고 그러는 거야!!!

펑 사장은 아이디를 바꾸는 김에 펑텅과학기술의 상무에게 전화를 해 아이디 변경 절차 등을 너무 간단하게 해서는 안 된다고 지시했다. 그리하여 현재 과학 기술 회사 내부의 모든 사람들은 펑 사장의 아내가 시체처럼 누워있기 전문가라는 것을 알아버렸다. 이따금 회사에서 마주칠 때면 산산은 자신을 보는 사람들이 마치 한 구의 시체를 보는 것 같이 한다고 느껴졌다.

속으로 한창 투덜거리고 있는데 화면에서 침대 앞의 밝은 달이 엄청난 스킬을 휘두르고 있었다. 산산이 보고 즉시 칭찬했다.

보스 때려눕히고 꿀잠 자기: 총총, 너 갈수록 대단해지는구나. 이모와 말하면서도 정말 잘 싸우네.

침대 앞의 밝은 달: 이모, 내가 치팅 프로그램을 만들었는데, 싸우면서 채팅도 하고 동생한테 간식도 먹일 수 있어요!

일소내하: ······

갈대 같은 웨이웨이: ······

보스 때려눕히고 꿀잠 자기: 설마 네가 전설 속의 그 신의 손?

침대 앞의 밝은 달: 이건 비밀이에요. 잘생긴 삼촌이 가르쳐줬어요.

선택받은 싱싱: 난 정말 결백해요. 내 순수한 두 눈을 보라고요.

침대 앞의 밝은 달: 잘못 쳤어요. 스승님이에요~

손으로 딸 수 없는 별: 맞아요. 내가 가르쳤어요.

침대 앞의 밝은 달은 이미 일소내하에 의해 팀원 채널에서 쫓겨났다.

〔단체 대화방〕

침대 앞의 밝은 달: 아빠한테 쫓겨났어요……

꽃바람 꽃비: 아빠?

아니: 엠마야, 이제는 부자 병사도 게임에 출전하나보다. 동생아, 넌 몇 살이니?

그러나 단체 대화방에서 침대 앞의 밝은 달은 더 이상 아무 말도 하지 않았다.

산산은 걱정이 되어 팀원 채널 안에서 물었다.

보스 때려눕히고 꿀잠 자기: 총총은요?

일소내하: 동생 우유 먹이러 갔어요.

보스 때려눕히고 꿀잠 자기: ……

갈대 같은 웨이웨이: 하하

10분 후, 아빠에 의해 침대 앞의 밝은 달이 팀원 채널에 다시 들어왔다. 총총은 아빠, 엄마 그리고 삼촌과 이모가 이미 신속하게 던전을 깬 것을 보고 놀라면서도 의아했다.

침대 앞의 밝은 달: 아빠와 엄마가 거실에서 나랑 같이 할 때는 매번 진짜 빨리 깨요. 근데 서재에서 문을 닫고 할 때는 매번 너무 느려요. 어떤 때는 팀원이 전멸하기도 해요. 왜 그런 거예요?

매번 시체처럼 누워있는 아내: 허험

손으로 딸 수 없는 별: ……

선택받은 싱싱: 어머

보스 때려눕히고 꿀잠 자기 : 헐

보스 때려눕히고 꿀잠 자기: 총총아, 너 큰일 났어. 네가 그렇게 큰 비밀을 알아버렸으니 네 아빠한테 엉덩이를 맞을 거야.

침대 앞의 밝은 달: 무슨 비밀이요?

잠시 후.

일소내하 : 다들 잠시 쉬도록 하죠. 집안일을 처리해야 돼서요.

한편 상하이의 평 씨 본가에서는, 펑텅이 과감하게 컴퓨터를 껐다.

"일찍 잡시다."

침대에 앉아 있던 산산이 눈을 들었다.

"안 해요? 오늘 애들도 모처럼 얌전한데요."

"샤오 사장네 식구들은 다시 안 들어올 거예요."

펑텅이 턱을 쓰다듬으며 읊조렸다. 그런 후 즐거운 듯 결론을 내렸다.

"그 집에선 아마 큰일이 일어날 거예요."

총총은 게임 금지를 당했다.

게임에서 총총의 귀여운 모습을 볼 수 없게 되자 산산은 더욱더 쓸쓸했다. 이제는 산산이 사지에 처해도 그녀를 끌어줄 사람이 없었다. 웨이웨이는 대원을 끌어줄 능력이 없는 전투 종족이었고 샤오나이는 산산처럼 돼지 같은 멤버를 이끄는 것을 귀찮아했다. 펑텅은…… 아, 그는 산산이 죽으면 바로 웃는 얼굴을 할 인간이다. 게다가 그는 '또 죽었어요? 그럼 먼저 침대에 가서 이불을 데워놔요.'라고 말할 얌체족이다.

결론은! 총총이 없는 게임은 아무 재미가 없다! 하지만 게임에서는 볼 수 없지만 실제로는 볼 수 있잖아! 그리하여 산산은 총총의 가족을 적극적으로 초대했다.

마침 샤오나이의 회사가 펑텅과학기술과 새로운 합작을 앞두고 있었기 때문에 양측 오너가 상호 방문하는 것도 당연했다. 그리하여 샤오나이는 흔쾌히 초대에 응해 아내와 아이들을 데리고 다시 상하이에 왔다.

쉐산산은 웨이웨이의 가족이 온다는 소식에 대단히 흥분하며 손님을 맞이할 준비를 했다. 우선, 음식은 무엇으로 할까.

"쓰촨 요리로 해요."

펑텅은 소파에 앉아 경제 잡지를 넘기고 있었다. 그는 고개도 들지 않고 한마디로 결정했다. 산산이 자리를 맴돌다가 멈췄다.

"그들이 매운 음식을 좋아하나요?"

"좋아해요."

펑텅이 침착하게 말했다.

"합작 파트너에 대한 내 이해에 따르면, 샤오 사장은 특히 좋아해요."

"오오오, 좋아요. 우선 삼일간은 쓰촨 요리로 해야겠어요. 아주 맵게!"

산산은 호탕하게 결정했다. 다음은, 어떤 이벤트를 준비할까.

"그건 내가 준비하죠."

펑텅은 실눈을 뜨고 자신이 잘하는 운동 종목을 쭉 나열했다. 수영, 테니스, 탁구…….

게임에서는 이기지 못했지만, 설마 실제 대결에서도 질까? 펑 사장은 냉소를 지으며 속으로 쓱쓱 칼을 갈았다.

마지막으로 가장 중요한 게 남았다. 산산은 펑텅의 다리 옆에서 카펫 위를 이리저리 기어다니는 두 아기를 고민스럽게 쳐다보다가 그중 나비넥타이를 하고 있는 아기를 안고 말했다.

"우리 총싱이가 총총이를 만나는데 어떤 옷을 입힐까요?"

펑 씨 집의 쌍둥이 남매는 각각 이름이 펑총뤼와 펑총싱으로 지금은 아직 기어다니는 단계에 있다.

산산은 아직까지 총총에 대한 마음을 버리지 않고 있었다. 처음 맞선을…… 아니, 만나는 것이므로 매우 중요하다. 딸아이는 아직 걸을 줄 모른다. 하지만 그건 중요하지 않다.

지금은 아직 기어 다니지만 총총에게 깊은 인상을 남겨 앞으로 십 년은 기억하게 해야 한다!

그리하여 손님을 맞이하는 그날, 산산은 이른 아침부터 일어나 딸을 꾸미기 시작했다.

토끼로 꾸밀까? 너무 귀여운 척하는 것처럼 보이지 않을까? 호랑이는? 안 돼. 대화를 마치면 성질 사나워지는 여자처럼 보일지도 모른다. 그럼 거북이는? 속세를 벗어난 듯한 느낌이 살짝 드는데…….

결국 펑텅은 가만히 보다 못해 엄마의 인형이 된 가여운 딸을 빼앗았다. 그리고 딸에게 되는대로 치마를 입힌 뒤 집을 나섰다.

합작 파트너에 대한 존중의 표시로 이번에 펑텅은 직접 차를 몰아 그들을 맞이하러 공항으로 갔다. 하지만 뜻밖에도 비행기는 도착이 많이 늦어졌다. 펑텅은 할 수 없이 아내와 아이들을 데리고 커피숍에서 앉아서 그들을 기다렸다.

산산은 밀크티를 받쳐 든 채 그 커피숍을 보며 옛일을 생각했다.

"옛날 일이 생각나네요. 한번은 내가 여기서 당신을 기다리다가 잠이 들었는데, 깨어나보니 당신이 맞은편에 앉아서 커피를 마시고 있었죠."

지금 펑텅은 바로 산산의 맞은편에 앉아 커피를 마시고 있다. 그의 자태는 여전히 우아하며 말을 하지 않을 때의 그는 훨씬 더 위엄 있어 보인다. 만약 그의 다리 위에 앉아서 손가락을 빠는 통통한 아기가 없었다면……. 펑텅이 커피잔을 내려놓고 살짝 손을 들자 흰색 셔츠 소매에 달린 블랙스톤의 단추가 보일 듯 말 듯 했다.

"마침 오늘 당신이 준 소매 단추를 달고 왔네요."

산산이 그에게 익살맞은 표정을 지어보였다.

펑텅이 그 참에 손목시계를 보고 무슨 말을 하려는 순간 갑자기 그의 표정이 변했다. 그가 고개를 숙여서 보자 아들이 손가락을 문

채 '나는 죄가 없어요' 하는 표정으로 그를 보고 있었다.

두 시간 후 마침내 샤오나이의 가족이 느릿느릿 걸어왔다.

"펑 사장님."

샤오나이의 준수한 모습은 변하지 않았다. 그는 한 손에 아이를 안은 채 우정의 손을 내밀었다.

"샤오 사장님."

안색이 검푸르게 변한 펑텅이 한 손에 아이를 든 채 공손하게 악수를 했다. 다른 한쪽, 산산은 이미 총총에게 달려가 있었다.

"총총."

"산산 이모."

총총이 예의 바르게 이모를 불렀다.

"총총아. 아직 이모를 기억하니?"

항상 함께 게임을 하긴 했지만 실제로 만난 지는 오래되었다.

"기억나요."

그는 작은 얼굴로 매우 진지하게 고개를 끄덕였다.

산산은 순간 총총이 너무 귀엽게 느껴졌다.

"자, 이모랑 집에 가자."

산산은 과감하게 자신의 딸을 웨이웨이에게 들이밀고 총총의 작은 손을 잡았다.

집으로 돌아가는 길, 펑 사장이 운전을 하고 샤오나이는 조수석, 웨이웨이와 산산이 뒤에 앉았다. 웨이웨이가 산산에게 조용히 물었다.

"당신 남편 무슨 일 있어요? 안색이 별로인 것 같지 않아요?

산산이 키득거리며 말했다.

"기저귀를 잘못 채워서 남편이 아들 기저귀를 갈려고 화장실에 갔는데, 결국 애가 남편 옷에 오줌을 살짝 흘렸지 뭐예요."

웨이웨이가 '푸' 하고 웃었다.

앞자리의 펑 기사가 바로 기침 소리를 냈다.

산산은 즉시 고소해하는 표정을 거두었다. 그리고 몸을 곧게 세운 뒤 남편의 위엄을 되찾기 위해 웨이웨이를 무시하는 표정을 드러냈다.

"이게 어디 웃을 일인가요? 당신 댁의 황제께선 아이의 오줌을 묻히신 적이 없었단 말인가요?"

웨이웨이가 대단히 유감스럽게 말했다.

"없어요."

산산은 경악했다.

"네? 어떻게 하신 거죠?"

숭배하는 듯한 이 말투는 또 뭐지? 운전 중이 아니었다면 펑텅은 정말로 자신의 아내를 붙잡고 한바탕 훈계를 하고 싶었다. 펑텅의 옆에 앉아 있는 샤오나이는 그를 힐끗 본 뒤 웃음기를 띤 얼굴로 뒤에 대고 말했다.

"웨이웨이. 적당히 해요."

"알겠어요."

웨이웨이는 즉시 남편의 말을 들었다.

차 안이 잠시 조용해졌다. 곧 펑텅이 천천히 입을 열었다.

"샤오 사장님은 과연 기술자시군요. 기저귀 갈이도 잘 하시는 걸 보면."

"과찬이십니다."

샤오나이가 담담하게 말했다.

"제가 펑 사장님보다 나이는 어리지만 아빠로서는 선배라 아무래도 경험이 많죠."

펑텅은 말이 없었고 듣고 있던 웨이웨이는 속으로 중얼거렸다.

'나보고는 적당히 하라고 했잖아요······.'

웨이웨이네 집의 황제께서 하시는 말씀은 어째서 늘 상대방의 말문을 막히게 만들까. 산산은 웨이웨이를 동정했다. 그리고 화제를 돌려 직접 준비한 것들을 즐겁게 얘기했다.

"펑텅 씨가 그러는데 두 분은 매운 음식을 좋아하신다면서요. 그래서 제가 특별히 쓰촨 요리에 정통한 요리사를 초청했어요. 앞으로 쓰촨 요리를 먹으면 돼요. 장담하건대 똑같은 매운맛은 없어요!"

"네?"

웨이웨이가 깜짝 놀랐다. 황제는 매운 것을 아예 먹지 못한다.

샤오나이가 기침을 했다.

"펑 사장님?"

펑 사장은 침착하게 대답했다.

"샤오 사장님. 사양할 필요 없습니다. 주인으로서 손님에 대한 당연한 도리죠. 식사 후에 일단 좀 쉬세요. 쉬고 나서 장기를 두는 게 어떨까요? 시간이 되면 테니스를 쳐도 됩니다. 아니면 우리 집의 수영장도 괜찮은데요."

샤오나이는 문득 깨닫고 웃으며 말했다.

"펑 사장님이 그런 데 흥미가 있으시군요. 제가 당연히 함께 해야죠."

두 사람의 날카로운 말을 이해한 웨이웨이는 할 말을 잃었고 이해하지 못한 산산은 걱정이 되었다.

"오후에 테니스를 치러 간다면 구장에 가야하잖아요. 그럼 애들은 어떡하죠. 애들을 데리고 있을 사람을 구해야겠어요."

"그러네요."

웨이웨이가 말을 이어갔다.

"우리 집 애들은 벌써 스스로 알아서들 지낼 수 있는데, 당신 애들은……"

"뭘 그렇게 번거롭게 해요."

샤오나이가 목소리를 높였다.

"총총."

엄마와 산산 이모 사이에 앉아서 동생의 젖병을 쥐고 있던 총총이 고개를 들어 아빠를 보았다.

총총의 아빠가 설렁설렁 분부했다.

"이제 삼촌네 동생들을 잘 돌봐야 한다."

쉐산산은 가치관에 타격을 입은 것 같았다.

"정말 그래도 될까요?"

구장에서 테니스 라켓을 든 산산은 펑텅이 두 쌍둥이를 잔디밭에 펴놓은 예쁜 테이블보 위에 앉히고 있는 것을 바라보았다. 옆에는 각종 아기 용품들이 놓여 있었다. 젖병이며 분유며 기저귀 등등…….

"정말 우리끼리 가서 놀아도 될까요? 전부 총총에게 맡기고."

"벌써 여섯 살이에요."

말을 하는 사람은 당연히 황제다. 말을 한 후 그는 라켓을 들고 가 버렸다.

웨이웨이는 총총의 머리를 쓰다듬으며 말했다.

"엄마 금방 올게."

총총이 고개를 끄덕끄덕했다.

펑텅은 총총을 보고 문득 안심이 되어 구장으로 걸어갔다.

"산산 씨, 나 가요."

어? 정말 이렇게 하고 간다니!

산산은 돌아보지도 않고 가는 세 사람을 보고 있었다. 웨이웨이도 황제를 따라 가버리다니, 정말 괜찮은 걸까?

"총총, 너 정말 괜찮겠어?"

총총은 테이블보 위에 앉아 있는 올망졸망한 아기 셋을 보았다. 한쪽에는 비슷하게 생긴 둥글둥글한 두 아기가 큰 눈을 깜빡깜빡 거리며 그를 보고 있었으며 다시 옆을 보니 젖병을 들고서 성이 나 있는 동생 위에량이 있었다. 총총은 동시에 세 명을 책임져야 한다는 생각에 문득 걱정이 되었다.

그는 고민스러운 표정으로 산산을 향해 작은 손을 흔들었다.

"이모, 안녕."

"안녕."

산산은 라켓을 끌면서 힘들게 자리를 떠났다.

닷새 후 여러 차례에 걸쳐 대결을 펼쳤는데 펑텅과 샤오나이의 전투 상황은 다음과 같다.

테니스 단식, 보스의 승. 부인과 함께한 복식, 보스의 참패.

수영 시합 전에 아래와 같은 대화가 오갔다.

"펑 사장님, 이번 판에 제가 이긴다면 내일 요리 종류를 바꿔도 괜찮겠죠?"

"안 됐지만 바꿀 수 없을 것 같군요."

몇 분 후, 수영장에서 나온 샤오나이가 수건으로 몸의 물기를 닦으면서 대수롭지 않게 말했다.

"광둥 요리로 합시다."

농구, 황제 승.

골프, 보스 승.

바둑, 무승부.

아내와 함께한 테니스 복식에서 참패한 사실을 쏙 빼버리고 펑텅은 전반적으로 자신이 더 많이 이긴 것으로 여겼다. 그리하여 엿새째, 공적인 대화를 할 여유가 전혀 없었던 펑 사장은 반은 만족 반은 불만족스럽게 샤오나이의 가족을 공항으로 배웅했다. 샤오나이 가족네 명이 검색대로 걸어 들어가는 뒷모습을 보면서 펑텅이 갑자기 입을 열었다.

"당신 생각이 맞았어요."

산산은 영문을 알 수 없어 그를 보며 말했다.

"무슨 생각이요?"

"데릴사위 말이에요. 샤오밍총(총총)으로 합시다."

펑텅이 매우 흡족해하며 결정을 내렸다.

저자의 한마디

보스는 황제 집의 총총을 사위로 삼기로 했지만 나는 이미 생각해 두었다. 20년 후를 가정한 다음 세대의 이야기를 쓰기로. 제목은 『총총과 총싱』으로 해야겠지.

삼삼래료

1판 1쇄 2019년 11월 18일
1판 3쇄 2021년 9월 2일

지은이 구만
옮긴이 권미정
펴낸이 강성민
편집장 이은혜
편집   신상하
마케팅 정민호 김도윤 방선영
홍보 김희숙 함유지 김현지 이소정 이미희 박지원

펴낸곳 (주)글항아리 | 출판등록 2009년 1월 19일 제406-2009-000002호
주소 10881 경기도 파주시 회동길 210
전자우편 bookpot@hanmail.net
전화번호 031-955-2696(마케팅) 031-955-1903(편집부)
팩스 031-955-2557

ISBN 978-89-6735-667-5 03820

파불라는 (주)글항아리의 브랜드입니다.

geulhangari.com